中国现代文学经典 1915—2022（四）（第三版）

朱栋霖 主编
汪文顶 本卷主编

北京大学出版社
PEKING UNIVERSITY PRESS

图书在版编目(CIP)数据

中国现代文学经典.1915—2022.四／朱栋霖主编，汪文顶本卷主编. —3版. —北京：北京大学出版社，2024.4
（博雅大学堂·文学）
ISBN 978-7-301-35010-2

Ⅰ.①中… Ⅱ.①朱…②汪… Ⅲ.①中国文学—现代文学—作品综合集—高等学校—教材 Ⅳ.①I216.1

中国国家版本馆 CIP 数据核字(2024)第 082751 号

书　　　名	中国现代文学经典 1915—2022（四）（第三版） ZHONGGUO XIANDAI WENXUE JINGDIAN 1915—2022（SI）（DI-SAN BAN）
著作责任者	朱栋霖 主编　汪文顶 本卷主编
责 任 编 辑	张雅秋
标 准 书 号	ISBN 978-7-301-35010-2
出 版 发 行	北京大学出版社
地　　　址	北京市海淀区成府路 205 号　100871
网　　　址	http://www.pup.cn　新浪微博：@北京大学出版社
电 子 邮 箱	编辑部 wsz@pup.cn　总编室 zpup@pup.cn
电　　　话	邮购部 010-62752015　发行部 010-62750672 编辑部 010-62757065
印 刷 者	三河市博文印刷有限公司
经 销 者	新华书店 965 毫米×1300 毫米　16 开本　27.25 印张　489 千字 2007 年 1 月第 1 版　2014 年 6 月第 2 版 2024 年 4 月第 3 版　2024 年 4 月第 1 次印刷
定　　　价	98.00 元

未经许可，不得以任何方式复制或抄袭本书之部分或全部内容。
版权所有，侵权必究
举报电话：010-62752024　电子邮箱：fd@pup.cn
图书如有印装质量问题，请与出版部联系，电话：010-62756370

前　言

《中国现代文学经典 1915—2022》（第三版）系汉语言文学、新闻传播学等专业的主干课教材，与朱栋霖、吴义勤、朱晓进主编的《中国现代文学史 1915—2022》（第四版，上下卷）相配套，被列为教育部普通高等教育"十五"国家级规划教材、国家精品资源共享课配套教材。习近平总书记在《高举中国特色社会主义伟大旗帜　为全面建设社会主义现代化国家而团结奋斗——在中国共产党第二十次全国代表大会上的报告》中指出："坚守中华文化立场，提炼展示中华文明的精神标识和文化精髓，加快构建中国话语和中国叙事体系，讲好中国故事、传播好中国声音，展现可信、可爱、可敬的中国形象。"本书秉承这一思想，为国内各高校汉语言文学等相关专业的广大师生编写了这套文学经典。

此次修订，除了或增或删若干篇目，以表与时俱进外，最大的变化，是调整了体裁编排顺序，将戏剧这一叙事文体，放到了诗歌、散文之前，小说之后。这一调整，是为了顺应我们的文学史编排顺序的最新调整。

本书选目，旨在以新的文学史观、新的文学观重新遴选中国现当代文学经典。选篇主要包括中国大陆（内地）的小说、戏剧、诗歌、散文诸文体，各时期重要作家、各种风格流派的最具代表性作品，也适当遴选了中国的台湾、香港、澳门地区的代表性作品。本选本以精练的选目，希望从中呈现出中国现当代文学发展的一个缩影，为高校中国现当代文学的教学提供一个有新意的、实用性强的作品选读本。

本选本强调教学实用性。根据各校教师在使用本教材过程中给我们提出的建议，考虑到高校扩招，各校学生多而图书少，本书节选了重要的长篇小说与多幕剧，以供教学必需。我们的目的，是引导学生直接阅读原著。有一些文学名篇，已被现行中学语文课本列为精讲篇目，又为各种选本多次选录，为节省篇幅，本书一般不再重复选入。

入选作品多采用通行的重要版本。本书编目，在每卷每一文体内大致以作品最初发表或出版时间为序编排，同一作家有若干作品入选的，则相对集中于该作家首篇入选作品之后。中国的台湾、香港、澳门地区的文学作品本应与大陆(内地)的作家作品一起按发表或出版时间编排,考虑到教学时查阅方便,这部分作品相应集中在每一文体的后半部分。

　　本书编选工作由吉林大学、浙江大学、福建师范大学、苏州大学合作完成,中国作家协会提供了若干建议。

　　编选工作得到海内外专家的支持和指导,提供了不少宝贵意见与建议;教育部高教司和文科处领导一贯高度重视与支持;北京大学出版社高度重视,责任编辑张雅秋投入了大量劳动,及时编校稿件,与入选作家联系,使本书能保证高质量的出版水平。在此,向大家表示衷心的感谢!

　　我们热诚希望海内外教师、大学生对本教材提出宝贵意见。

朱栋霖
2023 年 5 月 10 日

目录

前 言/1

戏 剧

老 舍
　　茶馆(选幕)/3
田 汉
　　关汉卿(选场)/33
沈西蒙(执笔) 漠 雁 吕兴臣
　　霓虹灯下的哨兵(选场)/46
赖声川
　　暗恋·桃花源(选场)/75
郭启宏
　　知己(选幕)/105

诗 歌

何其芳
　　回答/121
艾 青
　　礁石/125
　　古罗马的大斗技场/125
闻 捷
　　苹果树下/132
郭小川
　　望星空/134
饶阶巴桑
　　牧人的幻想/142
流沙河
　　草木篇/145

目录

蔡其矫
　　川江号子/147
贺敬之
　　雷锋之歌(节选)/148
郑愁予
　　错误/158
痖　弦
　　红玉米/159
余光中
　　乡愁/161
　　等你,在雨中/162
洛　夫
　　舞者/164
食　指
　　相信未来/165
绿　原
　　重读《圣经》
　　——"牛棚"诗抄第 n 篇/167
多　多
　　致太阳/171
　　里程/172
芒　克
　　给/173
天安门诗抄
　　扬眉剑出鞘/174
　　抹去吧,眼角的泪/174
穆　旦
　　冬/176
北　岛
　　回答/179
　　在我透明的忧伤中/180
　　船票/181
　　结局或开始/182
　　走向冬天/185
舒　婷
　　致橡树/187

呵,母亲/188
神女峰/189
顾 城
一代人/191
生命幻想曲/191
给我的尊师安徒生/193
骆耕野
不满/196
梁小斌
中国,我的钥匙丢了/200
雷抒雁
小草在歌唱
——悼女共产党员张志新烈士/202
翟永明
母亲/209
海 子
新娘/211
祖国(或以梦为马)/212
骆一禾
麦地
——致乡土中国/214
杨 炼
大雁塔/216
韩 东
有关大雁塔/224
西 川
在哈尔盖仰望星空/225
于 坚
感谢父亲/226
对一只乌鸦的命名/228
陈东东
点灯/231
月亮/231
王家新
转变/233

目录

臧棣
　　我喜爱蓝波的几个理由/235
梁秉钧
　　形象香港/237
苇鸣
　　蠔境意象十首（节选）/239
陶里
　　冬夜的预言/240

散　文

黄秋耘
　　犬儒的刺/243
傅雷
　　家书两封/245
秦牧
　　社稷坛抒情/248
杨朔
　　雪浪花/253
周瘦鹃
　　夏天的瓶供/256
冰心
　　一只木屐/258
邓拓
　　说大话的故事/260
唐弢
　　八道六难/262
谢冰莹
　　雨港基隆/265
琦君
　　髻/268
王鼎钧
　　那树/271
余光中
　　听听那冷雨/274

目录

陈从周
　　说园/278
巴　金
　　怀念萧珊/284
　　"文革"博物馆/293
赵鑫珊
　　关于科学、艺术和哲学的若干断想(节选)/296
贾平凹
　　秦腔/309
周　涛
　　巩乃斯的马/314
张中行
　　刘叔雅/318
汪曾祺
　　端午的鸭蛋/320
萧　乾
　　京白/322
孙　犁
　　残瓷人/325
余秋雨
　　风雨天一阁/327
史铁生
　　我与地坛/337
梁　衡
　　壶口瀑布记/350
刘　郎
　　蕉窗听雨
　　　　——《苏园六纪》之四/351
莫　言
　　讲故事的人
　　　　——诺贝尔文学奖获奖演讲/358
梁实秋
　　台北家居/367
张晓风
　　一个女人的爱情观/370

目录

简 媜
　四月裂帛 /373

董 桥
　藏书家的心事 /385

林清玄
　光之四书 /388

钟怡雯
　垂钓睡眠 /394

傅 菲
　谁知松的苦 /398

祝 勇
　故宫六百年
　　——天地之心 /402

刘大先
　故乡即异邦 /413

戏 剧

老 舍

茶 馆(选幕)

第一幕

时　间　一八九八年(戊戌)初秋,康梁等的维新运动失败了。早半天。
地　点　北京,裕泰大茶馆。
人　物　王利发　刘麻子　庞太监　唐铁嘴　康　六　小牛儿　松二爷
　　　　黄胖子　宋恩子　常四爷　秦仲义　吴祥子　李　三　老　人
　　　　康顺子　二德子　乡　妇　茶客甲、乙、丙、丁　马五爷　小　妞
　　　　茶房一二人

〔幕启:这种大茶馆现在已经不见了。在几十年前,每城都起码有一处。这里卖茶,也卖简单的点心与菜饭。玩鸟的人们,每天在蹓够了画眉、黄鸟等之后,要到这里歇歇腿,喝喝茶,并使鸟儿表演歌唱。商议事情的,说媒拉纤的,也到这里来。那年月,时常有打群架的,但是总会有朋友出头给双方调解;三五十口子打手,经调人东说西说,便都喝碗茶,吃碗烂肉面(大茶馆特殊的食品,价钱便宜,作起来快当),就可以化干戈为玉帛了。总之,这是当日非常重要的地方,有事无事都可以来坐半天。
〔在这里,可以听到最荒唐的新闻,如某处的大蜘蛛怎么成了精,受到雷击。奇怪的意见也在这里可以听到,像把海边上都修上大墙,就足以挡住洋兵上岸。这里还可以听到某京戏演员新近创造了什么腔儿,和煎熬鸦片烟的最好的方法。这里也可以看到某人新得到的奇珍——一个出土的玉扇坠儿,或三彩的鼻烟壶。这真是个重要的地方,简直可以算作文化交流的所在。
〔我们现在就要看见这样的一座茶馆。
〔一进门是柜台与炉灶——为省点事,我们的舞台上可以不要

炉灶；后面有些锅勺的响声也就够了。屋子非常高大，摆着长桌与方桌，长凳与小凳，都是茶座儿。隔窗可见后院。高搭着凉棚，棚下也有茶座儿。屋里和凉棚下都有挂鸟笼的地方。各处都贴着"莫谈国事"的纸条。

〔有两位茶客，不知姓名，正眯着眼，摇着头，拍板低唱。有两三位茶客，也不知姓名，正入神地欣赏瓦罐里的蟋蟀。两位穿灰色大衫的——宋恩子与吴祥子，正低声地谈话，看样子他们是北衙门的办案的（侦缉）。

〔今天又有一起打群架的，据说是为了争一只家鸽，惹起非用武力解决不可的纠纷。假若真打起来，非出人命不可，因为被约的打手中包括着善扑营的哥儿们和库兵，身手都十分厉害。好在，不能真打起来，因为在双方还没把打手约齐，已有人出面调停了——现在双方在这里会面。三三两两的打手，都横眉立目，短打扮，随时进来，往后院去。

〔马五爷在不惹人注意的角落，独自坐着喝茶。

〔王利发高高地坐在柜台里。

〔唐铁嘴踏拉着鞋，身穿一件极长极脏的大布衫，耳上夹着几张小纸片，进来。

王利发　唐先生，你外边蹓蹓吧！

唐铁嘴　（惨笑）王掌柜，捧捧唐铁嘴吧！送给我碗茶喝，我就先给您相相面吧！手相奉送，不取分文！（不容分说，拉过王利发的手来）今年是光绪二十四年，戊戌。您贵庚是……

王利发　（夺回手去）算了吧，我送给你一碗茶喝，你就甭卖那套生意口啦！用不着相面，咱们既在江湖内，都是苦命人！（由柜台内走出，让唐铁嘴坐下）坐下！我告诉你，你要是不戒了大烟，就永远交不了好运！这是我的相法，比你的更灵验！

〔松二爷和常四爷都提着鸟笼进来，王利发向他们打招呼。他们先把鸟笼子挂好，找地方坐下。松二爷文绉绉的，提着小黄鸟笼；常四爷雄赳赳的，提着大而高的画眉笼。茶房李三赶紧过来，沏上盖碗茶。他们自带茶叶。茶沏好，松二爷、常四爷向邻近的茶座让了让。

松二爷　您喝这个！（然后，往后院看了看）
常四爷
松二爷　好像又有事儿？

常四爷　反正打不起来！要真打的话,早到城外头去啦;到茶馆来干吗?
　　　　〔二德子,一位打手,恰好进来,听见了常四爷的话。
二德子　(凑过去)你这是对谁甩闲话呢?
常四爷　(不肯示弱)你问我哪?花钱喝茶,难道还教谁管着吗?
松二爷　(打量了二德子一番)我说这位爷,您是营里当差的吧?来,坐下喝一碗,我们也都是外场人。
二德子　你管我当差不当差呢?
常四爷　要抖威风,跟洋人干去,洋人厉害!英法联军烧了圆明园,尊家吃着官饷,可没见您去冲锋打仗!
二德子　甭说打洋人不打,我先管教管教你!(要动手)
　　　　〔别的茶客依旧进行他们自己的事。王利发急忙跑过来。
王利发　哥儿们,都是街面上的朋友,有话好说。德爷,您后边坐!
　　　　〔二德子不听王利发的话,一下子把一个盖碗搂下桌去,摔碎。翻手要抓常四爷的脖领。
常四爷　(闪过)你要怎么着?
二德子　怎么着?我碰不了洋人,还碰不了你吗?
马五爷　(并未立起)二德子,你威风啊!
二德子　(四下扫视,看到马五爷)喝,马五爷,您在这儿哪?我可眼拙,没看见您!(过去请安)
马五爷　有什么事好好地说,干吗动不动地就讲打?
二德子　嗻!您说的对!我到后头坐坐去。李三,这儿的茶钱我候啦!(往后面走去)
常四爷　(凑过来,要对马五爷发牢骚)这位爷,您圣明,您给评评理!
马五爷　(立起来)我还有事,再见!(走出去)
常四爷　(对王利发)邪!这倒是个怪人!
王利发　您不知道这是马五爷呀?怪不得您也得罪了他!
常四爷　我也得罪了他?我今天出门没挑好日子!
王利发　(低声地)刚才您说洋人怎样,他就是吃洋饭的。信洋教,说洋话,有事情可以一直地找宛平县的县太爷去,要不怎么连官面上都不惹他呢!
常四爷　(往原处走)哼,我就不佩服吃洋饭的!
王利发　(向宋恩子、吴祥子那边稍一歪头,低声地)说话请留点神!(大声地)李三,再给这儿沏一碗来!(拾起地上的碎磁片)
松二爷　盖碗多少钱?我赔!外场人不作老娘们事!

王利发　不忙,待会儿再算吧!(走开)

〔纤手刘麻子领着康六进来。刘麻子先向松二爷、常四爷打招呼。

刘麻子　您二位真早班儿?(掏出鼻烟壶,倒烟)您试试这个!刚装来的,地道英国造,又细又纯!

常四爷　唉!连鼻烟也得从外洋来!这得往外流多少银子啊!

刘麻子　咱们大清国有的是金山银山,永远花不完!您坐着,我办点小事!(领康六找了个座儿)

〔李三拿过一碗茶来。

刘麻子　说说吧,十两银子行不行?你说干脆的!我忙,没工夫专伺候你!

康　六　刘爷!十五岁的大姑娘,就值十两银子吗?

刘麻子　卖到窑子去,也许多拿一两八钱的,可是你又不肯!

康　六　那是我的亲女儿!我能够……

刘麻子　有女儿,你可养活不起,这怪谁呢?

康　六　那不是因为乡下种地的都没法子混了吗?一家大小要是一天能吃上一顿粥,我要还想卖女儿,我就不是人!

刘麻子　那是你们乡下的事,我管不着。我受你之托,教你不吃亏,又教你女儿有个吃饱饭的地方,这还不好吗?

康　六　到底给谁呢?

刘麻子　我一说,你必定从心眼里乐意!一位在宫里当差的!

康　六　宫里当差的谁要个乡下丫头呢?

刘麻子　那不是你女儿的命好吗?

康　六　谁呢?

刘麻子　庞总管!你也听说过庞总管吧?侍候着太后,红的不得了,连家里打醋的瓶子都是玛瑙作的!

康　六　刘大爷,把女儿给太监作老婆,我怎么对得起人呢?

刘麻子　卖女儿,无论怎么卖,也对不起女儿!你胡涂!你看,姑娘一过门,吃的是珍馐美味,穿的是绫罗绸缎,这不是造化吗?怎样,摇头不算点头算,来个干脆的!

康　六　自古以来,哪有……他就给十两银子?

刘麻子　找遍了你们全村儿,找得出十两银子找不出?在乡下,五斤白面就换个孩子,你不是不知道!

康　六　我,唉!我得跟姑娘商量一下!

刘麻子　告诉你,过了这个村可没这个店,耽误了事别怨我!快去快来!

康　六　唉!我一会儿就回来!

刘麻子　我在这儿等着你!
康　六　(慢慢地走出去)
刘麻子　(凑到松二爷、常四爷这边来)乡下人真难办事,永远没有个痛痛快快!
松二爷　这号生意又不小吧?
刘麻子　也甜不到哪儿去,弄好了,赚个元宝!
常四爷　乡下是怎么了?会弄得这么卖儿卖女的!
刘麻子　谁知道!要不怎么说,就是一条狗也得托生在北京城里嘛!
常四爷　刘爷,您可真有个狠劲儿,给拉拢这路事!
刘麻子　我要不分心,他们还许找不到买主呢!(忙岔话)松二爷,(掏出个小时表来)你看这个!
松二爷　(接表)好体面的小表!
刘麻子　您听听,嘎登嘎登地响!
松二爷　(听)这得多少钱?
刘麻子　您爱吗?就让给您!一句话,五两银子,您玩够了,不爱再要了,我还照数退钱!东西真地道,传家的玩艺!
常四爷　我这儿正哑摸这个味儿:咱们一个人身上有多少洋玩艺儿啊!老刘,就看你身上吧:洋鼻烟,洋表,洋缎大衫,洋布裤褂……
刘麻子　洋东西可是真漂亮呢!我要是穿一身土布,像个乡下脑壳,谁还理我呀!
常四爷　我老觉乎着咱们的大缎子,川绸,更体面。
刘麻子　松二爷,留下这个表吧,这年月,戴着这么好的洋表,会教人另眼看待!是不是这么说,您哪?
松二爷　(真爱表,但又嫌贵)我……
刘麻子　您先戴两天,改日再给钱!
　　　　〔黄胖子进来。
黄胖子　(严重的沙眼,看不清楚,进门就请安)哥儿们,都瞧我啦!我请安了!都是自己弟兄,别伤了和气呀!
王利发　这不是他们,他们在后院哪!
黄胖子　我看不大清楚啊!掌柜的,预备烂肉面。有我黄胖子,谁也打不起来!(往里走)
二德子　(出来迎接)两边已经见了面,您快来吧!
　　　　〔二德子同黄胖子入内。
　　　　〔茶房们一趟又一趟地往后面送茶水。老人进来,拿着些牙签、胡梳、耳挖勺之类的小东西,低着头慢慢地挨着茶座儿走;没人买他的东西。他要往后院去,被李三截住。

李　三　老大爷,您外边蹓蹓吧!后院里,人家正说和事呢,没人买您的东西!

(顺手儿把剩茶递给老人一碗)

松二爷　(低声地)李三!(指后院)他们到底为了什么事,要这么拿刀动杖的?

李　三　(低声地)听说是为一只鸽子。张宅的鸽子飞到了李宅去,李宅不肯交还……唉,咱们还是少说话好,(问老人)老大爷您高寿啦?

老　人　(喝了茶)多谢!八十二了,没人管!这年月呀,人还不如一只鸽子呢!唉!(慢慢走出去)

〔秦仲义,穿得很讲究,满面春风,走进来。

王利发　哎哟!秦二爷,您怎么这样闲在,会想起下茶馆来了?也没带个底下人?

秦仲义　来看看,看看你这年轻小伙子会作生意不会!

王利发　唉,一边作一边学吧,指着这个吃饭嘛。谁叫我爸爸死的早,我不干不行啊!好在照顾主儿都是我父亲的老朋友,我有不周到的地方,都肯包涵,闭闭眼就过去了。在街面上混饭吃,人缘儿顶要紧。我按着我父亲遗留下的老办法,多说好话,多请安,讨人人的喜欢,就不会出大岔子!您坐下,我给您沏碗小叶茶去!

秦仲义　我不喝!也不坐着!

王利发　坐一坐!有您在我这儿坐坐,我脸上有光!

秦仲义　也好吧!(坐)可是,用不着奉承我!

王利发　李三,沏一碗高的来!二爷,府上都好?您的事情都顺心吧?

秦仲义　不怎么太好!

王利发　您怕什么呢?那么多的买卖,您的小手指头都比我的腰还粗!

唐铁嘴　(凑过来)这位爷好相貌,真是天庭饱满,地阁方圆,虽无宰相之权,而有陶朱之富!

秦仲义　躲开我!去!

王利发　先生,你喝够了茶,该外边活动活动去!(把唐铁嘴轻轻推开)

唐铁嘴　唉!(垂头走出去)

秦仲义　小王,这儿的房租是不是得往上提那么一提呢?当年你爸爸给我的那点租钱,还不够我喝茶用的呢!

王利发　二爷,您说的对,太对了!可是,这点小事用不着您分心,您派管事

	的来一趟,我跟他商量,该长多少租钱,我一定照办!是!嗻!
秦仲义	你这小子,比你爸爸还滑!哼,等着吧,早晚我把房子收回去!
王利发	您甭吓唬着我玩,我知道您多么照应我,心疼我,决不会叫我挑着大茶壶,到街上卖热茶去!
秦仲义	你等着瞧吧!

〔乡妇拉着个十来岁的小妞进来。小妞的头上插着一根草标。李三本想不许她们往前走,可是心中一难过,没管。她们俩慢慢地往里走。茶客们忽然都停止说笑,看着她们。

小　妞	(走到屋子中间,立住)妈,我饿!我饿!

〔乡妇呆视着小妞,忽然腿一软,坐在地上,掩面低泣。

秦仲义	(对王利发)轰出去!
王利发	是!出去吧,这里坐不住!
乡　妇	哪位行行好?要这个孩子,二两银子!
常四爷	李三,要两个烂肉面,带她们到门外吃去!
李　三	是啦!(过去对乡妇)起来,门口等着去,我给你们端面来!
乡　妇	(立起,抹泪往外走,好像忘了孩子;走了两步,又转回身来,搂住小妞吻她)宝贝!宝贝!
王利发	快着点吧!

〔乡妇、小妞走出去。李三随后端出两碗面去。

王利发	(过来)常四爷,您是积德行好,赏给她们面吃!可是,我告诉您:这路事儿太多了,太多了!谁也管不了!(对秦仲义)二爷,您看我说的对不对?
常四爷	(对松二爷)二爷,我看哪,大清国要完!
秦仲义	(老气横秋地)完不完,并不在乎有人给穷人们一碗面吃没有。小王,说真的,我真想收回这里的房子!
王利发	您别那么办哪,二爷!
秦仲义	我不但收回房子,而且把乡下的地,城里的买卖也都卖了!
王利发	那为什么呢?
秦仲义	把本钱拢在一块儿,开工厂!
王利发	开工厂?
秦仲义	嗯,顶大顶大的工厂!那才救得了穷人,那才能抵制外货,那才能救国!(对王利发说而眼看着常四爷)唉,我跟你说这些干什么,你不懂!
王利发	您就专为别人,把财产都出手,不顾自己了吗?

秦仲义	你不懂！只有那么办，国家才能富强！好啦，我该走啦。我亲眼看见了，你的生意不错，你甭再耍无赖，不长房钱！
王利发	您等等，我给您叫车去！
秦仲义	用不着，我愿意蹓跶蹓跶！

〔秦仲义往外走，王利发送。
　小牛儿搀着庞太监走进来。小牛儿提着水烟袋。

庞太监	哟！秦二爷！
秦仲义	庞老爷！这两天您心里安顿了吧？
庞太监	那还用说吗？天下太平了，圣旨下来，谭嗣同问斩！告诉您，谁敢改祖宗的章程，谁就掉脑袋！
秦仲义	我早就知道！

〔茶客们忽然全静寂起来，几乎是闭住呼吸地听着。

庞太监	您聪明，二爷，要不然您怎么发财呢！
秦仲义	我那点财产，不值一提！
庞太监	太客气了吧？您看，全北京城谁不知道秦二爷！您比作官的还厉害呢！听说呀，好些财主都讲维新！
秦仲义	不能这么说，我那点威风在您的面前可就施展不出来了！哈哈哈！
庞太监	说得好，咱们就八仙过海，各显其能吧！哈哈哈！
秦仲义	改天过去给您请安，再见！（下）
庞太监	（自言自语）哼，凭这么个小财主也敢跟我逗嘴皮子，年头真是改了！（问王利发）刘麻子在这儿哪？
王利发	总管，您里边歇着吧！

〔刘麻子早已看见庞太监，但不敢靠近，怕打搅了庞太监、秦仲义的谈话。

刘麻子	喝，我的老爷子！您吉祥！我等了您好大半天了！（搀庞太监往里面走）

〔宋恩子、吴祥子过来请安，庞太监对他们耳语。
〔众茶客静默了一阵之后，开始议论纷纷。

茶客甲	谭嗣同是谁？
茶客乙	好像听说过！反正犯了大罪，要不，怎么会问斩呀！
茶客丙	这两三个月了，有些作官的，念书的，乱折腾乱闹，咱们怎能知道他们捣的什么鬼呀！
茶客丁	得！不管怎么说，我的铁杆庄稼又保住了！姓谭的，还有那个康有为，不是说叫旗兵不关钱粮，去自谋生计吗？心眼多毒！

茶客丙　一份钱粮倒叫上头克扣去一大半,咱们也不好过!
茶客丁　那总比没有强啊!好死不如赖活着,叫我去自己谋生,非死不可!
王利发　诸位主顾,咱们还是莫谈国事吧!
　　　　〔大家安静下来,都又各谈各的事。
庞太监　(已坐下)怎么说?一个乡下丫头,要二百银子?
刘麻子　(侍立)乡下人,可长得俊呀!带进城来,好好地一打扮、调教,准保是又好看,又有规矩!我给您办事,比给我亲爸爸作事都更尽心,一丝一毫不能马虎!
　　　　〔唐铁嘴又回来了。
王利发　铁嘴,你怎么又回来了?
唐铁嘴　街上兵荒马乱的,不知道是怎么回事!
庞太监　还能不搜查搜查谭嗣同的余党吗?唐铁嘴,你放心,没人抓你!
唐铁嘴　嗻,总管,您要能赏给我几个烟泡儿,我可就更有出息了!
　　　　〔有几个茶客好像预感到什么灾祸,一个个往外溜。
松二爷　咱们也该走啦吧!天不早啦!
常四爷　嗻!走吧!
　　　　〔二灰衣人——宋恩子和吴祥子走过来。
宋恩子　等等!
常四爷　怎么啦?
宋恩子　刚才你说"大清国要完"?
常四爷　我,我爱大清国,怕它完了!
吴祥子　(对松二爷)你听见了?他是这么说的吗?
松二爷　哥儿们,我们天天在这儿喝茶。王掌柜知道,我们都是地道老好人!
吴祥子　问你听见了没有?
松二爷　那,有话好说,二位请坐!
宋恩子　你不说,连你也锁了走!他说"大清国要完",就是跟谭嗣同一党!
松二爷　我,我听见了,他是说……
宋恩子　(对常四爷)走!
常四爷　上哪儿?事情要交代明白了啊!
宋恩子　你还想拒捕吗?我这儿可带着"王法"呢!(掏出腰中带着的铁链子)
常四爷　告诉你们,我可是旗人!
吴祥子　旗人当汉奸,罪加一等!锁上他!

常四爷　甭锁,我跑不了!
宋恩子　量你也跑不了!(对松二爷)你也走一趟,到堂上实话实说,没你的事!

〔黄胖子同三五个人由后院过来。
黄胖子　得啦,一天云雾散,算我没白跑腿!
松二爷　黄爷!黄爷!
黄胖子　(揉揉眼)谁呀?
松二爷　我!松二!您过来,给说句好话!
黄胖子　(看清)哟,宋爷,吴爷,二位爷办案哪?请吧!
松二爷　黄爷,帮帮忙,给美言两句!
黄胖子　官厅儿管不了的事,我管!官厅儿能管的事呀,我不便多嘴!(问大家)是不是?
众　　　嗻!对!

〔宋恩子、吴祥子带着常四爷、松二爷往外走。
松二爷　(对王利发)看着点我们的鸟笼子!
王利发　您放心,我给送到家里去!

〔常四爷、松二爷、宋恩子、吴祥子同下。
黄胖子　(唐铁嘴告以庞太监在此)哟,老爷在这儿哪?听说要安份儿家,我先给您道喜!
庞太监　等吃喜酒吧!
黄胖子　您赏脸!您赏脸!(下)

〔乡妇端着空碗进来,往柜上放。小妞跟进来。
小　妞　妈!我还饿!
王利发　唉!出去吧!
乡　妇　走吧,乖!
小　妞　不卖妞妞啦?妈!不卖啦?妈!
乡　妇　乖!(哭着,携小妞下)

〔康六带着康顺子进来,立在柜台前。
康　六　姑娘!顺子!爸爸不是人,是畜生!可你叫我怎办呢?你不找个吃饭的地方,你饿死,我不弄到手几两银子,就得叫东家活活地打死!你呀,顺子,认命吧,积德吧!
康顺子　我,我……(说不出话来)
刘麻子　(跑过来)你们回来啦?点头啦?好!来见见总管!给总管磕头!
康顺子　我……(要晕倒)

康　六　（扶住女儿）顺子！顺子！
刘麻子　怎么啦？
康　六　又饿又气，昏过去了！顺子！顺子！
庞太监　我要活的，可不要死的！
　　　　〔静场。
茶客甲　（正与乙下象棋）将！你完啦！

——幕落

第三幕

时　间　抗日战争胜利后，国民党特务和美国兵在北京横行的时候。秋，清晨。
地　点　同前幕。
人　物　王大拴　明师傅　于厚斋　周秀花　邹福远　小宋恩子　王小花　卫福喜　小吴祥子　康顺子　方　六　常四爷　丁　宝　车当当　秦仲义　王利发　庞四奶奶　小心眼　茶客甲、乙　春　梅　沈处长　小刘麻子　老　杨　宪兵四人　取电灯费的　小二德子　小唐铁嘴　谢勇仁

　　　　〔幕启：现在，裕泰茶馆的样子可不像前幕那么体面了。藤椅已不见，代以小凳与条凳。自房屋至家具都显着暗淡无光。假若有什么突出惹眼的东西，那就是"莫谈国事"的纸条更多，字也更大了。在这些条子旁边还贴着"茶钱先付"的新纸条。
　　　　〔一清早，还没有下窗板。王利发的儿子王大拴，垂头丧气地独自收拾屋子。
　　　　〔王大拴的妻周秀花，领着小女儿王小花，由后面出来。她们一边走一边说话儿。

王小花　妈，响午给我作点热汤面吧！好多天没吃过啦！
周秀花　我知道，乖！可谁知道买得着面买不着呢！就是粮食店里可巧有面，谁知道咱们有钱没有呢！唉！
王小花　就盼着两样都有吧！妈！
周秀花　你倒想得好，可哪能那么容易！去吧，小花，在路上留神吉普车！
王大拴　小花，等等！
王小花　干吗？爸！

王大拴　昨天晚上……
周秀花　我已经嘱咐过她了！她懂事！
王大拴　你大力叔叔的事万不可对别人说呀！说了,咱们全家都得死！明白吧？
王小花　我不说,打死我也不说！有人问我大力叔叔回来过没有,我就说：他走了好几年,一点消息也没有！
〔康顺子由后面走来。她的腰有点弯,但还硬朗。她一边走一边叫王小花。
康顺子　小花！小花！还没走哪？
王小花　康婆婆,干吗呀？
康顺子　小花,乖！婆婆再看你一眼！(抚弄王小花的头)多体面哪！吃的不足啊,要不然还得更好看呢！
周秀花　大婶,您是要走吧？
康顺子　是呀！我走,好让你们省点嚼谷呀！大力是我拉扯大的,他叫我走,我怎能不走呢？当初,我刚到这里的时候,他还没有小花这么高呢！
王小花　看大力叔叔现在多么壮实,多么大气！
康顺子　是呀,虽然他只在这儿坐了一袋烟的工夫呀,可是叫我年轻了好几岁！我本来什么也没有,一见着他呀,好像忽然间我什么都有啦！我走,跟着他走,受什么累,吃什么苦,也是香甜的！看他那两只大手,那两只大脚,简直是个顶天立地的男子汉！
王小花　婆婆,我也跟您去！
康顺子　小花,你乖乖地去上学,我会回来看你！
王大拴　小花,上学吧,别迟到！
王小花　婆婆,等我下了学您再走！
康顺子　哎！哎！去吧,乖！(王小花下)
王大拴　大婶,我爸爸叫您走吗？
康顺子　他还没打好了主意。我倒怕呀,大力回来的事儿万一叫人家知道了啊,我又忽然这么一走,也许要连累了你们！这年月不是天天抓人吗？我不能作对不起你们的事！
周秀花　大婶,您走您的,谁逃出去谁得活命！喝茶的不是常低声儿说：想要活命得上西山①吗？
王大拴　对！

---

①　西山,当时是八路军的游击区。

康顺子　小花的妈,来吧,咱们再商量商量!我不能专顾自己,叫你们吃亏!老大,你也好好想想!(同周秀花下)

〔丁宝进来。

丁　宝　嗨,掌柜的,我来啦!

王大拴　你是谁?

丁　宝　小丁宝!小刘麻子叫我来的,他说这儿的老掌柜托他请个女招待。

王大拴　姑娘,你看看,这么个破茶馆,能用女招待吗?我们老掌柜呀,穷得乱出主意!

〔王利发慢慢地走出来,他还硬朗,穿的可很不整齐。

王利发　老大,你怎么老在背后褒贬老人呢?谁穷得乱出主意呀?下板子去!什么时候了,还不开门!

〔王大拴去下窗板

丁　宝　老掌柜,你硬朗啊?

王利发　嗯!要有炸酱面的话,我还能吃三大碗呢,可惜没有!十几了?姑娘!

丁　宝　十七!

王利发　才十七?

丁　宝　是呀!妈妈是寡妇,带着我过日子。胜利以后呀,政府硬说我爸爸给我们留下的一所小房子是逆产,给没收啦!妈妈气死了,我作了女招待!老掌柜,我到今天还不明白什么叫逆产,您知道吗?

王利发　姑娘,说话留点神!一句话说错了,什么都可以变成逆产!你看,这后边呀,是秦二爷的仓库,有人一瞪眼,说是逆产,就给没收啦!就是这么一回事!

〔王大拴回来。

丁　宝　老掌柜,您说对了!连我也是逆产,谁的胳膊粗,我就得侍候谁!他妈的,我才十七,就常想还不如死了呢!死了落个整尸首,干这一行,活着身上就烂了!

王大拴　爸,您真想要女招待吗?

王利发　我跟小刘麻子瞎聊来着!我一辈子老爱改良,看着生意这么不好,我着急!

王大拴　您着急,我也着急!可是,您就忘记老裕泰这个老字号了吗?六十多年的老字号,用女招待?

丁　宝　什么老字号啊!越老越不值钱!不信,我现在要是二十八岁,就是叫小小丁宝,小丁宝贝,也没人看我一眼!

〔茶客甲、乙上。

王利发　二位早班儿！带着叶子哪？老大拿开水去！（王大拴下）二位，对不起，茶钱先付！

茶客甲　没听说过！

王利发　我开过几十年茶馆，也没听说过！可是，您圣明：茶叶、煤球儿都一会儿一个价钱，也许您正喝着茶，茶叶又长了价钱！您看，先收茶钱不是省得麻烦吗？

茶客乙　我看哪，不喝更省事！（同茶客甲下）

王大拴　（提来开水）怎么？走啦！

王利发　这你就明白了！

丁　宝　我要是过去说一声："来了？小子？"他们准给一块现大洋！

王利发　你呀，老大，比石头还顽固！

王大拴　（放下壶）好吧，我出去蹓蹓，这里出不来气！（下）

王利发　你出不来气，我还憋得慌呢！

〔小刘麻子上，穿着洋服，夹着皮包。

小刘麻子　小丁宝，你来啦？

丁　宝　有你的话，谁敢不来呀！

小刘麻子　王掌柜，看我给你找来的小宝贝怎样？人材、岁数、打扮、经验，样样出色！

王利发　就怕我用不起吧？

小刘麻子　没的事！她不要工钱！是吧，小丁宝？

王利发　不要工钱？

小刘麻子　老头儿，你都甭管，全听我的，我跟小丁宝有我们一套办法！是吧，小丁宝？

丁　宝　要是没你那一套办法，怎会缺德呢！

小刘麻子　缺德？你算说对了！当初，我爸爸就是由这儿绑出去的；不信，你问王掌柜。是吧，王掌柜？

王利发　我亲眼得见！

小刘麻子　你看，小丁宝，我不乱吹吧？绑出去，就在马路中间，磕喳一刀！是吧，老掌柜？

王利发　听得真真的！

小刘麻子　我不说假话吧？小丁宝！可是，我爸爸到底差点事，一辈子混的并不怎样。轮到我自己出头露面了，我必得干的特别出色。（打开皮包，拿出计划书）看，小丁宝，看看我的计划！

丁　宝　我没那么大的工夫！我看哪，我该回家，休息一天，明天来上工。

王利发　丁宝，我还没想好呢！

小刘麻子　王掌柜,我都替你想好啦!不信,你等着看,明天早上,小丁宝在门口儿歪着头那么一站,马上就进来二百多茶座儿!小丁宝,你听听我的计划,跟你有关系。

丁　宝　哼!但愿跟我没关系!

小刘麻子　你呀,小丁宝,不够积极!听着……

〔取电灯费的进来。

取电灯费的　掌柜的,电灯费!

王利发　电灯费?欠几个月的啦?

取电灯费的　三个月的!

王利发　再等三个月,凑半年,我也还是没办法!

取电灯费的　那像什么话呢?

小刘麻子　地道真话嘛!这儿属沈处长管。知道沈处长吧?市党部的委员,宪兵司令部的处长!您愿意收他的电费吗?说!

取电灯费的　什么话呢,当然不收,对不起,我走错了门儿!(下)

小刘麻子　看,王掌柜,你不听我的行不行?你那套光绪年的办法太守旧了!

王利发　对!要不怎么说,人要活到老学到老呢!我还得多学!

小刘麻子　就是嘛!

〔小唐铁嘴进来,穿着绸子夹袍,新缎鞋。

小刘麻子　哎哟,他妈的是你,小唐铁嘴!

小唐铁嘴　哎哟,他妈的是你,小刘麻子!来,叫爷爷看看!(看前看后)你小子行,洋服穿的像那么一回事,由后边看哪,你比洋人还更像洋人!老王掌柜,我夜观天象,紫微星发亮,不久必有真龙天子出现,所以你看我跟小刘麻子,和这位……

小刘麻子　小丁宝,九城闻名!

小唐铁嘴　……和这位小丁宝,才都这么才貌双全,文武带打,我们是应运而生,活在这个时代,真是如鱼得水!老掌柜,把脸转正了,我看看,好,好,印堂发亮,还有一步好运!来吧,给我碗喝吧!

王利发　小唐铁嘴!

小唐铁嘴　别再叫唐铁嘴,我现在叫唐天师!

小刘麻子　谁封你作了天师?

小唐铁嘴　待两天你就知道了。

王利发　天师,可别忘了,你爸爸白喝了我一辈子的茶,这可不能世袭!

小唐铁嘴　王掌柜,等我穿上八卦仙衣的时候,你会后悔刚才说了什么!你等着吧!

小刘麻子　小唐,待会儿我请你去喝咖啡,小丁宝作陪,你先听我说点正经事,好不好?

小唐铁嘴　王掌柜,你就不想想,天师今天白喝你点茶,将来会给你个县知事作作吗?好吧,小刘你说!

小刘麻子　我这儿刚跟小丁宝说,我有个伟大的计划!

小唐铁嘴　好!洗耳恭听!

小刘麻子　我要组织一个"拖拉斯"。这是个美国字,也许你不懂,翻成北京话就是"包圆儿"。

小唐铁嘴　我懂!就是说,所有的姑娘全由你包办。

小刘麻子　对!你的脑力不坏!小丁宝,听着,这跟你有密切关系!甚至于跟王掌柜也有关系!

王利发　我这儿听着呢!

小刘麻子　我要把舞女、明娼、暗娼、吉普女郎和女招待全组织起来,成立那么一个大"拖拉斯"。

小唐铁嘴　(闭着眼问)官方上疏通好了没有?

小刘麻子　当然!沈处长作董事长,我当总经理!

小唐铁嘴　我呢?

小刘麻子　你要是能琢磨出个好名字来,请你作顾问!

小唐铁嘴　车马费不要法币!

小刘麻子　每月送几块美钞!

小唐铁嘴　往下说!

小刘麻子　业务方面包括:买卖部、转运部、训练部、供应部,四大部。谁买姑娘,还是谁卖姑娘;由上海调运到天津,还是由汉口调运到重庆;训练吉普女郎,还是训练女招待;是供应美国军队,还是各级官员,都由公司统一承办,保证人人满意。你看怎样?

小唐铁嘴　太好!太好!在道理上,这合乎统制一切的原则。在实际上,这首先能满足美国兵的需要,对国家有利!

小刘麻子　好吧,你就给想个好名字吧!想个文雅的,像"柳叶眉,杏核眼,樱桃小口一点点"那种诗那么文雅的!

小唐铁嘴　嗯——"拖拉撕","拖拉撕"……不雅!拖进来,拉进来,不听话就撕成两半儿,倒好像是绑票儿撕票儿,不雅!

小刘麻子　对,是不大雅!可那是美国字,吃香啊!

小唐铁嘴　还是联合公司响亮、大方!

小刘麻子　有你这么一说!什么联合公司呢?

丁　宝　缺德公司就挺好!

小刘麻子　小丁宝,谈正经事,不许乱说!你好好干,将来你有作女招待总教官的希望!

小唐铁嘴　看这个怎样——花花联合公司?姑娘是什么?鲜花嘛!要姑娘就得多花钱,花呀花呀,所以花花。"青是山,绿是水,花花世界",又有典故,出自《武家坡》!好不好!

小刘麻子　小唐,我谢谢你,谢谢你!(热烈握手)我马上找沈处长去研究一下,他一赞成,你的顾问就算当上了!(收拾皮包,要走)

王利发　我说,丁宝的事到底怎么办?

小刘麻子　没告诉你不用管吗?"拖拉撕"统办一切,我先在这里试验试验。

丁　宝　你不是说喝咖啡去吗?

小刘麻子　问小唐去不去?

小唐铁嘴　你们先去吧,我还在这儿等个人。

小刘麻子　咱们走吧,小丁宝!

丁　宝　明天见,老掌柜!再见,天师!(同小刘麻子下)

小唐铁嘴　王掌柜,拿报来看看!

王利发　那,我得慢慢地找去。二年前的还许有几张!

小唐铁嘴　废话!

〔进来三位茶客:明师傅、邹福远和卫福喜。明师傅独坐,邹福远与卫福喜同坐。王利发都认识,向大家点头。

王利发　哥儿们,对不起啊,茶钱先付!

明师傅　没错儿,老哥哥!

王利发　唉!"茶钱先付",说着都烫嘴!(忙着沏茶)

邹福远　怎样啊?王掌柜!晚上还添评书不添啊?

王利发　试验过了,不行!光费电,不上座儿!

邹福远　对!您看,前天我在会仙馆,开三侠四义五霸十雄十三杰九老十五小,大破凤凰山,百鸟朝凤,棍打凤腿,您猜上了多少座儿?

王利发　多少?那点书现在除了您,没有人会说!

邹福远　您说的在行!可是,才上了五个人,还有俩听蹭儿的!

卫福喜　师哥,无论怎么说,你比我强!我又闲了一个多月啦!

邹福远　可谁叫你跳了行,改唱戏了呢?

卫福喜　我有嗓子,有扮相嘛!

邹福远　可是上了台,你又不好好地唱!

卫福喜　她唱一出戏,挣不上三个杂合面饼子的钱,我干嘛卖力气呢?我疯啦?

邹福远　唉！福喜,咱们哪,全叫流行歌曲跟《纺棉花》给顶垮喽！我是这么看,咱们死,咱们活着,还在其次,顶伤心的是咱们这点玩艺儿,再过几年都得失传！咱们对不起祖师爷！常言道:邪不侵正。这年头就是邪年头,正经东西全得连根儿烂！

王利发　唉！(转至明师傅处)明师傅,可老没来啦！

明师傅　出不来喽！包监狱里的伙食呢！

王利发　您！就凭您,办一二百桌满汉全席的手儿,去给他们蒸窝窝头？

明师傅　那有什么办法呢,现而今就是狱里人多呀！满汉全席？我连家伙都卖喽！

〔方六拿着几张画儿进来。

明师傅　六爷,这儿！六爷,那两桌家伙怎样啦？我等钱用！

方　六　明师傅,您挑一张画儿吧！

明师傅　啊？我要画儿干吗呢？

方　六　这可画的不错！六大山人、董弱梅画的！

明师傅　画的天好,当不了饭吃啊！

方　六　他把画儿交给我的时候,直掉眼泪！

明师傅　我把家伙交给你的时候,也直掉眼泪！

方　六　谁掉眼泪,谁吃炖肉,我都知道！要不怎么我累心呢！你当是干我们这一行,专凭打打小鼓就行哪？

明师傅　六爷,人总有颗人心哪,你还能坑老朋友吗？

方　六　一共不是才两桌家伙吗？小事儿,别再提啦,再提就好像不大懂交情了！

〔车当当敲着两块洋钱,进来。

车当当　谁买两块？买两块吧？天师,照顾照顾？(小唐铁嘴不语)

王利发　当当！别处转转吧,我连现洋什么模样都忘了！

车当当　那,你老人家就细细看看吧！白看,不用买票！(往桌上扔钱)

〔庞四奶奶进来,带着春梅。庞四奶奶的手上戴满各种戒指,打扮得像个女妖精。卖杂货的老杨跟进来。

小唐铁嘴　娘娘

方　六　　娘娘

车当当

庞四奶奶　天师！

小唐铁嘴　侍候娘娘！(让庞四奶奶坐,给她倒茶)

庞四奶奶　(看车当当要出去)当当,你等等！

车当当　嗻！

老　杨　（打开货箱）娘娘,看看吧!

庞四奶奶　唱唱那套词儿,还倒怪有个意思!

老　杨　是!美国针、美国线、美国牙膏、美国消炎片。还有口红、雪花膏、玻璃袜子细毛线。箱子小,货物全,就是不卖原子弹!

庞四奶奶　哈哈哈!（挑了两双袜子）春梅,拿着!当当,你跟老杨算账吧!

车当当　娘娘,别那么办哪!

庞四奶奶　我给你拿的本钱,利滚利,你欠我多少啦?天师,查帐!

小唐铁嘴　是!（掏小本）

车当当　天师,你甭操心,我跟老杨算去!

老　杨　娘娘,您行好吧!他能给我钱吗?

庞四奶奶　老杨,他坑不了你,都有我呢!

老　杨　是!（向众）还有哪位照顾照顾?（又要唱）美国针……

庞四奶奶　听够了!走!

老　杨　是!美国针、美国线,我要不走是混蛋!走,当当（同车当当下）

方　六　（过来）娘娘,我得到一堂景泰蓝的五供儿,东西老,地道,也便宜,坛上用顶体面,您看看吧?

庞四奶奶　请皇上看看吧!

方　六　是!皇上不是快登基了吗?我先给您道喜!我马上取去,送到坛上!娘娘多给美言几句,我必有份人心!（往外走）

明师傅　六爷,我的事呢?!

方　六　你先给我看着那几张画!（下）

明师傅　你等等!坑我两桌家伙,我还有把切菜刀呢!（追下）

庞四奶奶　王掌柜,康妈妈在这儿哪?请她出来!

小唐铁嘴　我去!（跑到后门）康老太太,您来一下!

王利发　什么事?

小唐铁嘴　朝廷大事!

〔康顺子上。

康顺子　干什么呀?

庞四奶奶　（迎上去）婆母!我是您的四侄媳妇,来接您,快坐下吧!（拉康顺子坐下）

康顺子　四侄媳妇?

庞四奶奶　是呀,您离开庞家的时候,我还没过门哪。

康顺子　我跟庞家一刀两断啦,找我干吗?

庞四奶奶　您的四侄子海顺呀,是三皇道的大坛主,国民党的大党员,又是沈处长的把兄弟,快作皇上啦,您不喜欢吗?

康顺子　快作皇上?

庞四奶奶　啊!龙袍都作好啦,就快在西山登基!

康顺子　在西山?

小唐铁嘴　老太太,西山一带有八路军。庞四爷在那一带登基,消灭八路,南京能够不愿意吗?

庞四奶奶　四爷呀都好,近来可是有点贪酒好色。他已经弄了好几个小老婆!

小唐铁嘴　娘娘,三宫六院七十二嫔妃,可有书可查呀!

庞四奶奶　你不是娘娘,怎么知道娘娘的委屈!老太太,我是这么想:您要是跟我一条心,我叫您作老太后,咱们俩一齐管着皇上,我这个娘娘不就好作一点了吗?老太太,您跟我去,吃好的喝好的,兜儿里老带着那么几块当当响的洋钱,够多么好啊!

康顺子　我要是不跟你去呢?

庞四奶奶　啊?不去?(要翻脸)

小唐铁嘴　让老太太想想,想想!

康顺子　用不着想,我不会再跟庞家的人打交道!四媳妇,你作你的娘娘,我作我的苦老婆子,谁也别管谁!刚才你要瞪眼睛,你当我怕你吗?我在外边也混了这么多年,磨练出来点了,谁跟我瞪眼,我会伸手打!(立起,往后走)

小唐铁嘴　老太太!老太太!

康顺子　(立住,转身对小唐铁嘴)你呀,小伙子,挺起腰板来,去挣碗干净饭吃,不好吗?(下)

庞四奶奶　(移怒于王利发)王掌柜,过来!你去跟那个老婆子说说,说好了,我送给你一袋子白面!说不好,我砸了你的茶馆!天师,走!

小唐铁嘴　王掌柜,我晚上还来,听你的回话!

王利发　万一我下半天就死了呢?

庞四奶奶　呸!你还不该死吗?(与小唐铁嘴、春梅同下)

王利发　哼!

邹福远　师弟,你看这算哪一出?哈哈哈!

卫福喜　我会二百多出戏,就是不懂这一出!你知道那个娘儿们的出身吗?

邹福远　我还能不知道!东霸天的女儿,在娘家就生过……得,别细说,咱们积点口德吧!

(王大拴回来。)

王利发　看着点,老大。我到后面商量点事!(下)

小二德子　（在外边大吼一声）闪开了！（进来）大拴哥，沏壶顶好的，我有钱！（掏出四块现洋，一块一块地放下）给算算，刚才花了一块，这儿还有四块，五毛打一个，我一共打了几个？

王大拴　十个。

小二德子　（用手指算）对！前天四个，昨天六个，可不是十个！大拴哥，你拿两块吧！没钱，我白喝你的茶；有钱，就给你！你拿吧！（吹一块，放在耳旁听听）这块好，就一块当两块吧，给你！

王大拴　（没接钱）小二德子，什么生意这么好啊？现大洋不容易看到啊！

小二德子　念书去了！

王大拴　把"一"字都念成扁担，你念什么书啊？

小二德子　（拿起桌上的壶来，对着壶嘴喝了一气，低声说）市党部派我去的，法政学院。没当过这么美的差事，太美，太过瘾！比在天桥好的多！打一个学生，五毛现洋！昨天揍了几个来着？

王大拴　六个。

小二德子　对！里边还有两个女学生！一拳一拳地下去，太美，太过瘾！大拴哥，你摸摸，摸摸！（伸臂）铁筋洋灰的！用这个揍男女学生，你想想，美不美？

王大拴　他们就那么老实，乖乖地叫你打？

小二德子　我专找老实的打呀！你当我是傻子哪？

王大拴　小二德子，听我说，打人不对！

小二德子　可也难说！你看教党义的那个教务长，上课先把手枪拍在桌上，我不过抡抡拳头，没动手枪啊！

王大拴　什么教务长啊，流氓！

小二德子　对！流氓！不对，那我也是流氓喽！大拴哥，你怎么绕着脖子骂我呢？大拴哥，你有骨头！不怕我这铁筋洋灰的胳臂！

王大拴　你就是把我打死，我不服你还是不服你，不是吗？

小二德子　喝，这么绕脖子的话，你怎么想出来的？大拴哥，你应当去教党义，你有文才！好啦，反正今天我不再打学生！

王大拴　干吗光是今天不打？永远不打才对！

小二德子　不是今天我另有差事吗？

王大拴　什么差事？

小二德子　今天打教员！

王大拴　干吗打教员？打学生就不对，还打教员？

小二德子　上边怎么交派，我怎么干！他们说，教员要罢课。罢课就是不老实，不老实就得揍！他们叫我上这儿等着，看见教员就揍！

邹福远　（嗅出危险）师弟，咱们走吧！
卫福喜　走！（同邹福远下）
小二德子　大拴哥，你拿着这块钱吧！
王大拴　打女学生的钱，我不要！
小二德子　（另拿一块）换换，这块是打男学生的，行了吧！（看王大拴还是摇头）这么办，你替我看着点，我出去买点好吃的，请请你，活着还不为吃点喝点老三点吗？（收起现洋，下）
　　〔康顺子提着小包出来。王利发与周秀花跟着。
康顺子　王掌柜，你要是改了主意，不让我走，我还可以不走！
王利发　我……
周秀花　庞四奶奶也未必敢砸茶馆！
王利发　你怎么知道？三皇道是好惹的？
康顺子　我顶不放心的还是大力的事！只要一走漏了消息，大家全完！那比砸茶馆更厉害！
王大拴　大婶，走！我送您去！爸爸，我送送她老人家，可以吧？
王利发　嗯——
周秀花　大婶在这儿受了多少年的苦，帮了咱们多少忙，还不应当送送？
王利发　我并没说不叫他送！送！送！
王大拴　大婶，等等，我拿件衣服去。（下）
周秀花　爸，您怎么啦？
王利发　别再问我什么，我心里乱！一辈子没这么乱过！媳妇，你先陪大婶走，我叫老大追你们！大婶，外边不行啊，就还回来！
周秀花　老太太，这儿永远是您的家！
王利发　可谁知道也许……
康顺子　我也不会忘了你们！老掌柜，你硬硬朗朗的吧！（同周秀花下）
王利发　（送了两步，立住）硬硬朗朗的干什么呢？
　　〔谢勇仁和于厚斋进来。
谢勇仁　（看看墙上，先把茶钱放在桌上）老人家，沏一壶来。（坐）
王利发　（先收钱）好吧。
于厚斋　勇仁，这恐怕是咱们末一次坐茶馆了吧？
谢勇仁　以后我倒许常来。我决定改行，去蹬三轮儿！
于厚斋　蹬三轮一定比当小学教员强！
谢勇仁　我偏偏教体育，我饿，学生们饿，还要运动，不是笑话吗？
　　〔王小花跑进来。

王利发　小花,怎这么早就下了学呢?

王小花　老师们罢课啦!(看见于厚斋、谢勇仁)于老师,谢老师!你们都没上学去,不教我们啦?还教我们吧!见不着老师,同学们都哭啦!我们开了个会,商量好,以后一定都守规矩,不招老师们生气!

于厚斋　小花!老师们也不愿意耽误了你们的功课。可是,吃不上饭,怎么教书呢?我们家里也有孩子,为教别人的孩子,叫自己的孩子挨饿,不是不公道吗?好孩子,别着急,喝完茶,我们开会去,也许能够想出点办法来!

谢勇仁　好好在家温书,别乱跑去,小花!

〔王大拴由后面出来,夹着个小包。

王小花　爸,这是我的两位老师!

王大拴　老师们,快走!他们埋伏下了打手!

王利发　谁?

王大拴　小二德子!他刚出去,就回来!

王利发　二位先生,茶钱退回,(递钱)请吧!快!

王大拴　随我来!

〔小二德子上。

小二德子　街上有游行的,他妈的什么也买不着!大拴哥,你上哪儿?这俩是谁?

王大拴　喝茶的!(同于厚斋、谢勇仁往外走)

小二德子　站住!(三人还走)怎么?不听话?先揍了再说!

王利发　小二德子!

小二德子　(拳已出去)尝尝这个!

谢勇仁　(上面一个嘴巴,下面一脚)尝尝这个!

小二德子　哎哟!(倒下)

王小花　该!该!

谢勇仁　起来,再打!

小二德子　(起来,捂着脸)喝!喝!(往后退)喝!

王大拴　快走!(扯二人下)

小二德子　(迁怒)老掌柜,你等着吧,你放走了他们,待会儿我跟你算帐!打不了他们,还打不了你这个糟老头子吗?(下)

王小花　爷爷,爷爷!小二德子追老师们去了吧?那可怎么好!

王利发　他不敢!这路人我见多了,都是软的欺,硬的怕!

王小花　他要是回来打您呢?

王利发　我？爷爷会说好话呀。
王小花　爸爸干什么去了？
王利发　出去一会儿，你甭管！上后边温书去吧，乖！
王小花　老师们可别吃了亏呀，我真不放心！（下）
　　　　〔丁宝跑进来。
丁　宝　老掌柜，老掌柜！告诉你点事！
王利发　说吧，姑娘！
丁　宝　小刘麻子呀，没安着好心，他要霸占这个茶馆！
王利发　怎么霸占？这个破茶馆还值得他们霸占？
丁　宝　待会儿他们就来，我没工夫细说，你打个主意吧！
王利发　姑娘，我谢谢你！
丁　宝　我好心好意来告诉你，你可不能卖了我呀！
王利发　姑娘，我还没老胡涂了！放心吧！
丁　宝　好！待会儿见！（下）
　　　　〔周秀花回来
周秀花　爸，他们走啦。
王利发　好！
周秀花　小花的爸说，叫您放心，他送到了地方就回来。
王利发　回来不回来都随他的便吧！
周秀花　爸，您怎么啦？干吗这么不高兴？
王利发　没事！没事！看小花去吧。她不是想吃热汤面吗？要是还有点面的话，给她做一碗吧，孩子怪可怜的，什么也吃不着！
周秀花　一点白面也没有！我看看去，给她作点杂合面疙瘩汤吧！（下）
　　　　〔小唐铁嘴回来。
小唐铁嘴　王掌柜，说好了吗？
王利发　晚上，晚上一定给你回话！
小唐铁嘴　王掌柜，你说我爸爸白喝了一辈子的茶，我送你几句救命的话，算是替他还帐吧。告诉你，三皇道现在比日本人在这儿的时候更厉害，砸你的茶馆比砸个砂锅还容易！你别太大意了！
王利发　我知道！你既买我的好，又好去对娘娘表表功！是吧？
　　　　〔小宋恩子和小吴祥子进来，都穿着新洋服。
小唐铁嘴　二位，今天可够忙的？
小宋恩子　忙得厉害！教员们大暴动！
王利发　二位，"罢课"改了名儿，叫"暴动"啦？
小唐铁嘴　怎么啦？

小吴祥子　他们还能反到天上去吗?到现在为止,已经抓了一百多,打了七十几个,叫他们反吧!

小宋恩子　太不知好歹!他们老老实实的,美国会送来大米、白面嘛!

小唐铁嘴　就是!二位,有大米、白面,可别忘了我!以后,给大家的坟地看风水,我一定尽义务!好!二位忙吧!(下)

小吴祥子　你刚才问,"罢课"改叫"暴动"啦?王掌柜!

王利发　岁数大了,不懂新事,问问!

小宋恩子　哼!你就跟他们是一路货!

王利发　我?您太高抬我啦!

小吴祥子　我们忙,没工夫跟你废话,说干脆的吧!

王利发　什么干脆的?

小宋恩子　教员们暴动,必有主使的人!

王利发　谁?

小吴祥子　昨天晚上谁上这儿来啦?

王利发　康大力!

小宋恩子　就是他!你把他交出来吧!

王利发　我要是知道他是哪路人,还能够随便说出来吗?我跟你们的爸爸打交道多少年,还不懂这点道理?

小吴祥子　甭跟我们拍老腔,说真的吧!

王利发　交人,还是拿钱,对吧!

小宋恩子　你真是我爸爸教出来的!对啦,要是不交人,就把你的金条拿出来!别的铺子都随开随倒,你可混了这么多年,必定有点底!

〔小二德子匆匆跑来。

小二德子　快走!街上的人不够用啦!快走!

小吴祥子　你小子管干吗的?

小二德子　我没闲着,看,脸都肿啦!

小宋恩子　掌柜的,我们马上回来,你打主意吧!

王利发　不怕我跑了吗?

小吴祥子　老梆子,你真逗气儿!你跑到阴间去,我们也会把你抓回来!(打了王利发一掌,同小宋恩子、小二德子下)

王利发　(向后叫)小花!小花的妈!

周秀花　(向王小花跑出来)我都听见了!怎么办?

王利发　快走!追上康妈妈!快!

王小花　我拿书包去!(下)

周秀花　拿上两件衣裳,小花!爸,剩您一个人怎么办?

王利发　这是我的茶馆,我活在这儿,死在这儿!

〔王小花挎着书包,夹着点东西跑回来。

周秀花　爸爸!

王小花　爷爷!

王利发　都别难过,走!(从怀中掏出所有的钱和一张旧相片)媳妇,拿着这点钱,小花,拿着这个,老裕泰三十年前的相片,交给你爸爸!走吧!

〔小刘麻子同丁宝回来。

小刘麻子　小花,教员罢课,你住姥姥家去呀?

王小花　对啦!

王利发　(假意地)媳妇,早点回来!

周秀花　爸,我们住两天就回来!(同王小花下)

小刘麻子　王掌柜,好消息!沈处长批准了我的计划!

王利发　大喜,大喜!

小刘麻子　您也大喜,处长也批准修理这个茶馆!我一说,处长说好!他呀老把"好"说成"蒿",特别有个洋味儿!

王利发　都是怎么一回事?

小刘麻子　从此你算省心了!这儿全属我管啦,你搬出去!我先跟你说好了,省得以后你麻烦我!

王利发　那不能!凑巧,我正想搬家呢。

丁　宝　小刘,老掌柜在这儿多少年啦,你就不照顾他一点吗?

小刘麻子　看吧!我办事永远厚道!王掌柜,我接处长去,叫他看看这个地方。你把这儿好好收拾一下!小丁宝,你把小心眼找来,迎接处长!带点香水,好好喷一气,这里臭哄哄的!走!(同丁宝下)

王利发　好!真好!太好!哈哈哈!

〔常四爷提着小筐进来,筐里有些纸钱和花生米。他虽年过七十,可是腰板还不太弯。

常四爷　什么事这么好哇,老朋友!

王利发　哎哟!常四哥!我正想找你这么一个人说说话儿呢!我沏一壶顶好的茶来,咱们喝喝!(去沏茶)

〔秦仲义进来。他老的不像样子了,衣服也破旧不堪。

秦仲义　王掌柜在吗?

常四爷　在!您是……

秦仲义　我姓秦。

常四爷　秦二爷。

王利发　（端茶来）谁？秦二爷？正想去告诉您一声，这儿要大改良！坐！坐！

常四爷　我这儿有点花生米，（抓）喝茶吃花生米，这可真是个乐子！

秦仲义　可是谁嚼得动呢？

王利发　看多么邪门，好容易有了花生米，可全嚼不动！多么可笑！怎样啊？秦二爷！（都坐下）

秦仲义　别人都不理我啦，我来跟你说说，我到天津去了一趟，看看我的工厂！

王利发　不是没收了吗？又物归原主啦？这可是喜事！

秦仲义　拆了！

常四爷
王利发　拆了？

秦仲义　拆了！我四十年的心血啊，拆了！别人不知道，王掌柜你知道：我从二十多岁起，就主张实业救国。到而今……抢去我的工厂，好，我的势力小，干不过他们！可倒好好地办哪，那是富国裕民的事业呀！结果，拆了，机器都当碎铜烂铁卖了！全世界，全世界找得到这样的政府找不到？我问你！

王利发　当初，我开的好好的公寓，您非盖仓库不可。看，仓库查封，货物全叫他们偷光！当初，我劝您别把财产都出手，您非都卖了开工厂不可！

常四爷　还记得吧！当初，我给那个卖小妞的小媳妇一碗面吃，您还说风凉话呢。

秦仲义　现在我明白了！王掌柜，求你一件事吧：（掏出一二机器小零件和一支钢笔管来）工厂拆平了，这是我由那儿捡来的小东西。这支笔上刻着我的名字呢，它知道，我用它签过多少张支票，写过多少计划书。我把它们交给你，没事的时候，你可以跟喝茶的人们当个笑话谈谈，你说呀：当初有那么一个不知好歹的秦某人，爱办实业。办了几十年，临完他只由工厂的土堆里捡回来这么点小东西！你应当劝告大家，有钱哪，就该吃喝嫖赌，胡作非为，可千万别干好事！告诉他们哪，秦某人七十多岁了才明白这点大道理！他是天生来的笨蛋！

王利发　您自己拿着这支笔吧，我马上就搬家啦！

常四爷　搬到哪儿去？

王利发　哪儿不一样呢！秦二爷，常四爷，我跟你们不一样，二爷财大业大心胸大，树大可就招风啊！四爷你，一辈子不服软，敢作敢当，专打抱不平。我呢,作了一辈子顺民,见谁都请安、鞠躬、作揖。我只盼着呀,孩子们有出息,冻不着,饿不着,没灾没病!可是,日本人在这儿,二栓子逃跑啦,老婆想儿子想死啦!好容易,日本人走啦,该缓一口气了吧?谁知道,(惨笑)哈哈,哈哈,哈哈!

常四爷　我也不比你强啊!自食其力,凭良心干了一辈子啊,我一事无成!七十多了,只落得卖花生米!个人算什么呢,我盼哪,盼哪,只盼国家像个样儿,不受外国人欺侮。可是……哈哈!

秦仲义　日本人在这儿,说什么合作,把我的工厂就合作过去了。咱们的政府回来了,工厂也不怎么又变成了逆产。仓库里(指后边)有多少货呀,全完!还有银号呢,人家硬给加官股,官股进来了,我出来了!哈哈!

王利发　改良,我老没忘了改良,总不肯落在人家后头。卖茶不行啊,开公寓。公寓没啦,添评书!评书也不叫座儿呀,好,不怕丢人,想添女招待!人总得活着吧?我变尽了方法,不过是为活下去!是呀,该贿赂的,我就递包袱。我可没作过缺德的事,伤天害理的事,为什么就不叫我活着呢?我得罪了谁?谁?皇上,娘娘那些狗男女都活得有滋有味的,单不许我吃窝窝头,谁出的主意?

常四爷　盼哪,盼哪,只盼谁都讲理,谁也不欺侮谁!可是,眼看着老朋友们一个个的不是饿死,就是叫人家杀了,我呀就是有眼泪也流不出来喽!松二爷,我的朋友,饿死啦,连棺材还是我给他化缘化来的!他还有我这么个朋友,给他化了一口四块板的棺材;我自己呢?我爱咱们的国呀,可是谁爱我呢?看,(从筐中拿出些纸钱)遇见出殡的,我就捡几张纸钱。没有寿衣,没有棺材,我只好给自己预备下点纸钱吧,哈哈,哈哈!

秦仲义　四爷,让咱们祭奠祭奠自己,把纸钱撒起来,算咱们三个老头子的吧!

王利发　对!四爷,照老年间出殡的规矩,喊喊!

常四爷　(立起,喊)四角儿的跟夫,本家赏钱一百二十吊!(撒起几张纸钱)①

秦仲义
王利发　一百二十吊!

---

① 三四十年前,北京富人出殡,要用三十二人、四十八人或六十四人抬棺材,也叫抬杠。另有四位杠夫拿着拨旗,在四角跟随。杠夫换班须注意拨旗,以便进退有序;一班也叫一拨儿。起杠时和路祭时,领杠者须喊"加钱"——本家或姑奶奶当给杠夫酒钱。加钱数目须夸大地喊出来。在喊加钱时,有人撒起纸钱来。

秦仲义　（一手拉住一个）我没的说了，再见吧！（下）
王利发　再见！
常四爷　再喝你一碗！（一饮而尽）再见！（下）
王利发　再见！
　　　　〔丁宝与小心眼进来。
丁　宝　他们来啦！老大爷！（往屋中喷香水）
王利发　好，他们来，我躲开！（捡起纸钱，往后边走）
小心眼　老大爷，干嘛撒纸钱呢？
王利发　谁知道！（下）
　　　　〔小刘麻子进来。
小刘麻子　来啦？一边一个站好！
　　　　〔丁宝、小心眼分左右在门内立好。
　　　　〔门外有汽车停住声，先进来两个宪兵。沈处长进来，穿军便服；高靴，带马刺；手执小鞭。后面跟着二宪兵。
沈处长　（检阅似的，看丁宝、小心眼，看完一个说一声）好（蒿）！
　　　　〔丁宝摆上一把椅子，请沈处长坐。
小刘麻子　报告处长，老裕泰开了六十多年，九城闻名，地点也好，借着这个老字号，作我们的一个据点，一定成功！我打算照旧卖茶，派（指）小丁宝和小心眼作招待。有我在这儿监视着三教九流，各色人等，一定能够得到大量的情报！
沈处长　好（蒿）！
　　　　〔丁宝由宪兵手里接过骆驼牌烟，上前献烟；小心眼接过打火机，点烟。
小刘麻子　后面原来是仓库，货物已由处长都处理了，现在空着。我打算修理一下，中间作小舞厅，两旁布置几间卧室，都带卫生设备。处长清闲的时候，可以来跳跳舞，玩玩牌，喝喝咖啡。天晚了，高兴住下，您就住下。这就算是处长个人的小俱乐部，由我管理，一定要比公馆里更洒脱一点，方便一点，热闹一点！
沈处长　好（蒿）！
丁　宝　处长，我可以请示一下吗？
沈处长　好（蒿）！
丁　宝　这儿的老掌柜怪可怜的。好不好给他作一身制服，叫他看看门，招呼贵宾们上下汽车？他在这儿几十年了，谁都认识他，简直可以算是老头儿商标！

沈处长　好(蒿)！传！

小刘麻子　是！(往后跑)王掌柜！老掌柜！我爸爸的老朋友,老大爷！(入。过一会儿又跑回来)报告处长,他也不知怎么上了吊,吊死啦！

沈处长　好(蒿)！好(蒿)！

——幕落·全剧终

(原载《老舍文集》第11卷,人民文学出版社1987年版)

田 汉

关汉卿(选场)

第六场

玉仙楼后台。

〔关汉卿跟卸了装的马二、燕山秀、赛帘秀们从绣幕的门帘后面紧张地窥着前台的表演和观客席的情况。他们偶然低声说一两句话。后台的管事们和蒙古的卫士们不时走动。

〔场上正演唱着《窦娥冤》的第四折末段:

魂旦:(唱尾声)你将那滥官污吏都杀坏,敕赐金牌势剑吹毛快,与一人分忧,万民除害。(观众席发出的喝采声。有人叫"与万民除害!")

魂旦:(白)父亲,俺婆婆年纪高大,无人奉养。

天章:好孝顺孩儿也!

魂旦:(唱)嘱咐你个爷爷,迁葬了奶奶,恩养俺婆婆,可怜见她年纪高大。后将文卷舒开,将俺屈死的于伏罪名儿改。(外场喝彩声。)

天章:天色明了。你将那扬州府官吏那几个是问窦娥的,都与我拿上来!

张千:理会的……

〔台上还是进行末场戏,朱帘秀作窦娥魂子装下场。

〔关汉卿感动地扶着她进后台。徒弟们拥上去,香桂给她茶喝。

关汉卿　快歇会儿,四姐!你演得真好。我自己也没想到这戏有这么大力量。

朱帘秀　(一面卸去魂串)好像有人叫起来了。

关汉卿　有人叫"与万民除害"。

〔王和卿与何总管兴奋地赶到后台。

王和卿　哎呀,帘秀,演得真好。这么短的日子赶出这么好的戏!(向关汉卿)汉卿,你还真是了不起的悲剧作者。不过,话又说回来了,不抓这样的机会,这戏也真没法儿演出。

关汉卿　真是得谢谢你。

王和卿　不用谢了,以后再到你府上,别下逐客令就不错了。

〔大家大笑。

关汉卿　四姐,快下装吧,你真累坏了。

何总管　别卸了,就这样换上第一折的衣裳,同我见老太太去。老太太今天可高兴呐,黄手绢都搽湿好几块儿啦。她老人家说:"从没瞧过这么好的戏。一定得见见那个可怜的小媳妇儿,赏她点什么,别太委屈这孩子了!"伯颜夫人见老太太高兴,也说:"这戏不错。"我这戏提调这回算当上了。

〔蒙装侍卫急上。

侍　卫　快点儿吧,老太太等急了。

何总管　这就来了,再插几朵花儿,擦上点儿粉吧,老太太不喜欢太素净的小媳妇儿。

〔朱帘秀在徒弟们的帮助下匆匆再化妆。

〔后台管事上来。

后台管事　(向何总管)总管,王千户要见见朱大姐跟关解元。

何总管　就是那位益州千户王著吗?请他进来!(管事将下,对关汉卿)一个挺爽快挺热情的人,刚才台底下"为万民除害"就是他叫的,见见他吧。

关汉卿　好。

〔王著,一个魁伟的军官,随管事进来。

王　著　(向何总管)何总管,哪一位是刚才演窦娥的?

何总管　(指正在薄施脂粉的朱帘秀)就是这一位。

王　著　你演得真好。你说出了我们心里的话。"官吏们无心正法,使百姓有口难言。"

朱帘秀　谢谢您,这是关解元他写得好。(指关汉卿)

王　著　不过,也亏你唱得那么有情感,有力量,每个字都打进了我们的心。

侍　卫　(向朱帘秀)快去吧,老太太等着哩。

朱帘秀　(向王著)您多指教,我见老太太去,不陪您了。

(再对镜整整衣,对徒弟们)你们先回去吧!

〔何总管、侍卫们拥朱帘秀下。徒弟们拾掇东西,有的走了。

王　著　(向关汉卿)关先生,看过您好些戏。这出戏最感动我,今天也感动了好些人。恕我冒昧问一声,您这出戏是不是从朱小兰的案子想起来的？
关汉卿　（很窘）哦，不，我是写一件历史故事。
王　著　是。您真该多写这样的历史故事。
　　　　〔后台管事和叶和甫引左丞郝祯大模大样地走进来。
郝　祯　朱帘秀在哪儿啦？
后台管事　回郝大人，刚才何总管领她见老太太去啦。
郝　祯　唔，哪一位是关汉卿呐？
关汉卿　……
叶和甫　（指关汉卿）这位就是。
郝　祯　（打量关汉卿）你就是打本子的关汉卿？你认识我吗？
关汉卿　……
叶和甫　左丞郝祯郝大人。
关汉卿　哦，郝——
郝　祯　你不是在太医院吗？还会写戏？
关汉卿　写得不好。
郝　祯　何必过谦呢。写得不错啊，老太太们都给感动了。哈哈哈，咱们阿合马老大人也看了半场。明儿个还要烦一场。《望江亭》不要了，换《窦娥冤》了。知道吗？
关汉卿　……
郝　祯　换可是换，好些地方得请尊驾给修改一下。（向叶和甫）刚才老大人吩咐下来的几个地方都记下来了？
叶和甫　都记下来了。
郝　祯　条儿呢？
叶和甫　在这儿哩。
郝　祯　（顺手接过，交关汉卿）照条儿上记的都给改一改，行吗？
关汉卿　（接过匆匆看了一下）这恐怕不行，把这些全改了，就不成一个戏了。
　　　　〔王和卿也接过去看。
郝　祯　本来就不成一个戏嘛。咱们当官的不算，连天地鬼神都骂起来了，还成个戏吗？要不是碍着老太太，我们老大人早动火了，还是我——
叶和甫　对，还是郝大人在旁边说好说歹的，老大人才吩咐"叫关汉卿改一改，明晚再演"。
关汉卿　不，不好改。
郝　祯　"不好改"？回答得挺干脆。可是老大人吩咐："不改好，不许演！"

王和卿　汉卿,那就改一改吧!

关汉卿　不行,宁可不演,不好改。

郝　祯　瞧你这死心眼儿,你们的孔圣人不也说:"过则勿惮改"吗?

关汉卿　那是说有过——

郝　祯　难道说你还无过?——

　　　　〔何总管拥朱帘秀抱了好些赏赐回来。

何总管　哎呀,老太太今天可高兴呐。瞧,赏多少东西!这是从来没有过的事啊!

郝　祯　(向何总管)老何,你听着!

何总管　(见形势不对)是、是,郝大人。

郝　祯　明天还是这个时候。

何总管　是。

郝　祯　还是这个园子。

何总管　是。

郝　祯　还是这个戏,咱老大人再烦一场,知道吗?

何总管　是,知道了。

郝　祯　可是本子得全按改过的唱,条儿已经交给关汉卿了。

关汉卿　(决然地)郝大人,请您上复阿合马大人,说这出戏宁可不再演了,不好改动,照那样改动,面目全非,就不是原来的《窦娥冤》了。

郝　祯　哈哈,关汉卿你也够傻的了。你当咱老大人愿意看你原来的《窦娥冤》吗?没有什么说的了,戏是既得改,又得演。不改不演,要你们的脑袋!

　　　　〔侍卫们拥着郝祯怫然下场。
　　　　〔叶和甫留下来。

叶和甫　己斋,我早说过这戏会有麻烦不是?好汉不吃眼前亏,改一改吧!刚才忽辛少座把你戏里头骂他的话都告诉老大人了。你那些词儿有的就简直刺痛了老大人自己,他有个不生气的?咱们搞这行的左不过是"逢场作戏"嘛。马马虎虎修改几条,少说几句,一场天大的风险不就过去了?好,己斋,听听老朋友的话吧!

关汉卿　(忍耐不住)你是什么老朋友,你是奸细!

王和卿　(怕他失言)汉卿!

叶和甫　瞧,人家好心好意地帮你的忙,你还是这样老脾气。

王和卿　老叶,你别说了,汉卿正在火头上。

叶和甫　老大人也正在火头上,那就看谁的火烧谁了。再见吧。(原形毕露地下去)

王和卿　（目送叶和甫）真没想到他会是这样的家伙！
　　　　〔王著走出来，热情地拉着关汉卿的手。
王　著　关先生，今天真有幸，不止看了您的好戏，还看了您的为人。您这样爱重自己的戏，用性命保护自己的戏，真叫我们更感动、更爱您。对的，宁可不演，断不能改。再一说，这样的好戏还得大大地演。大都不能演，可以到别的地方去演；北方不能演，可以到南方去演；中国还大得很哩。你们什么时候到我们益州去演呢？我一定款待你们。看了你们的戏，我忍不住叫了起来。你到老百姓中间去演，叫的人一定会更多。是的，我们一定得"为万民除害"，一定不能同滥官污吏们善罢甘休。你们多多保重，我告辞了。（跟大家招呼之后昂然地走了）
王和卿　比起来这就算个人，叶和甫只能算个耗子。
朱帘秀　汉卿，那么怎么办呢，听得台底下叫起来，我就知道一定要出乱子。还有赛帘秀今天也冒上了，她好像又加了几句词儿，我心里直打哆嗦。
何总管　关先生，没别的，您多受累，今天就照条儿上的给改一改吧，明天上半天帘秀他们还得对一对词，晚上还不能演砸了，是不是？刚才老叶也说得对。有的也不用改，少说几句得了。像"官吏们无心正法"什么的，就干脆免了吧。至于骂天骂地，我看唱顺了就唱唱也死不了人。老实说，这些大人、老爷们就怕刺痛当官的，至于怨天恨地，他们觉得事不关己，也就带过去了。
王和卿　您说得对极了。
何总管　好，大家回去吧！帘秀这几天赶出这么个大戏真够累的了。早点回去歇歇，还得养息点气力对付明天的戏。虽说有了这场风波，可是老太太赏给你那些好东西，还那样疼你，甚至说要收你做干闺女，够你高兴的了。好，明儿见。
大　家　明儿见。
何总管　（回过头来）关先生，大丈夫能屈能伸，改一改吧，吓？
　　　　〔何总管领管事们同下。场上剩下卸好了装的朱帘秀和关汉卿、王和卿。
朱帘秀　那么，汉卿、和卿先生，快拿个主意吧。
王和卿　（暂时沉默之后）今天的戏演得真动人。官儿们中间也有感动的，王千户就是一个例子。可是越演得动人，心里有毛病的就越受不了。阿合马在朝势压群僚，多少人倒在他手里，怎么肯轻轻放过咱们？幸而汉卿毕竟是当今名士，他们还不敢轻易动手。再加伯颜老太太又欢喜这个戏，接见了帘秀，不然，真不堪设想。汉卿很坚

关汉卿	决是好的。可是于今戏不改就不能演,人家定了场子,不演也不成。生死祸福就看我们自己决定了。
关汉卿	我已经决定了,宁可不演,断然不改。
王和卿	可是刚说的,已经不能够不演啊。
朱帘秀	(决心)那么,照样演,不改。
王和卿	那怎么能瞒得过这些老奸巨猾?你没有听得郝祯说"不改不演,要你们脑袋"吗?
朱帘秀	(想了一下)这么办吧,和卿先生,请您设法让汉卿连夜离开大都。(对关汉卿)汉卿,你走吧。这里的事由我承担,你放心,我宁可不要这颗脑袋,也不让你的戏受一点损失。
关汉卿	那怎么成,不要脑袋就都不要吧!

第八场

元至元十九年(1282)三月末的大都狱中。

〔深夜,狱吏设案问供,狱卒狰狞分列,虽在暮春,气象严冷。
〔狱吏翻案件后,望望管牢房的禁子和禁婆。

狱 吏	这几天关汉卿还安静吗?
禁 子	还好。
狱 吏	谁来看过他?
禁 子	他的家人关忠。
狱 吏	就他吗?
禁 子	还有杨显之、梁进之等人,王实甫也托人送了些吃用的东西。还有一位刘大娘跟她女儿带东西来要见他,没有让她们见。
狱 吏	东西都给了关汉卿吗?
禁 子	照您吩咐的,都给了他。
狱 吏	以后,谁也不让见,也不许人家送东西给他。(望禁婆)朱帘秀也是一样,知道吗?
禁 子 禁 婆	知道了。
狱 吏	有谁来看过朱帘秀?
禁 婆	她的徒弟燕山秀也来过,何总管也托人送了些东西。
狱 吏	还有呢?
禁 婆	没有了。

狱　　吏　从今天起多留点儿神!
禁　　婆　是了。
狱　　吏　那个赛帘秀呢?还骂吗?
禁　　婆　还骂,可是也安静些了。只是眼睛里还出血,给她医吗?
狱　　吏　说不定上面要提她,不要死在咱们这里,找个大夫给她擦点儿药吧。有人来看她吗?
禁　　婆　一个唱戏的欠要俏几乎每隔两天就来看她一次。
狱　　吏　唔,以后也不让看了。来,提关汉卿!
狱　　卒　提关汉卿!
　　〔禁子下,不一时,闻铁链镣铐相击声。关汉卿上。
禁　　子　跪下!
　　〔关汉卿昂然不跪,禁子拿棒要敲他的腿。
狱　　吏　(制止)别难为他。(向关汉卿)关汉卿,你坐下吧。(向狱卒)给他一条小凳。
　　〔狱卒给凳,关汉卿坐下。
狱　　吏　怎么样?这些日子还好吗?
关汉卿　唔,日月照肝胆,霜雪添须眉,可还死不了。
狱　　吏　是啊,真是不愿你死啊,你的文章我不懂,可是你的医道真高明,我娘吃了你的药好多了。她是多年的风湿,真没有想到好得那么快,已经能拄着拐杖自己走道儿了。
关汉卿　走走有好处,老年人可也不能太累。
狱　　吏　是是,真是谢谢你。可是,关汉卿,你的案情越扯越大了。说老实的,恐怕很难救你,怎么办呢?
　　〔狱卒中也有人交头接耳。
关汉卿　(诧异)"越扯越大"了?
狱　　吏　对。大得够瞧的了。你认识一个叫王著的吗?
关汉卿　王著?
狱　　吏　对。当益州千户的王著,记得吗?你跟他什么交情?
关汉卿　唔,记起来了,有这么个人,在玉仙楼演《窦娥冤》的时候,他到后台来看过我们。
狱　　吏　他看了你们的戏,很受感动,对吗?
关汉卿　他那么说,他很兴奋,还在场子里喊过"与万民除害"。我们就见过那一次,没有什么交情。
狱　　吏　是啊,他后来就当真干起来了!祸闯得不小。你有一位老朋友叫叶和甫的吗?

关汉卿　唔,有那么一个人,不是什么老朋友。
狱　吏　他要来跟你谈谈。
关汉卿　我跟他没有什么可谈的。
狱　吏　谈谈吧,对你许有些好处。(向内)叶先生,请吧!
　　　　〔叶和甫从里面走出来,对关汉卿很关切的口气。
叶和甫　哎呀,老朋友,真想不到在这样的地方跟你见面。当初你不听我的话,我害怕总会有这么一天,所以我说,《窦娥冤》最好别写,要写必定是祸多福少,现在怎么样?不幸而言中了吧。
关汉卿　(鄙夷地)你要跟我谈什么,快说吧。
叶和甫　瞧你,还这么急性子,不是应该熬炼得火气小一点儿吗?
关汉卿　(不耐)有话快说吧!
叶和甫　(跟狱吏耳语)……
狱　吏　(对狱卒们)你们都走开。
　　　　〔狱卒们走开。
叶和甫　(低声)好,汉卿,先告诉你一个极可怕的消息,你那位朋友王著跟妖僧高和尚同谋,上个月初十晚上,在上都,把阿合马老大人和郝祯大人都给刺了!
关汉卿　唔,真的?
叶和甫　千真万确的,现在大元朝上上下下都为这事件发抖。你看这是国家多么大的不幸!
关汉卿　你还想告诉我什么呢?
叶和甫　我就是想告诉你,你不听我的劝告,闯出了多么大的乱子!逆臣王著就因为看过你的戏才起意要杀阿合马老大人的。
关汉卿　(怒)怎见得呢?
叶和甫　许多人听见他在玉仙楼看《窦娥冤》的时候,喊过"为万民除害",后来他在上都伏法的时候又喊:"我王著为万民除害",而且你的戏里居然还有"把滥官污吏都杀坏"的词儿——
关汉卿　(按捺住怒火)你觉得滥官污吏应不应该杀呢?
叶和甫　这——滥官污吏当然应该杀。
关汉卿　我们应不应该与万民除害呢?
叶和甫　唔,当然应该。可是王著把刺杀阿合马老大人当作与万民除害就不对了。
关汉卿　杀阿合马是否与万民除害,天下自有公论。若说王著看了我的戏才起意要杀阿合马,那么高和尚没有看过我的戏,何以也要杀阿合马呢?
叶和甫　这——

关汉卿　我们写戏的离不开褒贬两个字。拿前朝的人说，我们褒岳飞，贬秦桧。看戏的人万一在什么时候激于义愤杀了像秦桧那样的人，能说是写戏的人教唆的吗？

叶和甫　汉卿，你这话何尝没有一些道理？可是于今正在风头上，皇上和大臣们怎么会听你的？再说，我今晚来看你，倒也不是为了跟你争辩《窦娥冤》的后果如何，(又低声)我是奉了忽辛大人的面谕来跟你商量一件大事的。你的案情虽说是十分严重，可是只要你答应这件事，还是可以减等甚至释放你的。

关汉卿　我跟忽辛没有什么好商量的！

叶和甫　别这么火气大，老朋友，这事你也吃不了什么亏。反正王著已经死了，没有对证，只要你在大臣问你的时候，供出王著刺杀阿合马大人是想除掉捍卫大元朝的忠臣，联合各地金汉愚民图谋不轨。只要你肯这样招供，不只你的案子可以减轻，忽辛大人为了酬劳你，还预备送你中统钞一百万。这不少哇，老朋友。

关汉卿　(怒火难遏)你还有什么说的？

叶和甫　没有别的了。今晚就为的跟你谈这件大事来的。

关汉卿　你过来我跟你商量商量。

叶和甫　你答应了吗？(过去)

关汉卿　我答应了。(他重重的一记耳光，竟把叶和甫打倒在地下)

叶和甫　汉卿，我好好跟你商量，你怎么动起粗来了？

关汉卿　狗东西，你是有眼无珠，认错了人了。我关汉卿是有名的蒸不烂、煮不熟、捶不扁、炒不爆、响当当的铜豌豆，你想替忽辛那赃官来收买我？我们中间竟然出了你这样无耻的禽兽，我恨不能吃你的肉！

叶和甫　(狰狞无耻的面目毕露)你不答应，好，那你等着死吧。

关汉卿　死也不跟这无耻的禽兽说话了！狱官，让我回号子去。

狱　吏　那么，(对叶和甫)叶先生，您回去吧！

　　　　〔叶和甫溜下。狱卒再集合。

狱　吏　关汉卿，你对。你若真照他说的招供了，我们汉人又该倒霉了。姓叶的回去，必然报告忽辛，忽辛必然追你的案子。你是个好人，又承你医好我娘，只恨我官小力微，帮不到你别的忙，给你送个信儿吧：你也就是这一两天的事了。没有别的，有什么要料理的，或是有什么话要告诉人家的，只要没有什么大关碍，我都可以跟你效劳转达。想吃点什么吗？我也可以给你买些。

关汉卿　(兴奋之后，定了定有些乱的心)谢谢你。我什么也不要吃，也没有什么要料理的。看你倒是挺疼你母亲的，这里有一封信，等我的事完了,请转给我母亲吧。千万别吓着她老人家,这也是像窦娥不愿走前街一样的心愿吧!

狱　　吏　(接信收好)好,我一定照你的意思送到,你可以放心。

关汉卿　明天可以让关忠来一趟吗?

狱　　吏　对不起,办不到了。

关汉卿　那也好。

狱　　吏　还有什么要对人家说的话吗?

关汉卿　话很多,此时不知从哪里说起,也不知该对谁说。
(忽然想起)能不能让我跟朱帘秀再见一面呢?

狱　　吏　这——也好吧。我可以担待一下。不过你跟她说有什么用呢?她的情形跟你一样。

关汉卿　这也叫"涸渴之鱼,相濡以沫"吧。你能担待一下,就请费心。

狱　　吏　(对禁婆)来!提朱帘秀。

禁　　婆　是。

〔禁婆下去不久,领朱帘秀罪衣罪裙,铁锁锒铛地上来。

朱帘秀　(跪)给老爷叩头。

狱　　吏　起来吧。关汉卿有话跟你谈。给你们半刻。(对禁子)谈完了送他们回号子,留心着点儿!(对狱卒)我们撤了吧。

〔他们下。场上只有关汉卿、朱帘秀两人。

朱帘秀　咱们总算又见面了,汉卿。

关汉卿　(沉重地)恐怕也就是这一面吧。

朱帘秀　(受感染地)是吗?

关汉卿　你还记得那位王千户吗?

朱帘秀　玉仙楼后台见过的那位王著?

关汉卿　就是他。

朱帘秀　我只跟他说过两句话,就觉得他是个挺爽快的人,可没想到他能做出这样感天动地的大事,他真不愧是我们《感天动地窦娥冤》的好看客啊。

关汉卿　你还说得这样带劲儿,他杀了阿合马你知道了?

朱帘秀　知道了。昨天来了个同号子的,是王千户住在大都的婶娘。她告诉我王千户临刑的时候还喊着说:"我王著与万民除害,我现在死了,将来一定有人把我的事写上一笔的。"他真了不起!

关汉卿　是啊,就有人把这和我们的戏词儿"与一人分忧,万民除害"附会在一起,说我们教唆王著杀害朝廷大臣,所以我们的案情就加重了。

朱帘秀	可不是"与万民除害"吗？阿合马好狠的心，把我徒弟的眼睛都给挖了。
关汉卿	没想到王著给她报了仇，也给我们报了仇。我真想写他一笔，咳，可惜没有时候了。
朱帘秀	没有时候了？
关汉卿	刚才狱官给我送信来了。一两天之内我就完了，你只怕也跟我一样。他要我们趁早把该料理的事，该嘱咐人家的话告诉他，他可以给我们转达。你有什么要他转达的吗？还有，想吃些什么他也可以代买。（见她紧张）哎呀，四姐，你你你不害怕吗？
朱帘秀	（变色，但力自镇定）不害怕。
关汉卿	四姐，真是对不起，为了我的著作，竟然把你连累到这个地步。
朱帘秀	什么话？我不说过你敢写我就敢演吗？说这话的时候，我就打算有今天的。
关汉卿	可是哪知道这一天来得这么快。
朱帘秀	迟早反正一样。我从没有像这些日子这样活得有意思，我觉得我越来越跟大伙儿在一块了。不是吗？老百姓恨阿合马，我们也恨阿合马，而且敢于跟他们斗！王著替大伙儿除害，他死了，我们也站在王著这一边，跟坏人一直斗到死。窦娥不正是这样的女人吗？她至死也不向坏人低头。我喜欢这样的女人，我也愿意像她一样的死去。瞧我还穿着窦娥的行头，跟窦娥一样的打扮，回头还要跟窦娥一样的倒下去。我一定也不会轻易倒下去的，汉卿，在倒下去以前我一定像窦娥一样的喊着，不，也许像王著一样的喊着："与万民除害呀！"你看行吗？我现在真不知道是在过日子，还是在台上。我要像在台上一样，对着成千上万的看的人一点也不胆怯。说真的，你刚才告诉我我们快要死的消息，我心里还有点乱。这会儿好多了，我会像窦娥那样坚强的，你放心。
关汉卿	你也放心，四姐。我姓关，现在虽算是大都人了，我原籍却是蒲州解良，我也会像我祖宗那样英雄地死去的。"玉可碎而不可改其白，竹可焚而不可毁其节"，这也正是我今天的心胸。
朱帘秀	咳，我最不能瞑目的是玉仙楼那天晚上，我托和卿设法让你连夜逃走，你怎么不走，反而第二天晚上来看戏呢？你那样爱看戏吗？
关汉卿	我怎么能走？我怎么能让你一个人承担那样重的担子？
朱帘秀	我有什么？大不了一个唱杂剧的歌妓，怎么能比得你？你是一代作者，你替我们杂剧开了一条路，歌台舞榭没有你的戏，人家就不高兴。你正应该替大伙儿多写些好东西，多替"有口难言"的百姓

们说话,多替负屈衔冤的女子们申冤,可是,可是于今你也跟我一样,就这么完了,那怎么行?叫他们杀了我吧,千万把你给留下……(她哭了)

关汉卿　四姐,谢谢你的好心。我们的死不就是为了替百姓们说话吗?人家说血写的文字比墨写的要贵重,也许,我们死了,我们的话说得更响亮。可是你不像我,我已经快五十的人了,你还年轻,工夫好,那么早就成了名角儿,你死了人家要埋怨我的。不是伯颜老太太那样疼你,还说要认你做干闺女吗?干嘛不写封信给她,求求她,我想一定有好处的。信可以托何总管转去,准能收到,快点写吧。要不,我给你代笔也成。

朱帘秀　那么你呢?你也求求她吧。

关汉卿　我怎么能求她?

朱帘秀　那为什么我就应该求她呢?她还不是杀人不眨眼的伯颜丞相的老太太吗?她疼我无非我这个女戏子把她给逗乐了。她也不是真懂我们的戏的,她不过让人家说她是多么慈悲,瞧戏都流眼泪。其实呢,伯颜丞相今天在这里屠城,明天在那里杀降,她半点眼泪也没有流过。我就恨这样的女人,我还去求她?死也不求她!

关汉卿　不求她那就得——

朱帘秀　就得死。跟关大爷这样的人一道死,我还有什么不足呢!我修不到跟你生活在一块儿,就让我们俩死在一块儿吧,汉卿!(她紧握着关汉卿的手)

关汉卿　四姐,我觉得我们的心没有比这个时候靠得再紧的了。入狱的时候,我就打算有今天。前天晚上,我写了一个曲子叫〔双飞蝶〕,想给你看看,他们害怕,不给传递,我也没有勉强。现在我亲自交给你吧。要是你能唱唱该多好。

朱帘秀　给我。(接过去)

关汉卿　写得很乱,你看得清楚吗?

朱帘秀　看得清楚。(她半朗诵,半歌唱地)

　　　　将碧血、写忠烈,
　　　　作厉鬼、除逆贼,
　　　　这血儿啊,化作黄河扬子浪千叠,
　　　　长与英雄共魂魄!
　　　　强似写佳人绣户描花叶,
　　　　学士锦袍趋殿阙,

浪子朱窗弄风月；
虽留得绮词丽语满江湖，
怎及得傲干奇枝斗霜雪？
念我汉卿啊，
读诗书，破万册，
写杂剧，过半百，
这些年风云改变山河色，
珠帘卷处人愁绝，
都只为一曲《窦娥冤》，
俺与她双沥苌弘血；
差胜那孤月自圆缺，
孤灯自明灭；
坐时节共对半窗云，
行时节相应一身铁；
各有这气比长虹壮，
哪有那泪似寒波咽！
提什么黄泉无店宿忠魂，
争说道青山有幸埋芳洁。
俺与你发不同青心同热；
生不同床死同穴；
待来年遍地杜鹃花，
看风前汉卿四姐双飞蝶。
相永好，不言别！（她十分感动）

哦，汉卿！（她拥抱关汉卿）
〔禁子、禁婆上。

禁　子　半刻完了。回去吧。（分开他们）
禁　婆　听你们说得怪可怜的，以后只怕没有见面的时候了。容你们一别吧。
朱帘秀　不。
关汉卿　我们不告别，我们永久在一起的。
禁　婆　那么回号子吧。
〔禁子牵着关汉卿，禁婆牵着朱帘秀，铁锁锒铛地各归狱室。

——暗转

（原载《田汉文集》第7卷，中国戏剧出版社1983年版）

沈西蒙(执笔)　漠雁　吕兴臣

霓虹灯下的哨兵(选场)

第三场

〔当晚。

〔部队驻地。

〔只见一幢洋房，院落幽静。

〔背影中霓虹灯光仍隐隐显显，乐声恼人。

〔黑影中，赵大大在蒙头睡觉。

〔路华打着电筒走来，手电光落在赵大大床头。鲁大成跟上。

路　华　谁？大大吗？赵大大！

〔赵大大不作声。

路　华　睡觉不把鞋脱了，也不把被盖好。(动手为他脱鞋、盖被)

赵大大　(突然坐起)指导员，我睡不着！

路　华　怎么啦？(摸他上额)不舒服？手有些凉，是不是病了？我叫卫生员去。

赵大大　(激动)指导员……我受不了！

路　华　怎么？出什么事了？赵大大，你尽管说。

赵大大　让我到前方去吧！到有仗打的地方去。南京路，我不想待！

路　华　为什么？

赵大大　(不服气的口吻)我脸黑！

鲁大成　(被他弄笑了，忙收敛笑容)脸黑？脸黑就不能站岗，不能当家作主人了？你这算个什么问题？(走出，到窗口又探进头来)脸黑怎么的？脸黑是你行军打仗太阳晒的，说明你健康，光荣！(下)

路　华　大大，在战场上，你向来是挺胸前进的，来到南京路反倒垂头丧气了？

赵大大　我有气！你看看这灯光，你听听这声音，喳喳喳，喳喳喳，简直乱七八糟！资产阶级说我脸黑，我不在乎，脸黑我就不革命了？别说他

	看不惯我,我还看不惯他呢!没有我这黑脸,他能解放?可是领导上也嫌我脸黑!
路　华	谁说你脸黑?
赵大大	排长,说我是大炮筒子。童阿男这个上海兵我不会带,刚才他和女学生去上馆子,我反对,可是排长反批评我脑子里少根弦!
路　华	嘎!怪不得童阿男这么晚还没回来,是他准的假。
赵大大	(点头)今晚游园大会,连部规定我带班,可排长说他要亲自出马,说:"你黑不溜秋的,靠边站站吧!"
路　华	连部今晚不是准他假了吗?不准他去!通讯员!
	〔通讯员上。
路　华	房子收拾好了吧?
通讯员	房子腾出来了,也打扫好了。
路　华	床呢?
通讯员	都安置好了,是老班长亲自动手的。指导员,你房让了,床也让了,你自己怎么办?
路　华	哪儿都可以,今晚把我的铺就统到这儿来。赵大大,怎么样?今晚我们俩作伴,欢迎吗?(见赵大大点点头)对了,小鬼,我们把三排长的被子抱过去。回头你再去找找童阿男。看见三排长叫他回来休息。
	〔路华和通讯员把陈喜的被子、洗脸用具抱走。
路　华	赵大大,等着啊,我一会就来啊!(下)
	〔陈喜唱着小调回来,掏出一双花袜子,解绑腿。
赵大大	(跃起)别唱了好吧!再唱,脑壳都要炸了!
陈　喜	(笑笑)你这人啊,脑袋瓜子就这么古板,怪不得上海人见你就有点怕。(又唱起来)
赵大大	(耐住性子)排长,我,我有话想和你拉拉。
陈　喜	有话改天再拉吧!
赵大大	不成,我憋不住了,要冒了!我对你有意见!
陈　喜	你呀,部队到了南京路,就数你的意见多,什么事总不顺眼,这还行吗?
赵大大	指导员说了,今晚要你在家休息,我去带班。
陈　喜	行吗?这种场合,算了,还是靠边站站吧!唔?
赵大大	……(立刻叠被子,打背包)
陈　喜	打背包干啥?
赵大大	上前方!

陈　喜　谁批准的?

赵大大　报告已经送给连部了。

〔陈喜听了心不在焉,走向内室。

〔院子里传来敲门声。

陈　喜　(在内室)谁?赵大大,去看看。

〔赵大大放下背包,出门一看是阿香,十分诧异。

赵大大　阿香?……

阿　香　阿男在吗?

赵大大　他还没回来。

阿　香　那,我走了。

赵大大　什么事?和我说一样。要不等他回来,叫他去看你。

阿　香　不,别叫他去。同志,钱,你拿回去吧。

赵大大　为什么?

阿　香　我用不着了。

赵大大　(一把抓住她)到底出了什么事?你说吧!

陈　喜　(在内室)赵大大,什么事?

阿　香　此地不是说话的地方,你能出来一下吗?

赵大大　你先走一步,我随后就到。

〔阿香出院子,赵大大回宿舍背枪,随去。陈喜拎着一双老布袜子出来。

陈　喜　唉!再见了。

〔陈喜将布袜扔出窗外。洪满堂走过院子,拣起袜子,扔进屋里。

陈　喜　(见袜)怎么,还不愿走?好,靠边站站吧!(将袜子扔至角落,拿过小镜子梳头。)

〔春妮上,双手捂住陈喜眼睛。

陈　喜　谁?一定是春妮!松手,松手嘛!别打打闹闹的,同志们见了多难为情!瞧,有人来了。

〔春妮夺下他手上的梳子,藏在一边。

陈　喜　给我,快给我!你还这么淘气,看你还跑。(追)

春　妮　坐好,不准动!

〔陈喜无奈,端正坐下。

春　妮　(走近)喜子,今天是什么日子?忘了?两年前,就是今天,我们在干吗?

陈　喜　干吗?我在干民兵,你在闹支前。

春　妮　还有,想想看?

陈　喜	忘了。
春　妮	（指头点了一下他前额）真该打！洪大婶把你送到我家里干什么？
陈　喜	（似乎记起来）唔，我们今天成的亲。
春　妮	（甜蜜回忆）那天晚上，我们俩也是面对面坐着，没有一句话，可心里感到多么高兴。第三天，天刚蒙蒙亮，我就送你参加了部队。自那以后，心就跟着你走了……你倒好，一过江，信也不写了。……
陈　喜	人家忙嘛。
春　妮	再忙，写信的时间总有的，托人带个口信也好呀！这颗心，跟着你担了多少惊怕！（过分激动，泪珠滚出）
陈　喜	你看你，别这样，叫人家看见！
春　妮	我高兴。喜子，今晚你一定要去站岗吗？
陈　喜	要去，这是任务。
春　妮	不能带我去看看？
陈　喜	你？我一个解放军，身边带着个妇女，拖拖拉拉的，像话吗？
春　妮	（觉得陈喜讲的字字有道理）别怪我，喜子。见了你，一步都不愿离开。好，你去吧，我在家等你。喏，把这两个鸡子揣着，饿了好垫垫饥。（将鸡蛋往他新军衣口袋中塞）
陈　喜	（忙躲闪已来不及了）你看，你看，把新军装给弄脏了。（将两个鸡蛋掏出扔在桌上）
春　妮	都怪我！（忙用绣花手绢给他揩拭军衣）看！干净了吧？
陈　喜	（闻闻手）糟糕，手上也有味了！
春　妮	（用手绢替他揩手）哟，别那么娇贵了！好了吧？（给他手绢）把它带着。
陈　喜	算了，够腥的了。（将手绢丢一边）
春　妮	好，都怪我！（瞅他一眼）

〔游园会里的乐声阵阵传来。

陈　喜	糟糕！（急忙整装）
春　妮	（帮他整装，见他衬衣破了袖子）看，我不在眼前，就不知道照看自己。来，缝两针。
陈　喜	算了，没时间了。
春　妮	几针就行了。（捡起他床上的绣花针线包）这还是我给你的针线包，一直带在身边？

〔陈喜点点头。春妮满意地看他一眼，替他缝袖子。

陈　喜	春妮。
春　妮	嗯？

陈　喜　你出来一直没有回过家?

春　妮　没。

陈　喜　你不想妈妈?

春　妮　想。

陈　喜　你打算什么时候回去?

春　妮　你叫我什么时候回去,就什么时候回去。一切听你的。

陈　喜　情况你都看见了,紧张得很,恐怕我没时间陪你玩。

春　妮　我都想过了。看你工作忙,本想看看你就走,可又好像有许多话要说。

陈　喜　什么话?说吧。

春　妮　守着你,又好像没有什么话好说了。(笑了)

陈　喜　春妮,我看你明后天就走吧,好不好?

春　妮　你这话是真的?

陈　喜　真的。部队刚进城,我怕别人有意见。等安定下来,我回家看你。

春　妮　喜子,你,你……

陈　喜　就这样,好吧!

〔游园会乐声在催促。

陈　喜　不行,我要走了。(站起来)

春　妮　你等等。(跟着站起来)

陈　喜　来不及了!(一把将线扯断)

春　妮　(提着断了的线和针,黯然)你……陈喜!

陈　喜　(停步,回头)春妮,怎么啦?我句句都是好话,我不能上哪都把你带在身边,特别在大庭广众面前。不回去,你就在屋里待着,千万别上街。

〔春妮感到意外的震惊,以异样的眼光盯着陈喜。

陈　喜　瞧你,别生气了。我就回来!(招招手)回头见!(下)

春　妮　陈喜!……(捂脸扑到陈喜床上)

〔路华抱着一床军用被子回来。见状,沉重起来。捡起鸡蛋、手绢,走到春妮跟前。

路　华　怎么?春妮……

春　妮　(抬头)没啥。

路　华　两口子吵嘴了?是不是他欺负人?

〔沉默片刻。洪满堂走过院子,停立。

春　妮　怪我不好,不该来打搅他。

路　华　(解说)陈喜这个同志性子犟,好顶撞人,倘若他有不是的地方,别在意他。他的心对你还是好的。
春　妮　(将针线交给路华)他把线扯断了……
路　华　(愕然)什么……是真的？他人哪？
春　妮　到游园会去了。
路　华　(起,走)我找他去。
春　妮　指导员,不要去,别妨碍他工作。
路　华　(回头)万万没想到。春妮,别难过。
春　妮　我不难过,我担心他……指导员,你和他很要好,在你给我的信里经常表扬他,你告诉我,他聪明、能干、战斗勇敢、做事伶俐,而且还是个好党员。这些我都相信,我春妮但愿他别辜负党对他的培养。
路　华　春妮,你也是个党员。我老实告诉你,陈喜的情况我们本来有些了解,在他思想深处隐藏着虚荣、爱面子的毛病。但不知来得这么凶,露得这么快……
春　妮　好了,指导员。(把针线包交给指导员)这,交给你。
路　华　(接针线包)要走？你不能走。你走了,比打我骂我还狠！
　　　　春妮,你不能走！
　　　　〔春妮忍住泪,咬着下唇,低着头向外走去。迎门洪满堂手持旱烟管走来。春妮见他,回身伏墙而泣。只听得洪满堂的旱烟管滋啦作响。
　　　　〔鲁大成上
鲁大成　老路,刚才我到各班去转了一圈。一、二排情况不错,你看,一排的决心书,二排的保证书。三排可倒好,赵大大打了个报告放在连部,要求离开南京路,到有仗打的地方去。还有童阿男,跟个女学生去吃馆子,到现在还没回来！这些兵,这……都是些什么兵！
洪满堂　这儿还有个好样的呢！
鲁大成　什么？(费解)
洪满堂　陈喜嫌春妮跟不上趟了！
鲁大成　啊？
洪满堂　(捡起老布袜)瞧,甩啦！
鲁大成　好哇！(接过布袜)香风吹进骨髓里了！他人呢？(走)
路　华　连长,别走,我们三个人都在这儿,马上开个支委会。
鲁大成　完全同意。马上召开支部大会。非把他回来整一顿不可。(把布袜塞进挎包)通讯员,通讯员！
路　华　连长,整一顿,怕不解决问题吧！
鲁大成　任务这么紧,随他胡闹下去,三排非趴在南京路上不可！(对路华)这些人早整一顿早好了,都是叫你惯的!

洪满堂 连长!

春 妮 同志们,都怪我春妮不好,给你们领导上添麻烦。(走)

路 华 春妮。

春 妮 (回头)我看清楚了,这里工作很重要,像在前线打仗一样。我这次回去,一定高高兴兴工作,一定像过去一样支援你们打胜仗。(奔下)

鲁大成 春妮……

路 华 春妮。

〔沉默。

洪满堂 就让她这样走了?他们用小米把我们养大,用小车把我们送过长江,送到南京路上,就让她含着眼泪回去了?乡亲们知道了会怎么样?……怎么都不吭气啦?耷拉着脑袋干啥?不然向上级打个报告,要求把我们这伙人撤下来吧……

鲁大成 什么什么!撤退?你开什么玩笑!(激奋起来)我当班长的时候,你就是个老兵,我们这个连的底细,你还不清楚?你说,我们什么仗没打过?什么炮弹没挨过?什么阵地没守过?撤退?不错!原先叫我们站马路,我思想没扭过弯来,可是,既然来了,钉子就钉在这个阵地上!有党和上级领导,打不退这股资产阶级香风我就不姓鲁!

洪满堂 对啦,这我就放心啦!

〔童阿男越墙进院子,见室内有人说话,站住谛听。

鲁大成 我的意见,要打退这股香风,先把童阿男遣散回家,不然部队有危险,说不定陈喜就是给上海兵带坏的!

路 华 上海兵绝大多数是很好的,他们给部队带来新鲜血液,个别有缺点是难免的。

洪满堂 怎么说人家也是个新兵,又是个孩子,还是苦人家出身。

鲁大成 苦人家出身,不错。可是他身上沾染了南京路上的旧习气,不然他为什么跟那些资产阶级女学生一块混?在这大马路上,还这样!(以手挎路华的胳膊作状)趁早送走,免得影响大家!

洪满堂 送走阿男,我反对!我的意见,先把陈喜找回来好好整一顿!

路 华 遣散回家,整一顿,我都不能同意。童阿男是我们的基本群众,他不被我们争取改造,就要被资产阶级争取改造。我们不能团结教育好童阿男,说明我们在南京路上缺乏思想力量。打思想仗,不能简单化。好在问题刚刚露头,防微杜渐不算晚。咱们按照毛主席的指示做,发扬三查三整精神,借借东风,从阶级教育着手,来个敌前练兵,怎么样?我看马上行动起来,老洪去劝劝春妮,连长去找陈喜,我去找童阿男,嗯!

鲁大成　好吧!
洪满堂　好吧!
　　　　〔通讯员上。
通讯员　报告,童阿男没找到!(悄悄走近鲁大成)连长!赵大大叫一个大辫子给拖走了!
鲁大成　你胡扯什么?他会干这种事?
通讯员　真的。不信,你去看。
鲁大成　乱了套了!带我走!(走进院子,见一黑影)谁?
童阿男　报告,童阿男!
鲁大成　你不错呀!肯回来!(耐住性子)好了,进屋吧,老班长把饭给你留在伙房里。
童阿男　(解释)一位女同学有困难要我帮忙,叫我陪她吃晚饭,把她送进游园会,我又不好推辞!
鲁大成　不好推辞!(刚想发作,意识到不对,马上忍住性子,好声好气的)你就不推辞啦?你现在穿上军装了,懂不懂?穿上军装就是中国人民解放军,解放军就要懂得三大纪律、八项注意,不然就不能打胜仗……
童阿男　连长,何必大惊小怪呢!我不过吃吃国际饭店而已!
鲁大成　嘀?好大口气,吃吃国际饭店,还"而已"?国际饭店是咱们去的地方吗?
童阿男　为什么去不得?解放了,平等了,有钱人去得,为什么我去不得?
鲁大成　(被问得一时难以回答)嘀,了不起!还一大套呢!你是来革命的还是来和人家比享受的?
童阿男　革命——当然啦!(嘟哝地)连国际饭店都不能去啦?!
鲁大成　好吧,你去得。国际饭店、咖啡馆、跳舞厅,你都去得,你去吧!你呀,再这样胡闹下去怎么配穿这套军装!(对通讯员)走吧!(匆匆下)
童阿男　(愕然)怎么,不要我了?开除了?(进屋,遇见路华)指导员,我走了。
路　华　你往哪去?
童阿男　解放了,哪儿都可以去,哪儿都一样革命。(感情地)你需要我的时候,打个招呼,我还会回来。再见!

路　华　站住！

童阿男　唔,对了。(将搭在肩上的军装送到路华跟前)你的交情我是不会忘记的。(说完悄悄走去)

路　华　(愕然)童阿男,你回来！老洪,把这套军装保存好。(冲至门口)童阿男！……(下)

洪满堂　这,这说走还就走了?！

——灯暗,转第四场

第四场

〔林乃娴家小客厅。
〔沙发、钢琴。钢琴盖上放着放大的林媛媛头像,瓶花。
罗克文在弹琴,情绪似愤似泣。
〔林乃娴回来了。

林乃娴　克文,克文,罗克文！
〔罗克文转身。

林乃娴　你倒轻松,一个人弹起琴来了。媛媛呢?
〔罗克文摇头。

林乃娴　我不是叫你到游园会门口去等她么?唉！你呀,真是个书呆子！怎么办,要是没有媛媛,我真是活不下去了……解放军的文工团里我也厚着脸皮去过了！
〔罗克文抬头。

林乃娴　(摇头)音息全无。告诉你,外面风声很紧,好像又要打仗的样子。

罗克文　是吗?打就打吧！打得越大越好,最好把这个世界打个精光！

林乃娴　克文,你发疯了是吧！

罗克文　反正这个世界,不是为我们安排的。它使我空虚,叫我痛苦！它夺去了我心爱的一切！(垂头,又弹琴)

林乃娴　你不要再弹了好吧！要弹死人啦！我给公安局打个电话去。
〔曲曼丽上。

林乃娴　噢,曼丽小姐。

曲曼丽　林伯母,你好。

林乃娴　真是稀客,怎么有空来?

曲曼丽　路过,看见你们家还没有熄灯,我就闯进来了。密斯特罗,这么晚了,还没回去睡觉?

罗克文　睡不着。曼丽,你来得好,陪我出去走走好吗?我觉得这世界上只有我一个人，寂寞得很！

曲曼丽 外面正下着雨。

罗克文 我喜欢在雨里散步，把我淋个够，淋个痛快！

曲曼丽 你别小资产阶级情调好不好？把你的罗曼蒂克调子收敛收敛吧。你应该振作起来，跟上时代，不然真要请你去改造改造。

罗克文 你在学校里不过……现在竟摆起革命家的派头了！

曲曼丽 密斯特罗，何必呢？我不过是为你好，你是有希望的。你是个艺术家，你要爱惜自己。我看你成天愁眉不展，心里也为你难过、担心。好了，别生我的气，我们还是好朋友，把手伸过来，我是来向你告辞的。

罗克文 上哪去？

曲曼丽 最近解放军在我们学校里招募女兵，不久我就要到前线去。

林乃娴 （大惊）是吗？你妈怎么舍得！

曲曼丽 当然反对。

林乃娴 这样说，真要打仗啦？

曲曼丽 大家都这样讲，你们还是早作打算为好。

林乃娴 （惊慌起来）我家媛媛怎么样？解放军会不会把她招去？

曲曼丽 很难说。刚刚在游园会她和我商量过要到南京去，投考军政大学；并且要和她的一个男朋友一起去！

林乃娴 天啊！她走了没有？

曲曼丽 还没有。刚才我在马路上还看见她，那个男朋友还在她身边！

林乃娴 克文！赶快！

罗克文 好的，找回来，我们马上离开上海。曼丽，请你带路。（挽曲曼丽下）

林乃娴 你们等等。胖妈，把媛媛的雨衣、雨鞋拿来，还有羊毛背心。

〔胖妈上。

胖　妈 太太，心放宽点，小姐会回来的。

林乃娴 不是你心上肉，当然说得轻巧！

胖　妈 现在世界不同了，有解放军，小姑娘不会出毛病的。不像我小时候，在南京路上给人家拐去当了童养媳！

林乃娴 胖妈，政治方面闲话少讲讲好吧！我做人，向来是吃饭困觉，不问天下大事的。（走）

胖　妈 噢，太太，有封信。（给信）

林乃娴 （拆信，失色）胖，胖妈！（拎着信好似拎着炸弹一样）

胖　妈 太太，怎么啦！

林乃娴　信从哪来的？
胖　妈　一个戴大礼帽的人送来的。
林乃娴　这两天小心点，门窗关好，听说解放军要开走！
胖　妈　恐怕是谣言吧？
林乃娴　你懂啥，讨厌！
　　　　〔前门电铃响。
林乃娴　胖妈快去看看！
胖　妈　谁呀！
林媛媛　（外声）我呀，胖妈，快来开门。快点！
胖　妈　太太，小姐回来了。
林乃娴　快去开门，快点！
　　　　〔胖妈下
林乃娴　（扪心自白）我的上帝！
　　　　〔少顷，林媛媛缓步走来。
林媛媛　妈，我回来了。
　　　　〔林乃娴不理。
林媛媛　妈，那我走了。
林乃娴　（忙回头）媛媛，我的心肝，你不要再伤我的心了，好吗？（拖住她）你是妈唯一的贴心人，妈为了你，和你爸爸分开住，你不能再欺骗我了！
林媛媛　妈，你怎么啦？要是我有什么不轨的行为让天雷打死！
林乃娴　（捂她嘴）别瞎说！看，身上淋得稀湿，赶快淋浴换衣服。毛背心套上。
林媛媛　等一等。妈，你看谁来了？（向门外）你进来，来！（拉童阿男进屋）
　　　　〔童阿男有些尴尬，林乃娴一惊。
林乃娴　是你？
　　　　〔童阿男扭头要走，林媛媛上前拦住。
林媛媛　妈，你欢迎吗？是他送我回来的。我要他今晚在我家住一夜，你同意吗？我想你会同意的，是吗？（停顿，见林乃娴不表示态度）不然，我送他回去。阿男，走。
林乃娴　媛媛！
林媛媛　答应了？那请你安排一下睡觉的地方好吗？
　　　　〔林乃娴无可奈何，站起。
林媛媛　可怜的妈妈，去吧。

〔林乃娴被她推下。

童阿男　我好像在做梦……(欲走)
林媛媛　阿男,干吗?为什么不坐?
童阿男　林媛媛,这是你的家?
林媛媛　嗯。
童阿男　我想走了。
林媛媛　你把我送回来,结果把我一个人留下,过意吗?(推他坐下)喏,吃糖。你喜欢听音乐吗?

〔童阿男点头。

林媛媛　(开收音机)"梦幻曲"……你听,静静地听,它会把你带到银色的世界里去!唉,阿男!告诉你,我现在正走在人生的十字路口,我想彻底离开这个家庭,游园会,打腰鼓,我也觉得疲倦了。你能再助我一臂之力吗?

〔童阿男一时无从说起,苦笑。

林媛媛　真的,我能像你多好,当上解放军,背上枪,在南京路上巡逻。特别是夜深人静,大地在沉睡,黄浦江水静悄悄,只听见我们人民解放军的脚步声在行进。阿男!你在想什么?是疲倦了,还是不舒服?我送你去休息好吗?
童阿男　媛媛,我想告诉你件事,我希望你给我力量。我已经不是解放军了!
林媛媛　真的?为什么?
童阿男　我自己也莫名其妙……
林媛媛　没有挽回的余地了吗?

〔童阿男摇头。
〔静场。

林媛媛　你打算怎么办?
童阿男　进厂,做工去。
林媛媛　(忽然喜上眉梢)不,我们到南京去。
童阿男　做什么?
林媛媛　投考军政大学。
童阿男　投考军大?(一线希望)我够条件吗?
林媛媛　当然够。走吧,阿男,现在是再好没有的机会了。投考军大比你在南京路站岗,更富有诗意。你想,军政大学,读书、唱歌、骑马、打仗……而且我们俩又在一起,互相帮助,互相鼓励……
童阿男　(握手)林媛媛,这是你的真心诚意?

林媛媛　真心诚意。
童阿男　谢谢你给我指明了出路。
林媛媛　定了？
童阿男　定了！
林媛媛　改天我来接你。(握手)
　　　〔林乃娴上。
林乃娴　好了,该休息了！胖妈,带客人休息去。
　　　〔胖妈带童阿男下。
林乃娴　媛媛,你与阿男到底是什么关系？
林媛媛　(想了想)朋友关系。
林乃娴　媛媛,我求你,听妈一句话,以后不要和他来往好吗？不然我只好死在你眼前！
林媛媛　妈！你怎么啦？
林乃娴　你要知道,解放军在上海蹲不长,说要是拉女学生到火线去开仗！
林媛媛　妈,这话是谁说的？
林乃娴　不要问,你答应我,以后不要再和姓童的解放军来往。
林媛媛　好。那你答应我一件事,你给我一笔钱,明天送他到内地去。
林乃娴　为什么？
林媛媛　他现在已经脱离解放军了,想到内地去。
林乃娴　(大惊)什么？他脱离解放军了？你还把他藏在我家里,还要给他钱！媛媛,你闯祸了！赶快叫他离开我的家门！
林媛媛　妈妈,你听我说——
林乃娴　你不去,我去。
林媛媛　妈妈！
林乃娴　走开！
　　　〔罗克文匆匆回来。
罗克文　媛媛……
林乃娴　克文,你来得正好。(对媛媛)你和你表哥说。
罗克文　姑妈,什么事？
林乃娴　我想,还是请她的朋友自己来说。
林媛媛　(拦住)妈！
　　　〔林乃娴正推开媛媛,童阿男上。静场。
童阿男　你们的话我都听见了！
罗克文　你？一个当兵的到这里干什么？半夜三更,弄得我们全家不太平！
　　　〔童阿男走,林媛媛挡住。

| 林媛媛 | 表哥,你懂得礼貌吗?客人是我请来的。
| 罗克文 | 缓缓,你怎么可以把他引到家里来呢?你不是知道我们向来和兵不来往的吗?
| 林乃娴 | 而且是个开小差的兵,他们要是找来——
| 林媛媛 | (激出泪珠)你们不要侮辱人!
〔童阿男欲申辩,结果扭头奔下。
| 林媛媛 | 阿男!
| 罗克文 | 媛媛!(挡住她去路。)
| 林媛媛 | (泣)……
| 罗克文 | 媛媛,(走近)我真为你担心!难道你真愿不顾一切地要去毁灭自己吗?要革命,要进步,我不反对。只要你有本钱,有本领,有好嗓子,革命自然会来敲你的大门。你跟这种人走,真叫人费解。(温情地)媛媛,你要爱惜自己。听你表哥一句话,你赶快回来,回到学校去,埋头练声吧!这两个月来,我很苦恼,很空虚!我好像失去了最心爱的东西,惶惑得很,现在唯一能和我作伴的,是我的琴房。可是天知道,连我唯一仅存的这块小天地,也有些不太平了!夜里经常听见有人敲我的房门,警告我当心抓去改造!
| 林乃娴 | 是吗?
| 罗克文 | 我在想,童阿男到这儿来,是不是与我这件事有关?
| 林乃娴 | 我的天!怪不得,你看!(给罗克文看黑信)有人也在劝告我们。
| 罗克文 | (看完信)童阿男一定是当局派来调查我的!
| 林乃娴 | 我的好女儿!咱们赶快走吧!
| 罗克文 | 姑妈,我们赶快离开上海,趁早走的好。媛媛,走吧!
| 林媛媛 | 讨厌!讨厌!我讨厌这一切!从今以后,我们一刀两断!(愤然奔下)
| 罗克文 | 媛媛!(倒在沙发里)
| 林乃娴 | 媛媛!(追下)

——灯暗,转第五场

第五场

〔《紫竹调》的乐声,把人们带进公园的一个僻静的角落。一列红绿灯在树丛中穿过。
〔游园会已近尾声。
〔阿香不安地在靠椅前走动。片刻,赵大大走来。

赵大大	好了,这儿什么人也没有,就我一个当兵的,和你一个卖花的。
阿 香	我,我总觉得后面有个人在追我,我有些怕!
赵大大	天塌下来,有我顶着。你说吧。
阿 香	不过这件事,只能你知道,我知道,不能让第三个人知道。阿香死了事小,连累你们解放军,我良心过不去。
赵大大	我保证!
阿 香	(四顾)有个人,今天半夜,要逼我去香港,卖给个大老板。
赵大大	为什么?
阿 香	为了抵押欠债。后来那个大亨说,只要叫我弟弟去苏州河见一面。这债就一笔勾销,而且还给我钱……
赵大大	大亨,大亨是什么玩艺?
阿 香	就是大好佬,大流氓。听说他和美国人有来往。
赵大大	(一把抓住阿香手腕)他在哪儿?你带我去看看。
阿 香	放了我吧,我是冒着性命危险来告诉你这件事。你千万要替我瞒着。不然我全家人性命都完了!求你做做好事,告诉我弟弟,今晚千万不要回家!(走)
赵大大	不行,我赵大大不能眼看着他们把你带到香港去,他到底是个什么人?是不是在南京路上打你的那个人?(顿足)说啊!
阿 香	我怕……(躲闪)
赵大大	(厉声)你回来!
阿 香	放我走吧!
赵大大	不要怕,我是个粗人,嗓子大。
阿 香	不,你是个好人!
赵大大	走吧,(抓着她手)你指点一下,我不会让人知道是你说的。
阿 香	有人来了。(挣脱跑开)
	〔赵大大正回头,通讯员带着鲁大成上。
鲁大成	哈哈,赵大大,你真有两下子。花花草草的,地形倒选得不错呀!
赵大大	连长……
鲁大成	少罗唆,我都看见了。好吧,现在你说怎么办?
赵大大	现在我要马上去南京路找个人!(走)
鲁大成	是嘛!有人在等你是吧!
赵大大	(点头)有人在等我,有要紧事情!
鲁大成	嗨,赵大大,赵大大!想不到你的魂给南京路上一条大辫子勾引去了!怪不得你这两天总是神魂不定,愁眉不展。我以为你真看不惯南京路,要求到有仗打的地方去,闹了半天,我这个连长还蒙在

鼓里打呼噜！你是个老同志，你也替我想想！你知道，我这心里……你是个党员，我们现在要把全部精力集中到站马路这任务上来！可是你……

赵大大　连长，我知道打从来到南京路，思想有不少毛病。现在我明白了，我原来的想法是错误的。我要检讨，我要求上级给我批评。

鲁大成　只要你能回心转意，还是个好同志。走吧！

赵大大　不过，今晚你还是让我跟她去一趟！

鲁大成　怎么，跟你说了半天，你还是个你！——赵大大！

赵大大　有。

鲁大成　你的报告我批准了。

赵大大　连长，请你把报告退给我，我哪儿也不去了。

鲁大成　好嘛，你马上回去打背包，马上离开南京路到前方去！

赵大大　连长！前方在这儿，这儿有情况。

鲁大成　(见赵大大态度挺严肃，一怔)什么情况？

赵大大　刚才那个小姑娘是阿男的姐姐，她说今晚有人逼她去香港，咱们解放军能见死不救吗？

鲁大成　这是真的？

赵大大　(急得要哭的样子)真的连长，我什么时候撒过谎！

鲁大成　嘻！你为什么不早说？快去把她找来！

赵大大　是！(下)

鲁大成　这么说还是我脑子里少根弦！(对通讯员)你怎么汇报情况的？

通讯员　我……我也不大清楚！

〔赵大大上。

赵大大　她害怕，跑没了，我们赶紧到她家里去！

鲁大成　不，我们把情况向上级汇报，马上处理！走！

〔三人同下。

〔雨珠点点。童阿男茫然走来，猛听后面有人喊："童阿男！"他转身消失在树荫丛中。

路　华　童阿男，阿男！

〔阿荣跑来。

阿　荣　解放军同志，你看见阿男没有？

路　华　我正在找他。

阿　荣　刚刚我碰见他阿香姐，她要我告诉阿男，叫他今晚不要回家！

路　华　什么意思？

阿　荣　叫他好好当解放军，替阿香姐报仇！

路　华　（一怔）报仇，发生什么事情了？
阿　荣　不清楚。
路　华　你带我到她家看看好吗？
阿　荣　好！
　　　　〔阿荣带路华下，童阿男随后出现。
童阿男　姐姐找我？报仇？糟糕！（走）
　　　　〔林媛媛奔上。
林媛媛　阿男，你别生气，我向你赔不是！刚才你走后我和家里闹翻了。阿男，我们马上走吧！
童阿男　媛媛，你稍等等，让我回家去一趟。
林媛媛　阿男！你不要再犹豫了！
　　　　〔曲曼丽突然出现在他们中间。
曲曼丽　媛媛，让他回家去一趟吧，等游园会结束后，还来得及，放心吧！我替你们搞车票，送你们上火车！
林媛媛　好！那后天在老地方见面。再见！
童阿男　再见！（奔下）
曲曼丽　媛媛！你的行为真叫我感动，你啊，真像暴风雨中的海燕！（挽她膀子下）
　　　　〔大雨倾盆，灯火闪闪。

　　　　　　　　　　　　　　——灯暗，转第六场

第六场

　　　　〔苏州河畔。童阿男家。
　　　　〔子夜，稠雨迷漫。海关钟响十二记。
　　　　〔棚户，路灯，大厦的剪影。
　　　　〔路灯下，一个挑馄饨担的过来。
　　　　〔童妈妈匆匆走上。
卖馄饨的　深更半夜，才回来？
童妈妈　　有点急事，去找他周老伯，谁知他又不在。
卖馄饨的　还是为了阿香的事？
　　　　〔童妈妈点头。
　　　　〔卖馄饨的过去。
　　　　〔童妈妈进屋，点灯。
　　　　〔短打甲跟踪，窥探。短打乙跑上。

短打乙　过来一个解放军！
短打甲　阿男吗？
短打乙　不，太招摇，叫阿香带他上小舢板！
　　　　〔两人下。
　　　　〔阿荣领路华上。后面跟着通讯员。
阿　荣　指导员，到了，这就是阿男家。
　　　　〔刚好童妈妈拎着小包袱走出。
阿　荣　童妈妈，有人找。指导员，这就是童妈妈。这位是南京路上的指导员，阿男的上司。
童妈妈　长官！
路　华　童妈妈，你老人家好？
　　　　〔两人进屋，通讯员在门外警戒。
阿　荣　指导员，我发报去，发好报再来接你。再会！（下）
童妈妈　长官请坐。
路　华　童妈妈，我姓路，你就叫我路同志吧！
童妈妈　路同志，坐，坐，这么晚了，同志来有什么事？
路　华　阿男今天回来过没有？
童妈妈　没有。
路　华　好像阿香去找过他？
童妈妈　是呀。
路　华　找阿男干嘛？
童妈妈　说起来同志不要见笑，我们是穷人家，只指望阿男这孩子今晚能回来一趟，想想办法，救救急。
路　华　老人家，有什么紧急事情，和我讲也一样，我是阿男的好朋友。
童妈妈　（支吾）有笔印子钱压在头上，日子有些过不下去了。
路　华　印子钱？呵！欠多少？
童妈妈　（忙掩饰）没多少。（转身提小包袱）同志请坐坐，我就回来。
路　华　童妈妈，你这是干什么？
童妈妈　实在没法子。这是他爹留下的一件皮背心，我想……
路　华　（接过她手中包袱）我这儿有些钱，（送过去）你看够吗？
童妈妈　不，不，怎么能要你的钱。政府已经救济过两回了。
路　华　老人家，收下，这，不是我的……是阿男的。
童妈妈　阿男的？
路　华　是阿男积蓄下来的津贴费，我替他保存的。（将钱塞在她手中）
童妈妈　真的？

路　华　真的,阿男让我带给你的。

童妈妈　(泪珠夺眶)真没想到,阿男他……同志,这是救命的钱啊!(跪下)

路　华　(忙扶起)童妈妈!你不要难过!

童妈妈　我……我高兴,我喜欢。我做梦也没有想到他会碰着你们这般好同志。嗄,请坐坐,我去叫碗馄饨你吃。

路　华　童妈妈,我不饿。阿香她出了什么事了?

童妈妈　就为了还不起这断命的印子钱,有人逼她去香港。

路　华　什么人?

童妈妈　是个跳舞厅的老板叫老七。

路　华　这人在哪里?

童妈妈　苏州河上舢板上,在等阿男回来。老七讲,只要能跟阿男这孩子碰碰头,见见面,说什么往事就一笔勾销了。我正担心孩子回来出差错。现在好了,不用他回来了。好了,阿香有救了……你坐坐,我就回来。(出门)

路　华　(十分纳闷)老七怎么敢逼阿香去香港?这是个什么人?为什么和阿男见见面,往事就一笔勾销了?这倒有些蹊跷!往事?什么往事?为什么要到苏州河的小舢板上去?奇怪!通讯员!

通讯员　有!(进屋)

路　华　打电话报告连长,说这儿有情况!

通讯员　是!(下)

〔这时阿香推门进来。

阿　香　(大声)弟弟!你快走!

〔路华转身,阿香呆若木鸡。

路　华　你,你是阿香吗?

〔阿香点头。

路　华　你妈告诉我,有人要逼你去香港?

阿　香　是的,同志!你,你到这儿干什么?

路　华　我和阿男是好朋友,好同志。眼前阿男离开了自己的岗位,一切,你跟我说一样。

阿　香　快走吧!求你告诉阿男,千万千万,今晚不要回来!有人要暗害他!

路　华　什么人?老七?

阿　香　听说,还有个人叫老K!

路　华　老K?他在哪?

阿　香　在苏州河上。

路　华　你带我去。

阿　香　不行,他们人多。他们本来要我把阿男骗回来,想借我的手来杀害我的亲弟弟!(哭)我差一点上他们的当。……同志,请你告诉我弟弟,叫他好好当解放军,只要阿男当好解放军,我阿香会有出头的日子的!你快走吧!(转身)

路　华　阿香,你上哪儿去?

阿　香　我跟他们去香港。

路　华　回来,你不能往火坑里跳。

阿　香　放我去吧,死了我一个阿香不要紧,我不能连累弟弟,连累你们。同志,你快走吧!

〔路灯下,老七指挥着短打甲、乙、丙冲进屋内,吹灯,与路华厮打起来。

阿　香　(奔出)解放军同志!……

〔老七捂住阿香嘴。

短打乙　(指倒在地上的路华)昏过去了!

短打甲　啊!上当了,不是阿男!是军官!

老　七　糟——装麻袋!

〔卖五香茶叶蛋声传过来。

老　七　有人,来不及了。(对阿香)你去联络解放军,好,把她掼到苏州河里去!

〔匪徒将阿香抬走。

〔路华挣扎起来,追出,少顷,童妈妈端着一碗馄饨回来。

童妈妈　路同志,(点灯)人呢?(喊)路同志,唉!真是,馄饨不吃就走了!

〔童阿男上。

童妈妈　(回身见阿男站在门口)阿男!

童阿男　(奔上)妈!

童妈妈　(放下碗抓住阿男)阿男!我的好儿子!快给妈看看!

童阿男　家里出了什么事情啦?

童妈妈　好了,没事了。亏得带回来这笔钱,你阿香姐有救了,等明早,妈就把债还清了。

童阿男　钱?谁送来的钱?

童妈妈　阿男,你怎么了?不是你托路同志带钱来家的么?

童阿男　我的钱?

童妈妈　是呀,你看。(取钱给阿男看)这是笔救命的钱哪!

童阿男　姓路的？是什么人？
童妈妈　说是南京路上的指导员。你的上司！
童阿男　啊！是他？
童妈妈　是啊,他说这些钱是你积蓄下来的津贴费。
童阿男　妈,他人呢？
童妈妈　刚刚还在。阿男,你怎么了？
童阿男　我,我……(奔走,又回,坐下)
童妈妈　阿男,你得罪人了？闯祸了？啊？
童阿男　妈,我对不住他！(抱头)
　　　　〔阿荣奔上。
阿　荣　童妈妈！童妈妈！(见童阿男)阿男！不好了！老七把阿香扔进苏州河里啦！
童妈妈　啊！
童阿男　啊！
阿　荣　亏得指导员,和几个船老大,跳下去把阿香救起来了。
童阿男　带我去！
阿　荣　是！
　　　　〔他们正欲动身,路华抱着阿香回来。
童妈妈　阿香！
路　华　(忙将阿香放在躺椅上)还来得及,快送医院。你？阿男！(伸开双臂,欲昏倒)
童阿男　指导员,我没脸见你……指导员,你上哪去？
路　华　追老七！
童阿男　你负伤了,让我去！
路　华　你脱下了军装,离开了连队,又没有带枪,你去干什么？
童阿男　我去报告连长！
路　华　已经有人去了。你还是在家里好好想想吧！(追去)
童阿男　妈,你照应阿姐。指导员！(追下)
　　　　〔通讯员声:"连长！到了。在这儿。"鲁大成率陈喜、赵大大等人上。通讯员将他们引进童家。
通讯员　这是阿男妈妈。
鲁大成　童妈妈,我们来迟了。
赵大大　(到阿香跟前)唉！……
鲁大成　(对陈喜)我的三排长,瞧见了没有？南京路上太平无事了？
陈　喜　(支吾)没想到……(低头)

鲁大成	没想到的事多着呢!赵大大留下,其余的跟我走!
赵大大	连长,我留下干吗?
鲁大成	马上护送阿香进医院!
赵大大	我,我,……
鲁大成	我说你脑子里少根弦嘛,走!

——灯暗

第七场

〔部队驻地院子里,小树林丛中添了一幅标语:"欢迎大会",陈喜及八班的战士们面前,堆着花生、糖果,但每个人都肃然端坐,严阵以待。

〔半晌,鲁大成走来。

鲁大成	怎么啦?像泥菩萨似的,这像欢迎的样子?开斗争会的架势嘛!(命令)陈喜,叫你们排的人吃糖,吃花生,听见没有?这是任务。
陈 喜	(撅着嘴,机械地看着大家)吃,想吃的就吃。
鲁大成	不想吃的就不吃啦!你带头。
陈 喜	我,吃不下。(见鲁大成在瞪眼,便对赵大大下命令)赵大大,你这个班长,带带头,动动嘴好不好?
赵大大	开了小差不处分,还欢迎,还联欢,我想不通!
鲁大成	想不通也得通!指导员的话当耳边风了?
赵大大	我欢不起来嘛!
鲁大成	欢不起来也得欢!(停顿)这是支部决定,你们当儿戏?陈喜,你耷拉着脑袋干吗?兵跑了,你逛公园;兵来了,你耷拉着脑袋!你这个排长啊……大家听着,我指挥,唱支歌,唱《解放军进行曲》!(起音)"向,向,向……"(音总是起不准,总是在向上飘,逗得大家都捂着嘴噗哧噗哧发笑)严肃点,赵大大,你起个头。
赵大大	(猛然发出雄壮之声)"向前,向前,向前……"
鲁大成	预备——唱!"向前……"

〔于是,在鲁大成指挥下,响亮地唱起歌来。

〔路华上,他头上还裹着纱布,笑着欣赏鲁大成。

路 华	连长,你真有两手啊!
鲁大成	(边指挥边和路华说话)人是我轰走的,当然我更要使上点劲欢迎他!人呢?
路 华	一头钻进伙房就不出来了。

鲁大成 那还是我去请吧!

路　华 不用,我把童妈妈、周老伯他们请来了,我们先欢迎童妈妈、周老伯。

鲁大成 好!(向大家招呼)大家跟我走,欢迎童妈妈去。

〔鲁大成指挥着战士们唱着歌走出树丛。洪满堂走来。

路　华 怎么样了?

洪满堂 不行,说什么也不出来。

路　华 你没本事!

洪满堂 算了,我弄点东西给他吃,今晚就跟我睡一起,明天一早跟大家一块出出操,上上课,就下了台了。

路　华 不行,不能那么随便。今天咱们请了他妈妈和周老伯来干什么?

洪满堂 那不是你借的东风么?

路　华 是呀,上政治课他不来参加怎么行?这个上海兵的脾气,我稍微摸到了一点点,爱面子。行了,今天我们不把他当成欢迎对象,让他和我们一起欢迎他妈妈,你看怎么样?啊?

洪满堂 指导员,你呀,可真会摸人的性子。

路　华 你告诉他,说他妈妈和周老伯来了。

洪满堂 (翘大拇指)你行!(笑着走下)

〔院子外面一阵锣鼓声。通讯员跑上。

通讯员 指导员,客人到了。

路　华 请到这儿坐。

〔少顷,鲁大成引童妈妈、周德贵走来,路华迎上。

童妈妈 (将一盒礼物送给路华)指导员,收下吧!这是一点心意。

路　华 童妈妈,我们心领了。礼物带回去,留给阿香吧。

童妈妈 不,指导员,我没别的报答解放军,这点东西是……

周德贵 礼轻情义重,指导员,收下吧。

童妈妈 还有这钱,我用不着了。

路　华 不,不,童妈妈……

童妈妈 我都清楚了,阿男都讲了。指导员,没有你们,多少钱也救不了我阿香的命啊!我报答都来不及,怎么肯花你的钱呢?

路　华 童妈妈,如果你不把我当外人,就请你收下,算我们全连给阿香的住院费吧!

鲁大成 这笔钱,是指导员的一点心意,他要你收下,就收下吧!

童妈妈 指导员,同志们,这叫我说什么好!(拭泪)

鲁大成 童妈妈,你别难过。

童妈妈　我不是难过,我是高兴……(流泪不语,边拭泪边回忆着)阿男爹要活到现在,该多喜欢!
　　　　(洪满堂领童阿男上。)
路　华　童妈妈,阿男的父亲也是叫反动派杀害的吗?
童妈妈　(点头)唉!早先他爹和周老伯一道在厂里,为了和外国人斗争,给反动派打死在南京路上!
周德贵　提起南京路,同志们,老话说不完了!我周德贵活了五十多年,亲眼看见英国海盗,东洋鬼子,美国赤佬在南京路上奸淫烧杀,横冲直撞!几十年来,单单倒在南京路上的革命同志和工人兄弟就无其数!从跑马厅到黄浦滩的块块砖头上,都淋过我们的烈士的鲜血,有的资本家说南京路是外国人的金镑、银镑堆起来的。我说,不!是我们劳苦大众双手开出来的!是烈士们用鲜血铺出来的!我记得那年……
　　　　倒叙:
　　　　〔一列着英格兰花衫军衣的英国兵,敲打着军鼓,耀武扬威地走来。戴瓜皮帽、拖着辫子的人们纷纷回避、鞠躬、逃散。
　　　　〔一个拉黄包车的没来得及鞠躬,被英国兵刺了一刀!
　　　　〔于是,"打倒列强"的歌声响起,红旗满天飞舞。几个衣衫褴褛的工人,手挽手向英国兵走去,英国兵开枪,工人一个个倒下。最后剩下一个工人,由血泊中站起。他就是童阿男的父亲——童阿大。童阿大挥动着一面大红旗向英国强盗冲去。
　　　　〔雪花飘零,童妈妈身背着幼小的童阿男,手牵着阿香,慢步走来。
童妈妈　(画外音)有一年冬天,东洋人打来了,他爹和周老伯被厂里开除,整年整月不回家,我只好背着阿男,手牵阿香,流落在南京路上沿路讨饭。……事过几年,阿男爹回来了,我们全家团圆了,谁知道花旗兵又打来了!
周德贵　(画外音)那年夏天,反革命头子蒋介石勾结帝国主义,重新占领上海。我们工人联合各界同胞,配合你们解放军打胜仗,发起游行示威,罢工斗争,我和阿男爹也参加了。正当阿男爹带着群众向美国兵冲过去,谁知国民党侦缉队长上来了,他,就是现在潜伏在南京路上的老K。
　　　　〔一支疯狂的"美国进行曲"传过来。
　　　　〔童阿大离开童妈妈转身奔去。
　　　　〔一伙吱吱喳喳的美国兵,从吉普车里倾倒出来。一群男女学生,包围着美国兵,呼喊口号:"美国狼,快滚蛋……"美国兵摇头晃脑不以为然。一个女学生冲上去,被一个美国兵抱住,女学生与他厮打,美国兵用刀将女学生刺倒。

〔童阿大带着群众上来,老K带着警察上来,警笛四起,开枪,童阿大倒地。周德贵上来抱起童阿大,群众四散。童阿大又从血泊中站起来,身上鲜血斑斑,屹立不动。周德贵带领群众逼上,老K惊逃。童妈妈奔上,抱着童阿大……

周德贵 阿男爹就这样英勇牺牲在南京路上!我不会忘记,那年我和童妈妈去收尸的时候,童妈妈一手领着阿男,一手拉着阿香,哭倒在血泊之中。

童阿男 (奔向妈妈膝前大恸)妈!

童妈妈 (抚着阿男的头发)总算盼到了解放,盼到了你们!(对阿男)解放军肯要你,这是你阿爸前世修来的,妈万没想到你会办出这种丢人的事情!你真是身在福中不知福啊!这怎么对得起你死去的爸爸!

周德贵 不要叫你爸爸的血白流,要牢牢站在你爸爸鲜血淋过的地方,让它在你面前开花结果。

路　华 同志们!记住老人家的话,我们站在这条马路上,要把父辈为它流血牺牲的革命事业继承下来!担当起来!

〔通讯员抱着童阿男脱下的军装,隆重地走到路华跟前。

路　华 (接过军装,对童阿男)你脱下这套军装,我们把它保存下来,并把它洗干净,希望你回来再穿的。这军装,是无数先烈用鲜血换来的!现在,你把它穿上吧,穿它一辈子!

〔童阿男接过军装,热泪盈眶。

赵大大 (走近童阿男,把冲锋枪送过去)欢迎!欢迎你回到班里来!

〔鲁大成和战士们热烈鼓掌。

〔童阿男捧着枪和军装,捂头悲恸。

鲁大成 好啦,咱们又在一个大锅里吃饭啦!对我有意见尽管提。我这个人哪,就是性子躁,那天我不过说了几句气话,你倒当了真。好了,是我的错,八班长,回头开个会,让阿男提提意见,我也来参加做做检讨。

童阿男 (反而抽泣起来)不,是我,是我错了。我对不起大家,我对不起你……

洪满堂 (过去给阿男擦了擦泪)看你。(塞一个大苹果给他)给!

赵大大 走,换军装去。

〔赵大大领童阿男下,战士们热情地拥下。

鲁大成	童妈妈,周老伯,你们今天给我们上了堂很好的政治课,不仅对大家,对我这个连长教育也很大。看来,我们往后得经常请你们来上上课,是不是,指导员,啊?
路　华	对,我赞成。
鲁大成	周老伯,我们是南京路上的子弟兵,你就担任我们解放军的政治教员吧!
周德贵	那不敢当,不敢当!
童妈妈	指导员,连长,孩子就交给你们了。
路　华	童妈妈,你放心吧!我们会像亲兄弟一样地对待他。
周德贵	走吧。
洪满堂	别忙,晚饭好了,在厨房里。不是别的意思,就想请你俩尝尝我洪满堂的手艺灵光勿灵光。走,咱俩还得先干两盅。
周德贵	那我去弄两个熏鱼头。
洪满堂	芋头?我这儿有,还有香干炒大蒜,小葱拌豆腐!
鲁大成	还有什么?
洪满堂	豆腐拌小葱。

〔童妈妈道谢,他们走下。
〔剩下陈喜一个默默地坐在一角。
〔鲁大成和路华回来。

路　华	陈喜。

〔陈喜不语。

路　华	童阿男归队了,你不去照看一下么?

〔陈喜仍不语。

鲁大成	说话嘛!
陈　喜	调我去学习吧!
鲁大成	排长不想当了?
陈　喜	当不好。

〔洪满堂回来收拾糖果。

洪满堂	三排长,阿男的军装都换好了,你快去照应照应,带他一起过来吃晚饭,你也来陪陪。
鲁大成	打退堂鼓了,想"伸腿"!
陈　喜	谁说我想"伸腿"了,我要求去学习。
洪满堂	学习?到哪里去学习?你就好好在南京路上学习学习吧!你呀,同志啊!思想没扎根,一阵香风差一点把你脑袋瓜吹歪了!(走,听陈喜说话又站住)

陈　喜　干吗都朝我使劲？为什么把问题都算在我的账上？为什么对阿男客客气气，对我就这么……

鲁大成　（勃然打断他的话）对你就要严格，要批评！

路　华　你以为连长在你面前小题大作吗？不！你的思想深处已经发霉了，已经出现腐烂的斑点了！虽说才露头，但不马上给你指出来，它马上就会遍布全身！

〔陈喜不禁为这一震，瞠目若惊。

路　华　对我们支部，对我们全连来说，你的问题要严重得多！

洪满堂　你呀……同志，好好想想吧！（下）

鲁大成　陈喜呀陈喜，我真为你难过，为你疚心哪！不要再捧着老皇历过日子了！还像从前似的只要能打仗，思想上有些小毛病没关系，无所谓，别人给提点意见，不过下点毛毛雨，你头一歪，根本不接受！现在好啦，来到南京路，气候、雨水都合适啦，叫香风一吹，暴芽露头了。就成天价溜马路，逛公园，再不拿出个小本子，签名啊，留地址啊，这是干什么？让女学生一捧就昏了头！因此，让阿男随便离开岗位，你"纰漏"捅大了！老K的线索就从你们的岗位上滑掉的！我不知道，你自己怎样看法，我和指导员交换过意见，认为做一个共产党员，要把毛主席的话牢牢记住，反正艰苦朴素的老传统不能丢！

〔通讯员上。

通讯员　报告！连长电话！

鲁大成　（走，又回，掏出洗好补好的布袜子）你啊，赶快把那双花花袜子脱下来，换上这双老布袜吧！还是它结实，耐穿，穿着它，脚底板硬，站得稳！过去穿着它，能推倒三座大山，今天穿着它照样能改造南京路！

通讯员　连长，司令部电话！

鲁大成　希望你的检讨就从这儿开始，（指布袜）就从这上面找找思想根源吧！（下）

〔陈喜捧着自己丢掉的老布袜。

路　华　不要以为拿枪的敌人被打倒了，就万事大吉了。对我们革命者来说，这不过是万里长征刚刚走完第一步。你以为花花绿绿的上海滩太平无事了？是安乐窝？不！这是战场，是另一种战场！敌人没有睡觉！美帝国主义的阴魂还不散，他们乘着香风，驾着烟雾，飘飘忽忽，时刻出现在我们周围，形形色色，从各个方面向我们攻来。老K不过是其中的一个，敌人一刻也没有忘记暗算我们，而你呢？想放下武器,举手投降!

陈　喜　举手投降?（瞪着路华,十分吃惊）

路　华　不是吗?你摔掉老布袜,瞧不起赵大大!撇开春妮,扔下针线包,这与童阿男脱下军装,放下枪支,有什么两样?

陈　喜　组织上给我处分吧!

路　华　处分要能解决问题倒好办了。重要的问题在于认识这一战斗的意义:要么我们倒在南京路上,要么我们改造南京路。这是一场你死我活的斗争!……毛主席说,有一些人不曾被拿枪的敌人打败,但却经不起糖衣裹着的炮弹的攻击!两三天来的事情,给了我很大的教育,我才慢慢懂得一点毛主席在七届二中全会上所指出的真理。……我也有错误,没有把三排的工作做好。

陈　喜　指导员,你别戳我的心了!

路　华　（掏出针线包）春妮临走,叫我把针线包藏起来,我想还是还给你好,它跟着你行过军,打过仗、立过功,记得有一回,我负了伤,你用它缝过我被子弹打穿了的军装。……拿去吧,里面还有封信是春妮给我的,说不要给你看,我想你应该看看。

〔陈喜接过针线包,拿信看,灯光暗。有一聚光灯照着他。

春妮的声音　指导员,我非常难过,不是为自己,是为陈喜。我们俩从两小无猜,到参加革命,没有发生过一点口角。我觉得有这样一个好爱人,真是幸福。婚后第三天,我亲自送他参加自己的队伍。听说他常立战功时,欢喜得我啊,挑着担子唱着歌把军粮送往前方。谁想到刚刚胜利,刚刚进入大城市,陈喜的思想就起了变化,多大的变化呀!我密针细线给他缝的布袜扔掉了,那绣着一双鸳鸯的针线包,是我作姑娘时,背着人偷偷给他缝的,也当着我的面扔掉了!……指导员,他是把部队的老传统扔掉了!指导员,我多么为他难过,党培养他这么多年,没倒在敌人的枪炮底下,却要倒在花花绿绿的南京路上了!……我真为他的前途担心!指导员,我知道,你一直对他很好,你拉他一把吧!……

〔陈喜呜咽一声扑在桌子上。

〔鲁大成匆匆回来。

鲁大成　指导员,刚才司令部来电话说,虽然老七落网,老K对林家还是没有松手,他们想利用林媛媛的关系继续瓦解我们部队,把童阿男搞走!

〔警报声起。

鲁大成　好嘛,天上地下都配合上了!(对陈喜)革命还没成功,同志,还得好好干!通讯员!

〔通讯员闻声上。

鲁大成　通知所有岗哨,严加警戒!

〔通讯员应声下。

〔赵大大带领战士全副武装过场。

〔童阿男武装跑步上场。

童阿男　(向陈喜)报告!童阿男前来报到!

陈　喜　跟我上岗!

〔二人跑下。

鲁大成　刚才电话上司令员亲自交代:今晚游园会,市委的领导同志要亲自参加……

——灯暗,转第八场

(原载《中国当代十大正剧》,江苏文艺出版社1993年版)

赖声川

暗恋·桃花源(选场)

人物
暗恋
江滨柳　云之凡　江太太　护士　导演　导演助理
桃花源
老陶　春花　袁老板　白袍女子　白袍男子　顺子　绘景师
其他
陌生女子　舞台监督　剧场管理员
时间、地点
现在,一个剧场舞台上。

一

〔从剧场的黑暗中传出江滨柳唱"追寻"一曲的声音。

江滨柳　(唱)"你是晴空的流云,你是子夜的流星……"
　　　　〔灯光渐渐亮起,舞台背景是抗战后的上海夜景。夜深,但大都会的灯在背景中微微闪动。
　　　　〔江滨柳和云之凡这一对年轻的情侣坐在外滩公园的秋千上,轻轻地摇荡。江滨柳穿着40年代的长袍,云之凡穿着白色的旗袍,留着两条辫子。
　　　　(续唱)"……一片深情紧紧锁着我的心,一线光明时时照耀着我的心……"
云之凡　(望着周遭的景致)好安静。从来没有见过这么安静的上海。感觉上,整个上海只剩下我们两个人。刚刚那一场雨下得真舒服,空气里有一股说不出来的味道。(向前指)滨柳,你看那水里的灯,好像……
江滨柳　(停止一直在哼着的歌)好像梦中的景象。

云之凡　好像一切都停止了。
江滨柳　一切是停止了。
　　　　（作诗般）这夜晚也停止了。
　　　　月亮也停止了。
　　　　街灯、秋千、你和我,一切都停止了。
　　　　（续唱)"我要,我要追寻……"
　　　　〔云之凡感到一阵凉风,坐回秋千上。
云之凡　天气真的变凉了!
　　　　这个夏天我过得好开心,想到前几年打仗的时候,怎么样也不会想到还会有这么好的日子。你看到处都充满着希望……就像我们两个一样,你说对不对?
江滨柳　（轻声地,仍唱着)"……追寻那无尽的深情,追寻那永远的光明。"
　　　　〔江双手搭在云的肩上,二人静静地看着夜景。
云之凡　滨柳,我回昆明以后,你会不会写信给我?
江滨柳　我已经写好了一叠信给你。
云之凡　真的?
江滨柳　而且算好了时间,直接寄到你昆明老家。你明天早上坐船——隔10天——到了昆明——踏进家门——你刚好就会收到第一封信,然后接着每一天都会收到我的一封信。
云之凡　（微笑)我才不相信。你这个人会想这么多?
江滨柳　所以我没有寄。
云之凡　我就知道。
　　　　〔江从口袋中拿出一封信,放在云的手心上。
江滨柳　这样可以确定它到你手上。
云之凡　有时候我在想:你在昆明待了3年,而且还在联大念的书……真是不可思议!我家离联大那么近,我怎么会没有见过你?或许我们在路上曾经擦肩而过,可是我们居然在昆明不认识,跑到上海来才认识——这么大的上海,要碰到还真不容易!如果我们在上海也不认识,不晓得会怎么样?
江滨柳　（笃定地）不会的,我们一定会在上海认识!
云之凡　你那么肯定?
江滨柳　当然!我们就算在上海没有认识,在10年之后,我们在（想)……在汉口也会认识!如果10年之后在汉口没有认识,那么20、30甚至40年后在(想)……在海外也会认识!（笃定地）我们一定会认识的!

云之凡　可是那样的话,我们都老了,那还有什么意思?
江滨柳　老了也很美呀!
　　　　〔两人默默地相望。
云之凡　(看表)时间晚了,我该回去了。
　　　　〔云回头,看见秋千旁的百货公司纸袋。
　　　　滨柳,你把眼睛闭上。
江滨柳　干什么呀?
云之凡　你不要问,把眼睛闭上嘛!不许偷看!
　　　　〔江闭上眼,云从纸袋当中取出一条围巾,围在江的脖子上。
江滨柳　(张眼,意外)这是……?
云之凡　这是我给你打的。
江滨柳　(看着围巾)你哪来的时间?
云之凡　你不要管时间嘛!
江滨柳　这……真是的!
云之凡　你看!多好看!我回昆明以后,这边天变凉了,你要常常围着。
　　　　〔云说得欢喜之时,江忽然地落寞起来。
　　　　我今天去永安公司还替我妹妹买了两双玻璃丝袜,也替我妈妈买了两块衣料。今年过年是我们家抗战以来第一次大团圆,连我重庆的大哥大嫂都要回来!滨柳,你知不知道,昆明到过年,每家屋子铺满了松针,那个味道才叫过年!
江滨柳　(伤感地)回家真好……
云之凡　你怎么了?又想家了?总有一天你可以回到东北去!东北又不会永远是这样子的!
江滨柳　东北不是说想回去就可以坐火车回得去的!
云之凡　(走到江的身边)总有一天你也可以回到东北过年嘛!
　　　　(拉江的手)滨柳,战争已经过去了,这年头能够保得住性命就不容易了,有些事情,不能再想了!
江滨柳　有些事情,不是说忘就能忘的!
云之凡　可是你一定要忘掉呀!你看我们周围的人,哪一个不是千疮百孔?
江滨柳　有些画面,有些情景是我们这一辈子没有办法忘得掉的。
云之凡　可是你一定要忘掉,一定要学着去忘掉!
江滨柳　(拉着云的手)像这段时间,我们两人在一起,我们会忘记吗?
云之凡　哎哟,我又没有叫你忘记我们之间!我是说那些不愉快的事——战争,逃难,死亡……你一定要忘记,才能重新开始!滨柳,这些年我们都辛苦够了,一个新的秩序,一个新的中国就要来了!

〔江情绪渐渐平稳。

滨柳,如果全世界让你选的话,你会选择住哪里?

江滨柳　上海还不够好吗?

云之凡　我跟你说,三九年打日本的时候,有一次听说第二天会有100多架飞机要来轰炸昆明。一夜之间,整个昆明市都逃光了!我妈妈带我们逃难,从滇池出发,到高桥,从高桥连续走了两天的路,到了一个好特别的地方,一山的野花,那儿的人说的话我们听不懂,可是他们都对我们很友善。说是逃难,我们在那儿整整玩了一个月!后来发现那天敌人根本没有来,我们又下山了。到现在,我还常常会想到那个地方。

江滨柳　真的有那样的地方?

云之凡　有机会,我带你去,好不好?

江滨柳　有机会我们应该一块儿去。

〔停顿。

云之凡　(看表)我真的要走了!没有时间了……

〔江向云伸出手。

江滨柳　之凡,再看一眼。

〔二人手拉着手,向前望着。

云之凡　滨柳,我回昆明以后,你要做什么?

江滨柳　等你回来。

云之凡　还有呢?

江滨柳　等你回来。

云之凡　然后呢?

〔二人相望,灯光渐暗。

四

〔灯光渐亮。武陵,老陶和春花的家。舞台中央一张简单的小桌、三张凳子;后方一张高桌,上摆放一些家庭用具;上舞台悬挂下来一块布帘,代表入口。

〔老陶着古装站桌后,背对舞台,用力试图开一瓶酒,怎样也拔不开瓶塞。他把酒瓶夹在双腿间,努力拔,就是打不开。

老　陶　(自言自语)这是什么酒?弄半天弄不开?

这是什么家?买药能买一天还不回来?

〔老陶在后面高桌上取来一把大菜刀,试图用刀口将瓶塞挖开。

努力了半天,不小心一刀把一把凳子剁成两半。
〔老陶使劲地将酒瓶和菜刀往桌上一放,拿起桌上的大饼。
我不喝可以吧!吃饼!(另有心思)武陵这个地方——根本不是个地方!穷山恶水,泼妇刁民;鸟不语,花还不香;我老陶打个渔,鱼都串通好了一块儿不上网!老婆嘛满街跑也没人管!这是什么地方?
〔老陶拿起手上的饼,送进嘴里,怎么也啃不动它。
这是什么饼?
〔与饼挣扎半天,拿起菜刀猛力一切,也对付不了。
这根本不是刀!(顺手将菜刀扔在地上)
(抓桌上一饼,摔地上)这根本不是饼!
(抓桌上另一饼,摔地上)这也不是饼!
〔老陶疯狂地跳到地上两块饼上,拼命地踩,换不同的步子踩,造成奇异的韵律感。好一阵的发泄。离开,又立即回头。
(指着地上的饼)不要动!站好!你还笑?还有脸笑?买药能买一天?买到哪去了?(对另一饼)你也不要笑!你也脱不了关系!看你长得那副贼样。(对地上的刀)你站在那边干什么?你这个没用的东西!
你要是有勇气就去把他们两个分开!
〔老陶再度疯狂踩饼,脚踩不够,像跳霹雳舞一样,整个人在饼上旋转。
压死你!压死你!我压死你!压死你!
〔春花着一身红,拎着药包,捧着一束鲜花,无限陶醉地哼哼唱唱的进来。

春　花　(唱小调)"我的心里一大块,左分右分分不开……"
〔老陶正头下脚上地倒立着,见了春花,赶紧自动地蹲着,顺手拿着大饼,温驯地用大饼擦地板,同声哼歌。
(老陶发现自己行为的荒谬。甩饼、起身,看着正陶醉的春花。春花慢条斯理地在后方架上插好了花,陶醉地从不同角度赏花。)好香的花啊!

老　陶　(怒)我说你买药能买一天,买哪去了?问你半天,你都不回话!
春　花　(不悦)你那么大声干什么?讲话不会温柔一点?
老　陶　温柔?(做作的温柔)春花——你买药买了一天,买哪去了?
春　花　(跟着温柔)药啊?(翻脸)在这儿!!
〔春花将药结实地摔往老陶身上。老陶急忙护住私处,药包掉在地上,老陶捡起。

（不耐烦地）你要的都有:海龙、海马、海狗鞭……

老　陶　（认真地）那有没有蛤蚧？鹿鞭？蛇鞭？虎鞭？熊鞭？兔鞭？鼠鞭？马鞭？蚂蚁鞭？

春　花　众鞭齐全！可把你打几条小鱼打回来的钱全花光了！

老　陶　没关系,值得。（研究药包）好……好……拿到后边炖一炖,慢火细炖,咕嘟嘟,咕嘟嘟,等三碗熬成一碗,然后你把它给吃了。

春　花　（惊讶）我?!你叫我炖了吃了？这不是你要的药吗？

老　陶　是我有问题还是你有问题？

老　陶　（大怒）我有问题？笑话！我会有什么问题？我像是有问题的人吗？
　　　　我哪里会有什么问题？我会有什么问题？
　　　　〔老陶右手无意识地指向私处,怎么拍都拍不开,最后用左手把右手压制在桌上,持刀威胁右手。
　　　　（对刀）不许动！

春　花　你在干吗？（抢过刀,砍下去）

老　陶　没事！

春　花　你这个人是怎么搞的？整天打不到一条大鱼;要我去买药,药给你买回来你又不吃;人家袁老板说啊,这个药很有效的！吃不吃,随便你！
　　　　〔春花将药结实地摔往老陶身上
　　　　（突然发现自己失言）你不要说话,我来解释。

老　陶　（抓到把柄）袁老板怎么知道这个药有效啊？

春　花　（心虚）人家是刚好路过,一番好心嘛！

老　陶　我们家生不出孩子,袁老板怎么会知道？啊？啊？

春　花　人家是好心好意的嘛！

老　陶　好心好意？我们生不出孩子,他怎么会知道？你知道我！他怎么会知道？

春　花　你吃不吃？

老　陶　（大吵）他怎么会知道？

春　花　你吃不吃？

老　陶　他怎么会知道？

春　花　你吃不吃？

老　陶　你告诉我他怎么知道？……

春　花　你到底是吃还是不吃？……

〔两人边吵春花边把药包往地上大力一摔,老陶、春花同时一脚踩上去,然后拼命踩烂。

老　陶　(爬到凳子上)让开——！！
〔春花让开,老陶高空跳下,踩烂药包。

春　花　(爬到凳子上)该我了！！让开——！！
〔春花正要跳的时候,外面传来袁老板的声音。

袁老板　(唱小调,上)"我的心里一大块,左分右分我分……"
〔春花听见歌声,连忙收起张牙舞爪的泼样,老陶摆出个武打架势迎向袁老板。

老　陶　(结巴)袁……袁老板！
袁老板　(发现老陶)嗯……老陶？你在家呀？
袁老板　(自语)那我今儿可费事了！
老　陶　啊？
袁老板　我是说……你最近还好哇？
老　陶　托福！婚姻生活美满！
袁老板　那就好！
〔春花趁老陶背对着时,彼此使眼色。

春　花　袁——(发现语气太亲热)老板！
袁老板　花——(发现语气太亲热)春花！
春　花　上来玩吧！
袁老板　你在上面我不好玩嘛！
老　陶　嗯？快下来,当心摔着。
〔袁扶春花下桌,老陶欲扶,扑个空,十分尴尬。

袁老板　春花！你来看看我送什么东西给你！
老　陶　啊？
袁老板　(发现措词不当,补一个字)——们！
〔袁老板把带来的棉被交给春花。

春　花　哇！好新的一床棉被！
老　陶　(远远地站在一旁)听说过有送手表、送珠宝、送礼券的,没听过还有人送棉被的！
袁老板　哎呀！老陶呀,你们家棉被又破又旧盖上去会感冒的！
春　花　就是嘛！
老　陶　我们家棉被又破又旧,你怎么知道？
袁老板　(发现自己说错话)耶?！嗐！(对老陶)老陶,你想哪去了！(袁老板向春花使眼色,但二人突然一起打喷嚏。)

袁老板　春花　阿沩……！（顿）没事！
〔老陶盯着暧昧的两人看。袁把被子拿给陶。
袁老板　老陶！这床被子可是我托人从苏州带回来给我们的（不漏一拍地更正自己）你们的！
〔老陶不悦地接过被子来。
老　陶　饭都吃不饱了，要这么花哨的棉被干什么？你自己看看吧……
〔老陶将被面摊开展示，春花顺势接个正着，棉被成为一张大幕，三个人——陶、袁、春花依序一并排站在被子后面，只露出头来。
袁老板　（低头指着被面子）老陶，你看这个料子有多好，我就不用多说了，这手工嘛……
〔春花趁机用右手偷偷摸着袁老板的右脸，袁右脸边于是出现两只手，袁陶醉在春花嫩手的触感中。
（陶醉地）我说这手工……这手工……这手工巧，摸起来多舒服！
〔老陶觉得不对，将眼光从被褥转移到袁老板脸上。袁自己的手立刻逃离到被下，剩下春花的手在他脸边。
老　陶　什么呀？
〔春花的手忙着指被面，配合袁的话，看上去像是袁的手在动作。
袁老板　哎！你不要看我，看被子！（低头看被面）看这手工，看手工。这上面还绣的有龙有凤……还有凤爪，又白又嫩……（亲春花指着被面的手）……嗯！嗯！嗯！
老　陶　干什么呀？
袁老板　（借春花的手打呵欠）啊！……
〔春花的手忙帮着拍袁的嘴，再抓袁的头。
吆……！看我干什么？你看被子！（春花的手忙着指被面）
老　陶　被子有什么好看？睡觉用的！不重要！
袁老板　（春花的右手猛挥）不、不、不，睡觉才重要！耶？（春花的右手打陶一巴掌）你看我干什么？你也不要看她！（春花的手又拼命指被面）你看被子呀！（陶又看）你看这龙的眼睛绣得多好！雄壮威武，炯炯有神……再说这个凤的身材那更是没话说，该凹的地方凹，该凸的地方凸，是怎么摸怎么舒服啊……
老　陶　我不喜欢！（摔下被子，转身便走）
袁老板　春花　我喜欢哪！
〔被子一落地，只看见袁双手环抱着春花的腰，两人发现没有隐蔽，大吃一惊，立刻放手，各自护住要害部位，同时一起打喷嚏。

袁老板 春花　阿沏……！（顿）没事！
春　花　（捡起被子）老陶，你就把这被子收进去吧！
老　陶　这别人的东西我们不能随便拿……
春　花　你给我拿进去吧！去！（脚踢老陶，老陶下）
　　　　〔老陶拿棉被下。袁一旁闲逛，见地上的药包。
袁老板　（不屑地）生孩子靠这个？我去！（一脚将药包踢开）
　　　　〔春花见陶进去了，急忙地迎上来说话。
春　花　（甜蜜地）袁！
袁老板　（柔情地）花！我送给你的花呢？
春　花　（指花）在那儿！
　　　　〔二人陶醉地看着花。
袁老板　春花　（陶醉地、齐声）噢！
春　花　（忽然清醒）你别管花，你赶快走，他已经怀疑了！
袁老板　（夸张地文艺英雄式地）不！我不能再等了！
春　花　（无奈地）可是我们只能等啊！
袁老板　不！我恨不得现在就把你带走，离开这个破地方，离开这个破日子！
春　花　（绝望地）不可能！我们能到哪儿呀？
袁老板　哪儿都不重要！（拉着春花的手，非常文艺腔地期盼）只要我们俩真心相爱，哪怕是到了天涯海角（望着远方），都是我们自己的园地！
春　花　（跟着陶醉）噢！（梦醒）可是……可是……
袁老板　（英雄式地）不要再"可是"了！（带着春花往前走两步）我——有一个伟大的抱负！（指前方）在那遥远的地方，我已经看见了我们绵延不绝的子孙，在那儿手牵着手，肩并着肩，一个个只有（食指和拇指比出一点点长度）这么大。
春　花　（原陶醉，忽感怀疑）为什么只有（比）这么大？
袁老板　因为远嘛。
春　花　（陶醉）噢！
春　花　真有这样的地方吗？
袁老板　只要你我相信……
春　花　（指里面的陶）可是他……
　　　　〔袁把花一把拉回，横抱起。
袁老板　放心！有我在！！
袁老板　春花　（陶醉地、齐声）噢！

〔从房间里传出陶的声音。

老　陶　（声音）活逮了！
〔两人大吃一惊，袁老板正抱不是，反抱也不是，春花莫名其妙变成双腿跨在袁老板腰间，正好成一性姿势。两人想想不对。

袁老板　春花　哇！！！
〔两人迅速分开，刻意在屋子里东逛西逛。

老　陶　（声音）不要脸的东西！
〔两人又吃一惊，不小心相撞，又正好成一性姿势。

袁老板　春花　哇！！！

老　陶　（声音）打死你们！打死你们！！
〔两人迅速分开。老陶跪着上。

老　陶　不要脸的蟑螂！这下你可没命了！
〔老陶到处打地上。

袁老板　春花　喔！蟑螂！好多蟑螂！打！打！

老　陶　打！
〔老陶到处打地上。两人一样，但两人又不小心相撞，又正好成一性姿势。老陶看到。

三　人　哇！！！
〔两人立即分开。袁老板无意间撞到老陶身上，和他形成一个性姿势。尴尬的局面。两人继续闲逛。

老　陶　两位！

袁老板　春花　（尴尬地停下来，齐声）啊？
〔二人突然又一起打喷嚏。

袁老板　春花　阿沏……！（顿）没事！

老　陶　咱们家就这么一丁点大，没什么好逛的吧？

两　人　（齐声）啊！

春　花　对！来来来，大家坐。喝酒！喝酒！

老　陶　袁老板，您是无事不登三宝殿！除了送我们一床棉被之外，还有什么事，坐下来直说吧！

袁老板　好！
〔春花从高桌上另取两个酒杯，三人坐下。

老　陶　如果是要房租的事……

袁老板　房租我就暂且不谈了，每个月收你这么一点房租，讲出去给人家知道怪不好意思的。不过我正想跟你谈谈打鱼的事。我说老陶啊，最近，你的鱼打得是愈来愈小……

〔老陶试图开酒瓶,还是打不开,顺手放下,春花却轻易地打开酒瓶,老陶大惊,春花给袁倒了酒,又给自己倒了,自然没给陶倒,轻松自然地又盖上了酒瓶,老陶傻了。

……咱们暂且不谈这个,先干一杯!请!

老　陶　(望着手中的空杯)我这……

〔袁老板和春花一口干尽,老陶苦着脸。

袁老板　哎呀!
春　花　哎呀!
袁老板　(赞叹)好酒!
春　花　(赞叹)好酒!
老　陶　(失落)酒!……
袁老板　我说老陶……我实在搞不懂为什么别人打的鱼随随便便都这么大,你打的鱼这么小,二三十个人都把鱼交给我卖,我为什么单单照顾你一个?

〔春花又开酒瓶倒酒给袁老板和自己。

老　陶　(紧张地注意酒瓶的动向)袁老板,这么多年您照顾我们生活,我很感激您,可是打鱼这件事情是靠天吃饭,不完全靠本事……

〔春花正要盖上瓶盖,老陶边说话边突然一手挡住瓶口。

(得意地)……多少也靠一点运气,是不是?(继续说,边将酒瓶举起,准备替自己倒)大鱼谁都想打!我打的鱼小,你不能怪我,(无奈地)鱼小又不是我弄小的!是不是?是不是?……

〔袁就着陶手上的酒瓶,把杯子递上去,陶自然地倒了一杯给他。

(边倒)……打大鱼多多少少得靠点运气……(又帮春花倒一杯)哪天我出去打鱼,不想打大鱼?我是很想呀,可是我没办法……

〔老陶边说话,不知不觉放下酒瓶,春花顺手盖上瓶塞。

(望着酒瓶,无奈地)……我打不到哇!

袁老板　老陶哇,打大鱼的方法很多,咱们先不谈,再干一杯!
春　花　再干一杯!
袁老板　请!
春　花　请!
老　陶　(望着自己的空杯)请……我……

〔袁和春花又是一饮而尽。老陶跟着做喝的动作。

袁老板　(抹抹嘴)痛快!
春　花　真痛快!
老　陶　真痛啊!

袁老板　老陶，做人要努力，要有理想，想得到什么，你就闯进去把他硬抢过来，你懂我意思吗？

老　陶　（看着左右二人）我……

袁老板　（指远方）上游有大鱼，你为什么不到上游去看看呢？

〔停顿。

老　陶　袁老板，您这么说话就太那个了！谁不知道上游有大鱼？可是上游也有个急流啊，我的船就那么一点大，去嘛，去嘛！我一碰到那个急流我就不要回来了！

春　花　你要是有点本事，往上游去打打看！

〔沉默。老陶盯着春花看。

老　陶　（站起）那我现在去，好不好？

春　花　（头也不回）好！

老　陶　我现在就到上游去，最好一去就不要回来！就死在那儿好了！

春　花　你看看你说的这是什么话？

老　陶　你这不就是要我去死吗？

〔快速对话。

春　花　你说这个话干嘛？

老　陶　你这话就是要我去死嘛！

袁老板　她没有要你去死！

老　陶　她说这话就是要我去死！

春　花　我没要你去死！

袁老板　没有人要你去死！

老　陶　你们就是想要我去死！

袁老板　（拍桌子）老陶！我们没有要你去死……

袁老板　春　花　（齐声）……我们只是要你去……

〔两人发现失言，三人同时掩口不语。停顿。

袁老板　（自语）对不起。

老　陶　（又神经质起来）你为什么跟我说对不起？

春　花　他没有跟你说对不起。

袁老板　我没有跟你说对不起。

老　陶　我明明听到有人跟我说对不起。

春　花　他说了他没有跟你说对不起。

老　陶　你们是不是哪里对不起我？

袁老板　（又拍桌子）老陶！我们没有要对不起你！

袁老板　春　花　我们只是想要把你……

〔两人又失言,三人掩口不语。停顿。

老　　陶　　袁老板,咱们谁也别装蒜,"砂锅不打不破,话不说一辈子不透!"这屋子底下,就咱们三个人!
春　　花　　就咱们三个人!
老　　陶　　没什么好隐瞒的!
袁老板　　没什么好隐瞒的!
老　　陶　　把话说明白!
春　　花　　明明白白!
三　　人　　(同拍桌子,齐声)好!……
袁老板　　春花　(指陶)……你说!
老　　陶　　(心虚)为什么是我……(又硬豪气)……我说就我说吧!
袁老板　　春花　(齐声)好!
老　　陶　　我这个人啊(二人期待)……是不大会说话。
　　　　　　(二人泄气)我只能打个比方来描写我现在的心情。
　　　　　　〔停顿。老陶心中找词。
　　　　　　呃,我这个……
春　　花　　(不耐烦)说!
老　　陶　　(受挫)好……好比……在一个深夜的夜晚……
袁老板　　(突然打断)"深夜"就是"夜晚"!!!请不要重复!
春　　花　　这人怎么这么啰唆啊?
老　　陶　　(继续叙述)……太阳在傍晚的黄昏中已然下山了……
春　　花　　(又打断)"傍晚"就是"黄昏"!!
　　　　　　〔春花笑,陶又受挫。
袁老板　　行不行呀!
老　　陶　　……月亮……被漆黑的乌云挡住了。
袁老板　　(再次打断)乌云它本来就漆黑!!
春　　花　　会不会造句啊?!
　　　　　　〔陶大受挫,掩面欲泣。
老　　陶　　所以,这月亮……
袁老板　　(凶)怎么样?!
老　　陶　　(坐下)……就下去了。
　　　　　　〔沉默。
春　　花　　哎呀!老陶!你说了半天那个什么,你到底说了什么?
老　　陶　　我说了半天那个什么还不够那个什么?!
春　　花　　怎么可能够那个什么呢?

袁老板　老陶,你说了半天这个这个那个那个的,你干脆把话直接说出来不就那个什么了?

老　　陶　好,(站)我就直接说了!我说……我说……(萎缩)我这话真说出来不就太那个什么了嘛!(坐)

春　　花　你要是不说,不是更那个什么吗?

袁老板　(站,豪气)老陶,这个这个话你说得不清楚,还是我来说好了!

春　　花　对,让他说!

老　　陶　好!

袁老板　(指老陶)我说你呀!……

老　　陶　我怎么……?

袁老板　你这个这个这个(找词)……

老　　陶　(站,指自己)我哪个哪个哪个……?

袁老板　……这个这个……

老　　陶　……哪个哪个……??

袁老板　(指春花)……对她!

老　　陶　喔对,还有她。

袁老板　你对她……不太那个什么吧!

老　　陶　(想一想,指自己)好,就算我对(指春花)她是这个这个……什么了点,但是我对她再这个什么,(指春花和自己)那是我们之间的一个什么!……啊?

袁老板　啊?

春　　花　啊?

老　　陶　可是(指袁)你这个这个这个……

袁老板　(指自己)我哪个哪个哪个……??

老　　陶　……你这个这个……

袁老板　……我哪个哪个……??

老　　陶　……你这个这个这个又算什么呢?

袁老板　(想一想)好!我这个这个不算什么!好不好?
　　　　　(指陶)可是你这个这个这个……

老　　陶　(指自己)我哪个哪个哪个……??

袁老板　当初!

老　　陶　我哪个当初?

袁老板　最当初……

老　　陶　最当初……

春　　花　最当初……

老　　陶　（冷静地）我们都不是什么。

〔三人得到这个结论,欲哭无泪,坐下。

〔沉默。

这样好了,一切简化,我去死好了。

袁老板　（打嗝）呵——！（音似"好"）

老　　陶　（看着袁）就当我没听到。袁老板,我是说我去死好不好？

袁老板　（再打嗝）呵——！

〔停顿。

老　　陶　袁老板,你要说"好"就直接说出来！有屁快放,有痰就快吐！不要在那边呵！呵！呵！

〔陶、袁相看。

春　　花　（面无表情,打嗝）呵！

〔停顿。陶不敢相信。

老　　陶　（爆发）那我去死嘛！那我就去死！我死！

〔老陶开始用夸张的动作勒自己的脖子。

春　　花　你这是干什么？说你这么两句就要死要死的！

〔边说边抓着老陶的手臂,但老陶坚持地勒住自己的脖子。

（放弃,爆）好！那我去死好了！我死好了！

（用夸张的动作,捏鼻子摀嘴,憋气）我死！我死！

老　　陶　（边勒自己的脖子）你死？你舍得了你那口子人吗？

袁老板　（好心劝架）不要这样……（听懂了,爆）好！搞了半天,是在说我,是不是?！要我死是不是?！好,那我就去死嘛！

〔袁抽下自己腰带绕着脖子,用夸张的动作勒住自己。

三　　人　我死！我死！我死！我死！……

〔三人各站舞台左、中、右,拼命做出夸张的自杀动作并同时尖叫,袁、花在混乱中划拳。

袁老板　春　花　我死！我死！我死！啊！……

三　　人　我死！我死！我死！我死！……

袁老板　春　花　（又划拳）我死！我死！我死！啊——！

春　　花　（大喊一声,三人停止动作）哎……呀！

〔三人一同做功夫"十三响"整齐同步拍打自己的肩、手、臂、胸、头、腿、脚,同时飞腿落地,三人一同向观众一揖,摆定漂亮的姿势。

三　　人　（齐声）死！

〔灯立即暗。

五

〔暗中传出老陶高唱着渔夫划船的歌谣。

老　陶　　　（唱）嘿……嘿……哟……！
　　　　　　〔灯光亮，老陶手上握着桨，站在一个小布幕前。幕上画有鲜艳的河景。老陶用哑剧动作，自左到右，配合桨和双腿，做划船状。
　　　　　　（唱）嘿……嘿……哟……！（庄严地念白）"晋太原中武陵人，捕鱼为业"（停顿，无奈）我是夫妻失和，家庭破碎，愤世嫉俗，情绪失调！我往上游去了！
　　　　　　（划下，唱）嘿……嘿……哟……！我……去……死……啰……！
　　　　　　〔老陶从小布幕后面回到布幕的左侧，布幕像窗帘式的拉开了，掀开另一个河景。老陶再划入布幕画面中
　　　　　　"缘溪行，忘路之远近"……忘了！忘了好！什么"春花"，忘了！什么"袁老板"，忘了！（望着前方）咦？这里不是应该有急流吗？不管，往前再说，嘿……嘿……哟……
　　　　　　〔老陶划行，突然见到侧台《暗恋》组人员，大惊。
　　　　　　导演！他们又来了！
　　　　　　〔老陶泄气地停下来。灯光大亮。《暗恋》导演、演员上。《暗恋》导演拿着一份公文夹，冲着老陶说话。

《暗恋》导演　　　你看，我有场租租约！
饰"老陶"的演员　　（泄气地回头大叫）他们有场租租约！
《暗恋》导演　　　今天晚上这个场地是我的！
　　　　　　〔饰演"袁老板"的演员边打手机，边冲上台来。
饰"老陶"的演员　　（对饰"袁老板"的演员）我跟你说过我排戏不能受干扰！
《暗恋》导演　　　（对饰"袁老板"的演员）这是我的场租租约，你看！
饰"袁老板"的演员　场租租约谁没有？我有一点事情要马上解决，等一下再跟你谈。（叫自己的人）顺子！顺子！麻烦你来一下！
《暗恋》导演　　　老弟，你是故意给我麻烦，是不是？我这个戏很严肃，是我一生的结晶，你不要给我惹麻烦！
饰"袁老板"的演员　（根本没心理他）顺子！你来一下！
饰"老陶"的演员　　（插进来辩论）我们寻找《桃花源》也是很严肃的事情！

饰"袁老板"的演员	(不耐烦了)顺子!麻烦你来一下好不好?
	〔顺子上,从袁的背后走来。
	顺子,我们《桃花源》那一块主要布景到哪里去了?
顺　子	已经装上卡车了!
饰"袁老板"的演员	装上车了?那怎么到现在还没有到呢?
顺　子	你是说——到这里?
饰"袁老板"的演员	(顿)不然你以为它该到那里呢?
顺　子	天津。
饰"袁老板"的演员	(努力平静)我请问你……它为什么要到天津去?
顺　子	老板,你不是说天津后天要演一场吗?
《暗恋》导演	老弟,你有了问题?
饰"袁老板"的演员	我没有问题!(回头、憋气)顺子,你记得我们后天要在天津演一场,我个人是感到非常欣慰,可是,我再请问你,我们是否应该明天在北京先演呢?
顺　子	(想一想)是!
饰"袁老板"的演员	是?
顺　子	是!
饰"袁老板"的演员	是!
《暗恋》导演	老弟,我不管了,我要排戏!上道具了!
《暗恋》组员	上道具了!
	〔台上众人往外移动。饰"袁老板"的演员和顺子仍不动。
饰"袁老板"的演员	(接近爆炸边缘)现在是不是该有人赶快去把装幕的卡车拦下来?
顺　子	(清喉咙)呵——!(音似"好")
饰"袁老板"的演员	(接近爆炸边缘)你这是跟谁学的?
	〔顺子指饰演"袁老板"的演员。
	我?——!好!你的意思是说,我去拦那个大卡车,好不好?我一个人去拦那辆十轮大卡车,好不好?!
顺　子	那老板您叫我上来干什么啊?
饰"袁老板"的演员	(快疯了)是,我也不知道我叫你上来干什么!搞什么飞机呀!(饰演"袁老板"的演员从后门冲下。)
顺　子	飞机?老板,你要订机票啊!(下)
	〔《暗》组乘《桃》组混乱的时候已将《桃》组的桌、椅搬下,《暗恋》下一场戏的病床、点滴架、轮椅等安置妥

当,台上成为医院病房。

《暗恋》导演　　　来,我们争取时间!我们准备排"病房"那一场!
　　　　　　　　(对导演助理)投影准备好了吗?
导演助理　　　　准备好了,老师。(向侧台叫)投影!投影!
　　　　　　　　〔在导演和助理讨论幻灯片的时候,《暗》组的演员有各自准备小道具的,有培养情绪的,也有没有事望着投影变化的。陌生女子也晃到台上看。
　　　　　　　　〔投影幕上出现制作精良的影像:配合音乐,泛黄老相片的老台北影像——五六十年代的街景。助理以期待的眼光看着导演。
《暗恋》导演　　　唉!这些都是多余的。直接来"寻人启事"。
导演助理　　　　老师,我们这个故事是讲远去的台湾的,我觉得先让观众看到那个时代的画面会比较有感觉。
《暗恋》导演　　　(严厉地)感觉?谁感觉?你感觉?
导演助理　　　　老师,我觉得……
《暗恋》导演　　　这全都是岔题!说故事就是要直接说!不要被一大堆炫丽的花样冲昏头,听到没有?!这是剧场!剧场!它是有灵魂的!
导演助理　　　　(强忍)是,老师。我会努力的。
　　　　　　　　〔助理强忍泪水,下。导演看着她下的方向。
《暗恋》导演　　　(向侧台叫)请打幻灯片!
　　　　　　　　〔影像转化成一张江滨柳、江太太和他们独生小孩的相片,时间约1981年,江滨柳接近50岁、江太太30余,小孩约10岁。
　　　　　　　　不是这一张!现在我们直接来"寻人启事"那一场,不是这一张!
舞台监督　　　　(声音、从侧台喊出)导演,不是这一张吗?
《暗恋》导演　　　不对!这张是江先生和江太太的全家福!
　　　　　　　　〔投影继续,江先生和江太太的全家福化成江滨柳和云之凡在上海照相馆中照的特写,时间是民国三十七年,相片颜色已变黄,形象模糊。
　　　　　　　　不对,也不是这一张。
舞台监督　　　　(声音)这不是他太太吗?
《暗恋》导演　　　不是!这是江滨柳在上海认识的姑娘!
舞台监督　　　　(声音,搞不清剧情)他不是跟她结婚了吗?

《暗恋》导演	他要是跟她结了婚,还会有今天这一场啊!换下一张!
	〔投影继续幻化,成近日《中国时报》报头下的"寻人启事",上登了云之凡已黄旧的1948年相片。
	对了,就这一张,我们准备开始!
	〔台上的陌生女子突然走向《暗恋》导演。
陌生女子	对不起,你有没有看到刘子骥?
《暗恋》导演	谁?
陌生女子	刘子骥。他跟我约好在这里见面。
舞台监督	(声音)导演,我们是不是直接从这张开始?
《暗恋》导演	(注意力又转回投影)对!准备!
	〔导演正要走,陌生女子急迫地追上来。
陌生女子	我有很重要的事情要跟他谈,拜托帮我叫他一下好吗?
《暗恋》导演	(迷惑的)你在说什么?刘什么?
陌生女子	刘子骥。(突然激动)我一定要见到他!他说好要来把事情说清楚的!
	〔《暗恋》导演不知怎么办好,顺子正好晃上台来。
《暗恋》导演	(对顺子)喂,小弟!这位小姐大概是找你!
	〔《暗恋》导演顺势把陌生女子往顺子的方向送过去。
顺　子	(惊奇)找我?
陌生女子	(对顺子)我要找刘子骥!
顺　子	(边带她下去边问)谁?
陌生女子	刘子骥。
顺　子	刘子骥?他姓什么?
	〔两人下。
《暗恋》导演	(见他们走了)好了,请就位!
	〔灯光渐暗。《暗恋》组就位。
《暗恋》导演	哎!他看过戏没有?
饰"云之凡"的演员	不要吵了,(对饰"袁"的演员)商量一下该怎么办嘛!
饰"袁老板"的演员	我也不知道!(看白袍袖下的手表)都没时间了……
饰"云之凡"的演员	我们也没时间了。
陌生女子	(冒出来)大家都没有时间了!
饰"袁老板"的演员	我没有办法!
陌生女子	(对饰"袁"的演员)那你要想办法!你要替我想办法啊!

饰"袁老板"的演员	(紧张地避开陌生女子)你先等一下。(对众人)这样好不好?我们把舞台分成两半。舞台的这一半,(指左边)我们排演;另一半,你们爱怎么办就怎么办!
《暗恋》导演	什么?一半一半?我没听说过!
饰"袁老板"的演员	那我也没有别的办法啦!
饰"云之凡"的演员	(对导演)就这样好了。
	〔所有人都开始行动。
《暗恋》导演	管理员呢?
	〔顺子用黄色的胶带在舞台中央贴一条分界线
	〔饰"袁老板"的演员上来检查分界线。
饰"春花"的演员	(手上拿着手机)那待会儿我们从哪里开始呀?
饰"袁老板"的演员	(想)"桃花源的河边"。
饰"春花"的演员	(对手机)"桃花源河边",快了……(下)
饰"袁老板"的演员	别在剧场里打电话啊,就你忙是吧,你给我关喽。(下)
饰"春花"的演员	好好好,关喽,这个还能拍照。(下)
	〔所有人下,剩陌生女子一人。她看着道具井,无限悲伤地脱下鞋子,趴在井边,一副要跳井的样子。
陌生女子	(爬上井,自语)刘子骥……刘子骥……
	〔饰"江太太"的演员上,搬病房椅子,瞪着陌生女子。
饰"江太太"的演员	喂!喂!(停顿)超过了哦!
	〔饰"江太太"的演员把井推回《桃》组那一半舞台。水井一被推开,陌生女子仍保持着跨在井上的姿势,受挫地啜泣。她将自己的鞋子从地上捡起,丢进水井,下。
	〔饰"江滨柳"的演员躺到病床上。灯渐暗。

十一

〔灯光亮起。40年代周璇的"许我向你看"老歌声起。压缩在左舞台的是《暗恋》病房道具——病床、点滴架、矮柜、轮椅、椅子等;右舞台是空的。

〔幻灯片出现在背景上。一些90年代的台北市景色,长庚医院的外观,医院内部走廊的画面,一直到最后是江滨柳的肺部X光片。因为后方砖墙已经被《桃花源》的桃花林山水画所挡住,因此《暗恋》的幻灯片就直接投射到《桃花源》的山水布景上，重叠着，似乎很不搭调。而绘景师仍然努力在画满背景上那空缺的一块。

〔老年的江滨柳躺在病床上，静听着周璇老歌。

周璇歌声　"许我向你看，向你看，多看一眼……"

　　〔护士以一贯的职业忙碌步伐从病房门进来，但进门后稍微顿了一下，因为所有关系位置被压缩了。

护　士　你醒了？（听见歌曲）怎么又在听这支歌？我跟你讲过多少次，不要听这支歌！每次听了心情就不好。关掉好了！（关掉录音机）

江滨柳　不要关！这歌好听啊。

护　士　有什么好听？我听了那么多遍还不知道她在唱什么！你看你，每一次听这首歌你就这个样子！（骂）你不能老想那一件事情。你算算看，从你登报那一天起，都已经……

　　（护士扳着手指头算，不小心踢到还没有搬走，一直在右下舞台而现在越界的《桃》组石块道具。护士一脚把石块踢过去到《暗》组一边。）——五天了。你还在等她？我看不必了！第一天云小姐没有来，到第二天我就知道她铁定是不会来的。再说，云小姐还在不在这个世界上都不知道，你干嘛这样？

　　〔江滨柳眼光注视遥远的方向。护士望他一眼，心中又不忍。

对不起啦，我不是那个意思，我是说——说不定云小姐真的来的话，事情反而会更麻烦，因为你可能更难过，对不对？

（江不语）那还不如像现在这样，安安静静地过日子多好。

　　〔江太太推门过来，同样地尽力适应所有新的位置。

　　〔《桃》组的人同时穿着白袍古装往台上来，调整大小石块道具，开始布置舞台的右半。

江太太　（边说《暗恋》的台词，但注意力却被《桃花源》那一半的活动牵着）你们这个医院也真是的！天天催着我去缴钱，我们病人躺在这儿又不会跑掉……我刚才去缴钱，那个小姐又说要下班了要结账了，又要我明天去缴，我每天就在这个医院里……

　　（瞄睨着步子、计量道具的老陶）走来走去，走来走去。

饰"春花"的演员　（对饰"老陶"的演员）来吧！

江太太　（对护士）王小姐，我不是说你，我是说……（望《桃》组）这医院好奇怪哟！

　　〔《桃》组已开始进入表演的情绪。白袍女子坐右边道具石头上，老陶仍着白袍在石头前漫步，望着眼前假想的河景。老陶脸部表情极为平静，似乎是在桃花源住久了，换上了白袍，和武陵的老陶判若两人。

老　陶　（《桃》剧的台词）这地方真好！……

〔桃花片开始落下,落在两边。江滨柳努力抓着床边的轮椅,但抓不到。

江太太　（对江滨柳）你要下来你就说嘛！

〔江太太和护士赶到床边,一同将江扶上轮椅；江太太推着轮椅往台前走。

老　陶　芳草鲜美！……

江滨柳　（对江太太）这里没你的事,你回去吧！

江太太　我回去干什么？我留在这里陪你嘛。

〔江太太正低头说着,轮椅撞上《桃花源》的道具石头。白袍女子被撞开,大惊。现场大乱。

江滨柳　（对江太太）你干什么？专心一点嘛！！

江太太　对不起。

老　陶　（《桃花源》词）……落英缤纷。（叹气）唉！

〔江太太、江滨柳拂着身上、床上不胜其扰的桃花片。

江太太　唉！

江滨柳　唉！

白袍女子　干嘛叹气？这里不是很好吗？

〔《暗》只有重来一遍。江滨柳又回床上,江太太出门。

老　陶　这儿是很好,但是我在这儿并没有得到我真正想得到的。

护　士　从哪里开始？

江滨柳　从关收音机开始。

〔《桃花源》的音乐响起。《暗》组又受挫。

白袍女子　（对陶）怎么了,来我们这里这么久了,没看你高兴过！

〔护士依惯例做关收音机动作,可是《桃花源》的音乐关不掉,护士无奈中只好作罢。

护　士　（对江）你看你,每一次听这首歌,你就这个样子！

老　陶　（对白袍女子）我想家！

〔《暗》组的人在舞台左方重整就位,重接一次台词。此时两组的人,一左一右,同台演出。

护　士　（对江）你不能老想那一件事情。

白袍女子　（对陶）你已经来了这么久了,回去干嘛？

护　士　（对江）你算算看,从你登报那天起,到现在都已经……（扳着手指头算）

老　陶　（对白袍女子）多久了？

护　士　（对江）——5天了！

白袍女子　（对陶）好久了！

〔护士和白袍女子互看一眼。

护　士　（对陶）你还在等他？我看不必了！

老　陶　（对白袍女子）我怕她还在等我。

白袍女子　（对陶）她不一定想来！

护　士　（对江）……第一天云小姐没有来，我就知道她铁定是不会来的。

老　陶　（对白袍女子）不！她会来！

〔两组的人停顿，互看一眼。

白袍女子　（继续，对陶）她可能把你给忘了！

护　士　（对江）……再说，云小姐还在不在这个世上都不知道，你干嘛这样？

老　陶　（对白袍女子）你怎么可以这么讲？

护　士

白袍女子　（巧合地同时说出）对不起……我不是那个意思！

〔台上全愣。

〔左舞台烟雾喷出，白袍男子蹑步从左上，微笑着，继续演《桃花源》的戏。

白袍男子　哪一个意思呀？

老　陶　大哥！

〔《暗》组又泄气地四处站着。

白袍男子　（温柔地）你们在说什么呀？

白袍女子　你以为他已经可以"那个"了，其实如果他真的可以"那个"的话，才可能会那个什么嘛！

白袍男子　（听明白了）哦——！明白了。不要回去吧！（陶不小心走过分界线，走去又走回）过去那边干什么？（瞄着那边）你现在过去会干扰到他们的生活！

〔老陶退回左边，护士情绪稳定下来，在右方又重新说起《暗恋》接下来的台词。

护　士　（对江）我是说，说不定云小姐真的来的话，事情反而会更麻烦。

老　陶　（对白袍男子）这话怎么说？

护　士　（对江）因为你可能更难过！……

老　陶　（答护士的话）不会！

〔白袍男子一把把陶推过界。

白袍男子　你接谁的词啊！
　　　　　〔饰"老陶"的演员向白袍男子表示无奈。
白袍女子　（打白袍男子）你打他干什么？
老　　陶　我不能受干扰！
　　　　　〔《桃》组三人在一边运气、调气后，安静地讨论台词。
护　　士　（边瞄《桃》组）……还不如像现在这样，安安静静地过日子多好。
　　　　　〔江太太重新进来。
《桃》组
三　　人　（齐声）呵！呵！呵
　　　　　〔《桃》组三人重组，在左方走步子。
江太太　（吓一跳）你们这医院也真是的！天天催着我去缴钱，我们病人躺在这儿，又不会跑掉，我刚才去缴钱，那个小姐又说要下班了要结账了，又要我明天去缴……（看着左方走步子的《桃》组）我每天就在这个医院里走来走去，走来走去……（回神，摇头，努力专注，但突然说出一口标准北京腔）王小姐，我不是说你！我是说，咱们这个医院它也忒不靠谱了！（发现自己的错误，又改回台湾"国语"）我是说你们这家医院，好奇怪咧！
老　　陶　我想回去看看，我就死心了！
　　　　　〔江如前，伸手去够轮椅，但轮椅这次位置更远了，他只能伸手。
白袍男子　不要回去了！你回去想得到什么？我想你是……（顺着情绪一转身，见江欲够轮椅）你是……（顺嘴说）你抓不到！
　　　　　〔白袍男子发现自己接错台词，立即给自己一嘴巴子。这一巴掌打醒了出神的江太太和护士。二人赶忙去扶江上轮椅。
江太太　（对江）你要下来，你就说嘛！
老　　陶　（接回自己的戏）我还能说什么？
白袍男子　（对陶）没有事，最好不要回去！
江滨柳　（对江太太）这儿没你的事，你回去吧！
江太太　我回去干什么，我留在这里陪陪你嘛。（推江往前走）
老　　陶　（没注意，又走过界了）我想回去看看我就死心了！
江滨柳　（词是对江太太，但面对陶）没你的事，你回去吧！
　　　　　〔轮椅已经停在老陶和白袍男子中间。
白袍男子　（对陶，但边瞄着轮椅上的江滨柳）回去会惹事，不要回去！
江滨柳　（对江太太，但边瞄着老陶）你回去吧！
　　　　　〔江太太、老陶互瞄。
江太太　我……

老　陶	我……
白袍男子	(语气由柔和改为凶悍,半针对江滨柳)你不要回去!
江滨柳	(对白袍男子)回去吧!
白袍男子	回去就回不来了!
	〔白袍男子和江滨柳不管自己的戏,借用自己戏中的台词互相对骂,其他人在旁不知如何是好。
江滨柳	(指白袍男子)我命令你快回去吧!
白袍男子	(指江的鼻子)我警告你不许回去!
江滨柳	(从轮椅上起身)你他妈混蛋!给我赶快滚回去!
白袍男子	(大喊)我看他妈的谁敢动!
	〔白袍男子脚跨在石头上,江滨柳一脚把石头踢开,害白袍男子摔下。
《暗恋》导演	(从侧台狂吼,声音)停——!!
饰"袁老板"的演员	不要再停了!
	〔灯光大亮。《暗恋》导演走上台来。全体呆站着。沉默许久。
《暗恋》导演	(对白袍男子)袁老板……
饰"袁老板"的演员	我不叫"袁老板"!
《暗恋》导演	(更正)大老板!你们到底还有几场戏?
饰"袁老板"的演员	(指陶)他还要从桃花源回到武陵。就剩这么一场戏!
《暗恋》导演	好,我们让!你们赶快。
饰"护士"的演员	你就这样让啦?
《暗恋》导演	不让我们能排吗?
	〔《暗》组人员忙于撤退,《桃》组人员奔走吆喝,十分热闹,两戏道具杂成一团。
	〔灯光渐暗。
饰"江太太"的演员	对对对,可是今天我们排了一整天,后天就要演出了,到现在还没有排完过!
饰"江滨柳"的演员	也只剩一场戏了嘛!
《暗恋》导演	我拜托你,我受了一天的干扰,你给我10分钟,让我把它排完,好不好?
管理员	(想一想)到底要多久?
《暗恋》导演	就10分钟!
饰"袁老板"的演员	差不了你几分钟嘛!
管理员	可是我还要锁门咧!

饰"袁老板"的演员	（为《暗恋》争取时间）锁门一样锁嘛！
管理员	真的 10 分钟？
《暗恋》导演	（鞠躬）是！
管理员	（边走边嘀咕）10 分钟、10 分钟。一辈子都在等这 10 分钟！（往下）
《暗恋》导演	好了,我们赶快！
	〔陌生女子看着经过眼前的管理员,突然用手指着他。
陌生女子	（突然大喊）不要动！！
	〔众愣。陌生女子指着管理员。
	（对管理员）刘子骥,你别想跑！
管理员	什么？
陌生女子	你样子变很多啰。趁今天大家都在,我们把话说清楚！
管理员	这谁啊？是你们哪个剧团的？
	〔两个剧团互相指对方,这才发现两团的人都不认识这个女人。
陌生女子	刘子骥！你不认我没关系,可是你不能不认你自己！是你说好的,我们要开开心心地一起去！
	〔停顿。
管理员	你明天早上 8 点钟来找杨小姐好了。
	〔管理员往下。《暗恋》导演安慰陌生女子。
《暗恋》导演	好好！我们赶快准备开始！
	〔绘景师完成了后方布幕的山水画,收拾着工具。
绘景师	画好了。
饰"袁老板"的演员	画好了？我们戏也排完了。
	〔《暗恋》人员迅速就位检查道具。《桃》组人往侧台走。
	〔灯光渐暗。

十四

〔灯光渐亮。《暗恋》病房,舞台上同于第六场。《桃花源》的大背景山水画已经画好了,明亮地挂在后方,成为《暗恋》的背景。

〔江太太和护士服侍着江上轮椅坐好,推着往舞台前方假想窗户走。

江滨柳　这里没你的事,你回去吧！

江太太　我回去干什么？我留在这里陪陪你嘛。

〔江摇摇手，表示不用。

我帮你买你你最爱吃的玫瑰酥糖，我给你拿来。

〔江又摇手，江太太停顿。江指床头的柜子。

江滨柳　美如，抽屉里……有一个信封是给你的。

〔江太太打开抽屉，拿出大信封袋，交给江，江戴上老花眼镜，取出信封内容。

（慢慢交代）这上面写得明明白白的。（指文件）打这个电话给陈律师，赶快把我们房地产的名字过户到你的名字去。（换了一份）这个单子是……

江太太　你现在讲这个干什么？

江滨柳　不是，你不懂！这一张你不知道，这是我的一张保险单，15年到期，还差两年就满了。到时候凭这张单子你就可以领钱。

〔江太太站在旁边，默默不语。

（又翻开一张）这是我东北老家的地址……这是两张机票。等我走了你跟儿子就……一起帮我回去看看……

〔江太太强压下所有的哀伤，抢过文件和信封。

江太太　你好好地养病，你说这些干什么？你这个人就是这个样子，把事情想得这么复杂。你只要安心好好养病，一切都会没事的。

〔江太太把东西放在病床上，回过头来推轮椅。

江滨柳　这儿没你事，你就先回去吧。

江太太　我推你走走嘛。（推往右边）

江滨柳　你回去吧！让我一个人在这儿安安静静，你快去把该办的办了！

〔《桃花源》中饰"老陶"的演员换上便装，走上台来，本要穿越舞台，被戏吸引住，在舞台左前方角落席地而坐，观赏。

江太太　（不理会江）我没有什么好办的，我来说是要陪你嘛。趁着现在还有点太阳，我推你去走走。

〔江太太推着轮椅又走，江强拉停，回身推开江太太双手。

江滨柳　你不要来，你不要来，谁都不要来，好不好？让我自己一个人安安静静地坐一坐，好不好？用不着人在这陪我！

〔江完全不理会江太太，自顾自地转动轮椅往一旁去。江太太不管江的反应，硬要推轮椅出去。陌生女子静静地坐在右舞台前方角落阴影中。

江太太　你不要这样固执，你根本不会照顾自己，不要像小孩一样！你听我最后一次好不好！

江滨柳　（暴躁地）美如！你让我一个人静静行不行？
　　　　〔江太太激动欲泣。护士也不知如何插手。
　　　　〔敲门声，三人惊。停顿。
　　　　〔护士去开门。门开，暮年的云之凡站在那里，穿着整齐、体面，手里提着一袋礼盒。她老了，但仍然保有当年的一种光彩，她头发短了、白了，驼着背，不大自然地站在门口。
云之凡　（轻声）请问……有没有一位……江滨柳先生？
　　　　〔护士回头望着尴尬的江先生、江太太。
　　　　〔江呆望着云。
　　　　〔江太太回过身来，不由自主地走到江身后，双手握在江身上。
　　　　〔护士呆滞地请云入。云站在门口，看着江。
　　　　〔沉默。
护　士　江太太，我现在陪你去把药钱缴了吧！
江太太　我可以明天去缴！我……（想一想）好。
　　　　〔江太太拿着皮包，无言地从云的身旁过去。护士、江太太从门下。
　　　　〔江和云终于面对面，江坐轮椅，云站着。沉默。
　　　　〔《暗恋》导演不由自主地站在舞台右侧台口，忍不住地近看他自己剧本的高潮，也就是他自己亲身经历而未完成的事件的结尾。导演助理跟在一旁。
云之凡　（打破沉默）我是看到报纸来的。
江滨柳　（指沙发）坐！
　　　　〔沉默。
云之凡　我给你带了点水果。
　　　　〔云把礼盒放在地上，坐在江太太平时坐的沙发上。两人隔着房间对看。
　　　　〔沉默。
　　　　你的身体是……
　　　　〔江不语，一直望着云。
江滨柳　我不知道你一直在台湾。
云之凡　我也不知道……
　　　　〔沉默。云看到江身上的围巾。
　　　　（指）这围巾是……？
江滨柳　（微笑）这些年天冷了，我一直披在身上。
　　　　〔沉默。

云之凡　你一直住在台北？

江滨柳　1949年年初就来了。

　　　　我写信到昆明给你，都没有消息……

　　　　〔沉默。

云之凡　四九年……（慢慢回想）我重庆的大哥大嫂就决定把我带出来。我们从滇缅公路到泰国……经过河内到香港。过了两年我们就到台湾就住下来了。

　　　　〔沉默。

江滨柳　什么时候看到报纸的？

云之凡　啊？

江滨柳　什么时候看到报纸的？

云之凡　今（停顿）……登的那天就看到了。

　　　　〔沉默。

江滨柳　你身体还好？

云之凡　还好。去年动了个手术。没什么，年纪大了。我前年做了外婆了。

江滨柳　我记得你留的两条辫子……

云之凡　结婚第二年就剪了。好久了。

　　　　〔沉默。

　　　　你住在台北什么地方？

江滨柳　一直住在景美。

　　　　〔停顿。

云之凡　我本来住在中和。后来搬到天母。

江滨柳　我前几年搬到内湖去。

　　　　〔长沉默。

　　　　（感伤地）好大的上海，我们还能在一起，想不到……小小的台北把我们给难到了。

　　　　〔沉默。云之凡看看手表。

云之凡　我该走了。我儿子还在下面等我。

　　　　〔云慢慢起身，往门口缓缓走去。开门，正要出去。

江滨柳　之凡……

　　　　〔云停住，背对着江。

　　　　（慢慢的）这些年……你有没有想过我？

　　　　〔长沉默。

　　　　〔云一直在门口站着，终于转身，低头，感性地道出心中的感受。

云之凡　我写了好多信到上海去……好多信……

〔停顿。
后来我大哥说:"不能再等了。"(停顿)再等……就要老了。
〔长沉默。
(回头看江)我先生人很好。他真的很好。
〔江默默地伸出手来。
〔云望着江,然后慢慢走到江轮椅面前,轻轻地拉着江的手。
〔长沉默。两人手握得紧紧的。
〔云放开江的手,抬起头来。
(轻声地)我真的要走了。
〔云慢慢走出病房门,下。江在轮椅上,呆看前方。
〔门开,江太太上,回首望了一下门,上前安慰江,江竟是拒绝她的手,继续呆看前方。江太太无奈地站在江身旁。
〔江手伸向空中,江太太望着江的手,默默地拉住他,江把头倚在江太太的怀里。
〔门开,护士上,站在门口观看这生命中的小片段。
〔灯光渐暗。

(选文主要根据2006—2007年北京版演出版本)

郭启宏

知己（选幕）

人物表

顾贞观——清词人，字华峰，号梁汾，江苏无锡人。康熙举人，官内阁中书。一个讲求传统气节的读书人。其杰作《金缕曲》光耀千古，令后人叹为观止。

吴兆骞——清诗人，字汉槎，江苏吴江人，顾贞观的好友。顺治举人，丁酉科场案的罹难者。他的遭际可能引起人们的某种反思。

纳兰性德——清词人，原名成德，字容若，号楞伽山人，顾贞观的好友，官拜通议大夫一等侍卫，年龄比吴兆骞、顾贞观小得多，文学成就却在吴兆骞、顾贞观之上，实为满族第一词人。看顾贞观的评价："以风雅为性命，以朋友为肺腑。"这位佳公子在本剧中相当完美。

明　珠——当朝柄政之太傅，武英殿大学士，纳兰性德之父。一个非常高明的官僚，只是"久之，为上所觉"。观者若有兴趣，可查阅《清史稿》列传五十六。

徐乾学——字原一，康熙进士，授编修，累官刑部尚书。史载："初，明珠当国，势张甚，其党布中外，乾学不能立异同。至是明珠渐失帝眷，而乾学骤拜左都御史，即劾罢江南巡抚……明珠竟罢相，时有南北党之目。"考察当年的时代背景、典章文物，这段话应当是可信的。

安　图——明珠的宠仆，相府的总管，一个生龙活虎的豪奴。主子叫他"安三儿"。

云　姬——明人谢肇淛《五杂俎》云，"（维扬）女子多美丽"，"扬人习以此为奇货，市贩各处童女，加意装束，教以书、算、琴、棋之属，以徼厚直，谓之瘦马"。张岱《陶庵梦忆》更生动记述娶迎瘦马的详情。瘦马者，姬妾也！自明至清，风习依然。本剧瘦马小字素秋，年已破瓜，色艺兼优，更冰雪聪明，有一种与年龄甚不相称的成熟。

吴文柔——吴兆骞的小妹,随丈夫杨焯赴任进京,又从丈夫革职还乡。据《清词玉屑》载,其诗才"实胜阿兄",恐怕人品也要胜几筹的。有词集《桐听词》,中《谒金门(寄汉槎兄塞外)》传世。有一点似不可解,她缘何管顾贞观叫"三哥"?大概因为顾贞观与吴兆骞一样,在昆仲中也行三。

寒　花——明珠府上老夫人屋里的小使唤丫头,垂双鬟,曳深绿布裳,天真无邪,与归有光《寒花葬志》中那位"目眶冉冉动"的同名阿姐相仿佛。

杏花儿——杏花天茶馆女掌柜,可能还有女人的某种优势,或者劣势。

佟　爷——茶客中最有身份者,三分善心,四分豪气,另有几分……说不清楚。

钮　爷——茶客中身份、人品与佟爷略同。

德　爷——茶客中身份、人品均低于佟、钮二位爷。

那　爷——茶客中与德爷可称伯仲者。

阿祥伯——吴兆骞府上的老管家,没能熬到吴季子绝塞生还。

老小孩——一个过气的说唱艺人,人不坏,混个小钱儿,尚可度日。

以下角色身份各异,性情不一,均乏善可陈,亦无甚劣迹,所谓不好不坏、亦好亦坏的芸芸众生:解差甲、乙,大臣甲、乙、丙、丁,文士甲、乙。

第 三 幕

〔又若干年后。中元节,即盂兰盆节,俗称鬼节。夜昏以后。

〔北京什刹海后海北岸西首,明珠府,府中自怡园。

〔景同第二幕。舞台样式亦同第二幕。

〔粼粼的波光中多了几盏莲花灯,人们在超度孤魂。

〔画外一个粗豪的声音,略带关外口音:"吴兆骞死了!吴兆骞死了!吴兆骞死了!"

〔顾贞观和寒花一大一小蹲在渌水阁旁放莲花灯。

顾贞观　(悲伤地,念念有词)汉槎,汉槎,你走好……

寒　花　(稚气)顾先生,这莲花灯真能给吴先生引路吗?

顾贞观　能呀!今晚上北京九城所有的河灯都能给屈死的冤魂引路。

〔两盏莲花灯缓缓漂去。

〔云姬悄悄走来。

云　姬　寒花,老夫人要睡觉了,赶快回去。

〔寒花应声下。

顾贞观　素秋,有句话我不能不说了!我想明天……

云　姬　(若有预感)回南方?

顾贞观　好聪明!(叹息)汉槎死了,我不想继续待在相府了!

云　姬　(望着莲花灯)不知为什么,我总觉得,吴兆骞还活着……

顾贞观　你心善,在安慰我哪!吴文柔告诉我的,尚阳堡那边来人带的凶信。

云　姬　听说尚阳堡和宁古塔相距还有千百里路呢!前些年,一个浙江人死了,你说的,有报表送到刑部备案,后来又有两个江苏人死了,也有报表,怎么吴兆骞死了,没有报表,徐大人是刑部尚书,也不知道……

顾贞观　(叹息)衙门办事从来虎头蛇尾!开头照章行事,越往后越稀松,渐渐地,宁古塔的流人被这个世界遗忘了!……

云　姬　倒也是……

顾贞观　夜深了,你去睡吧!

云　姬　(不肯挪动)再陪你一会儿!

顾贞观　能陪一时,陪不了长久……

云　姬　为什么?

顾贞观　你是扬州瘦马,迟早要归主子……

云　姬　当初,安图到扬州相中了我,原说是给明中堂当小妾的,中堂大人怕老夫人知道,编瞎话,说是买了个唱戏的女孩子,补充家里的武陵班。老夫人耳目多,很快访知了底细,将计就计,把我要到她屋里去,当个大丫头……

顾贞观　(一笑)老夫人很有心计呀!

云　姬　敢情!要照安图的话说,老夫人打年轻时候就属花虎不拉、白屎壳螂……

顾贞观　你也学会了北京的嘎杂子话!怎么讲?

云　姬　花虎不拉、白屎壳螂——各色呗!

顾贞观　怎么各色了?

云　姬　当糖不甜,当醋还挺酸!

顾贞观　(笑)看来明中堂也不是无所畏惧……

云　姬　惧内!(笑着往顾贞观怀里一倒)

顾贞观　(猛然抱住,低声)素秋……(热吻)

〔云姬闭目受吻,顾贞观宽其衣,欣赏着,复自解衣,就草地上……

顾贞观　(忽然一激灵,放开云姬)马车声!明珠回来了!

云　姬　(谛听,摇头)鬼声!明珠坐轿子不坐马车!

顾贞观　（复抱云姬,忽愧赧,叹息）我……（低下头来）平时好好的,今天不知怎么啦……

云　姬　（悻悻地）没事的。（意兴阑珊）你到底怕官!（缓缓穿衣）
　　　　〔顾贞观羞惭无地,亦穿衣。

云　姬　回去吧!（无意间发现水边草丛里一枚棋子,再找,又一枚,惊呼）围棋子!这是吴兆骞的"青白双丸"!明中堂把它扔了?

顾贞观　（接过围棋子,愕然,半晌,语喃喃）吴汉槎打磨了整整三年!
　　　　〔一阵风起。远处香烟弥漫,河灯闪烁,如繁星,如萤火,更有一种缥缈清幽,仿佛世外景象。
　　　　〔收光。反复飘过老小孩的歌谣:"莲花灯,莲花灯,今日点了明日扔……"
　　　　〔升光。天蒙蒙亮。晨雾中,渌水阁旁,有人在练太极拳。
　　　　〔纳兰性德匆匆行来,忽停步鹄立,犹豫着不敢上前。
　　　　〔安图从树丛里闪身而出,迎面拦住。
　　　　〔有顷,练拳人收功,一转身,是纳兰明珠。

纳兰性德　（请安）阿玛,我昨晚一夜没睡,思来想去,有几句话要对阿玛讲……

明　珠　不讲我也知道!为吴兆骞的事!
　　　　〔纳兰性德点点头。

明　珠　你魔障了!你心里除了吴兆骞,还有什么?有纳兰家族吗?有大清朝吗?

纳兰性德　阿玛不要生气!（捡起漂到水边的一盏业已残破的莲花灯,复送走）请恕儿子直言,您没有伤害吴兆骞,可事实上,吴兆骞因您而死……

明　珠　（一怒）放肆!

安　图　（上前）小爷!怎么能对老爷这样说话?

纳兰性德　（不予理会）那年,顾梁汾喝了三大碗酒,差点儿没死过去,您不会忘记吧?人生在世,最要紧一个信字,所谓一言立信,一诺千金,一言九鼎,一言既出,驷马难追,开弓没有回头箭!您要是救不了吴兆骞,当初就不该应允;您既然承诺,就应当戮力去做!可是您,轻诺寡信,自食其言,让吴兆骞把无望当做希望,在无休止的等待中耗尽了青春年华,更耗尽了不可复得的生命!

安　图　小爷,太过分了!

明　珠　（制止）让他把话都倒出来!

纳兰性德　再说,赎金也早就凑齐了,徐宗师为赎金还卖掉了一幢别业!

安　　图　九牛拔一毛!
明　　珠　你放心,赎金早就入了国库了!
纳兰性德　阿玛,您不觉得吴兆骞因您而死吗?七月十五,鬼节,您就不能
　　　　　　为吴兆骞作斋醮、烧法船,请僧寺作盂兰盆法会吗?
明　　珠　说完了?为什么冬去春来没有使你变得聪明些?满腹诗书偏叫你
　　　　　　脑袋瓜一盆糨糊!你怎么断定吴兆骞已经死了?
纳兰性德　他妹子听尚阳堡来人说的。
明　　珠　(冷笑)前几天,宁古塔的副都统送来了报文,那笔迹是吴兆骞的!
纳兰性德　(大吃一惊)您……认得吴兆骞的笔迹?
明　　珠　当然!他给我写过诗词,还有奏请皇上的奏章!
纳兰性德　(愕然)真的?(既喜且忧)那您为什么不讲出真情?又为什么
　　　　　　一拖再拖,拖了这么多年?
明　　珠　(勃然大怒)你懂个屁!(一阵咳嗽)
安　　图　(上前为明珠捶背)可别气出好歹……
明　　珠　那叫平冤狱!平冤狱!懂吗?你当是吹糖人儿哪?
安　　图　(打圆场)嘿嘿,小爷是个热心肠的人……
明　　珠　热心肠,做蠢事儿!(对纳兰性德)你要真的好心,就直截了当告
　　　　　　诉吴兆骞,还有顾贞观,叫他们死了那条心吧!
安　　图　话都说白了,这辈子没戏了!
明　　珠　安三儿,上朝!
安　　图　嗻!老爷,轿子早备好了!
　　　　　　〔安图引路,明珠大踏步走下。
　　　　　　〔纳兰性德木然呆立。
　　　　　　〔顾贞观由西厢房走出,云姬尾随着。
纳兰性德　(回头,与顾贞观相对无言)你都听见了?
顾贞观　　(点头)容若,想不到汉槎还在人世,我们应该高兴才是啊!
纳兰性德　是呀!哦,还要赶紧告诉汉槎的妹子!
顾贞观　　好的,我一会儿就去。(忽又黯然)可是,看来,汉槎此生怕是要老
　　　　　　死宁古塔了!刚才,我在想,他不能入关,我就该出关去看他!
纳兰性德　(不置可否,徘徊,停步,有所思,仿佛自语)山海关那儿,一座山
　　　　　　岭,两个名字,出关的人叫它凄惶岭,入关的人叫它欢喜岭……
云　　姬　请公子恳求老夫人恩准,素秋愿陪顾先生出关。
顾贞观　　不,不,不能!
纳兰性德　梁汾思友心切,素秋情至身随!事关重大,还得好好合计。
顾贞观　　(点头)我也知道,相见宁古塔,并非上策,聊慰云树之思罢了!

〔掏出围棋子,给纳兰性德〕容若,你看看这是什么?
纳兰性德　（接过一看）围棋子呀!
顾贞观　这就是吴兆骞为中堂大人打磨了整整三年的"青白双丸"!
纳兰性德　怎么回事?
顾贞观　昨晚上,在渌水阁旁边草丛里捡到的!
纳兰性德　阿玛把它扔了……
顾贞观　说实在话,我对令尊已经不抱希望了!
纳兰性德　这?（无语,复黯然）
顾贞观　（抱愧）请原谅我的莽撞……
云　姬　顾先生说话没遮拦……
纳兰性德　梁汾没有说错……

〔寂静中隐隐传来"打冰盏儿"的脆响:"得儿——铮!得儿——铮!"有顷,继起叫卖绿豆水饭的吆喝:"水饭哪!豆我儿多啊!豆我儿多啊!败心火耶!绿豆儿水饭哪!要先尝啊,我的绿豆儿水饭哪!"宛若一曲抑扬顿挫的曼歌。
〔一阵鞭声马鸣,随之是笑语喧哗……
〔顾贞观和云姬避进西厢房。纳兰性德旁立着。
〔明珠走在前头,徐乾学随后,大臣甲、乙、丙、丁又随后,安图前后左右紧跑。众人走向渌水阁。

明　珠　（兴高采烈）容若,你也入席。
纳兰性德　（颇感意外）又吃?（无奈地）是!（陪伴着徐乾学）
明　珠　（越发兴奋）落座,落座!今天是大喜日子,诸位都知道了,皇上平了西南三藩!天下大定,太平日子到了!（举杯）干!
〔众人齐作酒囊。
明　珠　（不无得意地）当初满朝文武都怕激反西南三藩,特别害怕激反那个吴三桂,唯独鄙人坚持撤掉吴三桂他们的藩王。好家伙!三藩果真反了,索额图索三一伙儿请求皇上杀掉我,好安抚三藩……
大臣甲　索三是面茶!
大臣乙　索三是混蛋!
大臣丙　索三是面茶锅里煮寿桃——
大臣丁　他混蛋出尖了!
明　珠　刚才皇上跟我说,老明呀,嘿嘿,皇上也管我叫老明,皇上说,老明呀,当初我要听了索三的话,你可就到了枉死城了!
徐乾学　（调侃）跟中堂大人的胡子一样,蒙不白之冤了!
〔众人大笑。

明　珠　今儿个得喝个痛快！

〔众人随声附和。

大臣乙　(酒劲上来)中堂大人还记得那年在这里喝酒,大人讲起神鹰海东青,以小制大,就像满人制服汉人……(眉飞色舞)

明　珠　(打断)哎！那是说的马背上得天下的年代！如今情势不同了！话说回来,大就是大,小就是小！汉人100兆还多,满人100万不到,满人混在汉人堆里,跟撒胡椒面儿似的,能显出什么来？也就闻个味儿！

大臣甲　中堂大人这番话,有新意,诸位得好好领悟！

明　珠　眼下满汉官员的位置摆得不对啊！满人权重,汉人六部九卿成了满人的文书了！说句糙话,满人咳嗽一声,汉人连个屁都不敢放！

大臣乙　屁,屁憋回去了！

大臣丙　(频频点头)还真是的！

大臣丁　唔,话糙理不糙！

明　珠　(对徐乾学)原一老兄,汉人里头也大有没出息的人,分明受挤对,还鹅争鸭斗,北方汉人排斥南方汉人。我中华本来是满汉一家、南北一家嘛！

徐乾学　是呀,是呀,明中堂说得对……

纳兰性德　(低声对徐乾学)我阿玛今天这番话听着新鲜……

徐乾学　(狡黠一笑)刚刚从皇上那里趸来的！

〔纳兰性德一时愧赧。

大臣甲　中堂大人,卑职提议,为我大清朝满汉一家干杯！

明　珠　好,好！

〔众人干杯。

明　珠　你们不知道,皇上为了满汉一家,费了多少心血！就说前不久科考那码事儿吧！皇上把参加会试的142人,集中在体仁阁,先设宴招待,再分发试卷,跟着,全部入了翰林院。当时,有的人不肯进京,朝廷没有勉强；有的人虽然进京,不肯赴试,朝廷依然授予职衔,任凭归隐；还有的人进了京,也殿试了,却故意写错诗韵,不把文章写完,朝廷还是给了他官职……你们说皇上容易吗？皇上跟我说,老明,我受气呀,可我是为大清朝的江山社稷受气啊！瞧瞧皇上,动心忍性呀！

〔众人听罢,唏嘘不已。

纳兰性德　(长叹一声)吴兆骞也是没有写完,怎么就四十大板流放宁古塔呢？

明　珠　（行至纳兰性德跟前，见纳兰性德颇惶惑，微微一笑）问得好！（高声）安三儿！

安　图　（应声）嗻！

明　珠　有请顾先生！

安　图　嗻！（行至西厢房前，躬身）有请顾先生！

〔顾贞观自西厢房出，缓缓前行。

顾贞观　（行汉礼，漠然）中堂大人！

明　珠　（严肃地）我跟顾先生通报一声，鄙人已经豁出去一品爵禄、双眼花翎，启奏皇上，放归吴兆骞！

顾贞观　（不敢相信）放归吴兆骞……

〔一座震惊，顿时无语。

顾贞观　（冷然）但愿中堂大人不是戏言！

〔满座屏声静息。

明　珠　（自斟三杯酒，饮而尽）武英殿大学士纳兰明珠为满汉和好，擢拔英才，指天发誓，绝塞生还吴兆骞！倘若食言，有如此杯！（掷杯于地）

〔嘭的一声，酒杯粉碎。

顾贞观　（大感动）中堂大人在上！请受布衣顾贞观三拜！（庄严地行满礼，三度跪拜）

明　珠　（受拜之际）顾先生，一拜足矣！何必再而三？

顾贞观　一拜是顾贞观感谢中堂大人，再拜是替吴汉槎感谢中堂大人，三拜是为天下读书人感谢中堂大人爱才惜才的博大胸怀！

纳兰性德　（含泪）阿玛！

〔一座无不动情，唯独徐乾学漠然旁顾。

〔收光。

〔琴声悠扬。

〔云姬的歌声响起："……兄生辛未吾丁丑。共此时、冰霜摧折，早衰蒲柳。词赋从今须少作，留取心魂相守……"

〔升光。

〔一二月后，已是仲秋景色。

〔内声，略带关东口音："吴兆骞回来了！吴兆骞回来了！吴兆骞回来了！"

〔西厢房内，顾贞观面对"顾梁汾为吴汉槎屈膝处"的木牌，点燃三炷高香,插在小香炉内,复跪地默祷……
〔云姬摆弄着顾贞观旧日的长袍。
〔寒花飞跑进屋。

寒　花　顾先生,大公子和徐大人陪着吴先生,快到渌水阁了!
顾贞观　我这就去!
〔云姬为顾贞观更衣、照镜子。
〔内声:"徐乾学徐大人到!"
〔徐乾学、纳兰性德和文士甲、乙陪着吴兆骞上。
〔吴兆骞身穿一套簇新的、却又不大合体的长袍马褂,头发灰白,肩背微驼,他未满五十,看上去却像是年逾花甲,仔细观察,形容举止略显猥琐,眼神里分明有一种迷茫与惶惑,时不时地,流露出兔子般的怯弱、麋鹿般的警觉,还有狐狸般的狡猾、豺狼般的贪婪……

顾贞观　(急急出屋)徐大人!(寻找)汉槎呢?
徐乾学　(一指)这不是汉槎吗?
顾贞观　(奔上前去,激动地)汉槎!
吴兆骞　(下意识立定,高调门儿应声)到!
〔众人一愣,随后友善地笑了。
徐乾学　汉槎在宁古塔,养成习惯了!
吴兆骞　(傻笑着)嗯哪!(一口颇为浓重的关外口音,尽管还不纯正)每天每,点名应卯,都得(读děi)大嗓门儿可劲儿地喊,(歉意)嘿嘿,喊惯咧!
纳兰性德　汉槎兄,你猜他是谁?(把顾贞观一推)
吴兆骞　我喽喽!(辨认,摇头)瞅着眼生!
文士甲　他是梁汾,顾梁汾!
文士乙　顾贞观!
吴兆骞　拉倒吧,你可真能白话!顾贞观比我小六七岁呢,瞧他这脑门儿,都拔顶了!
顾贞观　汉槎,我是顾贞观呀!
吴兆骞　真的?不蒙我?哎哟我的妈爷子,咋整的?你也老了!(忽然想起什么)哦,对了,你也得受我一拜!(说罢便要行满人跪礼)
顾贞观　(急忙拉住)不可,不可!
徐乾学　(上前)哎!几十年的朋友见面,俗礼免了吧!
纳兰性德　是呀!
吴兆骞　哎,是是是……(诺诺连声)

徐乾学　（边走边说）今日乾学假座渌水阁，为汉槎接风洗尘，文友雅集，清茶一杯！可以效法柏梁台联句，可以效法兰亭曲水流觞，也可以玩玩诗钟，或者嵌字、回文、连环、离合！诸位意下如何？
众　人　大宗师高见！任凭大宗师！
徐乾学　哎，你们先看看，这个匾额就是容若的大作——"河汉之皋"！
纳兰性德　愧煞学生了！
〔众人观看渌水阁的匾额。
吴兆骞　（忽来情绪，摇头晃脑）河汉者，天河也！皋者，近水高地也！秋水八月，当有乘槎人来也！
〔众人又友善地笑了。顾贞观则一愣，似乎想起什么。
〔内声："中堂大人到！"
〔众人闻声鹄立一旁。
〔安图引明珠上。
明　珠　（一派礼贤下士的劲头）哪一位是吴兆骞？
吴兆骞　（急忙出列）奴才在！（跪拜）
明　珠　（笑）不必了！这不是公堂，是私宅！
徐乾学　汉槎礼多哟！
吴兆骞　（傻笑）闹不清咋整的，我这波罗盖儿有点儿往下坠，像是没筋骨囊……
明　珠　吴先生，随便些吧！
吴兆骞　（受宠若惊）不敢，不敢，中堂大人，您就叫我贱名，吴兆骞！
明　珠　呃……（不置可否一笑）你看，这自怡园风景如何？（行至水边）
吴兆骞　（马上应声）美，美呀！（跟着来到水边，赞颂地）坡陀蜿蜒，芰荷盛开，丹楼碧山，耸出水际，唐代曲江池不过如此，真是人间宰相府，天上神仙居！（不住地点头）这般洞天福地，也只有中堂大人住得，命大福大造化大！换了别人，往轻里说，也得折寿二十年！（胁肩谄笑）他命里没有不是？
〔明珠开怀大笑，众人附和着，唯顾贞观和纳兰性德笑不起来。
〔吴兆骞忽然发现明珠的长袍上带着好些苍耳草籽，先是弯腰曲背去摘，继而蹲下，最后竟跪在地上，趴下，一根一根地摘，形状十分猥琐。
〔顾贞观看着，浑身不自在，背过身去。纳兰性德也看不过去。
明　珠　（喊）安三儿！（示意替换吴兆骞）
安　图　我来摘吧！
吴兆骞　不妨事！快摘完了！哦，干净了！（站起，手搓着草籽）中堂大人，

		这草籽在宁古塔那圪挞,野地里,邪多!老乡给起了个土名,叫骚娘们儿……
明　珠	(一愣)骚娘们儿?(兴趣地)哦?荤的!
吴兆骞	(认真地解释)咋就叫骚娘们儿呢?就因为它逢人随人,遇牲口随牲口,逮谁沾谁!其实,它是靠这招存活下来、传宗接代的。这玩意儿本来有大名的,叫苍耳,《诗经》里叫卷耳,(背诵起来)"采采卷耳,不盈顷筐。嗟我怀人,置彼周行……"
徐乾学	(忽然技痒,炫耀)《本草》叫眺耳,《尔雅》叫苓耳,《楚辞》叫葹,巴蜀人叫羊负来,一年生草本,春夏开花,苍耳籽可以榨油,苍子油,可以入药,虽无大效,能治疥癣。宋人诗云,"秋夜苍苍秋日黄,黄蒿满田苍耳长",说的就是这个苍耳!
吴兆骞	(立时鸡啄米似的,一个劲点头)徐大人一代宗师,道德文章冠绝古今,名不虚传!光是徐大师考据这门学问,吴兆骞再活三辈子也学不来个皮毛!

　　〔顾贞观忽然有些晕眩,摇摇晃晃。

纳兰性德　梁汾,你怎么啦?
顾贞观　我有些不舒服,我到西屋歇一会儿,再去渌水阁喝茶。
纳兰性德　也好。

　　〔顾贞观悄悄退入西厢房。
　　〔一行人步入渌水阁。收光。
　　〔西厢房内。升光。云姬与寒花正在玩九连环,见顾贞观步入,颇觉怪异。

云　姬　怎么回来了?
顾贞观　我有些头晕,心也像是一下子没了似的!
云　姬　(摸顾贞观额头)不热呀!这样的盛会,你盼了多少年!还是去吧!实在撑不住再回来,反正从渌水阁到西厢房,也没几步远……
顾贞观　是没几步远,可我觉着好像是两重天!(强打精神)好吧,我去!
　　(出屋)
　　〔西厢房收光。
　　〔渌水阁升光。人声嘈嘈。
　　〔顾贞观向渌水阁行去。

吴兆骞　……公子,您是兆骞的大恩人!要是没有公子鼎力,兆骞那点儿事儿就不能上达中堂大人,就不能上达天聪,也就没有今日的放归!请公子在上,受兆骞再次拜谢!(欲跪拜)
纳兰性德　不不!汉槎兄,你最该拜谢的不是我,也不是在座诸位……

吴兆骞　（茫昧的样子）那还能有谁？

纳兰性德　你最该拜谢的是顾梁汾！

　　　　〔顾贞观听到自己的名字，一时不便入内，只好伫立阁外。

吴兆骞　顾梁汾……

纳兰性德　难道你忘了他寄给你的两首《金缕曲》？

吴兆骞　哦！记得的，记得的……（搜寻记忆）那两首词写得蛮好！金石肝胆，慷慨悲歌，放在豪放派大家苏轼的词集里，也是上乘之作；而且，以词代信，结构上精巧新奇，不敢说天地悠悠，后无来者，可确实是前无古人啊！

纳兰性德　（颇不满意）难道你只赏识他的文才？不是人品？

吴兆骞　（颇尴尬）呃，人也不大离儿，蛮好的……

纳兰性德　顾梁汾所以到此地设馆课徒，当个教书先生，完全是为了你啊！

吴兆骞　（信疑参半）哦？是吗？（有顷）我想着，此地是宰相府，宰相家人七品官，顾梁汾熬的年头多了，中堂大人不会亏待他的，怕也会给他一官半职吧？兴许是个闲官……这比打秋风可是强得多咧！我瞅着，顾梁汾这些年不吃亏……

纳兰性德　（勃然色变）你！（站起）

吴兆骞　（慌张）公子，我说错了？（狼狈地低头垂手，等着挨训）

徐乾学　（把纳兰性德按坐下）来，喝茶！（转移话题）中堂大人，这茶是武夷山的吧？

明　珠　这茶的学问数你大！

　　　　〔一阵苦涩的笑声。

　　　　〔渌水阁收光。

　　　　〔顾贞观感到空前的失落，浑身乏力，缓缓走向西厢房。

顾贞观　（喃喃自语）这个人是吴汉槎吗？（无力地倚在门旁）

　　　　〔云姬和寒花出屋。

云　姬　你还是不舒服……（与寒花一起扶顾贞观进屋）

顾贞观　素秋，还是你说得对！

云　姬　我说什么啦？

顾贞观　你说过一句话，奴才眼里无英雄！

云　姬　（心明如镜）明白了，吴兆骞已经变了一个人？

顾贞观　（点头，仰天长叹）东去水，无复向西流！（黯然泪下）

云　姬　你想想，宁古塔是个什么地方，黄金都要长锈！吴兆骞他要活着呀！

顾贞观　是呀，他要活着，要活着……

云　姬　能活着回来,就算是赢了……

顾贞观　是呀,世间万物谁个不为活着?蜘蛛结网,蚯蚓松土,为了活着;缸里金鱼摆尾,架上鹦鹉学舌,为了活着;密匝匝蚂蚁搬家,乱纷纷苍蝇争血,也是为了活着;满世界蜂忙蝶乱,牛奔马走,狗跳鸡飞,哪一样不为活着?(忽然变色)可人生在世,只是为了活着?人,万物之灵长,亿万斯年修炼的形骸,天地间无与伦比的精魂,只是为了活着?(惨笑)读书人悬梁刺股、凿壁囊萤、博古通今、学究天人,只是为了活着?(冷笑,走到"顾梁汾为吴汉槎屈膝处"的木牌前)活着,活着,顾贞观为吴汉槎屈膝……为了活着?(复狂笑)顾贞观,愚蠢哪!(猛然拔起木牌,往地上一掼,木牌折为两截,自己却因用力过猛而跟跄了几步)

云　姬　(害怕起来)你不要这样……(上前搀扶顾贞观)

顾贞观　(甩开云姬)我的事,不要你管。(脱下新衣)我真羡慕那扑火的飞蛾,就是死了,也活得个辉煌!(换上旧服)

云　姬　(一惊)你不要走!你不要走!(情急泪下)

寒　花　(牵衣)顾先生,您别走,您别走,我给您买酸梅汤!

顾贞观　(平静下来,抚摸着寒花的头)我不走,我只是想,出去散散心!

寒　花　真的?别蒙我们!

　　　　〔顾贞观点点头。

寒　花　拉勾!(用小指头去勾顾贞观的小指头)拉勾上吊,一百年不许变!(放心地笑了)

顾贞观　我走了!(临出门,又看了云姬和寒花一眼,悄悄行去)

　　　　〔云姬和寒花目送着。
　　　　〔有顷,纳兰性德引吴兆骞走来。
　　　　〔云姬与寒花请安而后侧立。
　　　　〔纳兰性德引吴兆骞步入西厢房。

纳兰性德　(见一室狼藉,急问)梁汾呢?

云　姬　刚刚出去,散散心。

　　　　〔寒花把两截木牌重新拼好,放归原位,又把倒了的香炉扶正,高香尚未燃尽。

纳兰性德　你自己看看吧!

吴兆骞　(猫着腰应声)唉唉!

纳兰性德　先看墙上的字!

吴兆骞　(念)"偷生"!

纳兰性德　再看木牌上的!

吴兆骞　（念）"顾梁汾为吴汉槎屈膝处"……（木然的脸上现出痛悔的神情）

纳兰性德　还要看看地上！

　　　　〔吴兆骞四顾茫然。

纳兰性德　这地上有两个坑！

吴兆骞　是有两个坑……

纳兰性德　顾梁汾忍辱负重,屈膝偷生！他每天每,在这里,焚香跪拜,为你祈祷！天长日久,这地面上都跪出两个坑来……（哽咽）

吴兆骞　（天良复萌,猛然大恸）梁汾！我错了！我对不住你呀！

纳兰性德　（嘲讽地）你,吴兆骞,你的波罗盖儿没筋骨囊,你行我们满人的跪礼早已经很习惯了！顾梁汾呢,他跟你不一样,男儿膝下有黄金,他没有下跪的喜好！

吴兆骞　（痛哭流涕）梁汾,我对不住你呀！梁汾,我不是人,我是畜牲！（自己掌嘴）

纳兰性德　（忽又看着可怜）汉槎,不要这样,不要这样！（说着,也哽咽落泪）

吴兆骞　（停了掌嘴）公子,这些年来,吴兆骞在宁古塔,埋汰呀！（低声）为了多吃半碗高粱米粥,我可以告发同伙……（黯然）

纳兰性德　（震惊,复慨叹）我为江左凤凰可惜呀！

吴兆骞　在宁古塔时候,我总在想,每个人都有两颗心,一颗叫主子,一颗叫奴才,平常时候是不用取舍的,到了坎节儿时候,不选择不行了！咋办？（停顿）我真希望自己能长出一颗新的心,不是主子,也不是奴才……

纳兰性德　那是什么？

　　　　〔云姬献茶。纳兰性德默默地喝着茶。

吴兆骞　（摇摇头）不知道。（推开茶碗,站起）我这就走！

纳兰性德　哪儿去？

吴兆骞　我找顾梁汾去,我要当面请罪！（出屋,下）

　　　　〔冥冥中传来顾贞观的声音："……问人生、到此凄凉否？千万恨,从君剖……"

　　　　〔纳兰性德谛听着……

（原载《剧本》2010 年第 11 期）

诗 歌

何其芳

回　　答

一

从什么地方吹来的奇异的风，
吹得我的船帆不停地颤动：
我的心就是这样被鼓动着，
它感到甜蜜，又有一些惊恐。
轻一点吹呵，让我在我的河流里
勇敢地航行，借着你的帮助，
不要猛烈得把我的桅杆吹断，
吹得我在波涛中迷失了道路。

二

有一个字火一样灼热，
我让它在我的唇边变为沉默。
有一种感情海水一样深，
但它又那样狭窄，那样苛刻。
如果我的杯子里不是满满地
盛着纯粹的酒，我怎么能够
用它的名字来献给你呵，
我怎么能够把一滴说为一斗？

三

不，不要期待着酒一样的沉醉！
我的感情只能是另一种类。

它像天空一样广阔,柔和,
没有忌妒,也没有痛苦的眼泪。
唯有共同的美梦,共同的劳动
才能够把人们亲密地联合在一起,
创造出的幸福不只是属于个人,
而是属于巨大的劳动者全体。

四

一个人劳动的时间并没有多少,
鬓间的白发警告着我四十岁的来到。
我身边落下了树叶一样多的日子,
为什么我结出的果实这样稀少?
难道我是一棵不结果实的树?
难道生长在祖国的肥沃的土地上,
我不也是除了风霜的吹打,
还接受过许多雨露,许多阳光?

五

你愿我永远留在人间,不要让
灰暗的老年和死神降临到我的身上。
你说你痴心地倾听着我的歌声,
彻夜失眠,又从它得到力量。
人怎样能够超出自然的限制?
我又用什么来回答你的爱好,
你的鼓励?呵,人是平凡的,
但人又可以升得很高很高!

六

我伟大的祖国,伟大的时代,
多少英雄花一样在春天盛开;
应该有不朽的诗篇来讴歌他们,
让他们的名字流传到千年万载。

我们现在的歌声却那么微茫!
哪里有古代传说中的歌者,
唱完以后,她的歌声的余音
还在梁间缭绕,三日不绝?

七

呵,在我祖国的北方原野上,
我爱那些藏在树林里的小村庄,
收获季节的手车的轮子的转动声,
农民家里的风箱的低声歌唱!
我也爱和树林一样密的工厂,
红色的钢铁像水一样疾奔,
从那震耳欲聋的马达的轰鸣里
我听见了我的祖国的前进!

八

我祖国的疆域是多么广大:
北京飞着雪,广州还开着红花。
我愿意走遍全国,不管我的头
将要枕着哪一块土地睡下。
"那么你为什么这样沉默?
难道为了我们年轻的共和国,
你不应该像鸟一样飞翔,歌唱,
一直到完全唱出你胸脯里的血?"

九

我的翅膀是这样沉重,
像是尘土,又像有什么悲恸,
压得我只能在地上行走,
我也要努力飞腾上天空。
你闪着柔和的光辉的眼睛
望着我,说着无尽的话,

又像殷切地从我期待着什么——
请接受吧,这就是我的回答。

1952年1月写成前五节
1954年劳动节前夕续完
(原载《人民文学》1954年10月号)

艾 青

礁　石

一个浪,一个浪
无休止地扑过来
每一个浪都在它脚下
被打成碎沫,散开……

它的脸上和身上
像刀砍过的一样
但它依然站在那里
含着微笑,看着海洋……

1954 年 7 月 25 日
(原载《艾青诗选》,人民文学出版社 1979 年版)

古罗马的大斗技场

也许你曾经看见过
这样的场面——
在一个圆的小瓦罐里
两只蟋蟀在相斗,
双方都鼓动着翅膀
发出一阵阵金属的声响,
张牙舞爪扑向对方
又是扭打、又是冲撞,

经过了持久的较量，
总是有一只更强的
撕断另一只的腿
咬破肚子——直到死亡。

古罗马的大斗技场
也就是这个模样，
大家都可以想像
那一幅壮烈的风光。

古罗马是有名的"七山之城"
在帕拉丁山的东面
在锡利山的北面
在埃斯揆林山的南面
那一片盆地的中间
有一座——可能是
全世界最大的斗技场，
它像圆形的古城堡
远远看去是四层的楼房，
每层都有几十个高大的门窗
里面的圆周是石砌的看台
可以容纳十多万人来观赏。

想当年举行斗技的日子
也许是一个喜庆的日子，
这儿比赶庙会还要热闹
古罗马的人穿上节日的盛装
从四面八方都朝向这儿
真是人山人海——全城欢腾
好像庆祝在亚洲和非洲打了胜仗
其实只是来看一场残酷的悲剧
从别人的痛苦激起自己的欢畅。

号声一响
死神上场

当角斗士的都是奴隶
挑选的一个个身强力壮,
他们都是战败国的俘虏
早已妻离子散、家破人亡,
如今被押送到斗技场上
等于执行用不着宣布的死刑
面临着任人宰割的结局
像畜棚里的牲口一样;

相搏斗的彼此无冤无仇
却安排了同一的命运,
都要用无辜的手
去杀死无辜的人;
明知自己必然要死
却把希望寄托在刀尖上;

有时也要和猛兽搏斗
猛兽——不论吃饱了的
还是饥饿的都是可怕的——
它所渴求的是温热的鲜血,
奴隶到这里即使有勇气
也只能是来源于绝望,
因为这儿所需要的不是智慧
而是必须压倒对方的力量;

看那些"打手"多么神气!
他们是角斗场雇用的工役
一个个长的牛头马面
手拿铁棍和皮鞭
(起先还带着面具
后来连面具也不要了)
他们驱赶着角斗士去厮杀
进行着死亡前的挣扎;
最可怜的是那些蒙面的角斗士

(不知道是哪个游手好闲的
想出如此残忍的坏点子!)
参加角斗的互相看不见
双方都乱挥着短剑寻找敌人
无论进攻和防御都是盲目的——
盲目的死亡、盲目的胜利。

一场角斗结束了
那些"打手"进场
用长钩子钩曳出尸体
和那些血淋淋的肉块
把被戮将死的曳到一旁
拿走武器和其它的什物,
奄奄一息的就把他杀死;
然后用水冲刷污血
使它不留一点痕迹——
这些"打手"受命于人
不直接去杀人
却比刽子手更阴沉。
再看那一层层的看台上
多少万人都在欢欣若狂
那儿是等级森严、层次分明
按照权力大小坐在不同的位置上,
王家贵族一个个悠闲自得
旁边都有陪臣在阿谀奉承;
那些官妃打扮得花枝招展
与其说她们是来看角斗
不如说到这儿展览自己的青春
好像是天上的星斗光照人间;
有"赫赫战功"的,生活在
奴隶用双手建造的宫殿里
奸淫战败国的妇女;
他们的餐具都沾着血
他们赞赏血腥的气味;

能看人和兽搏斗的
多少都具有兽性——
从流血的游戏中得到快感
从死亡的挣扎中引起笑声，
别人越痛苦，他们越高兴；
(你没有听见那笑声吗？)
最可恨的是那些
用别人的灾难进行投机
从血泊中捞取利润的人，
他们的财富和罪恶一同增长，
斗技场的奴隶越紧张
看台上的人群越兴奋；
厮杀的叫喊越响
越能爆发狂暴的笑声；
看台上是金银首饰在闪光
斗场上是刀叉匕首在闪光；
两者之间相距并不远
却有一堵不能逾越的墙。

这就是古罗马的斗技场
它延续了多少个世纪
谁知道有多少奴隶
在这个圆池里丧生。
神呀，宙斯呀，丘比特呀，耶和华呀
一切所谓"万能的主"呀，都在哪里？
为什么对人间的不幸无动于衷？
风呀，雨呀，雷霆呀，
为什么对罪恶能宽容？

奴隶依然是奴隶
谁在主宰着人间？
谁是这场游戏的主谋？
时间越久，看得越清：
经营斗技场的都是奴隶主
不论是老泰尔克维尼乌斯

还是苏拉、凯撒、奥大维……
都是奴隶主中的奴隶主——
嗜血的猛兽、残暴的君王!

"不要做奴隶!
要做自由人!"
一人号召
万人响应
为了改变自己的命运
就要捣毁万恶的斗技场;
把那些拿别人生命作赌的人
钉死在耻辱柱上!

奴隶的领袖
只有从奴隶中产生;
共同的命运
产生共同的思想;
共同的意志
汇成伟大的力量。
一次又一次地举起义旗
斗争的才能因失败而增长
愤怒的队伍像地中海的巨浪
淹没了宫殿,掀翻了凯旋门
冲垮了斗技场,浩浩荡荡
觉醒了的人们誓用鲜血灌溉大地
建造起一个自由劳动的天堂!

如今,古罗马的大斗技场
已成了历史的遗物,像战后的废墟
沉浸在落日的余晖里,像碉堡
不得不引起我疑问和沉思;
它究竟是光荣的纪念,
还是耻辱的标志?
它是夸耀古罗马的豪华,
还是记录野蛮的统治?

它是为了博得廉价的同情，
还是谋求遥远的叹息？

时间太久了
连大理石也要哭泣；
时间太久了
连凯旋门也要低头；
奴隶社会最残忍的一幕已经过去
不义的杀戮已消失在历史的烟雾里
但它却在人类的良心上留下可耻的记忆
而且向我们披示一条真理：
血债迟早都要用血来偿还；
以别人的生命作为赌注的
就不可能得到光彩的下场。

说起来多少有些荒唐——
在当今的世界上
依然有人保留了奴隶主的思想，
他们把全人类都看作奴役的对象
整个地球是一个最大的斗技场。

1979年7月，北京
（原载《艾青诗选》，人民文学出版社1979年版）

闻 捷

苹果树下

苹果树下那个小伙子,
你不要、不要再唱歌;
姑娘沿着水渠走来了,
年轻的心在胸中跳着。
她的心为什么跳呵?
为什么跳得失去节拍?……

春天,姑娘在果园劳作,
歌声轻轻从她耳边飘过,
枝头的花苞还没有开放,
小伙子就盼望它早结果。
奇怪的念头姑娘不懂得,
她说:别用歌声打扰我。

小伙子夏天在果园度过,
一边劳动一边把姑娘盯着,
果子才结得葡萄那么大,
小伙子就唱着赶快去采摘。
满腔的心思姑娘猜不着,
她说:别像影子一样缠着我。

淡红的果子压弯绿枝,
秋天是一个成熟季节,
姑娘整夜整夜地睡不着,
是不是挂念那树好苹果?
这些事小伙子应该明白,
她说:有句话你怎么不说?

……苹果树下那个小伙子,
你不要、不要再唱歌;
姑娘踏着草坪过来了,
她的笑容里藏着什么?……
说出那句真心的话吧!
种下的爱情已该收获。

1952—1954年,乌鲁木齐—北京
(原载《闻捷诗选》,人民文学出版社1979年版)

郭小川

望星空

一

今夜呀,
我站在北京的街头上,
向星空瞭望。
明天哟,
一个紧要任务,
又要放在我的双肩上。
我能退缩吗?
只有迈开阔步,
踏万里重洋;
我能叫嚷困难吗?
只有挺直腰身,
承担千斤重量。
心房呵,
不许你这般激荡!……
此刻呵,
最该是我沉着镇定的时光。

而星空,
却是异样地安详。
夜深了,
风息了,
雷雨逃往他乡。
云飞了,
雾散了,

月亮躲在远方。
天海平平,
不起浪,
四围静静,
无声响。

但星空是壮丽的,
雄厚而明朗。
穹窿呵,
深又广,
在那神秘的世界里,
好像竖立着层层神秘的殿堂。
大气呵,
浓又香,
在那奇妙的海洋中,
仿佛流荡着奇妙的酒浆。
星星呀,
亮又亮,
在浩大无比的太空里,
点起万古不灭的盏盏灯光。
银河呀,
长又长,
在没有涯际的宇宙中,
架起没有尽头的桥梁。

呵,星空,
只有你,
称得起万寿无疆!
你看过多少次:
冰河解冻,
火山喷浆!
你赏过多少回:
白杨吐绿,
柳絮飞霜!
在那遥远的高处,

在那不可思议的地方
你观尽人间美景,
饱看世界沧桑。
时间对于你,
跟空间一样——
无穷无尽,
浩浩荡荡。

二

呵,
望星空,
我不免感到惆怅。
说什么:
身宽气盛,
年富力强!
怎比得:
你那根深蒂固,
源远流长!
说什么:
情豪志大,
心高胆壮!
怎比得:
你那阔大胸襟,
无限容量!

我爱人间,
我在人间生长,
但比起你来,
人间还远不辉煌。
走千山,
涉万水,
登不上你的殿堂。
过大海,
越重洋,

饮不到你的酒浆。
千堆火，
万盏灯，
不如一颗小小星光亮。
千条路，
万座桥，
不如银河一节长。

我游历过半个地球，
从东方到西方。
地球的阔大幅员，
引起我的惊奇和赞赏。
可谁能知道：
宇宙里有多少星星，
是地球的姊妹行！
谁曾晓得：
天空中有多少陆地，
能够充作人类的家乡！
远方的星星呵，
你看得见地球吗？
——一片迷茫！
远方的陆地呵，
你感觉到我们的存在吗？
——怎能想像！

生命是珍贵的
为了赞颂战斗的人生，
我写下成册的诗章；
可是在人生的路途上，
又有多少机缘，
向星空瞭望！
在人生的行程中，
又有多少个夜晚，
见星空如此安详！
在伟大的宇宙的空间，

人生不过是流星般的闪光。
在无限的时间的河流里,
人生仅仅是微小又微小的波浪。
呵,星空,
我不免感到惆怅!
于是我带着惆怅的心情,
走向北京的心脏……

三

忽然之间,
壮丽的星空,
一下子变了模样。
天黑了,
星小了,
高空显得暗淡无光;
云没有来,
风没有刮,
却像有一股阴霾罩天上。
天窄了,
星低了,
星空不再辉煌。
夜没有尽,
月没有升,
太阳也不曾起床。

呵,这突然的变化,
使我感到迷惘,
我不能不带着格外的惊奇,
向四围寻望:
就在我的近边,
在天安门广场,
升起了一座美妙的人民会堂;
就在那会堂的里面,
在宴会厅的杯盏中,

斟满了芬芳的友谊的酒浆；
就在我的两侧，
在长安街上，
挂出了长串的灯光；
就在那灯光之下，
在北京的中心，
架起了一座银河般的桥梁。

这是天上人间吗？
不，人间天上！
这是天堂中的大地吗？
不，大地上的天堂。
真实的世界呵，
一点也不虚妄，
你朴质地描述吧，
不需要作半点夸张！
是谁说的呀——
星空比人间还要辉煌？
是什么人呀——
在星空下感到忧伤？
今夜哟，
最该是我沉着镇定的时光！

是的，
我错了，
我曾是如此地神情激荡！
此刻我才明白：
刚才是我望星空，
而不是星空向我瞭望。
我们生活着，
而没有生命的宇宙，
既不生活也不死亡。
我们思索着，
而不会思索的穹窿，
总是露出呆相。

星空哟,
面对着你,
我有资格挺起胸膛。

四

当我怀着自豪的感情,
再向星空瞭望,
我的身子,
充溢着非凡的力量。
因为我知道:
在一切最好的传统之上,
我们的队伍已经组成,
犹如浩荡的万里长江。
而我自己呢,
早就全副武装,
在我们的行列里,
充当了一名小小的兵将。

可是呵,
我和我的同志一样,
决不会在红灯绿酒之前,
神魂飘荡。
我们要在地球与星空之间,
修建一条走廊,
把大地上的楼台殿阁,
移往辽阔的天堂。
我们要在无限的高空,
架起一座桥梁,
把人间的山珍海味,
送往迢遥的上苍。

真的,我和我的同志一样,
决不只是"自扫门前雪",
而是定管"他人瓦上霜"。

我们要把长安街上的灯火,
延伸到远方;
让万里无云的夜空,
出现千千万万个太阳。
我们要把广漠的穹窿,
变成繁华的天安门广场;
让满天星斗,
全成为人类的家乡。

而星空呵,
不要笑我荒唐!
我是诚实的,
从不痴心妄想。
人生虽是暂短的,
但只有人类的双手,
能够为宇宙穿上盛装;
世界呀,
由于人的生存
而有了无穷的希望。
还有什么艰难,
使你力不可当?
请再仔细抬头瞭望吧!
出发于盟邦的新的火箭,
正遨游于辽远的星空之上。

1959 年 4 月初稿
1959 年 8 月第二次修改
1959 年 10 月改成
(原载《郭小川诗选》,人民文学出版社 1985 年版)

饶阶巴桑

牧人的幻想

一

他追赶着西边的太阳，
　头发已经斑白；
他牧放着数十只牛羊，
　送走了壮年时代。
草原是他最爱的家，
　他熟悉草原像熟悉自己的手掌；
牛羊是他最亲爱的伴侣，
　他能用言语和它们畅谈。

他爱观望天空的白云，
他对白云有一个秘密的愿望；
他对白云幻想，
用去了半生时间；

云儿变成低头饮水的牦牛；
云儿变成拥挤成堆的绵羊；
云儿变成纵蹄飞奔的白马……
天空哟，才是真正的牧场！

它们游荡在高空，
它们低飞到草篷，
它们舐抚着帐篷，
它们蜷伏在羊群中。

他放牧牛羊,
从来是那么辛勤劳苦,
但他寄托于白云的愿望,
却只换得心酸和苦楚。

二

如今他迎着早晨的太阳,
头发变得分外黑亮;
他放牧着上万头合作社的牛羊,
他的心胸和草原一样年青和宽广。

他对白云不再羡慕;
他对天空不再幻想;
他骄傲地骑在马上,
对天空傲慢地歌唱:

"我的牛羊盖遍了草原!
我的骡马赛过了飞箭!
白云哟!你为什么
还是和过去一样?

"我们草原上有铁马奔跑!
我们土地上有铁牛奔跑!
白云哟!你为什么
还是和过去一样?

"我们草原上有幢幢楼房!
也有暴风吹不熄的灯光!
天空哟!你为什么
没有这两样?

"天空的白云哟,过去我是怎样地把你热爱
因为你是变化得那么好看,那么快!
但如今我爱美丽的家乡,

家乡的变化比你更快更强。"

他迎着早晨的太阳,
头发变得分外黑亮;
他牧放着上万头合作社的牛羊,
新的生活带给他的是新的幻想。

1956年1月2日,巨甸

(原载《少数民族诗人作品选》,四川民族出版社1980年版)

流沙河

草木篇

寄言立身者
勿学柔弱苗
　　——(唐)白居易

白　杨

她,一柄绿光闪闪的长剑,孤零零地立在平原,高指蓝天。也许,一场暴风会把她连根拔去。但,纵然死了吧,她的腰也不肯向谁弯一弯!

藤

他纠缠着丁香,往上爬,爬,爬……终于把花挂上树梢。丁香被缠死了,砍作柴烧了。他倒在地上,喘着气,窥视着另一株树……

仙 人 掌

她不想用鲜花向主人献媚,遍身披上刺刀。主人把她逐出花园,也不给水喝。在野地里,在沙漠中,她活着,繁殖着儿女……

梅

在姐姐妹妹里,她的爱情来得最迟。春天,百花用媚笑引诱蝴蝶的时候,她却把自己悄悄地许给了冬天的白雪。轻佻的蝴蝶是不配吻她的,正如别的花不配被白雪抚爱一样。在姐姐妹妹里,她笑得最晚,笑得最美丽。

毒　菌

　　在阳光照不到的河岸,他出现了。白天,用美丽的彩衣,黑夜,用暗绿的磷火,诱惑人类。然而,连三岁孩子也不去采他。因为,妈妈说过,那是毒蛇吐的唾液……

1956 年 10 月 30 日成都
(原载《流沙河诗集》,上海文艺出版社 1982 年版)

蔡其矫

川江号子

你碎裂人心的呼号,
来自万丈断崖下,
来自飞箭般的船上。
你悲歌的回声在震荡,
从悬岩到悬岩,
从漩涡到漩涡。
你一阵吆喝,一声长啸,
有如生命最凶猛的浪潮
向我流来,流来。
我看见巨大的木船上有四支桨,
一支桨四个人;
我看见眼中的闪电,额上的雨点,
我看见川江舟子千年的血泪,
我看见终身搏斗在急流上的英雄,
宁做沥血歌唱的鸟,
不做沉默无声的鱼;
但是几千年来
有谁来倾听你的呼声
除了那悬挂在绝壁上的
一片云,一棵树,一座野庙?
……歌声远去了,
我从沉痛中苏醒,
那新时代诞生的巨鸟
我心爱的钻探机,正在山上和江上
用深沉的歌声
回答你的呼吁。

1958年

(原载《收获》1958年第3期)

贺敬之

雷锋之歌(节选)

五

就是这样,
雷锋,
你出发了……
　　——在黎明前的
　　一阵黑暗中……
你带着
满身
燃烧的血泪,
　　好像在梦中一样
　　扑向
党呵——
　　温暖的
　　温暖的
　　母亲怀中……
……就是这样,
雷锋,
你站起来!
　　接受
　　"共产主义新战士"
　　——党给你的
　　命名。
……就是这样,
雷锋,
你走来了……

你不是
只为洗雪
一家的仇恨；
　　不是为了
　　"治好伤疤
　　　忘了疼"……
你来了呵，
不是为
学少爷们那样——
　　从此
　　醉卧高楼，
　　做花天酒地的
　　荒唐梦；
你来了呵，
更不是为
向仇人们鞠躬致敬——
　　说是为大家的"安宁"，
　　必须
　　践踏爹妈的尸骨，
　　把难友们的鲜血
　　倒进
　　老爷的杯中……

雷锋！
你满腔的愤怒呵，
你刻骨的疼痛……
　　你对党感激的
　　含泪带笑的目光……
　　你对新生活
　　如饥如渴的憧憬……
全部投入
我们阶级的
步伐——
　　化成了
　　战斗的

轰天雷鸣！

呵，雷锋！
你第一次学会的
这三个字，
　　你一生中
　　永远念着的
　　这个姓名——
呵，亲爱的
再生雷锋的
母亲——
　　我们的
　　党呵，
　　我们的领袖
　　毛泽东！
母亲懂得你
懂得你呵
——雷锋，
　　你也懂得他
　　懂得他呵
　　——伟大的
　　毛泽东！
你青春的生命
在毛泽东思想的
冲天红光中，
升华……
升华……
　　你前进的脚步
　　在《毛泽东选集》的
　　光辉篇章
　　那真理的
　　阶梯上，
　　攀登……
　　攀登……

雷锋,
我看见
在你的驾驶室里,
那一尘不染的
车镜……
  我看见
  在你车窗前
  那直上云天的
  高峰……
  呵,你阶级战士的
姿态,
是何等的
勇敢,坚定!
  你共产党员的
  红心呵,
  是何等的
  纯净、透明!……
雷锋,
你是多么欢乐呵!
在我们灿烂的阳光里,
怎么能不
到处飞起
你朗朗的笑声?
  你稚气的脸上,
  哪能找到
  一星半点
  忧愁的阴影?……
但是,雷锋,
在心灵的深处,
你有多么强烈的
爱呵,
  又有多么深刻的
  憎!
爱和恨,
不可分割,

像阴电、阳电一样
相反相成——
　　在你生命的线路上，
　　闪出
　　永不熄灭的火花，
　　发出
　　亿万千卡热能！……

……从家乡望城
彭乡长
那慈爱的面孔，
　　到团山湖农场
　　庄稼梢头
　　那飘动的微风……
……从鞍钢工地
推土机的
卷动的履带，
　　到烈属张大娘
　　搂抱着你的
　　热泪打湿的
　　袖筒……
呵，祖国亲人的
每一下脉搏，
阶级体肤的
每一个毛孔——
　　都寄托了
　　你火一样的热爱，
　　都倾注了
　　你海一样的深情……

呵，从黄继光
胸口对面
那射向我们的
罪恶炮筒，
　　到地主谭四滚子

从地下发出的
　　　切齿之声……
……从营房门口
那假装
磨剪子的
坏蛋,
　　　到躲在角落里
　　　缝补旧梦的
　　　某些先生……
呵,祖国道路上的
每一个暗影,
你哨位上的
每一面的响动——
　　　都使你燃起
　　　阶级仇恨的
　　　不灭的火种;
　　　都紧盯着
　　　你阶级战士
　　　警觉的眼睛!……

雷锋呵,
你虽然不是
　　　在炮火连天的战场上
　　　战斗冲锋,
在平凡的
工作岗位上,
你却是真正的
勇士呵——
　　　你永远在
　　　高举红旗,
　　　向前进攻!
在我们革命的
万能机床上,
雷锋——
　　　你是一个

平凡的,但却
　　伟大的——
　　永不生锈的
　　螺丝钉!

哪里需要?
看雷锋的
飞快的
脚步!
　　哪里缺少?
　　看雷锋的
　　忙碌的
　　身影!……
……呵,马上去
给大娘浇地——
　　现在
　　麦苗正要返青……
……呵,立刻把
自己省下的存款
寄给公社——
　　支援
　　受灾的农民弟兄
……唔,快准备
给孩子们
讲革命故事——
　　明天是
　　队日活动……
……唔,必须把
赶路的大嫂
护送到家——
　　现在是
　　夜深,雨大,
　　路远,泥泞……

呵,雷锋!

你白天的
每一个思念,
你夜晚的
每一个梦境,
　　都是:
　　　人民……
　　　人民……
　　　人民……
你的每一声脚步,
你的每一次呼吸,
　　都是:
　　　革命……
　　　革命……
　　　革命……

雷锋,你是
真正的
真正的
幸福呵!
　　你是何等的
　　何等的
　　聪明!
你用我们旗帜一样
鲜红的颜色,
写下了
你短暂的
却是不朽的
历史,
　　你在阶级的伟大事业里,
　　在为人民服务的无限之中,
　　找到了呵——
　　最壮丽的
　　人生!
你的生命
是多么

富有呵！
　　　在我们党的怀抱里，
　　　你已成长得
　　　力大无穷！
……可老战友们
总还习惯叫你
"小雷"呵——
　　　你只有
　　　一百五十四厘米的
　　　身高，
　　　二十二岁的
　　　年龄……
但是，在你军衣的
五个钮扣后面
却有：
　　　七大洲的风雨、
　　　亿万人的斗争
　　　　——在胸中包容！……
你全身的血液，
你每一根神经，
　　　都沸腾着
　　　对祖国的热爱，
而你同时
在每一天，
每一分钟，
念念不忘：
　　　世界上还有
　　　千千万万
　　　受难的弟兄！……
"上刀山！
下火海！……"
——雷锋呵，
在准备着！
　　　风吹来！
　　　雨打来！

——雷锋呵，
　　　　道路分明！……

呵，这就是
这就是
一个叫做
"雷锋"的
中国革命战士的
英雄姿态！
　　这就是
　　我们的大地
　　我们的母亲
　　以雷锋的名义
　　给历史的
　　回应——
人呵，
应该
这样生！
　　路呵，
　　应该
　　这样行！……

（原载《贺敬之诗选》，山东人民出版社1979年版）

郑愁予

错　　误

我打江南走过
那等在季节里的容颜如莲花的开落

东风不来，三月的柳絮不飞
你的心如小小的寂寞的城
恰若青石的街道向晚
跫音不响，三月的春帷不揭
你的心是小小的窗扉紧掩

我达达的马蹄是美丽的错误
我不是归人，是个过客……

（原载《郑愁予诗集》，台北洪范书店1971年版）

痖 弦

红玉米

宣统那年的风吹着
吹着那串红玉米
它就在屋檐下
挂着
好像整个北方
整个北方的忧悒
都挂在那儿。

犹似一些逃学的下午
雪使私塾先生的戒尺冷了
表姐的驴儿就拴在桑树下面。

犹似唢呐吹起
道士们喃喃着
祖父的亡魂到京城去还没有回来。

犹似叫哥哥的葫芦儿藏在棉袍里
一点点凄凉,一点点温暖
以及铜环滚过岗子
遥见外婆家的荞麦田
便哭了。
就是那种红玉米
挂着,久久地
在屋檐底下
宣统那年的风吹着。

你们永不懂得

那样的红玉米
它挂在那儿的姿态
和它的颜色
我底南方出生的女儿也不懂得
凡尔哈仑也不懂得。

犹似现在
我已老迈
在记忆的屋檐下
红玉米挂着
一九五八年的风吹着
红玉米挂着。

1957年12月19日
（原载《痖弦诗集》，台北洪范书店1985年版）

余光中

乡　　愁

小时候
乡愁是一枚小小的邮票
我在这头
母亲在那头

长大后
乡愁是一张窄窄的船票
我在这头
新娘在那头

后来啊
乡愁是一方矮矮的坟墓
我在外头
母亲在里头

而现在
乡愁是一湾浅浅的海峡
我在这头
大陆在那头

1961年1月21日
(原载《白玉苦瓜》,台北大地出版社1974年版)

等你,在雨中

等你,在雨中,在造虹的雨中
　　蝉声沉落,蛙声升起
一池的红莲如红焰,在雨中

你来不来都一样,竟感觉
　　每朵莲都象你
尤其隔着黄昏,隔着这样的细雨

永恒,刹那,刹那,永恒
　　等你,在时间之外,
在时间之内,等你,在刹那,在永恒

如果你的手在我的手里,此刻
　　如果你的清芬
在我的鼻孔,我会说,小情人

诺,这只手应该采莲,在吴宫
　　这只手应该
摇一柄桂桨,在木兰舟中

一颗星悬在科学馆的飞檐
　　耳坠子一般地悬着
瑞士表说都七点了。忽然你走来

步雨后的红莲,翩翩,你走来
　　象一首小令
从一则爱情的典故里你走来

从姜白石的词里,有韵地,你走来

1962.5.27
(原载《余光中诗选 1949—1981》,台北洪范书店 1981 年版)

洛夫

舞　者

呛然
钹声中飞出一只红蜻蜓
贴着水面而过的
柔柔腹肌
静止住
全部眼睛的狂啸

江河江河
自你腰际迤逦而东
而入海的
竟是我们胸臆中的一声呜咽
飞花飞花
你的手臂
岂是五弦七弦所能缚住的
挥洒间
豆荚炸裂
群蝶乱飞

升起，再升起
缓缓转过身子
一株水莲猛然张开千指
扣响着
我们心中的高山流水

1970年4月5日

（原载《洛夫诗选》，中国友谊出版公司1993年版）

食 指

相信未来

当蜘蛛网无情地查封了我的炉台,
当灰烬的余烟叹息着贫困的悲哀,
我依然固执地铺平失望的灰烬,
用美丽的雪花写下:相信未来。

当我的葡萄化为深秋的露水,
当我的鲜花依偎在别人的情怀,
我依然固执地用凝露的枯藤
在凄凉的大地上写下:相信未来。

我要用手指那涌向天边的排浪,
我要用手撑那托住太阳的大海,
摇曳着曙光那枝温暖漂亮的笔杆,
用孩子的笔体写下:相信未来。

我之所以坚定地相信未来,
是我相信未来人们的眼睛——
她有拨开历史风尘的睫毛,
她有看透岁月篇章的瞳孔。

不管人们对于我们腐烂的皮肉,
那些迷途的惆怅,失败的痛苦,
是寄予感动的热泪,深切的同情,
还是给以轻蔑的微笑,辛辣的嘲讽。

我坚信人们对于我们的脊骨,
那无数次的探索、迷途、失败和成功,

一定会给予热情、客观、公正的评定。
是的,我焦急地等待着他们的评定。

朋友,坚定地相信未来吧,
相信不屈不挠的努力,
相信战胜死亡的年轻,
相信未来,相信生命。

1968 年

(原载《北京青年现代诗十六家》,漓江出版社 1986 年版)

绿　原

重读《圣经》
——"牛棚"诗抄第 n 篇

儿时我认识一位基督徒，
他送给我一本小小的《福音》，
劝我用刚认识的生字读它；
读着读着，可以望见天堂的门。

青年时期又认识一位诗人，
他案头摆着一部厚厚的《圣经》，
说是里面没有一点科学道理，
但确不乏文学艺术最好的味精。

我一生不相信任何宗教，
也不擅长有滋味的诗文。
惭愧从没认真读过一遍，
尽管赶时髦，手头也有它一本。

不幸"贯索犯文昌"：又一次沉沦，
沉沦，沉沦到了人生的底层。
所有书稿一古脑儿被查抄，
单漏下那本异端的《圣经》。

常常是夜深人静，倍感凄清，
辗转反侧，好梦难成，
于是披衣下床，摊开禁书，
点起了公元初年的一盏油灯。

不是对譬喻和词藻有所偏好，

也不是要把命运的奥秘探寻,
纯粹是为了排遣愁绪:一下子
忘乎所以,仿佛变成了但丁。

里面见不到什么灵光和奇迹,
只见蠕动着一个个的活人。
论世道,和我们的今天几乎相仿,
论人品(唉!)未必不及今天的我们。

我敬重为人民立法的摩西,
我更钦佩推倒神殿的沙逊:
一个引领受难的同胞出了埃及,
一个赤手空拳,与敌人同归于尽。

但不懂为什么丹尼尔竟能
单凭信仰在狮穴中走出走进;
还有那彩衣斑斓的约瑟夫
被兄弟出卖后又交上了好运。

大卫血战到底,仍然充满人性:
《诗篇》的作者不愧是人中之鹰;
所罗门毕竟比常人聪明,
可惜到头来难免老年痴呆症。

但我更爱赤脚的拿撒勒人:
他忧郁,他悲伤,他有颗赤子之心;
他抚慰、他援助一切流泪者,
他宽恕、他拯救一切痛苦的灵魂。

他明明是个可爱的傻角,
幻想移民天国,好让人人平等。
他却从来只以"人之子"自居,
是后人把他捧上了半天云。

可谁记得那个千古的哑谜,

他临刑前一句低沉的呻吟：
"我的主啊，你为什么抛弃了我？
为什么对我的祈祷充耳不闻？"

我还向马丽娅·马格黛莲致敬：
她误落风尘，心比钻石更坚贞，
她用眼泪为耶稣洗过脚，
她恨不能代替恩人去受刑。

我当然佩服罗马总督彼拉多：
尽管他嘲笑"真理几文钱一斤？"
尽管他不得已才处决了耶稣，
他却敢于宣布"他是无罪的人！"

我甚至同情那倒霉的犹大：
须知他向长老退还了三十两血银，
最后还勇于悄悄自缢以谢天下，
只因他愧对十字架的巨大阴影……

读着读着，我再也读不下去，
再读便会进一步堕入迷津……
且看淡月疏星，且听鸡鸣荒村，
我不禁浮想联翩，惘然期待着黎明……

今天，耶稣不止钉一回十字架，
今天，彼拉多决不会为耶稣讲情，
今天，马丽娅·马格黛莲注定永远蒙羞，
今天，犹大决不会想到自尽。

这时"牛棚"万籁俱寂，
四周起伏着难友们的鼾声。
桌上是写不完的检查和交代，
明天是搞不完的批判和斗争。

"到了这里一切希望都要放弃。"

无论如何,人贵有一点精神。
我始终信奉无神论:
对我开恩的上帝——只能是人民。

1970 年
(原载《人之诗》,人民文学出版社1983年版)

多 多

致太阳

给我们家庭,给我们格言
你让所有的孩子骑上父亲肩膀
给我们光明,给我们羞愧
你让狗跟在诗人后面流浪

给我们时间,让我们劳动
你在黑夜中长睡,枕着我们的希望
给我们洗礼,让我们信仰
我们在你的祝福下,出生然后死亡

查看和平的梦境、笑脸
你是上帝的大臣
没收人间的贪婪、嫉妒
你是灵魂的君王

热爱名誉,你鼓励我们勇敢
抚摸每个人的头,你尊重平凡
你创造,从东方升起
你不自由,像一枚四海通用的钱!

1973 年

(原载《多多诗选》,花城出版社 2005 年版)

里 程

一条大路吸引令你头晕的最初的方向
那是你的起点。云朵包住你的头
准备给你一个工作
那是你的起点
那是你的起点
当监狱把它的性格塞进一座城市
砖石在街心把你搂紧
每年的大雪是你的旧上衣
天空,却总是一所蓝色的大学

天空,那样惨白的天空
刚刚被拧过脸的天空
同意你笑,你的胡子
在匆忙地吃饭
当你追赶穿越时间的大树
金色的过水的耗子,把你梦见:
你是强大的风暴中一粒卷曲的蚕豆
你是一把椅子,属于大海
要你在人类的海边,从头读书

寻找自己,在认识自己的旅程中
北方的大雪,就是你的道路
肩膀上的肉,就是你的粮食
头也不回的旅行者啊
你所蔑视的一切,都是不会消逝的

1985 年

(原载《多多诗选》,花城出版社 2005 年版)

芒 克

给

1

有我，
还有真诚。
有她默默地说给你听——
啊，我的那全部输掉了的爱情！
我既是以往，
也是现在，
而你却好像是将来……

2

假如胆怯再也不会存在，
假如你说了：
快从这太阳底下滚开！
那我将一百次地重复
绝不虚伪：
你比太阳更可爱！

1974 年 6 月

（原载《被放逐的诗神》，武汉出版社 2006 年版）

天安门诗抄

扬眉剑出鞘

欲悲闻鬼叫,
我哭豺狼笑。
洒泪祭雄杰,
扬眉剑出鞘。

抹去吧,眼角的泪

抹去吧,
眼角的泪!
鞘上最后一躬,
再把战刀多磨几回。
死,决不是战斗的终止,
死,是永远的丰碑。

抹去吧,
眼角的泪!
敬爱的周总理,
在我们最后的格杀中,
您会得到永久的宽慰。

抹去吧,

眼角的泪!
同志们,
再把战刀多磨几回。

(原载《天安门诗抄》,人民文学出版社1978年版)

穆 旦

冬

一

我爱在淡淡的太阳短命的日子，
临窗把喜爱的工作静静做完；
才到下午四点，便又冷又昏黄，
我将用一杯酒灌溉我的心田。
多么快，人生已到严酷的冬天。

我爱在枯草的山坡，死寂的原野，
独自凭吊已埋葬的火热一年，
看着冰冻的小河还在冰下面流，
不知低语着什么，只是听不见。
呵，生命也跳动在严酷的冬天。

我爱在冬晚围着温暖的炉火，
和两三昔日的好友会心闲谈，
听着北风吹得门窗沙沙地响，
而我们回忆着快乐无忧的往年。
人生的乐趣也在严酷的冬天。

我爱在雪花飘飞的不眠之夜，
把已死去或尚存的亲人珍念，
当茫茫白雪铺下遗忘的世界，
我愿意感情的热流溢于心间，
来温暖人生的这严酷的冬天。

二

寒冷,寒冷,尽量束缚了手脚,
潺潺的小河用冰封住口舌,
盛夏的蝉鸣和蛙声都沉寂,
大地一笔勾销它笑闹的蓬勃。

谨慎,谨慎,使生命受到挫折,
花呢?绿色呢?血液闭塞住欲望,
经过多日的阴霾和犹疑不决,
才从枯树枝漏下淡淡的阳光。

奇怪!春天是这样深深隐藏,
哪儿都无消息,都怕峥露头角,
年轻的灵魂裹进老年的硬壳,
仿佛我们穿着厚厚的棉袄。

三

你大概已停止了分赠爱情,
把书信写了一半就住手,
望望窗外,天气是如此肃杀,
因为冬天是感情的刽子手。

你把夏季的礼品拿出来,
无论是蜂蜜,是果品,是酒,
然后坐在炉前慢慢品尝,
因为冬天已经使心灵枯瘦。

你拿一本小说躺在床上,
在另一个幻象世界周游,
它使你感叹,或使你向往,
因为冬天封住了你的门口。

你疲劳了一天才得休息,
听着树木和草石都在嘶吼,
你虽然睡下,却不能成梦,
因为冬天是好梦的刽子手。

四

在马房隔壁的小土屋里,
风吹着窗纸沙沙响动,
几只泥脚带着雪走进来,
让马吃料,车子歇在风中。

高高低低围着火坐下,
有的添木柴,有的在烘干,
有的用他粗而短的指头
把烟丝倒在纸里卷成烟。

一壶水滚沸,白色的水雾
弥漫在烟气缭绕的小屋,
吃着,哼着小曲,还谈着
枯燥的原野上枯燥的事物。

北风在电线上朝他们呼唤,
原野的道路还一望无际,
几条暖和的身子走出屋,
又迎面扑进寒冷的空气。

1976 年 12 月

(原载《穆旦诗选》,人民文学出版社 1986 年版)

北 岛

回　答

卑鄙是卑鄙者的通行证,
高尚是高尚者的墓志铭。
看吧,在那镀金的天空中,
飘满了死者弯曲的倒影。

冰川纪已过去了,
为什么到处都是冰凌?
好望角发现了,
为什么死海里千帆相竞?

我来到这个世界上,
只带着纸、绳索和身影,
为了在审判之前,
宣读那些被判决的声音:

告诉你吧,世界,
我——不——相——信!
纵使你脚下有一千名挑战者,
那就把我算作第一千零一名。

我不相信天是蓝的;
我不相信雷的回声;
我不相信梦是假的;
我不相信死无报应。

如果海洋注定要决堤,
就让所有的苦水都注入我心中;

如果陆地注定要上升,
就让人类重新选择生存的峰顶。

新的转机和闪闪的星斗,
正在缀满没有遮拦的天空。
那是五千年的象形文字,
那是未来人们凝视的眼睛。

1976年4月
(原载《被放逐的诗神》,武汉出版社2006年版)

在我透明的忧伤中

在我透明的忧伤中
充满着你,仿佛绿色的夜雾
缠绕着一棵孤零零的小树
而你把雾撕碎,一片一片
在冰冷的手指间轻轻吮吸着
如同吮吸结成薄衣的牛乳
于是你吹出一颗金色的月亮
冉冉升起,照亮了道路

1977年
(原载《北岛诗选》,新世纪出版社1986年版)

船 票

他没有船票
又怎能登上甲板
铁锚的链条哗哗作响
也惊动这里的夜晚

海呵,海
退潮中上升的岛屿
和心一样孤单
没有灌木丛柔和的影子
没有炊烟
划出闪电的船桅
又被闪电击成了碎片
无数次风暴
在坚硬的鱼鳞和贝壳上
在水母小小的伞上
留下了静止的图案
一个古老的故事
在浪花与浪花之间相传

他没有船票

海呵,海
密集在礁石上的苔藓
向赤裸的午夜蔓延
顺着鸥群暗中发光的羽毛
依附在月亮表面
潮水沉寂了
海螺和美人鱼开始歌唱

他没有船票

岁月并没有从此中断
沉船正生火待发
重新点燃了红珊瑚的火焰
当浪峰耸起
死者的眼睛闪烁不定
从海洋深处浮现

他没有船票

是啊,令人晕眩
那片晾在沙滩上的阳光
多么令人晕眩

他没有船票

结局或开始

我,站在这里
代替另一个被杀害的人
为了每当太阳升起
让沉重的影子像道路
穿过整个国土

悲哀的雾
覆盖着补丁般错落的屋顶
在房子与房子之间
烟囱喷吐着灰烬般的人群
温暖从明亮的树梢吹散

逗留在贫困的烟头上
一只只疲倦的手中
升起低沉的乌云

以太阳的名义
黑暗在公开地掠夺
沉默依然是东方的故事
人民在古老的壁画上
默默地永生
默默地死去

呵,我的土地
你为什么不再歌唱
难道连黄河纤夫的绳索
也像绷断的琴弦
不再发出鸣响
难道时间这面晦暗的镜子
也永远背对着你
只留下星星和浮云

我寻找着你
在一次次梦中
一个个多雾的夜里或早晨
我寻找春天和苹果树
蜜蜂牵动的一缕缕微风
我寻找海岸的潮汐
浪峰上的阳光变成的鸥群
我寻找砌在墙里的传说
你和我被遗忘的姓名
如果鲜血会使你肥沃
明天的枝头上
成熟的果实
会留下我的颜色
必须承认
在死亡白色的寒光中

我,战栗了
谁愿意做陨石
或受难者冰冷的塑像
看着不熄的青春之火
在别人的手中传递
即使鸽子落在肩上
也感不到体温和呼吸
它们梳理一番羽毛
又匆匆飞去

我是人
我需要爱
我渴望在情人的眼睛里
度过每个宁静的黄昏
在摇篮的晃动中
等待着儿子第一声呼唤
在草地和落叶上
在每一道真挚的目光上
我写下生活的诗
这普普通通的愿望
如今成了做人的全部代价
一生中
我曾多次撒谎
却始终诚实地遵守着
一个儿时的诺言
因此,那与孩子的心
不能相容的世界
再也没有饶恕过我

我,站在这里
代替另一个被杀害的人
没有别的选择
在我倒下的地方
将会有另一个人站起
我的肩上是风

风上是闪烁的星群
也许有一天
太阳变成了萎缩的花环
垂放在
每一个不屈的战士
森林般生长的墓碑前
乌鸦,这夜的碎片
纷纷扬扬

走向冬天

风,把麻雀最后的余温
朝落日吹去

走向冬天
我们生下来不是为了
一个神圣的预言,走吧
走过驼背的老人搭成的拱门
把钥匙留下
走过鬼影幢幢的大殿
把梦魇留下
留下一切多余的东西
我们不欠什么
甚至卖掉衣服、鞋
和最后一份口粮
把叮当作响的小钱留下
擦掉一切阳光下的谎言

走向冬天
不在绿色的淫荡中
堕落,随遇而安

不去重复雷电的咒语
让思想省略成一串串雨滴
或者在正午的监视下
像囚犯一样从街上走过
狠狠踩着自己的影子
或者躲进帷幕后面
口吃地背诵死者的话
表演着被虐待狂的欢乐

走向冬天
在江河冻结的地方
道路开始流动
乌鸦在河的鹅卵石上
孵化出一个个月亮
谁醒了,谁就会知道
梦将降临大地
沉淀成早上的寒霜
代替那些疲倦不堪的星星
罪恶的时间将要中止
而冰山连绵不断
成为一代人的塑像

(原载《朦胧诗选》,春风文艺出版社1985年版)

舒 婷

致橡树

我如果爱你——
绝不像攀援的凌霄花
借你的高枝炫耀自己；
我如果爱你——
绝不学痴情的鸟儿
为绿荫重复单调的歌曲；
也不止像泉源
长年送来清凉的慰藉；
也不止像险峰
增加你的高度，衬托你的威仪。
甚至日光。
甚至春雨。
不，这些都还不够！
我必须是你近旁的一株木棉，
作为树的形象和你站在一起。
根，紧握在地下
叶，相触在云里。
每一阵风过
我们都互相致意，
但没有人
听懂我们的言语。
你有你的铜枝铁干
像刀、像剑，
也像戟；
我有我红硕的花朵
像沉重的叹息，
又像英勇的火炬。

我们分担寒潮、风雷、霹雳；
我们共享雾霭、流岚、虹霓。
仿佛永远分离，
却又终身相依。
这才是伟大的爱情，
坚贞就在这里：
爱——
不仅爱你伟岸的身躯，
也爱你坚持的位置，足下的土地。

1977.3.27

呵，母亲

你苍白的指尖理着我的双鬓，
我禁不住像儿时一样
　　紧紧拉住你的衣襟。
呵，母亲，
为了留住你渐渐隐去的身影，
虽然晨曦已把梦剪成烟缕，
我还是久久不敢睁开眼睛。

我依旧珍藏着那鲜红的围巾，
生怕浣洗会使它
　　失去你特有的温馨。
呵，母亲，
岁月的流水不也同样无情？
生怕记忆也一样褪色呵，
我怎敢轻易打开它的画屏？

为了一根刺我曾向你哭喊，

如今戴着荆冠,我不敢,
　　一声也不敢呻吟。
呵,母亲,
我常悲哀地仰望你的照片,
纵然呼唤能够穿透黄土,
我怎敢惊动你的安眠?

我还不敢这样陈列爱的礼品,
虽然我写了许多支歌,
　　给花、给海、给黎明。
呵,母亲,
我的甜柔深谧的怀念,
不是激流,不是瀑布,
是花木掩映中唱不出歌声的古井。

神女峰

在向你挥舞的各色花帕中
是谁的手突然收回
紧紧捂住了自己的眼睛
当人们四散离去,谁
还站在船尾
衣裙漫飞,如翻涌不息的云
江涛
　　高一声
　　　　低一声

美丽的梦留下美丽的忧伤
人间天上,代代相传
但是,心
真能变成石头吗

为眺望远天的杳鹤
而错过无数次春江月明
沿着江岸
金光菊和女贞子的洪流
正煽动新的背叛
与其在悬崖上展览千年
不如在爱人肩头痛哭一晚

1981.6 于长江
(原载《朦胧诗选》,春风文艺出版社 1985 年版)

顾　城

一代人

黑夜给了我黑色的眼睛，
我却用它寻找光明。

1979年4月

生命幻想曲

把我的幻影和梦
放在狭长的贝壳里
柳枝编成的船篷
还旋绕着夏蝉的长鸣
拉紧桅绳
风吹起晨雾的帆
我开航了

没有目的
在蓝天中荡漾
让阳光的瀑布
洗黑我的皮肤

太阳是我的纤夫
它拉着我
用强光的绳索

一步步，
走完十二小时的路途
我被风推着
向东向西
太阳消失在暮色里

黑夜来了
我驶进银河的港湾
几千个星星对我看着
我抛下了
新月——黄金的锚

天微明
海洋挤满阴云的冰山
碰击着
"轰隆隆"——雷鸣电闪
我到哪里去呵
宇宙是这样的无边

用金黄的麦秸
织成摇篮
把我的灵感和心
放在里边
装好纽扣的车轮
让时间拖着
去问候世界

车轮滚过
百里香和野菊的草间
蟋蟀欢迎我
抖动着琴弦
我把希望溶进花香
黑夜像山谷
白昼像峰巅
睡吧！合上双眼

世界就与我无关

时间的马
累倒了
黄尾的太平鸟
在我的车中做窝
我仍然要徒步走遍世界——
沙漠、森林和偏僻的角落。

太阳烘着地球
像烤一块面包
我行走着
赤着双脚
我把我的足迹
像图章印遍大地
世界也就溶进了
我的生命

我要唱
一支人类的歌曲
千百年后
在宇宙中共鸣

给我的尊师安徒生

一

安徒生和作者本人都曾当过笨拙的木匠。

你推动木刨

像驾驶着独木舟
在那平滑的海上
缓缓漂流……

刨花像浪花散开
消逝在海天尽头
木纹像波动的诗行
带来岁月的问候

没有旗帜
没有金银、彩绸
但全世界的帝王
也不会比你富有

你运载着一个天国
运载着花和梦的气球
所有纯美的童心
都是你的港口

二

金色的流沙
湮没了你的童话
连同我——
无知的微笑和眼泪
我相信
那一切都是种子
只有经过埋葬
才有生机
当我回来的时候
眉发已雪白
沙漠却变成了
一个碧绿的世界
我愿在这里安歇
在花朵和露水中间

我将重新找到
儿时丢失的情感

1980年1月
(原载《黑眼睛》,人民文学出版社1986年版)

骆耕野

不　满

> 从任何一项成功，
> 都产生出某种东西，
> 使更伟大的斗争成为必要。
> 　　　　——惠特曼《大路之歌》

像鲜花憧憬着甘美的果实，
像煤核怀抱着燃烧的意愿，
我心中孕育着一个"可怕"的思想，
对现状我要大声地喊叫出：
　　——"我不满"！

谁说不满就是异端？
谁说不满就是背叛？
是涌浪，怎能容忍山涧的狭窄，
是雏鹰，岂肯安于卵壁的黑暗。

不满激扬着对海洋的神往哟！
不满甦生着对蓝天的渴念！
生命的创造多么痛楚而伟大哟，
请赐给母亲以满足的甘甜；
"不！还是祝福孩子尽快成长吧，"
婴儿问世已叩响了母亲不满的心弦。

呵，谁敢说不满就是不爱？
呵，谁敢说不满就是抱怨？

哥伦布不满铅印的海图，
才发现了大洋的彼岸；

哥白尼不满神圣的《圣经》,
才揭开了宇宙的奇观;
刻卜勒不满"日心说"才去发展真理,
亚里斯多德不满柏拉图才能"青出于蓝"。

呵,谁说不满是背弃出类拔萃的先人?
呵,谁说不满是亵渎德高望重的圣贤?

不满:茹毛饮血的人猿才去寻觅火种,
不满:胼手胝足的祖先才去摸索种田;
不满:雄丽的赵州桥才取代了简陋的木桥,
不满:"精巧"的石斧才让位于青铜的冶炼;
不满:才产生了妙手回春的华佗,
不满:才造就了巧夺天工的鲁班。

呵,不满正是对变革的希冀,
呵,不满乃是那创造的发端。
我是电流,我不满江河的浪费,
你白白流逝的,乃是我生存的乳泉;
我是高炉,我不满地球的吝啬,
你深深藏匿的,正是我生命的火焰;
我是庄稼,我害怕自然襁姆的任性,
变幻莫测的风雨使我忐忑不安;
我是市场,我向往琳琅满目的富有,
陈列单调的橱窗叫我满面羞惭;
我是年迈的城镇,我的服饰多么古旧,
请为我披上高速公路的飘带,
请为我戴上摩天大厦的皇冠;
我是拘谨的生活,陈腐的习俗多么恼人,
请不要过多地责难服装和跳舞,
请不要过多地干涉青年的爱恋;
我是低产的田地,我不满蹒跚的耕牛哟;
我是发紫的肩头,我不满拉船的绳纤;
我不满步枪,不满水车,不满帆船。
我不满泥泞,不满噪音,不满污染。

不满像舰队告别港湾的头一阵笛鸣哟,
不满像雄鸡向往黎明的第一声啼唤。

我是规划,锁在保险柜里多么窒闷,
我要走下蓝图,我要和新兴的工地团圆;
我是革新,躺在功劳簿上多么可耻,
我要摸索新路,我要攀登纪录的峰巅;
我是政策,我不满踌躇的"伯乐",
为什么不立刻启用朝野的遗贤?!
我是创造,我不满夜郎自大!
快为我打开与世隔绝的门闩;
我抗议马拉松会议,以时间的名义,
你随意糟践的,乃是我生命的内涵;
我控诉宗教式的软禁,以真理的呼喊,
我是花,我要生长,要献蜜,
我要求助于实践园丁殷勤的刀剪。

呵,不满像胎儿在母腹里的阵阵躁动哟,
　不满像母性的痛楚而伟大的分娩!

我不满官僚主义,
轻浮地荡尽了先烈的遗产;
我不满文化水平,
至今还托不起四化的航船;
我不满软弱的法制,
英雄碑前有民主的泪浸血染;
我不满大话和空想,
睡在海市蜃楼上描绘缥缈的明天;
我不满抱怨和牢骚,
躲在时代的堤岸上指责涌进的波澜……

呵,不满就是一个绝妙的议事日程,
　不满就是一部崭新的行动提案;
不满已催生出伟大的战略转移哟!

不满已催挂起新长征的战斗风帆!

噢,河床在不满中伸直了脊梁,
　石油在不满中涌出了海面;
　科学在不满中冲破了禁区,
　指标在不满中跨上了火箭;
　思想在不满中睁开了慧眼,
　真理在不满中延伸了路线;
　贫穷在不满中紧追着富强哟,
　现状在不满中疾速地登攀!

啊,不满像两个矛盾间过渡的桥梁哟,
　不满像一粒细胞中产生的裂变;
　不满便有所发明,有所创造,有所前进哟,
　不满将通向繁荣,通向幸福,通向完善!

像鲜花憧憬着甘美的果实,
像煤核怀抱着燃烧的意愿;
我心中溢满了深挚的爱哟,
对现状我要大声地叫喊出:
　　——"我不满"!

(原载《诗刊》1979年第5期)

梁小斌

中国,我的钥匙丢了

中国,我的钥匙丢了。
那是十多年前,
我沿着红色大街疯狂地奔跑,
我跑到了郊外的荒野上欢叫,
后来,
我的钥匙丢了。

心灵,苦难的心灵
不愿再流浪了,
我想回家,
打开抽屉,翻一翻我儿童时代的画片,
还看一看那夹在书页里的
翠绿的三叶草。

而且,
我还想打开书橱,
取出一本《海涅歌谣》,
我要去约会,
我向她举起这本书,
作为我向蓝天发出的
爱情的信号。

这一切,
这美好的一切都无法办到,
中国,我的钥匙丢了。

天,又开始下雨,

我的钥匙啊,
你躺在哪里?
我想风雨腐蚀了你,
你已经锈迹斑斑了;
不,我不那样认为,
我要顽强地寻找,
希望能把你重新找到。

太阳啊,
你看见了我的钥匙了吗?
愿你的光芒
为它热烈地照耀。
我在这广大的田野上行走,
我沿着心灵的足迹寻找,
那一切丢失了的,
我都在认真思考。

1979年12月—1980年8月
(原载《诗刊》1980年第10期)

雷抒雁

小草在歌唱
——悼女共产党员张志新烈士

一

风说:忘记她吧!
我已用尘土,
把罪恶埋葬!
雨说:忘记她吧!
我已用泪水,
把耻辱洗光!

是的,多少年了,
谁还记得
　这里曾是刑场?
行人的脚步,来来往往,
谁还想起,
他们的脚踩在
　一个女儿、
　一个母亲、
　一个为光明献身的战士的心上?

只有小草不会忘记。
因为那殷红的血,
已经渗进土壤;
因为那殷红的血,
已经在花朵里放出清香!

只有小草在歌唱。
在没有星光的夜里,
唱得那样凄凉;
在烈日暴晒的正午,
唱得那样悲壮!
像要砸碎礁石的潮水,
像要冲决堤岸的大江……

二

正是需要光明的暗夜,
阴风却吹灭了星光;
正是需要呐喊的荒野,
真理的嘴却被封上!①
黎明。一声枪响,
在祖国遥远的东方,
溅起一片血红的霞光!
呵,年老的妈妈,
四十多年的心血,
就这样被残暴地泼在地上;
呵,幼小的孩子,
这样小小年纪,
心灵上就刻下了
　　终生难以愈合的创伤!

我恨我自己,
竟睡得那样死,
像喝过魔鬼的迷魂汤,
让辚辚囚车,
碾过我僵死的心脏!
我是军人,
却不能挺身而出,
像黄继光,

---

① 一次,张志新烈士被带去陪决,被用泡沫塑料塞进嘴里,又用透明指纹胶把嘴封上。

用胸脯筑起一道铜墙！
而让这颗罪恶的子弹，
射穿祖国的希望，
打进人民的胸膛！
我惭愧我自己，
我是共产党员，
却不如小草，
让她的血流进脉管，
日里夜里，不停歌唱……

三

虽然不是
面对勾子军的大胡子连长，
她却像刘胡兰一样坚强；
虽然不是
在渣滓洞的魔窟，
她却像江竹筠一样悲壮！
这是二十世纪，七十年代，
社会主义中国特殊的土壤里，
成长起的英雄
——丹娘！

她是夜明珠，
暗夜里，
放射出灿烂的光芒；
死，消灭不了她，
她是太阳，
离开了地平线，
却闪耀在天上！
我们有八亿人民，
我们有三千万党员，
七尺汉子，
伟岸得像松林一样，
可是，当风暴袭来的时候，

却是她,冲在前边,
挺起柔嫩的肩膀,
肩起民族大厦的栋梁!

我曾满足于——
月初,把党费准时交到小组长的
　手上;
我曾满足于——
党日,在小组会上滔滔不绝地
　汇报思想!
我曾苦恼,
我曾惆怅,
专制下,吓破过胆子,
风暴里,迷失过方向!

如丝如缕的小草哟,
你在骄傲地歌唱,
感谢你用鞭子
　抽在我的心上,
让我清醒!
让我清醒!
昏睡的生活,
比死更可悲,
愚昧的日子,
比猪更肮脏!

四

就这样——
黎明。一声枪响,
她倒下去了,
倒在生她养她的祖国大地上。

她的琴呢?
那把她奏出过欢乐,

奏出过爱情的琴呢?
莫非就此成了绝响?
她的笔呢?
那支写过檄文,
写过诗歌的笔呢?
战士,不能没有刀枪!

我敢说:她不想死!
她有母亲:风烛残年,
受不了这多悲伤!
她有孩子:花蕾刚绽,
怎能落上寒霜!
她是战士,
敌人如此猖狂,
怎能把眼合上!

我敢说:她没想到会死。
不是有宪法么,
民主,有明文规定的保障;
不是有党章么,
共产党员应多想一想。
就像小溪流出山涧,
就像种子钻出地面,
发现真理,坚持真理,
本来就该这样!

可是,她却被枪杀了,
倒在生她养她的母亲身旁……

法律呵,
怎么变得这样苍白,
苍白得像废纸一方;
正义呵,
怎么变得这样软弱,
软弱得无处伸张!

只有小草变得坚强,
托着她的身躯,
抚着她的枪伤,
把白的,红的花朵,
插在她的胸前,
日里夜里,风中雨中,
为她歌唱……

五

这些人面豺狼,
愚蠢而又疯狂!
他们以为镇压,
就会使宝座稳当;
他们以为屠杀,
就能扑灭反抗!
岂不知烈士的血是火种,
播出去,
能够燃起四野火光!

我敢说:
如果正义得不到伸张,
红日,
就不会再升起在东方!
我敢说:
如果罪行得不到清算,
地球,
也会失去分量!

残暴,注定了灭亡,
注定了"四人帮"的下场!
你看,从草地上走过来的是谁?
油黑的短发,
披着霞光;
大大的眼睛,

像星星一样明亮；
甜甜的笑，
谁看见都会永生印在心上！
母亲呵，你的女儿回来了，
她是水，钢刀砍不伤；
孩子呵，你的妈妈回来了，
她是光，黑暗难遮挡！
死亡，不属于她，
千秋万代，
人们都会把她当作榜样！
去拥抱她吧，
她是大地的女儿，
太阳，
给了她光芒；
山岗，
给了她坚强；
花草，
给了她芳香！
跟她在一起，
就会看到希望和力量……

6月7日夜不成寐
6月8日急就于曙光中
(原载《诗刊》1979年第8期)

翟永明

母　亲

无力到达的地方太多了,脚在疼痛,母亲,你没有
教会我在贪婪的朝霞中染上古老的哀愁。
我的心只象你

你是我的母亲,我甚至是你的血液在黎明流出的
血泊中使你惊讶地看到你自己,你使我醒来

听到这世界的声音,你让我生下来,你让我与不幸构成
这世界的可怕的双胞胎。多年来,我已记不得今夜的哭声

那使你受孕的光芒,来得多么遥远,多么可疑,站在生与死
之间,你的眼睛拥有黑暗而进入脚底的阴影何等沉重

在你怀抱之中,我曾露出谜底似的笑容,有谁知道
你让我以童贞方式领悟一切,但我却无动于衷

我把这世界当作处女,难道我对着你发出的
爽朗的笑声没有燃烧起足够的夏季吗?没有?

我被遗弃在世上,只身一人,太阳的光线悲哀地
笼罩着我,当你俯身世界时是否知道你遗落了什么?

岁月把我放在磨子里,让我亲眼看着自己被碾碎
呵,母亲,当我终于变得沉默,你是否为之欣喜

没有人知道我是怎样不着痕迹地爱你,这秘密
来自你的一部分,我的眼睛象两个伤口痛苦地望着你

活着为了活着,我自取灭亡,以对抗亘古已久的爱
一块石头被抛弃,直到象骨髓一样风干,这世界

有了孤儿,使一切祝福暴露无遗,然而谁最清楚
凡在母亲手上站过的人,终会因诞生而死去

1984 年

(原载《诗刊》1986 年第 9 期)

海 子

新　娘

故乡的小木屋、筷子、一缸清水
和以后许许多多日子
许许多多告别
被你照耀

今天
我什么也不说
让别人去说
让遥远的江上船夫去说

有一盏灯
是河流幽幽的眼睛
闪亮着
这盏灯今天睡在我的屋子里

过完了这个月,我们打开门
一些花开在高高的树上
一些果结在深深的地下

1984 年 7 月
(原载《海子诗全编》,上海三联书店 1997 年版)

祖国(或以梦为马)

我要做远方的忠诚的儿子
和物质的短暂情人
和所有以梦为马的诗人一样
我不得不和烈士和小丑走在同一道路上

万人都要将火熄灭　我一人独将此火高高举起
此火为大　开花落英于神圣的祖国
和所有以梦为马的诗人一样
我借此火得度一生的茫茫黑夜

此火为大　祖国的语言和乱石投筑的梁山城寨
以梦为上的敦煌——那七月也会寒冷的骨骼
如雪白的柴和坚硬的条条白雪　横放在众神之山
和所有以梦为马的诗人一样
我投入此火　这三者是囚禁我的灯盏　吐出光辉

万人都要从我刀口走过　去建筑祖国的语言
我甘愿一切从头开始
和所有以梦为马的诗人一样
我也愿将牢底坐穿

众神创造物中只有我最易朽　带着不可抗拒的死亡的速度
只有粮食是我珍爱　我将她紧紧抱住　抱住她　在故乡生儿育女
和所有以梦为马的诗人一样
我也愿将自己埋葬在四周高高的山上
守望平静的家园

面对大河我无限惭愧

我年华虚度　空有一身疲倦
和所有以梦为马的诗人一样
岁月易逝　一滴不剩　水滴中有一匹马儿一命归天

千年后如若我再生于祖国的河岸
千年后我再次拥有中国的稻田　和周天子的雪山　天马踢踏
和所有以梦为马的诗人一样
我选择永恒的事业

我的事业　就是要成为太阳的一生
他从古至今——"日"——他无比辉煌无比光明
和所有以梦为马的诗人一样
最后我被黄昏的众神抬入不朽的太阳

太阳是我的名字
太阳是我的一生
太阳的山顶埋葬　诗歌的尸体——千年王国和我
骑着五千年凤凰和名字叫"马"的龙——
　　我必将失败
但诗歌本身以太阳必将胜利

1987 年

(原载《海子的诗》,人民文学出版社 1995 年版)

骆一禾

麦　地
——致乡土中国

我们来到这座雪里的村庄
麦子抽穗的村庄
冰冻的雪水滤下小麦一样的身子
在拂晓里　她说
不久,我还真是一个农民的女儿呢

那些麦穗的好日子
这时候正轻轻地碰撞着我们
麦地有神,麦地有神
就像我们盛开花朵

麦地在山丘下一望无边
我们在山丘上穿起裸麦的衣裳
迎着地球走下斜坡
我们如此贴近麦地

那一天蛇在天堂里颤抖
在震怒中冰冷无言　享有智谋
是麦地让泪水汇入泥土
尝到生活的滋味

大海边人民的衣服
也就是风吹天堂的
麦地的衣服
麦地的滚动
是我们相识的波动

怀孕的颤抖
也就是火苗穿过麦地的颤抖

1987 年 11 月 15 日
(原载《海子、骆一禾作品集》,南京出版社 1991 年版)

杨 炼

大雁塔

1. 位　置

孩子们来了
拉着年轻母亲的手
穿过灰色的庭院

孩子们来了
眼睛在小槐树的青色衬裙间
像被风吹落的
透明的雨滴
幽静地向我凝望

燕子喳喳地在我身边盘旋……

我被固定在这里
已经千年
在中国
古老的都城
我像一个人那样站立着
粗壮的肩膀,昂起的头颅
面对无边无际的金黄色土地
我被固定在这里
山峰似的一动不动
墓碑似的一动不动
记录下民族的痛苦和生命

沉默
岩石坚硬的心
孤独地思考
黑洞洞的嘴唇张开着
朝太阳发出无声的叫喊
也许,我就应当这样
给孩子们
讲讲故事

2. 遥远的童话

我该怎样为无数明媚的记忆欢笑
金子的光辉、玉石的光辉、丝绸一样柔软的光辉
照耀我的诞生
勤劳的手、华贵的牡丹和窈窕的飞檐环绕着我
仪仗、匾额、荣华者的名字环绕着我
许许多多庙堂、辉煌的钟声在我耳畔长鸣
我的身影拂过原野和山峦、河流和春天
在祖先居住的穹庐旁,撒下
星星点点翡翠似的城市和村庄
火光一闪一闪抹红了我的脸,铁犁和瓷器
发出清脆的声响,音乐、诗
在节日,织满天空

我该怎样为明媚的记忆欢笑
在那青春的日子,我曾俯瞰世界
紫色的葡萄,像夜晚,从西方飘来
垂落在喧闹的大街上,每滴汁液是一颗星
嵌进铜镜,辉映出我的面容
我的心像黎明时开放的大地和海洋
驼铃、壁画似的帆从我身边出发
到遥远的地方,叩响金币似的太阳

在我诞生的时候
我欢笑,甚至

朝那些炫耀着釉彩的宫殿、血红色的
墙,那些一个世纪、又一世纪枕在香案上
享受着甜蜜梦境的人们
灼热而赤诚地歌唱
却没有想到
为什么珍珠和汗水都向一个地方流去
——向一座座饱满而空旷的陵墓流去
为什么在颤抖的黄昏
那个农家姑娘徘徊在河岸
终于,硝烟和火从封闭的庄院里燃起
从北方,那苍茫无边的群山与平原之间
响起了马蹄,厮杀和哭嚎
纷乱的旗帜在我周围变幻,像云朵
像一片片在逃难中破碎的衣裳
我看到黄河急急忙忙地奔走
被月光铺成一道银白色的挽联
哀悼着历史,哀悼着沉默
而我所熟悉的街道、人群、喧闹哪儿去了呢
我所思念的七叶树、新鲜的青草
和桥下潺潺的溪水哪儿去了呢
只有卖花老汉流出的血凝固在我的灵魂里
只有烧焦的房屋、瓦砾堆、废墟
在弥漫的风沙中渐渐沉没
变成梦,变成荒原

3. 痛 苦

漫长的岁月里
我像一个人那样站立着
像成千上万被鞭子驱使的农民中的一个
畜生似的,被牵到这北方来的士卒中的一个
寒冷的风撕裂了我的皮肤
夜晚窒息着我的呼吸
我被迫站在这里
守卫天空,守卫大地

守卫着自己被践踏、被凌辱的命运
在我遥远的家乡
那一小片田园荒芜了,年轻的妻子
倚在倾斜的竹篱旁
那样的黯淡,那样的凋残
一群群蜘蛛在她绝望的目光中结网
旷野、道路
伸向使人伤心的冬天
和泪水像雨一样飞落的夏天
伸向我的母亲深深抠进泥土的手指
绿荧荧的,比飘游的磷火更阴森的豺狼的眼睛
我的动作被剥夺了
我的声音被剥夺了
浓重的乌云,从天空落下
写满一道道不容反抗的旨意
写满代替思考的许诺、空空洞洞的
希望,当死亡走过时,捐税般
勒索着明天
我的命运呵,你哭泣吧!你流血吧
我像一个人那样站立着
却不能像一个人那样生活
连影子都不属于自己

4. 民族的悲剧

奔跑呵,奔跑呵,奔跑呵,奔跑呵
浑身颤栗的土地,赤裸臂膀的土地
激荡起锄头、刀剑、阳光
像密林里冲出的野兽
像荒原上喷吐的烈火
一排又一排不肯屈服的山脉,雄壮地
朝天空显示紫色的胸膛
在头颅被砍去的地方,江河
更加疯涌地汹狂
呼喊呵,呼喊呵,呼喊呵,呼喊呵

涂满鲜血的战鼓、涨饱力量的战鼓
用风暴和海洋的节奏
摇撼一座座石墙和古堡
五颜六色的旗帜在尘埃里招展
草原、湖泊上升起千千万万颗星辰
像无数战死者没有合上的眼睛
那威武而晶莹的灵魂呵
看着胜利,看着秋天
看着满山遍野金黄色的野菊花

我是这队伍中一名英勇的战士
我的身躯铭刻着
千百年的苦难、不屈和尊严
哪怕厚重的城门紧咬着生锈的牙齿
哪怕道路上布满荆棘和深渊
我的脚步踏过天空——云梯
从腐烂的城垛上
擎起我的红缨和早晨

无边无际的向我展开的世界呵
无穷无尽的向我沸腾的人群呵
那么多笑容——男人的、女人的
兄弟们的、伙伴们的、像我的父亲一样
在垄沟的皱纹间抖动的
像我的妻子一样在丝线似的睫毛下闪耀的
甚至在我的仇敌脸上挤出的
笑容呵,和醉人的美酒一同斟满
和祭坛上庄严的烟缕、钟声
一同融进另一片黄昏

一次又一次,我留在这里
望着复归沉寂的苍老的大地
望着我的低垂的手掌,被犁杖、刀柄
磨得粗硬的黄土高原和华北平原
我的肩头:秦岭和太行山

望着吱吱作响的独轮车、扁担
怎样在我心上压出一道道伤口,迷茫的
情歌飘荡着,乌云似的
遮住我的眼睛,而我的兄弟们呵
骑在水牛背上,依旧那样悠然自得
仿佛什么事情也不曾发生过
我留在这里,悲愤地望着这一切
我的心在汩汩地淌血

一次又一次,已经千年
在中国,古老的都城
黑夜围绕着我,泥泞围绕着我
我被叛卖,我被欺骗
我被夸耀和隔绝着
与民族的灾难一起,与贫穷、麻木一起
固定在这里
陷入沉思

5. 思想者

我常常凝神倾听远方传来的声音
闪闪烁烁,枯叶、白雪
在悠长的梦境中飘落
我常常向雨后游来的彩虹
寻找长城的影子、骄傲和慰藉
但咆哮的风却告诉我更多崩塌的故事
——碎裂的泥沙、石块,淤塞了
运河,我的血管不再跳动
我的喉咙不再歌唱

我被自己所铸造的牢笼禁锢着
几千年的历史,沉重地压在肩上
沉重得像一块铅,我的灵魂
在有毒的寂寞中枯萎
灰色的庭院呵

寥落、空旷
燕子们栖息、飞翔的地方……
我感到羞愧
面对这无边无际的金黄色土地
面对每天亲吻我的太阳
手指般的,雕刻出美丽山川的光
面对一年一度在春风里开始飘动的
柳丝和头发,项链似的
树枝上成熟的果实
我感到羞愧

祖先从埋葬他们尸骨的草丛中
忧郁地注视着我
成队的面孔,那曾经用鲜血
赋予我光辉的人们注视着我
甚至当孩子们来到我面前
当花朵般柔软的小手信任地抚摸
眸子纯净得像四月的湖
我感到羞愧

我的心被大洋彼岸的浪花激动着
被翅膀、闪电和手中升起的星群激动着
可我却不能飞上天空,像自由的鸟
和昔日从沙漠中走来的人们
驾驶过独木舟的人们
欢聚到一起
我的心在郁冈中焦急地颤栗

就让这渴望、折磨和梦想变成力量吧
像积聚着激流的冰层,在太阳下
投射出奔放的热情
我像一个人那样站在这里,一个
经历过无数痛苦、死亡而依然倔强挺立的人
粗壮的肩膀,昂起的头颅
就让我最终把这铸造噩梦的牢笼摧毁吧

把历史的阴影,战斗者的姿态
像夜晚和黎明那样连接在一起
像一分钟一分钟增长的树木、绿荫、森林
我的青春将这样重新发芽
我的兄弟们呵,让代表死亡的沉默永久消失吧
像覆盖大地的雪——我的歌声
将和排成"人"字的大雁并肩飞回
和所有的人一起,走向光明

我将托起孩子们
高高地、高高地,在太阳上欢笑……

(原载《在黎明的铜镜中——朦胧诗卷》,
北京师范大学出版社 1993 年版)

韩 东

有关大雁塔

有关大雁塔
我们又能知道些什么
有很多人从远方赶来
为了爬上去
做一次英雄
也有的还来第二次
或者更多
那些不得意的人们
那些发福的人们
统统爬上去
做一做英雄
也有有种的往下跳
在台阶上开一朵红花
那就真的成了英雄——
当代英雄
有关大雁塔
我们又能知道些什么
我们爬上去
看看四周的风景
然后再下来

(原载《以梦为马——新生代诗卷》,
北京师范大学出版社 1993 年版)

西 川

在哈尔盖仰望星空

有一种神秘你无法驾驭
你只能充当旁观者的角色
听凭那神秘的力量
从遥远的地方发出信号
射出光来,穿透你的心
像今夜,在哈尔盖
在这个远离城市的荒凉的
地方,在这青藏高原上的
一个蚕豆般大小的火车站旁
我抬起头来眺望星空
这时河汉无声,鸟翼稀薄
青草向群星疯狂地生长
马群忘记了飞翔
风吹着空旷的夜也吹着我
风吹着未来也吹着过去
我成为某个人,某间
点着油灯的陋室
而这陋室冰凉的屋顶
被群星的亿万只脚踩成祭坛
我像一个领取圣餐的孩子
放大了胆子,但屏住呼吸

(原载《诗神》1986年第2期)

于 坚

感谢父亲

一年十二月
您的烟斗开着罂粟花
温暖如春的家庭　不闹离婚
不管闲事　不借钱　不高声大笑
安静如鼠　比病室干净
祖先的美德　光滑如石
永远不会流血　在世纪的洪水中
花纹日益古朴
作为父亲　您带回面包和盐
黑色长桌　您居中而坐
那是属于皇帝　教授和社论的位置
儿子们拴在两旁　不是谈判者
而是金纽扣　使您闪闪发光
您从那儿抚摸我们　目光充满慈爱
像一只胃　温柔而持久
使我一天天学会做人
早年您常常胃痛
当您发作时　儿子们变成甲虫
朝夕相处　我从未见过您的背影
成年我才看到您的档案
积极肯干　热情诚恳　平易近人
尊重领导　毫无怨言　从不早退
有一回您告诉我　年轻时喜欢足球
尤其是跳舞　两步
使我大吃一惊　以为您在谈论一头海豹
我从小就知道您是好人　非常的年代
大街上坏蛋比好人多
当这些异教徒被抓走、流放、一去不返

您从公园里出来　当了新郎
一九五七年您成为父亲
作为好人　爸爸　您活得多么艰难
交代　揭发　检举　告密
您干完这一切　夹着皮包下班
夜里您睡不着　老是侧耳谛听
您悄悄起来　检查儿子的日记和梦话
像盖世太保一样认真
亲生的老虎　使您忧心忡忡
小子出言不逊　就会株连九族
您深夜排队买煤　把定量油换成奶粉
您远征上海　风尘仆仆　采购衣服和鞋
您认识医生校长司机以及守门的人
老谋深算　能伸能屈　光滑如石
就这样　在黑暗的年代　在动乱中
您把我养大了　领到了身份证
长大了　真不容易　爸爸
我成人了　和您一模一样
勤勤恳恳　朴朴素素　一尘不染
这小子出生时相貌可疑　八字不好
说不定会精神失常或死于脑炎
说不定会乱闯红灯　跌断腿成为残废
说不定被坏人勾引　最后判刑劳改
说不定酗酒打架赌博吸毒患上艾滋病
爸爸　这些事我可从未干过　没有自杀
父母在　不远游　好好学习　天天向上
九点半上床睡觉　星期天洗洗衣服
童男子　二十八岁通过婚前检查
三室一厅　双亲在堂　子女绕膝
一家人围着圆桌　温暖如春
这真不容易　我白发苍苍的父亲

1987 年 12 月 31 日

（原载《他们》1988 年第 4 辑）

对一只乌鸦的命名

从看不见的某处
乌鸦用脚趾踢开秋天的云块
潜入我的眼睛上垂着风和光的天空
乌鸦的符号　黑夜修女熬制的硫酸
嘶嘶地洞穿鸟群的床垫
堕落在我内心的树枝
像少年时期在故乡的树顶征服鸦巢
我的手再也不能触摸秋天的风景
它爬上另一棵大树要把另一只乌鸦
从它的黑暗中掏出
乌鸦　在往昔是一种鸟肉　一堆毛和肠子
现在　是叙述的愿望　说的冲动

也许　是厄运当头的自我安慰
是对一片不祥阴影的逃脱
这种活计是看不见的　比童年
用最大胆的手　伸进长满尖喙的黑穴　更难
当一只乌鸦　栖留在我内心的旷野
我要说的　不是它的象征　它的隐喻或神话
我要说的　只是一只乌鸦　正像当年
我从未在一个鸦巢中抓出过一只鸽子
从童年到今天　我的双手已长满语言的老茧
但作为诗人　我还没有说出过　一只乌鸦

深谋远虑的年纪　精通各种灵感　辞格和韵脚
像写作之初　把笔整只地浸入墨水瓶
我想　对付这只乌鸦　词素　一开始就得黑透
皮　骨头和肉　血的走向以及
披露在天空的飞行　都要黑透

乌鸦　就是从黑透的开始　飞向黑透的结局
黑透　就是从诞生就进入永远的孤独和偏见

进入无所不在的迫害和追捕
它不是鸟　它是乌鸦
充满恶意的世界　每一秒钟
都有一万个借口　以光明或美的名义
朝这个代表黑暗势力的活靶　开枪
它不会因此逃到乌鸦以外
飞得高些　僭越鹰的座位
或者降得矮些　混迹于蚂蚁的海拔
天空的打洞者　它是它的黑洞穴　它的黑钻头
它只在它的高度　乌鸦的高度
驾驶着它的方位　它的时间　它的乘客
它是一只快乐的　大嘴巴的乌鸦
在它的外面　世界只是臆造
只是一只乌鸦无边无际的灵感
你们　辽阔的天空和大地　辽阔之外的辽阔
你们　于坚以及一代又一代的读者
都是一只乌鸦巢中的食物

我断定这只乌鸦　只消几十个单词　就能说出
形容的结果　它被说成是一只黑箱
可是我不知道谁拿着箱子的钥匙
我不知道是谁在构思一只乌鸦藏在黑暗中的密码
在第二次形容中它作为一位裹着绑腿的牧师出现
这位圣子正在天堂的大墙下面　寻找入口
可我明白　乌鸦的居所　比牧师　更挨近上帝
或许某一天它在教堂的尖顶上
已窥见过那位拿撒勒人的玉体
当我形容乌鸦是永恒黑夜饲养的天鹅
一群具体的鸟　闪着天鹅之光　正焕然飞过我身旁那片明亮的
　　　沼泽
这事实立即让我丧失了对这个比喻的全部信心
我把"落下"这个动词安在它的翅膀之上
它却以一架飞机的风度"扶摇九天"

我对它说出"沉默"　它却伫立于"无言"
我看见这只无法无天的巫鸟
在我头上的天空中牵引着一大群动词　乌鸦的动词
我说不出它们　我的舌头被这些铆钉卡住
我看着它们在天空疾速上升　跳跃
下沉到阳光中　又聚拢在云之上
自由自在　变化组合着乌鸦的各种图案

那日　我像个空心的稻草人　站在空地
所有心思　都浸淫在一只乌鸦之中
我清楚地感觉到乌鸦　感觉到它黑暗的肉
黑暗的心　可我逃不出这个没有阳光的城堡
当它在飞翔　就是我在飞翔
我又如何能抵达乌鸦之外　把它捉住
那日　当我仰望苍天　所有的乌鸦都已黑透
餐尸的族　我早就该视而不见　在故乡的天空
我曾经一度捉住过它们　那时我多么天真
一嗅着那股死亡的臭味　我就惊惶地把手松开
对于天空　我早就该只瞩目于云雀　白鸽
我生来就了解并热爱这些美丽的天使
可是当那一日　我看见一只鸟
一只丑陋的　有乌鸦那种颜色的鸟
被天空灰色的绳子吊着
受难的双腿　像木偶那么绷直
斜搭在空气的坡上
围绕着某一中心　旋转着
巨大而虚无的圆圈
当那日　我听见一串串不祥的叫喊
挂在看不见的某处
我就想　说点什么
以向世界表白　我并不害怕
那些看不见的声音

1990 年 2 月

(原载《于坚的诗》,人民文学出版社 2000 年版)

陈东东

点　灯

把灯点到石头里去,让他们看看
海的姿态,让他们看看
古代的鱼
也应该让他们看看亮光
一盏高举在山上的灯

灯也该点到江水里去,让他们看看
活着的鱼,让他们看看
无声的海
也应该让他们看看落日
一只火鸟从树林里腾起

点灯。当我用手去阻挡北风
当我站到了峡谷之间
我想他们会向我围拢
会来看我灯一样的
语言

月　亮

我的月亮荒凉而渺小
我的星期天堆满了书籍
我深陷在诸多不可能之中

并且我想到,时间和欲望的大海虚空
热烈的火焰难以持久

闪耀的夜晚
我怎样把信札传递给黎明
寂寞的字句倒映于镜面
仿佛那蝙蝠
在归于大梦的黑暗里犹豫
仿佛旧唱片滑过了灯下朦胧的听力

运水卡车轻快地驰行。钢琴割开
春天的禁令
我的日子落下尘土
我为你打开的乐谱第一面
燃烧的马匹流星多眩目

我的花园还没有选定
疯狂的植物混同于乐音
我幻想的景色和无辜的落日
我的月亮荒凉而渺小

闪耀的夜晚,我怎样把信札
传递给黎明
我深陷在失去了光泽的上海
在稀薄的爱情里
看见你一天天衰老的容颜

(原载《明净的部分》,湖南文艺出版社1997年版)

王家新

转　变

季节在一夜间
彻底转变
你还没有来得及准备
风已扑面而来
风已冷得使人迈不出院子
你回转身来,天空
在风的鼓荡下
出奇地发蓝

你一下子就老了
衰竭,面目全非
在落叶的打旋中步履艰难
仅仅一个狂风之夜
身体里的木桶已是那样的空
一走动
就晃荡出声音

而风仍不息地从这个季节穿过
风鼓荡着白云
风使天空更高、更远
风一刻不停地运送着什么
风在瓦缝里,在听不见的任何地方
吹着,是那样急迫

剩下的日子已经不多了
落叶纷飞
风中树的声音

从远方溅起的人声、车辆声
都朝着一个方向

如此逼人
风已彻底吹进你的骨头缝里
仅仅一个晚上
一切全变了
这不禁使你暗自惊心
把自己稳住,是到了在风中坚持
或彻底放弃的时候了

(原载《先锋诗歌》,北京师范大学出版社1999年版)

臧 棣

我喜爱蓝波的几个理由

他的名字里有蓝色的波浪，
奇异的爱恨交加，
但不伤人。浪漫起伏着，
噢，犹如一种光学现象。
至少，我喜欢这样的特例——
喜欢他们这样把他介绍过来。
他命定要出生在法国南部，
然后去巴黎，去布鲁塞尔，
去伦敦，去荒凉的非洲
寻找足够的沙子。
他们用水洗东西，而他
用成吨的沙子洗东西。
我理解这些，并喜爱
其中闪光的部分。
我不能确定，如果早生
一百年，我是否会认他作
诗歌上的兄弟。但我知道
我喜欢他，因为他说
每个人都是艺术家。
他使用的逻辑非常简单：
由于他是天才，他也在每个人身上
看到了天才。要么是潜在的，
要么是无名的。他的呼吁简洁
但听起来复杂："什么？永恒。"
有趣的是，晚上睡觉时，
我偶尔会觉得他是在胡扯。
而早上醒来，沐浴在

晨光的清新中,我又意识到
他的确有先见之明。

2002年11月

(原载《新世纪诗典 第1季》,浙江文艺出版社2012年版)

梁秉钧

形象香港

我在寻找一个不同的角度
去看视觉的问题。
这帧旧照片,原来是在
弥敦道的光光摄影院拍摄的。
今天有谁这样着色呢?
我抬头,看见银幕上的半山区。
她来自上海,忘不了昔日的繁华
霞飞路上的白俄咖啡店。小提琴
音乐。究竟是甚么一回事?
双妹唛花露水。瓶子掉在地上碎了。
叫卖的人把飞机揽掷入后现代高楼。
我同意她说每个人有不同的想象。
他在法国研究安那其主义,回来
在花花公子、然后在资本杂志工作。
我们眺望月亮,我们一起从不同的角度
眺望月亮。尖沙嘴的钟楼
香港仔的日落。他们打算重新布置
这房间。皇后餐厅。中国会所。
伸出手按钮,无尽的画面
有太多时尚的挑逗,令你无法专心。
太多琐碎的事务,不同的场合
不断转变的身份,我们甚么时候——
再说,他是报告文学的好手,他擅写
资本主义社会里的狗和色情杂志。
甚么时候坐下来谈谈?
复制的歌星影像和歌声,转移了注意力。
欲望被扩张的荧幕重新界定。

伸手出去,触及了甚么?
历史是一连串形象
塑造的材料可以是纸箔、塑胶、纤维
镭射影碟的按钮……我们抬头
眺望月亮,今夜的月亮
在时间的尽头还是开端?
她是来自台湾的小说家,以为自己
是张爱玲,写香港传奇,霓虹倒影
天星小轮泊岸的浪花,旧火车站
不断复印的浅水湾酒店
异国情调描绘给远方的观众。
在增添在删减之间
我们也不断移换立场
我们在寻找一个不同的角度
永远在边缘永远在过渡
即使我们用不同颜色的笔书写
这些东西也很容易变得表面
历史就是这样建构出来的吗?
至于他,他擅写东方色彩的间谍小说——
杂在别人的话中
为甚么有些话难以言说?
他们打算重新布置这房间。
我们抬头,寻找——

(原载《梁秉钧诗选》,香港作家出版社1995年版)

苇 鸣

蠔境意象十首(节选)

二 之间——献给所有会讲话的人

嘴巴与嘴巴之间
是空气
也是监狱

上唇与下唇之间
有裂痕
也有血痕

上颚与下颚之间
是舌头
也是蛇头

咽喉与咽喉之间
有声带
也有利剑

还有牙齿与牙齿之间是互相依赖也是互相排挤有死亡也有生命

1986年4月28日

(原载《无心眼集》,香港诗双月刊出版社1995年版)

陶　里

冬夜的预言

我的诗只有带给你和我和别人失望
冬夜却可以为我们作个果断的预言
失控的染色体将在我们的肢体四处奔走
生命充满浑沌和痉挛
季节的情调不复祥和
高楼大厦从喧哗进入躁动
短暂的爆炸带来琐碎的寂寞
铺满你我成长的长街短巷

每个角落都有荒唐的月色
怪声响起于你不安的庭院
而我　每夜都得伸手窗外
抓一把玄色　为来自坟场的
夜魂裁制游荡的衣裳
来自海港的夜烟覆盖我的书斋
自从岭上失足堕伤回来
欲望教我狎亵一个世纪的虚无

童年岁月的独木桥横跨我的梦
为失踪的年华做见证
爱是一种凄楚的回忆
冬树滴下难以接受的伤感
在水中看到你憔悴的影子
灵魂哗然为你写诗
写你心脏的急促　血液的喧哗
情绪的悸动　生活的宿命

1996 年 11 月 18 日

（原载《冬夜的预言》，澳门五月诗社 1998 年版）

散　文

黄秋耘

犬儒的刺

我们文艺界有一种不健康的现象：每当某一股风吹起来的时候，总有一些人在那儿一窝蜂地随声附和，推波助澜。究竟他们对于这股风是"信而从"呢？还是"盲而从"呢？抑或是"怕而从"呢？他们嘴里所说，笔下所写，和心里所想的，是否完全一致呢？这些问题，研究起来，倒是很有趣的。

常有这样的事：在一次座谈会上，某某同志极力称赞某一篇作品是难得的佳作，是可喜的收获，是大胆"干预生活"的榜样；可是过不了几天，在另一次座谈会上，他却在声色俱厉地斥责那篇作品是如何谬误，如何有危害性，如何宣传"敌对思想"了。别人听起来，真有点相信不过自己的耳朵，更有点相信不过这位发言者的良心。

自然，一个人也许会"觉今是而昨非"，但，从"是"到"非"，其间总有一定的过程，也有一定的根据，不会突然来一个一百八十度的"大转向"的。上述的现象，只能说明这个人善于看风转舵，毫无特操罢了。

但，是什么东西使得他像蜥蜴那样的善于变色呢？是什么东西使得他这样"言不由衷"呢？

说出来也很简单，是对于"舆论的压力"和"传统的权威"的畏惧，是利害之心重于是非之心……本来嘛，文坛多风波，安全第一，而安全之道，又莫过于"随大流"，说得坦率一点，也就是"随波逐流"。鲁迅先生说得好："蜜蜂的刺，一用即丧失了它自己的生命；犬儒的刺，一用则苟延了他自己的生命。他们就是如此不同。"在不少场合，我们还可以看到这一类"犬儒的刺"。虽然在今天，他们也许再没有必要用"刺"来苟延自己的生命，恐怕仅仅是为了苟延自己的声名和地位罢了。

也许他们还会为自己辩解说："就算我们是'随波逐流'罢，随社会主义之流，逐社会主义之流，这又有什么不好？"我们可以这样回答道："真理不需要盲从的信徒，革命不需要机会主义的'战士'。随波逐流的人，今天可以随社会主义之波，明天也可以随非社会主义之波，今天可以逐社会主义之流，明天也可以逐非社会主义之流。更何况，你们今天所随的、所逐的，是否社会主义之波、社会主义之流呢，也还值得研究。"

毫无疑问,我们并不提倡"立异鸣高,逆情干誉",更不提倡"固执己见"。一个人,假如真正能够"舍己从人,乐取于人以为善",也未尝不是美德。但,只有勇于坚持真理的人,才能虚心接受别人的意见,改正自己的错误,这和随波逐流、投机取巧的犬儒是毫无共通之处的。

文艺批评,总是要比眼力的。我们要有学问,要有修养,要有真知卓见,要有独立思考能力,但,更重要的,是要有坚持真理的勇气,要有正道直言的特操,要有实事求是的精神。假如大家都成了"不敢有主见"的莫尔恰林①,那么,这学问,这修养,这真知卓见,这独立思考能力,又中什么用?不错,做"事后马克思"是最"安全"不过的。但,我们需要有更多的"事前马克思",哪怕是百分之一的"事前马克思"也比百分之百的"事后马克思"强得多。要不然,也就不用着提出百家争鸣、百花齐放的方针了。

1957年4月

（原载《锈损了灵魂的悲剧》,人民文学出版社1980年版）

---

① 莫尔恰林是俄国诗人格里包耶多夫的诗剧《智慧的痛苦》中的人物。他阿谀谄媚,最怕得罪人,曾说过"在我的年纪,可不敢有主见"这样貌似谦逊、其实极端虚伪的话。

傅 雷

家书两封

1956 年 10 月 3 日晨

亲爱的孩子,你回来了,又走了;许多新的工作,新的忙碌,新的变化等着你,你是不会感到寂寞的;我们却是静下来,慢慢的回复我们单调的生活,和才过去的欢会与忙乱对比之下,不免一片空虚,——昨儿整整一天若有所失。孩子,你一天天的在进步,在发展:这两年来你对人生和艺术的理解又跨了一大步,我愈来愈爱你了,除了因为你是我们身上的血肉所化出来的而爱你以外,还因为你有如此焕发的才华而爱你;正因为我爱一切的才华,爱一切的艺术品,所以我也把你当作一般的才华(离开骨肉关系),当作一件珍贵的艺术品而爱你。你得千万爱护自己,爱护我们所珍视的艺术品!遇到任何一件出入重大的事,你得想到我们——连你自己在内——对艺术的爱!不是说你应当时时刻刻想到自己了不起,而是说你应当从客观的角度重视自己:你的将来对中国音乐的前途有那么重大的关系。你每走一步,无形中都对整个民族艺术的发展有影响,所以你更应当战战兢兢,郑重将事!随时随地要准备牺牲目前的感情,为了更大的感情——对艺术对祖国的感情。你用在理解乐曲方面的理智,希望能普遍地应用到一切方面,特别是用在个人的感情方面。我的园丁工作已经做了一大半,还有一大半要你自己来做的了。爸爸已经进入人生的秋季,许多地方都要逐渐落在你们年轻人的后面,能够帮你的忙将要越来越减少;一切要靠你自己努力,靠你自己警惕,自己鞭策。你说到技巧要理论与实践结合,但愿你能把这句话用在人生的实践上去;那末你这朵花一定能开得更美,更丰满,更有力,更长久!

谈了一个多月的话,好像只跟你谈了一个开场白。我跟你是永远谈不完的,正如一个人对自己的独白是终身不会完的,你跟我两人的思想和感情,不正是我自己的思想和感情吗?清清楚楚的,我跟你的讨论与争辩,常常就是我跟自己的讨论与争辩。父子之间能有这种境界,也是人生莫大的幸福。除了外界的原因没有能使你把假期过得像个假期以外,连我也给你一些小小的不愉快,破坏了你回家前的对家庭的期望。我心中始终对你抱着歉意。但愿你这次给我的教育(就是说从和你相处而反映出我的缺点)能对我今后发生作用,把我自己继续改造。尽管人生那么无情,我们本人还是应当把自己尽量改好,少给人一些痛苦,多给人一些快乐。说来说去,我仍抱着"宁天下人负我,毋我负天下人"的心愿。我相信你也是这样的。

1960年8月29日

亲爱的孩子,8月20日报告的喜讯使我们心中说不出的欢喜和兴奋。你在人生的旅途中踏上一个新的阶段,开始负起新的责任来,我们要祝贺你,祝福你,鼓励你。希望你拿出像对待音乐艺术一样的毅力、信心、虔诚,来学习人生艺术中最高深的一课。但愿你将来在这一门艺术中得到像你在音乐艺术中一样的成功!发生什么疑难或苦闷,随时向一二个正直而有经验的中、老年人讨教,(你在伦敦已有一年八个月,也该有这样的老成的朋友吧?)深思熟虑,然后决定,切勿单凭一时冲动;只要你能做到这几点,我们也就放心了。

对终身伴侣的要求,正如对人生一切的要求一样不能太苛。事情总有正反两面:追得你太迫切了,你觉得负担重;追得不紧了,又觉得不够热烈。温柔的人有时会显得懦弱,刚强了又近乎专制。幻想多了未免不切实际,能干的管家太太又觉得俗气。只有长处没有短处的人在哪儿呢?世界上究竟有没有十全十美的人或事物呢?抚躬自问,自己又完美到什么程度呢?这一类的问题想必你考虑过不止一次。我觉得最主要的还是本质的善良,天性的温厚,开阔的胸襟。有了这三样,其他都可以逐渐培养;而且有了这三样,将来即使遇到大大小小的风波也不致变成悲剧。做艺术家的妻子比做任何人的妻子都难;你要不预先明白这一点,即使你知道"责人太严,责己太宽",也不容易学会明哲、体贴、容忍。只要能代你解决生活琐事,同时对你的事业感到兴趣就行,对学问的钻研等等暂时不必期望过奢,还得看你们婚后的生活如何。眼前双方先学习相互的尊重、谅解、宽容。

对方把你作为她整个的世界固然很危险,但也很宝贵!你既已发觉,一定会慢慢点醒她;最好旁敲侧击而勿正面提出,还要使她感到那是为了维护她的人格独立,扩大她的世界观。倘若你已经想到奥里维的故事,不妨就把那部书叫她细读一二篇,特别要她注意那一段插曲。像雅葛丽纳那样只知道 love,love,love! 的人只是童话中人物,在现实世界中非但得不到 love,连日子都会过不下去,因为她除了 love 一无所知,一无所有,一无所爱,这样狭窄的天地哪像一个天地!这样片面的人生观哪会得到幸福!无论男女,只有把兴趣集中在事业上、学问上、艺术上，尽量抛开渺小的自我（ego），才有快活的可能，才觉得活的有意义。未经世事的少女往往会存一个荒诞的梦想，以为恋爱时期的感情的高潮也能在婚后维持下去。这是违反自然规律的妄想。古语说，"君子之交淡如水"；又有一句话说，"夫妇相敬如宾"。可见只有平静、含蓄、温和的感情方能持久；另外一句的意思是说，夫妇到后来完全是一种知己朋友的关系，也即是我们所谓的终身伴侣。未婚之前双方能深切领会到这一点，就为将来打定了最可靠的基础，免除了多少不必要的误会与痛苦。

你是以艺术为生命的人，也是把真理、正义、人格等等看做高于一切的人，也是以工作为乐生的人，我用不着唠叨，想你早已把这些信念表白过，而且竭力灌输给对方的了。我只想提醒你几点：——第一，世界上最有力的论证莫如实际行动，最有效的教育莫如以身作则；自己做不到的事千万勿要求别人；自己也要犯的毛病先批评自己，先改自己的。——第二，永远不要忘了我教育你的时候犯的许多过严的毛病。我过去的错误要是能使你避免同样的错误，我的罪过也可以减轻几分；你受过的痛苦不再施之于他人，你也不算白白吃苦。总的来说，尽管指点别人，可不要给人"好为人师"的感觉。奥诺丽纳（你还记得巴尔扎克那个中篇吗？）的不幸一大半是咎由自取，一小部分也因为丈夫教育她的态度伤了她的自尊心。凡是童年不快乐的人都特别脆弱（也有训练得格外坚强的，但只是少数），特别敏感，你回想一下自己，就会知道对付你的恋人要如何 delicate，如何 discreet 了。

我相信你对爱情问题看得比以前更郑重更严肃了；就在这考验时期，希望你更加用严肃的态度对待一切，尤其要对婚后的责任先培养一种忠诚、庄严、虔敬的心情！

（原载《傅雷家书》，生活·读书·新知三联书店1984年版）

秦　牧

社稷坛抒情

　　北京有座美丽的中山公园，公园里有个用五色土砌成的社稷坛。
　　社稷坛是北京九坛之一，它和坐落在南城的天坛遥遥相对。古代的帝王们，在天坛祭天，在社稷坛祭地。祭天为了要求风调雨顺，祭地为了要求土地肥沃。祭天祭地的终极目的只有一个：就是五谷丰登，可以"聚敛贡城阙"。五谷是从地里长出来的，因此，人们臆想的稷神（五谷）就和社神（土地）同在一个坛里受膜拜了。
　　穿过古柏参天、处处都是花圃的园林，来到这个社稷坛前，突然有一种寥廓空旷的感觉。在庄严的宫殿建筑之前，有这么一个四方的土坛，屹立在地面，它东面是青土，南面是红土，西面是白土，北面是黑土，中间嵌着一大块圆形的黄土。这图案使人沉思，使人怀古。遥想当年帝王们穿着衮服，戴着冕旒，在礼乐声中祭地的情景，你仿佛看到他们在庄严中流露出来的对于"天命"畏惧的眼色，你仿佛看到许多人慑服在大自然脚下的神情。
　　这社稷坛现在已经没有一点儿神秘庄严的色彩了。它只是一个奇特的历史遗迹。节日里，欢乐的人群在上面舞狮，少年们在上面嬉戏追逐。平时则有三三两两的游人在那里低徊。对，这真是一个引发人们思古幽情的好所在！作为一个中国人，可以让这种使人微醉的感情发酵的去处可真多呢！你可以到泰山去观日出，在八达岭长城顶看日落。可以在西湖荡画舫，到南京鸡鸣寺听钟声。可以在华北平原跑马，在戈壁滩上骑骆驼。可以访寻古代宫殿遗迹，听一听燕子的呢喃，或者到南方海神庙旁看浪涛拍岸……这些节目你随便可以举出一百几十种来，但在这里面千万不能遗漏掉这个社稷坛！这坛后的宫殿是华丽的，飞檐、斗拱、琉璃瓦、白石阶……真是金碧辉煌！而坛呢，却很荒凉，就只有五色的泥土。然而这种对照却也使人想起：没有这泥土所代表的土地，没有在大地上胼手胝足的劳动者，根本就不会有这宫殿，不会有一切人类的文明。你在这个土坛上走着走着，仿佛走进古代去，走到一望无际的原野上，在那里，莽莽苍苍，风声如吼。一个戴着高冠，穿着芒鞋的古代诗人正在用他的悲悯深沉的眼睛眺望大地，吟咏着这样的诗句：

朝东西眺望没有边际,
朝南北眺望没有头绪,
朝上下眺望没有依归,
我的驱驰不知何所底止!
……
九州究竟安放在什么上面?
河床何以洼陷?
地面,从东至西究竟多少宽,从南至北多少长?
南北要比东西短些,短的程度究竟是怎样?
　　　　　——屈原:《悲回风》和《天问》,引自郭沫若译诗

　　这不仅仅是屈原的声音,也是许许多多古代诗人瞭望原野时曾经涌起的感情。这种"大地茫茫"的心境,是和对于自然之谜的探索和对于人间疾苦的愤慨联结在一起的。

　　想一想这些肥沃土地的来历,你不由得涌起一种遥接万代的感情。我们居住的这个星球,最古时代,原是一个寂寞的大石球,上面没有一株草,一只虫,也没有一层土壤。经过了多少亿万年,太阳风雨的力量,原始生物的尸骸,才给地球造成了一层层的土壤,每经历千年万年,土壤才增加薄薄的一层。想一想我们那土壤厚达五十公尺的华北黄土高原吧!那该是大自然在多长的时间里的杰作!但这还不算,劳动者开辟这些土地,是和大自然进行过多么剧烈的斗争呀!这种斗争一代接连一代继续着,我们仿佛又会见了古代的唱着《诗经》里怨愤之歌的农民,像敦煌壁画上面描绘的辛勤劳苦的农民,驾着那种和古墓里挖掘出来的陶制高轮牛车相似的车子,奔驰在原野上,辛苦开辟着田地。然而他们一代代穿着破絮似的衣服,吃着极端粗劣的食物。你仿佛看到他们在田野里仰天叹息,他们一家老小围着幽幽的灯光在饮泣。看到他们画红了眉毛,或者在头上包一块黄布揭竿起义,看到他们大批地陈尸在那吸尽了他们的汗水然后又吸尽了他们鲜血的土地。想一想在原始社会中他们怎样匍匐在鬼神脚下,在阶级社会中他们又怎样挣扎在重重枷锁之中。啊,这些给荒凉的大地铺上了锦绣花巾的人们,这些从狗尾草、蟋蟀草中给我们选出了稻麦来的人们,我们该多么感念他们!想像的羽翼可以把我们带到古代去,在一家家的门口清清楚楚看到他们在劳动,在饮食,在希望,在叹息,可惜隔着一道历史的门限,我们却不能和他们作半句的交谈!但怀古思念,想起了我们这个时代的农民是几千年历史中第一次真正挣脱了枷锁,逐渐离开了鬼神天命的羁绊的农民,我们又仿佛走出了黑暗的历史的隧洞,突然见到耀眼的阳光了。

　　你在这个五色土坛上面走着走着,仿佛又回到公元前几千年去,会见了

古代的思想家。他们白发苍苍，正对着天上的星辰，海里的潮汐，陶窑的火光，大地的泥土沉思。那时的思想家没有什么书籍可以阅读参考，日月经天，江河行地，四时代谢，万物死生的现象，都使他们抱头苦思。他们还远不能给世界的现象写出一个较完整的答案。但是他们终究也看出一点道理来了，世间的万物万事，有因有果，有主有从，它们互相错综地关联着……正是由于古代有这样的思想家在这样地思考过，才给后来的历史创造了这样一座五色的土坛。

"五行"的观念和我们这个民族一样地古老，东、南、西、北是人们很早就知道的，人们总以为自己所处是大地的中间，于是在四方之外又加上了一个"中心"，东、南、西、北、中凑成了五方五土的观念，直到今天我们还看到好些人家的屋角有"五方五土龙神"的牌位。烧陶方法和冶铜技术发明了，人们在熊熊火光旁边，看到火把泥土变成了陶器，把矿石烧成溶液，木头燃烧发出了火光，水又能够把火熄灭。这种现象使古代的思想家想到木、火、金、水、土（依照《左传》的排列次序）是万物的本源。于是木、火、金、水、土把五行的观念充实起来了。

烧制陶器这件事使人类向文明跨前一大步，在埃及，在希腊，都由此产生了神祇用泥土造人的神话。在中国，却大大地发扬了"五行"的观念。根据木、火、金、水、土五种东西彼此的作用，又产生了五行相克相生的理论。根据这几种东西的颜色：树木是苍翠的，火光是红艳艳的，金属是亮晶晶的，深深的水潭是黝黑的，中原的泥土是黄色的。于是青、赤、白、黑、黄五种颜色就被拿来配木、火、金、水、土，成为颜色上的五行了。

这个四方、五行的观念被古代思想家用来分析许许多多的事物，音乐上的宫、商、角、徵、羽五个音阶，天上二十八宿的分隶青龙、朱雀、白虎、玄武（乌龟）四方，都是和这种观念紧密地联结起来的。

把世界万物的本源看做是木、火、金、水、土五种元素相互作用产生出来的，这和古代印度哲学家把万物说成是由地、火、水、风所构成，古代希腊哲学家说万物的本源是水或者火……那思想的脉络是多么地近似啊。

尽管这种说法在几千年后的今天看来是奇特甚至好笑的，然而那里面不也包含着光辉的真理吗：万物的本源都是物质，物质彼此起着错综的作用……哦！我们遇见的对着泥土沉思的思想家，他们正是古代的略具雏形的唯物主义者！

没有这些古代思想家，我们就不会有这个五色的土坛。审视这五种颜色吧，端详这个根据"天圆地方"的古代观念构筑起来的四方坛吧！它和我们民族的古代文化存在多么密切的关系啊！

我们汉民族的摇篮在黄河的中上游，那里绵亘的是一望无际的黄土高原。因此，黄色被用来配"土"，用来配"中心"，成为我们民族传统中高贵的颜色。中心是不同于四方的，能够生长五谷的土地是不同于其他东西的，黄色是不同于其他颜色的。在这个土坛的中心，黄土被特别砌成了一个圆形，审视这个黄色的圆圈吧！它使我们想起奔腾澎湃的黄河，想起在地层下不断被发掘出来的古代村落，也想起那古木参天的黄帝的陵墓。

我多么想去抱一抱那些古代的思想家，没有他们的艰苦探索，就没有今天人类的智慧。正像没有勇敢走下树来的猿人，就不会有人类一样。多少万年的劳动经验和生活智慧积累起来，才有了今天的人类文明。每一个人在人类智慧的长河旁边，都不过像一只饮河的鼹鼠。在知识的大森林里面，都不过像一只栖于一枝的鹪鹩。这河是多少亿万滴水汇成的啊，这森林是多少亿万株草木构成的啊！

瞧着这个社稷坛，你会想起中国的泥土，那黄河流域的黄土，四川盆地的红壤，肥沃的黑土，洁白的白垩土……你会想起文学里许许多多关于泥土的故事：有人包起一包祖国的泥土藏在身旁到国外去；有人临死遗嘱必须用祖国的泥土撒到自己胸上；有人远适异国归来，俯身去吻一吻自己国门的土地。这些动人的关于泥土的故事，使人对五色土发生了奇异的感情，仿佛它们是童话里的角色，每一粒土壤都可以叙述一段奇特的故事或者唱一首美好的诗歌一样。

瞧着这个紧紧拼合起来的五色土坛，一个人也会想起国土的统一，在我们的土地上，为了统一而发生的战争该有多少万次呀！然而严格说来，历史上的中国从来没有高度统一过。四分五裂，豪强纷纷划地称王的时代不去说它了，可怜的共主像傀儡似地住在京都，整天送猪肉龟肉慰问跋扈的诸侯的时代不去说它了，就是号称强盛统一的时代，还不是有许多拥兵自重的藩镇，许多专权用事的贵戚，许多地方的豪霸，在他们的领地里当着小皇帝，使中央号令不行，使国中还有许许多多的小国。中国历史上没有一个时期像今天这样高度统一过，等我们解放了台湾和一些沿海岛屿以后，这种统一的规模就更加空前了。古代思想家的预言："不嗜杀人者能一之。"由于不剥削人的劳动阶级登上了历史舞台，竟使这一句话在两千多年后空前地应验了。

我在这个土坛上低徊漫步，想起了许许多多的事情。我们未必"前不见古人，后不见来者"，凭着思想和感情的羽翼，我们尽可去会一会古人，见一见来者。我仿佛曾经上溯历史的河流，看见了古代的诗人、农民、思想家、志士，看他们的举动，听他们的声音，然后又穿过历史的隧洞，回到阳光灿烂的现实。啊，做一个历史悠久的民族的子孙是多么值得自豪的一回事！做今天的一个中国的人民是多么值得快慰的一回事！回溯过去，瞻望未来，你会觉得激动,很想深深呼吸一口新鲜的空气,想好好地学习和劳动,好好地安排在无穷的时间中一个人仅有一次,而我们又恰恰生逢其时的宝贵的生命。

我真爱北京这座发人深思的社稷坛!

(原载《作品》1956年11月号)

杨　朔

雪浪花

　　凉秋八月,天气分外清爽。我有时爱坐在海边礁石上,望着潮涨潮落,云起云飞。月亮圆的时候,正涨大潮。瞧那茫茫无边的大海上,滚滚滔滔,一浪高似一浪,撞到礁石上,唰地卷起几丈高的雪浪花,猛力冲激着海边的礁石。那礁石满身都是深沟浅窝,坑坑坎坎的,倒像是块柔软的面团,不知叫谁捏弄成这种怪模怪样。

　　几个年轻的姑娘赤着脚,提着裙子,嘻嘻哈哈追着浪花玩。想必是初次认识海,一只海鸥,两片贝壳,她们也感到新奇有趣。奇形怪状的礁石自然逃不出她们好奇的眼睛,你听她们议论起来了:礁石硬得跟铁差不多,怎么会变成这样子?是天生的,还是錾子凿的,还是怎的?

　　"是叫浪花咬的,"一个欢乐的声音从背后插进来。说话的人是个上年纪的渔民,从刚拢岸的渔船跨下来,脱下黄油布衣裤,从从容容晾到礁石上。

　　有个姑娘听了笑起来:"浪花也没有牙,还会咬?怎么溅到我身上,痛都不痛?咬我一口多有趣。"

　　老渔民慢条斯理说:"咬你一口就该哭了。别看浪花小,无数浪花集到一起,心齐,又有耐性,就是这样咬啊咬的,咬上几百年,几千年,几万年,哪怕是铁打的江山,也能叫它变个样儿。姑娘们,你们信不信?"

　　说的妙,里面又含着多么深的人情世故。我不禁对那老渔民望了几眼,老渔民长得高大结实,留着一把花白胡子。瞧他那眉目神气,就像秋天的高空一样,又清朗,又深沉。老渔民说完话,不等姑娘们搭言,早回到船上,大声说笑着,动手收拾着满船烂银也似的新鲜鱼儿。

　　我向就近一个渔民打听老人是谁,那渔民笑着说:"你问他呀,那是我们的老泰山。老人家就有这个脾性,一辈子没养女儿,偏爱拿人当女婿看待,不信你叫他一声老泰山,他不但不生气,反倒摸着胡子乐呢。不过我们叫他老泰山,还有别的缘故。人家从小走南闯北,经的多,见的广,生产队里大事小事,一有难处,都得找他指点,日久天长,老人家就变成大伙依靠的泰山了。"

　　此后一连几日,变了天,飘飘洒洒落着凉雨,不能出门。这一天晴了,后半晌,我披着一片火红的霞光,从海边散步回来,瞭见休养所院里的苹果树前停着辆独轮小车,小车旁边有个人俯在磨刀石上磨剪刀。那背影有点儿眼熟。走到跟前一看,可不正是老泰山。

我招呼说:"老人家,没出海打鱼么?"

老泰山望了望我笑着说:"嘻,同志,天不好,队里不让咱出海,叫咱歇着。"

我说:"像你这样年纪,多歇歇也是应该的。"

老泰山听了说:"人家都不歇,为什么我就应该多歇着?我一不瘫,二不瞎,叫我坐着吃闲饭,等于骂我。好吧,不让咱出海,咱服从;留在家里,这双手可得服从我。我织织鱼网,磨磨鱼钩,照顾照顾生产队里的果木树,再不就推着小车出来走走,帮人磨磨刀,钻钻磨眼儿,反正能做多少活就做多少活,总得尽我的一份力气。"

"看样子你有六十了吧?"

"哈哈!六十?这辈子别再想那个好时候了——这个年纪啦。"说着老泰山捏起右手的三根指头。

我不禁惊疑说:"你有七十了么?看不出。身板骨还是挺硬朗。"

老泰山说:"嘻,硬朗什么?头四年,秋收扬场,我一连气还能扬它一两千斤谷子。如今不行了,胳臂害过风湿痛病,抬不起来。磨刀磨剪子,胳臂往下使力气,这类活儿还能做。不是胳臂拖累我,前年咱准要求到北京去油漆人民大会堂。"

"你会的手艺可真不少呢。"

"苦人哪,自小东奔西跑的,什么不得干。干的营生多,经历的也古怪。不瞒同志说,三十年前,我还赶过驴呢。"说到这儿,老泰山把剪刀往水罐里蘸了蘸,继续磨着,一面不紧不慢地说:"那时候,北戴河跟今天可不一样。一到三伏天,来歇伏的差不多净是蓝眼珠的外国人。有一回,一个外国人看上我的驴。提起我那驴,可是百里挑一:浑身乌黑乌黑,没一根杂毛,四只蹄子可是白的。这有个讲究,叫四蹄踏雪,跑起来,极好的马也追不上。那外国人想雇我的驴去逛东山。我要五块钱。他嫌贵。你嫌贵,我还嫌你胖呢。胖的像条大白熊,别压坏我的驴。讲来讲去,大白熊答应我的价钱,骑着驴逛了半天,欢欢喜喜照数付了脚钱。谁料想隔不几天,警察局来传我,说是有人把我告下了,告我是红胡子,硬抢人家五块钱。"

老泰山说的有点气促,喘嘘嘘的,就缓了口气,又磨着剪子说:"我一听气炸了肺。我的驴,你的屁股,爱骑不骑,怎么能诬赖人家是红胡子?赶到警察局一看,大白熊倒轻松,望着我乐得闭不拢嘴。你猜他说什么?他说:'你的驴快,我要再雇一趟去秦皇岛,到处找不着你。我就告你。一告,这

不是,就把红胡子抓来了。'

我忍不住说:"瞧他多聪明!"

老泰山说:"聪明的还在后头呢,你听着啊。这回倒省事,也不用争,一张口他就给我十五块钱。骑上驴,他拿着根荆条,抽着驴紧跑。我叫他慢着点,他直夸奖我的驴有几步好走,答应回头再加点脚钱。到秦皇岛一个来回,整整一天,累得我那驴浑身湿淋淋的,顺着毛往下滴汗珠——你说叫人心疼不心疼?"

我插问道:"脚钱加了没有?"

老泰山直起腰,狠狠吐了口唾沫说:"见他的鬼!他连一个铜子儿也不给,说是上回你讹诈我五块钱,都包括在内啦,再闹,送你到警察局去。红胡子!红胡子!直骂我是红胡子。"

我气的问:"这个流氓,他是哪国人?"

老泰山说:"不讲你也猜得着。前几天听广播,美国飞机又偷着闯进咱们家里。三十年前,我亲身吃过他们的亏,这笔账还没算清。要是倒退五十年,我身强力壮,今天我呀——"

休养所的窗口有个妇女探出脸问:"剪子磨好没有?"

老泰山应声说:"好了。"就用大拇指试试剪子刃,大声对我笑着说:"瞧我磨的剪子,多快。你想剪天上的云霞,做一床大大的被,也剪得动。"

西天上正铺着一片金光灿烂的晚霞,把老泰山的脸映得红彤彤的。老人收起磨刀石,放到独轮车上,跟我道了别,推起小车走了几步,又停下,弯腰从路边掐了枝野菊花,插到车上,才又推着车慢慢走了,一直走进火红的霞光里去。他走了,他在海边对几个姑娘讲的话却回到我的心上。我觉得,老泰山恰似一点浪花,跟无数浪花集到一起,形成这个时代的浪潮,激扬飞溅,早已把旧日的江山变了个样儿,正在勤勤恳恳塑造着人民的江山。

老泰山姓任。问他叫什么名字,他笑笑说:"山野之人,值不得留名字。"竟不肯告诉我。

1961 年

(原载《东风第一枝》,作家出版社 1961 年版)

周瘦鹃

夏天的瓶供

凡是爱好花木的人，总想经常有花可看，尤其是供在案头，可以朝夕坐对，而使一室之内，也增加了生气。供在案头的，当然最好是盆栽和盆景；如果条件不够，或佳品难得，那么有了瓶供，也可以过过花瘾。

对于瓶供的爱好，古已有之。如宋代诗人张道洽《瓶梅》云：

> 寒水一瓶春数枝，清香不减小溪时。
> 横斜竹底无人见，莫与微云淡月知。

徐献可《书斋》云：

> 十日书斋九日扃，春晴何处不闲行。
> 瓶花落尽无人管，留得残枝叶自生。

方回惜《砚中花》云：

> 花担移来锦绣丛，小窗瓶水浸春风。
> 朝来不忍轻磨墨，研落香粘数点红。

这与我的情况恰恰相同，紫罗兰盦南窗下的书桌上，四时不断地供着一瓶花，瓶下恰有一方端砚，花瓣往往落在砚上，我也往往不忍磨墨，生怕玷污了它，足见惜花人的心理，是约略相同的。

说到夏天的瓶供，我是与盆供并重的，从园子里的细种莲花开放之后，就陆续采来供在爱莲堂中央的桌子上，如洒金、层台、大绿、粉千叶等，都是难得的名种。我轮替地用一只古铜大圆瓶、一只雍正黄瓷大胆瓶和一只紫红瓷窑变的扁方瓶来插供，以花的颜色来配瓶的颜色，务求其调和悦目。单单插了莲花还不够，更要采三片小样的莲叶来搭配着，花二朵或三朵，配上了三片叶子，插得有高有低，有直有敧，必须像画家笔下画出来的一样。倘有一朵花先谢了，剩下一只小莲蓬，仍然留在瓶里，再去采一朵半开的花来补缺，这样要连续插供到细种莲花全部开完后为止。在这一个多月的时间里，我把这一大瓶高花大叶的莲花，用树根几或红木几高供中央，总算不辜负了"爱莲堂"这块老招牌；而上面挂着的，恰又是林伯希老画师所画的一幅《爱莲图》，更觉相映成趣。

除了瓶供的莲花之外，还有瓶供的菖兰。菖兰的色彩是多种多样的，有白、红、淡黄、深黄、洒金、茄紫诸色；而我园有一种深紫而有绒光的，更为富丽。我也将花与瓶的颜色互相配合，互相衬托，花以三枝、五枝或七枝为规律，再插上几片叶，高低疏密，都须插得适当，看上去自有画意。有时瓶用得腻了，便改用一只明代欧瓷的长方形小型水盘，插上三五枝小样的菖兰，衬以绿叶，配上大小拳石两块，更觉幽雅入画了。

我爱用水盘插花，觉得比用瓶来插花，更有趣味。除了菖兰，无论大丽、月季、蜀葵等，都是夏天常见的，都可用水盘来插；不过叶子也需要，再用拳石或书带草来一衬托，那是更富于诗情画意了。爱莲堂里有一只长方形的白石大水盘，下有红木几座，落地安放着，我在盘的右边竖了一块二尺高的英石奇峰，像个独秀峰模样，盘中盛满了水，散满了碧绿的小浮萍。清早到园子里，采了大石缸中刚开放的大红色睡莲二三朵，和小样的莲叶三五张，回来放在水盘里，就好像把一个小小的莲塘，搬到了屋子里来，徘徊观赏，真的是"心上莲花朵朵开"了。每天傍晚，只要把闭拢了的花朵撩起来，放在露天的浅水盆中过夜，明天早上，花依然开放，依然放到水盘里。天天这样做，可以持续三四天。

（原载《花前新记》，江苏人民出版社1958年版）

冰 心

一只木屐

　　淡金色的夕阳,像这条轮船一样,懒洋洋地停在这一块长方形的海水上。两边码头上仓库的灰色大门,已经紧紧地关起了。一下午的嘈杂的人声,已经寂静了下来,只有乍起的晚风,在吹卷着码头上零乱的草绳和尘土。

　　我默默地倚伏在船栏上,周围是一片的空虚——沉重,时间一分一分地过去,苍茫的夜色,笼盖了下来。

　　猛抬头,我看见在离船不远的水面上,飘着一只木屐,它已被海水泡成黑褐色的了。它在摇动的波浪上,摇着、摇着,慢慢地往外移,仿佛要努力地摇到外面大海上去似的!

　　啊!我苦难中的朋友!你怎么知道我要悄悄地离开?你又怎么知道我心里丢不下那些把你穿在脚下的朋友?你从岸上跳进海中,万里迢迢地在船边护送着我?

　　过去几年的、在东京的苦闷不眠的夜晚——相伴我的只有瓦檐上的雨声,纸窗外的月色,更多的是空虚——沉重的、黑魆魆的长夜;而每一个不眠的夜晚,我都听到戛达戛达的木屐声音,一阵一阵的从我楼前走过。这声音,踏在石子路上,清空而又坚实;它不像我从前听过的、引人憎恨的、北京东单操场上日本军官的军靴声,也不像北京饭店的大厅上日本官员、绅士的皮鞋声。这是日本劳动人民的、风里雨里寸步不离的、清空而又坚实的木屐的声音……

　　我把双手交叉起,枕在脑后,随着一阵一阵的屐声,在想像中从穿着木屐的双脚,慢慢地向上看,我看到悲哀憔悴的穿着外褂、套着白罩衣的老人、老妇的脸;我看到痛苦愤怒的穿着工裤、披着蓑衣的工人、农民的脸;我看到忧郁彷徨的戴着四角帽、穿着短裙的青年、少女的脸……这些脸,都是我白天在街头巷尾不断看到的,这时都汇合了起来,从我楼前戛达戛达地走过。

　　"苦难中的朋友!在这黑魆魆的长夜,希望在哪里?你们这样戛达戛达地往哪里走呢?"在失眠的辗转反侧之后,我总是这样痛苦地想。

　　但是鲁迅的几句话,也常常闪光似地刺进我黑暗的心头,"我想:希望是本无所谓有,无所谓无的。这正如地上的路;其实地上本没有路,走的人多了,也便成了路。"

就这样,这清空而又坚实的木屐声音,一夜又一夜地、从我的乱石嶙峋的思路上踏过;一声一声、一步一步地替我踏出了一条坚实平坦的大道,把我从黑夜送到黎明!

事情过去十多年了,但是我还常常想起那日那时日本横滨码头旁边水上的那只木屐。对于我,它象征着日本劳动人民,也使我回忆起那几年居留日本的一段生活,引起我许多复杂的情感。

从那日那时离开日本后,我又去过两次。这时候,日本人民不但是我的苦难中的朋友,也是我的斗争中的朋友了,我心中的苦乐和十几年前已大不相同。但是,当同去的人们,珍重地带回了些与富士山或樱花有关的纪念品的时候,我却收集一些小小的、引人眷恋的玩具木屐……

(原载《樱花赞》,百花文艺出版社 1962 年版)

邓 拓

说大话的故事

　　看过《三国演义》的人都记得,诸葛亮挥泪斩马谡的时候,曾经提到刘备生前说过,马谡言过其实,不可大用。演义上的这一段话是有根据的。陈寿在《三国志》的《蜀志》中确曾写道:"先主谓诸葛亮曰:马谡言过其实,不可大用。"看来,刘备对于马谡的了解,实在是很深刻的。马谡在刘备的眼里就是一个好说大话的人。说大话的害处古人早已深知,所以,管子说过,"言不得过其实,实不得过其名。"这就是告诫人们千万不要说大话,不要吹牛,遇事要采取慎重的态度,话要说得少些,事情要做得多些,名声更要小一些。

　　历来有许多名流学者,常常引用管子的这些话,作为自己的座右铭。然而,也有的人并不理会这个道理。据汉代的学者王充的意见,似乎历来忽视这个道理的以书生或文人为最多。王充在《论衡》中指出:"儒者之言,溢美过实。"他的意思显然是认为,文人之流往往爱说大话。其实,爱说大话的还有其他各色人等,决不只是文人之流而已。

　　古人的笔记小说中写了许多说大话的故事。明代陆灼在《艾子后语》中写的几个故事,我看很有意思。一个故事写道:"艾子在齐,居孟尝君门下者三年,孟尝君礼为上客。既而自齐返乎鲁,与季孙氏遇,季孙曰:先生久于齐,齐之贤者为谁?艾子曰:无如孟尝君。季孙曰:何德而谓贤?艾子曰:食客三千,衣廪无倦色,不贤而能之乎?季孙曰:嘻,先生欺予哉!三千客予家亦有之,岂独田文?艾子不觉敛容而起,谢曰:公亦鲁之贤者也;翌日敢造门下,求观三千客。季孙曰:诺。明旦,艾子衣冠斋洁而往。入其门,寂然也;升其堂,则无人焉。艾子疑之,意其必在别馆也。良久,季孙出见。诘之曰:客安在?季孙怅然曰:先生来何暮?三千客各自归家吃饭去矣!艾子胡卢而退。"

　　这个故事大概是杜撰的。不但艾子是作者的假托,而且季孙氏也是由附会得来的。凡是春秋战国时代鲁国桓公的儿子季友的后人,都称为季孙氏。陆灼讽刺季孙氏嫉妒孟尝君能养三千食客,就胡乱吹牛说自己也有三千食客,可是经不住实地观察,一看就漏底了。陆灼写出这个杜撰的故事,其目的是要教育世人不可吹牛。我们应该承认他是善意的,似乎不必用考证的方法,对它斤斤计较。

在同书中,还有类似的一些故事。例如说赵国有一个方士好讲大话,自称见过伏羲、女娲、神农、蚩尤、仓颉、尧、舜、禹、汤、穆天子、瑶池圣母等等,以致"沉醉至今,犹未全醒,不知今日世上是何甲子也"。恰好当时,"赵王堕马伤胁,医云:须千年血竭敷之乃瘥,下令求血竭不可得。艾子言于王曰:此有方士,不啻数千岁,杀取其血,其效当愈速矣。王大喜,密使人执方士,将杀之"。这才吓得方士不得不"拜且泣曰:昨日吾父母皆年五十,东邻老姥,携酒为寿,臣饮至醉,不觉言词过度,实不曾活千岁。艾先生最善说谎,王其勿听。赵王乃叱而赦之"。

这个方士最后要求饶命的时候说的这一段话,当然还是一派胡言,并且倒打艾子一耙,诬他说谎,可见方士的用心颇为不善。这又反映了一种情况,就是说大话的人也有禀性难移,死不觉悟的。

历史上说大话的真人真事,虽然有许多,但是这些编造的故事却更富有概括性,它们把说大话的各种伎俩集中在典型的故事情节里,这样更能引人注意,提高警惕,因而也就更有教育意义了。

(原载《燕山夜话》,北京出版社1979年版)

唐弢

八道六难

　　从前的人大都把买书包括在求书或者访书里面，因而有八道六难之说。什么叫做八道？八道就是宋朝郑樵所说的八求：一即类以求，二旁类以求，三因地以求，四因家以求，五求之公，六求之私，七因人以求，八因代以求。八求既包含着方法，也说明了目标。不过，根据郑樵自己的解释，还是以目标为主，即是说可以向之求书的人，因为他的希望是借校，而当时所谓求书，实际上也是指借抄，和后来有钱便能购下不同。清人叶昌炽在《藏书纪事诗》里，说什么"渔仲求书有八道，腐儒经济堪绝倒"，把个郑渔仲当作了笑柄，时代不同，看来真不免有点隔膜了。

　　但是，同是清人的祁承㸁，却在《澹生堂藏书约》里加以引用，八求之外，又补充了三点：一、对于已佚的书，从前代著述中辑录引文，恢复其部分面貌；二、古书中有注释多于本文的，析而为二，使注释另成一书；三、从诸家文集中纂辑书序，别为一目，以便按目求书。祁承㸁虽然把这三点放在"购书"项下，大体上未改前人求书遗意，特别是他的辑佚主张，对当时颇有影响。后来，鲁迅先生辑《会稽先贤传》和《会稽典录》，还从他所举的《北堂书钞》《太平御览》《太平广记》等类书里，钩稽出了不少重要的材料。可是提倡把一本书分为两本，但求量多，不问披读是否方便，那可不见得比郑渔仲高明。因为这虽然不是"腐儒经济"，却多少有点"商人伎俩"，为那些改头换面地乱印古书的人张目，给学术界带来了更大的坏处。

　　八求及其补充大部分已经过时，不过作为方法，买书的因类以求、因代以求和因人以求，却可以有新的含义，仍不失为积储资料的一个门径。记得上海历史文献图书馆庋藏的一批戏曲书籍，为至德周氏几礼居捐赠，数量不多，却有一些他处不易见到的材料，不能不说是收藏者当初因类以求所获得的成果。友好之中，西谛早岁留意弹词、宝卷，后来转到版画、戏曲，晚年又大发宏愿，欲尽收清人文集。阿英对说部极有兴趣，尤致力于晚清小说。这些都和他们对俗文学史、版画史、晚清小说史的撰述有关。还有一些从事作家研究的人，因人以求，专门搜购有关某个作家的著作。最近两三年来，陶渊明、杜甫、白居易、杨万里、陆游等都已出有资料专书；新文学方面，鲁迅、郭沫若、茅盾、郁达夫等的作品,也都有人在认真地访求和收藏。

无论是郑樵的八求也好,祁承㸁的补充也好,虽然前人想尽办法,大概还是遇到了一些困难,所以明代的谢在杭提出五难。清人孙庆增在《藏书记要》里,又衍其意而改为六难。他说:"知有是书而无力购求,一难也;力足以求之矣,而所好不在是,二难也;知好之而求之矣,而必欲较其值之多寡大小焉,遂致坐失于一时,不能复购于异日,三难也;不能搜之于书佣,不能求之于旧家,四难也;但知近求,不能远购,五难也;不知鉴识真伪,检点卷数,辨论字纸,贸然购求,每多缺轶,终无善本,六难也。"孙庆增平生勤于收书,其中不无甘苦之谈,然而正如他自己所说,"念兹在兹",古书之外别无所知,说到底,仍不免使人有"所见者小"的感觉。

其实天下无论做什么事,要干得出色,哪会没有困难?惟其有困难,又终于克服了困难,这才能得真正的乐趣。求书也是这样。即以缺佚而论,有时并不都是购书者主观的毛病。《古学汇刊》第一集记绛云楼买宋版《汉书》《后汉书》的故事,据说初时缺《后汉书》两本,遍嘱书贾,大索天下,一直没有消息。一天傍晚,某书贾泊舟乌镇,买面作食,面店主人从败簏中取出旧书两本,将为包裹,微睨之,宋版《后汉书》也。书贾大喜。只是首页已缺,问之主人,知道刚为邻翁裹面以去,结果又把这一页也追了回来。这一赵子昂故物、王元美旧藏的宋版前后《汉书》,才得完整无缺。后来绛云楼失火,孤本秘笈,大都化为灰烬,班、范两书因收藏别室,得免于难,不久又转卖给了四明谢象三。所谓"李后主去国,听教坊杂曲,挥泪别宫娥一段凄凉景色,约略相似"者,指的正是这个。不过这位自称"床头金尽,壮士无颜"的绛云楼主人,只说先前是"以千金从徽人赎出",并未提到上面这段故事,或者出于旁人附会也说不定。但这类事情的确曾经有过。例如王世贞《读书后》八卷,《四库全书总目提要》记云:"此书本止四卷,为世贞四部稿及续稿所未载,遂至散佚。其侄士骐,得残本于卖饧者,乃录而刊之,名曰附集。"又例如厉樊榭《辽史拾遗》手稿,鲍以文记其死后为郁佩轩所得,"中间缺五十页,百计求之,不得。一日步至青云街,见拾字僧肩废纸双巨簏,检视之,皆厉氏所弃,征君(指樊榭——引者)平日掌录辽史遗事在焉。亟市以归。纷如乱丝,一一为之整理,适符所缺。"残编断简,经过多少人的手,终于得庆全璧,这样的例子在黄丕烈《士礼居题跋记》里记下了不少。至于孙庆增所说其他困难,凡是买过一点旧书的人都有亲身经验。有时想参考某书,图书馆里恰好没有,茫茫宇宙,正不知何处去寻。一旦这部久思访求的好书出现眼前,情知若不当机立断,也许天涯海角,从此再难谋面。然而事情又并不尽如人意。或则因为手头拮据,或则因为要价太高,或则因为已被捷足者先得,欲购未能,欲舍不得,这种处境确实使人狼狈。距今二十年前,我经书贾介绍,知道杭州有人愿把一部东京印的《域外小说集》出让,而索价奇昂。我百计摒挡,决定满足其要求,但书主使我往返跑了几趟之后,终于拉长了脸孔说道:"不卖了!我要留着镇库哩。"这个人说话痴痴癫癫,而卖不卖又确乎是他的自由,我除懊丧之外,毫无办法。过了一个时期,无意中又遇到此书,虽然价钱还是贵了一点,但一说即洽,"得来全不费工夫"。特别是因为有了前面这段经历,倒仿佛使我了却一桩心愿,感到加倍的愉快和喜悦。

  从表面看,旧书聚散无常,似乎可遇而不可求,但实际上,还是有赖于有心人处处留意,仍和努力访求有关。不管五难六难,"无限风光在险峰",惟有遍历艰辛,饱经忧患,才能置身佳境。看起来,买书事小,道理却完全一样。

1965 年

(原载《晦庵书话》,生活·读书·新知三联书店 1980 年版)

谢冰莹

雨港基隆

如果有人去基隆,他在脑子里第一件想到的事,一定是带雨衣。基隆的雨,也像不测的风云一样,即使是烈日当空,谁能担保半小时或者几分钟以后,不下倾盆的大雨呢?

三十七年十月二十六日的上午十点,我乘的中兴轮进了基隆港,统舱里的旅客们忙得一塌糊涂,我却把头从圆窗洞口伸出去,安闲地在欣赏基隆的雨景。

远在半年以前,友人给我来信,告诉我台湾多雨,千万不要忘记带雨衣、雨鞋。也不知是什么缘故,我从小就爱雨;尤其在夏天,看到一阵骤雨过后,把故乡的石板路洗涤得干干净净,一条七彩美丽的虹横在西边天上,不知勾引出我多少幻想:我幻想着自己成了仙,踏上那条美丽的虹,飘飘地进了仙宫。

也许就因为这个缘故吧,一直到如今,我还在爱雨。

当岸上的人都被雨淋得抬不起头来,谁都在诅咒着天公无情的时候,我却暗暗在高兴,居然半小时之内,我看到台湾的气候,有各种不同的变化:原来是蔚蓝的天,远处,海水和天一样地碧绿,突然一阵大雨降下,海面被蒙蒙的轻雾笼罩着,海潮发出怒吼,站在岸上那些没有带伞穿雨衣的人们,马上成了落汤鸡。正当在船里的人替岸上的人感觉万分着急的时候,雨又像被用刀切断似的突然停住了。几分钟之后,整个海面都被雾封锁,使你的眼睛应接不暇。这种千变万化的自然美景,如果不细细体会,是很难领略到的。

其实,基隆的雨景,还有比这更美的呢!

那聚集在电线上的雨点,恰像五线谱上的全音符,它们一串串地排列着,又像珠子在那里游行,有时慢慢地向右边移动,接着又转到左边来;也有左右两边的水珠同时都向中间聚集,然后汇成一颗大水珠降落在马路上。雨越大,自然水珠也越多,降落得也越快;假如你站在基隆公园狮头山的顶上看雨景,那更是美到了极点!

一阵倾盆大雨降下来,恰像飞机从天上撒下大大小小的雪亮的珠子在海里,那些珠子在碧绿的海水里沸腾、翻滚、翻滚沸腾。它们在跳跃,它们在怒吼,它们在歌唱。这时候,也许你正躲在一株大树下面避雨,雨点打在树叶上的声音,山洪爆发的声音,小溪涧里流水的声音,这又是另一种天然的音乐,在合奏着雄壮幽雅的交响曲。

　　正在这时,雨忽然停住了,海里翻滚着汹涌的浪涛,树上滚下亮晶晶的水珠,碧草摇摆着柔软的躯干,栖息在枝叶下的小鸟振一振两翼,啪的一声又向远方飞去了。这时一轮强烈的日光,冲出了云层,像大地示威似的照得漫山遍野通红。在海上又是另一番景色,海涛在日光的反照之下,现出五色灿烂的花纹,恰像孩子们玩的万花筒,起着各种不同的变化;假如是晚上,基隆的雨景更美更壮丽,更令人感到惊奇!那一艘艘昂然地泊在海里的军舰,它们像神话中的龙船。那些透明的电灯,照耀得海上如同白昼,倒映在水里的光影,不住地摇晃着,恰像海龙玉宫殿里的神灯;再把视线转移到街市吧,那灯光辉煌的地方,并没有什么稀奇,倒是那两排特别整齐有三个地球灯连在一起的路灯,实在太美,太神秘,它们是指引迷途者走向光明之路的象征。每次到基隆,晚上回来的时候,我特别欣赏这两排路灯,这是基隆市上特有的景物,也是给予旅客印象最深的地方。

　　来到台湾快六年了,在基隆一共住过三晚,每次的印象都不相同。第一次住在友人的雨楼上,因为屋顶破了还没有修理,所以当豪雨像瀑布似的从天而降的时候,楼下饭厅里便成了水池,由窗户口飘进来的小雨点,特别富有诗意。我仿佛在听衡山的黑龙潭瀑布,声音雄壮而洪大,我悄悄地爬起来一看,只见水龙随着楼梯曲折蜿蜒而下,这是很少有人看见过的奇景。为了听雨声,我忘记了疲劳,兴奋得一夜没有睡好。

　　第二次,住在水上招待所,等孩子们睡熟了之后,我跑到船顶上去瞭望,这时已经是十二点多了,街上静寂得像海上一般,只剩下那些庞大的建筑物,呆呆地站在那里,马路也显得特别宽而洁净,令人发生一种寂寞空虚之感。回头再看海景;远远地,灯塔的光是那么柔和地照耀着海面,一到静寂的午夜,海涛的声音更显得壮丽,雄伟了。那屹立的军舰,真像海市蜃楼,使人感觉到一种形容不出的神秘之美。

　　第三次,是住在瑛嫂的房里听海啸。自从民国十七年,我由上海到北平去,第一次看见海以后,我便对海发生了爱情。我爱海,因为海的度量大,涵养深,能包罗万象,能藏垢纳污。它的生命力很强,滚滚的浪涛,曾启示我不少向前奋斗的勇气。我第一次到海边,就流连忘返。我看见过海的雄姿和静态,但没有听过海啸的声音。海啸是可爱也是可怕的,有时它像鬼神在呼啸,有时又像嫠妇在哀号;有时像夜之神吹着轻快的哨子,奔向黎明;有时又像真理向强权发出控诉反抗的怒吼,它能使善良的人听了鼓舞前进,使罪恶之人听了胆战心惊。

我爱基隆的雨景,更爱午夜的海啸;豪雨会洗涤大地的污迹,海啸会唤醒那些醉生梦死的人们。

1954 年

(原载《冰莹游记》,[台北]上海书局 1956 年版)

琦　君

髻

母亲年轻的时候，一把青丝梳一条又粗又长的辫子，白天盘成了一个螺丝似的尖髻儿，高高地翘起在后脑，晚上就放下来挂在背后。我睡觉时挨着母亲的肩膀，手指头绕着她的长发梢玩儿，双妹牌生发油的香气混着油垢味直熏我的鼻子。有点儿难闻，却有一份母亲陪伴着我的安全感，我就呼呼地睡着了。

每年的七月初七，母亲才痛痛快快地洗一次头。乡下人的规矩，平常日子可不能洗头。如洗了头，脏水流到阴间，阎王要把它储存起来，等你死以后去喝，只有七月初七洗的头，脏水才流向东海去。所以一到七月七，家家户户的女人都要有一大半天披头散发。有的女人披着头发美得跟葡萄仙子一样，有的却像丑八怪。比如我的五叔婆吧，她既矮小又干瘪，头发掉了一大半，却用墨炭划出一个四四方方的额角，又把树皮似的头顶全抹黑了。洗过头以后，墨炭全没有了，亮着半个光秃秃的头顶，只剩后脑勺一小撮头发，飘在背上，在厨房里摇来晃去帮我母亲做饭，我连看都不敢冲她看一眼。可是母亲乌油油的柔发却像一匹缎子似的垂在肩头，微风吹来，一绺绺的短发不时拂着她白嫩的面颊。她眯起眼睛，用手背拢一下，一会儿又飘过来了。她是近视眼，眯缝眼儿的时候格外的俏丽。我心里在想，如果爸爸在家，看见妈妈这一头乌亮的好发，一定会上街买一对亮晶晶的水钻发夹给她，要她戴上。妈妈一定是戴上了一会儿就不好意思地摘下来。那么这一对水钻夹子，不久就会变成我扮新娘的"头面"了。

父亲不久回来了，没有买水钻发夹，却带回一位姨娘。她的皮肤好细好白，一头如云的柔鬟比母亲的还要乌，还要亮。两鬓像蝉翼似的遮住一半耳朵，梳向后面，挽一个大大的横爱司髻，像一只大蝙蝠扑盖着她后半个头。她送母亲一对翡翠耳环。母亲只把它收在抽屉里从来不戴，也不让我玩，我想大概是她舍不得戴吧。

我们全家搬到杭州以后，母亲不必忙厨房，而且许多时候，父亲要她出来招呼客人，她那尖尖的螺丝髻儿实在不像样，所以父亲一定要她改梳一个式样。母亲就请她的朋友张伯母给她梳了个鲍鱼头。在当时，鲍鱼头是老太太梳的，母亲才过三十岁，却要打扮成老太太，姨娘看了只是抿嘴儿笑，父亲就直皱眉头。我悄悄地问她："妈，你为什么不也梳个横爱司髻，戴上姨娘送你的翡翠耳环呢？"母亲沉着脸说："你妈是乡下人，那儿配梳那种摩登的头，戴那讲究的耳环呢？"

　　姨娘洗头从不拣七月初七。一个月里都洗好多次头。洗完后，一个丫头在旁边用一把粉红色大羽毛扇轻轻地扇着，轻柔的发丝飘散开来，飘得人起一股软绵绵的感觉。父亲坐在紫檀木榻床上，端着水烟筒噗噗地抽着，不时偏过头来看她，眼神里全是笑。姨娘抹上三花牌发油，香风四溢，然后坐正身子，对着镜子盘上一个油光闪亮的爱司髻，我站在边上都看呆了。姨娘递给我一瓶三花牌发油，叫我拿给母亲，母亲却把它高高搁在橱背上，说："这种新式的头油，我闻了就泛胃。"

　　母亲不能常常麻烦张伯母，自己梳出来的鲍鱼头紧绷绷的，跟原先的螺丝髻相差有限，别说父亲，连我看了都不顺眼。那时姨娘已请了个包梳头刘嫂。刘嫂头上插一根大红簪子，一双大脚鸭子，托着个又矮又胖的身体，走起路来气喘呼呼的。她每天早上十点钟来，给姨娘梳各式各样的头，什么凤凰髻、羽扇髻、同心髻、燕尾髻，常常换样子，衬托着姨娘细洁的肌肤，嫋嫋婷婷的水蛇腰儿，越发引得父亲笑眯了眼。刘嫂劝母亲说："大太太，你也梳个时髦点的式样嘛。"母亲摇摇头，响也不响，她噘起厚嘴唇走了。母亲不久也由张伯母介绍了一个包梳头陈嫂。她年纪比刘嫂大，一张黄黄的大扁脸，嘴里两颗闪亮的金牙老露在外面，一看就是个爱说话的女人。她一边梳一边叽哩呱啦地从赵老太爷的大少奶奶，说到李参谋长的三姨太，母亲像个闷葫芦似的一句也不搭腔，我却听得津津有味。有时刘嫂与陈嫂一起来了，母亲和姨娘就在廊前背对着背同时梳头。只听姨娘和刘嫂有说有笑，这边母亲只是闭目养神。陈嫂越梳越没劲儿，不久就辞工不来了，我还清清楚楚地听见她对刘嫂说："这么老古董的乡下太太，梳什么包梳头呢？"我都气哭了，可是不敢告诉母亲。

　　从那以后，我就垫着矮凳替母亲梳头，梳那最简单的鲍鱼头。我踮起脚尖，从镜子里望着母亲。她的脸容已不像在乡下厨房里忙来忙去时那么丰润亮丽了，她的眼睛停在镜子里，望着自己出神，不再是眯缝眼儿的笑了。我手中捏着母亲的头发，一绺绺地梳理，可是我已懂得，一把小小黄杨木梳，再也理不清母亲心中的愁绪。因为在走廊的那一边，不时飘来父亲和姨娘琅琅的笑语声。

　　我长大出外读书以后，寒暑假回家，偶然给母亲梳头，头发捏在手心，总觉得愈来愈少。想起幼年时，每年七月初七看母亲乌亮的柔发飘在两肩，她脸上快乐的神情，心里不禁一阵阵酸楚。母亲见我回来，愁苦的脸上却不时展开笑容。无论如何,母女相依的时光总是最最幸福的。

在上海求学时,母亲来信说她患了风湿病,手膀抬不起来,连最简单的螺丝髻儿都盘不成样,只好把稀稀疏疏的几根短发剪去了。我捧着信,坐在寄宿舍窗口凄淡的月光里,寂寞地掉着眼泪。深秋的夜风吹来,我有点冷,披上母亲为我织的软软的毛衣,浑身又暖和起来。可是母亲老了,我却不能随侍在她身边,她剪去了稀疏的短发,又何尝剪去满怀的愁绪呢!

不久,姨娘因事来上海,带来母亲的照片。三年不见,母亲已白发如银。我呆呆地凝视着照片,满腔心事,却无法向眼前的姨娘倾诉。她似乎很体谅我思母之情,絮絮叨叨地和我谈着母亲的近况。说母亲心脏不太好,又有风湿病,所以体力已不大如前。我低头默默地听着,想想她就是使我母亲一生郁郁不乐的人,可是我已经一点都不恨她了。因为自从父亲去世以后,母亲和姨娘反而成了患难相依的伴侣,母亲早已不恨她了。我再仔细看看她,她穿着灰布棉袍,鬓边戴着一朵白花,颈后垂着的再不是当年多彩多姿的凤凰髻或同心髻,而是一条简简单单的香蕉卷,她脸上脂粉不施,显得十分哀戚,我对她不禁起了无限怜悯。因为她不像我母亲是个自甘淡泊的女性,她随着父亲享受了近二十多年的富贵荣华,一朝失去了依傍,她的空虚落寞之感,将更甚于我母亲吧。

来台湾以后,姨娘已成了我唯一的亲人,我们住在一起有好几年。在日式房屋的长廊里,我看她坐在玻璃窗边梳头,她不时用拳头捶着肩膀说:"手酸得很,真是老了。"老了,她也老了。当年如云的青丝,如今也渐渐落去,只剩了一小把,且已夹有丝丝白发。想起在杭州时,她和母亲背对着背梳头,彼此不交一语的仇视日子,转眼都成过去。人世间,什么是爱,什么是恨呢?母亲已去世多年,垂垂老去的姨娘,亦终归走向同一个渺茫不可知的方向,她现在的光阴,比谁都寂寞啊。

我怔怔地望着她,想起她美丽的横爱司髻,我说:"让我来替你梳个新的式样吧。"她愀然一笑说:"我还要那样时髦干什么,那是你们年轻人的事了。"

我能长久年轻吗?她说这话,一转眼又是十多年了。我也早已不年轻了。对于人世的爱、憎、贪、痴,已木然无动于衷。母亲去我日远,姨娘的骨灰也已寄存在寂寞的寺院中。这个世界,究竟有什么是永久的,又有什么是值得认真的呢?

(原载《红纱灯》,台北三民出版社1969年版)

王鼎钧

那　　树

　　那棵树立在那条路边上已经很久很久了。当那路还只是一条泥泞的小径时,它就立在那里,当路上驶过第一辆汽车之前,它就立在那里,当这一带只有稀稀落落几处老式平房时,它就立在那里。

　　那树有一点佝偻,露出老态,但是坚固稳定,树顶像刚炸开的焰火一样繁密。认识那棵树的人都说:有一年,台风连吹两天两夜,附近的树全被吹断,房屋也倒坍了不少,只有那棵树屹立不摇,而且据说,连一片树叶都没有掉下来。这真令人难以置信。可是,据说,当这一带还没有建造新式公寓之前,陆上台风紧急警报声中,总有人到树干上旋涡形的洞里插一炷香呢。

　　那的确是一株坚固的大树,霉黑潮湿的皮层上,有隆起的筋和纵裂的纹,像生铁铸就的模样。几丈以外的泥土下,还看出有树根的伏脉。在夏天的太阳下挺着颈子急走的人,会像猎犬一样奔到树下,吸一口浓荫,仰脸看千掌千指托住阳光,看指缝间漏下来的碎渌。有时候,的确连树叶也完全静止。

　　于是鸟来了,鸟叫的时候,几丈外幼稚园里的孩子也在唱歌。

　　于是情侣止步,夜晚,树下有更黑的黑暗,于是那树,那沉默的树,暗中伸展它的根,加上它所能荫庇的土地,一厘米一厘米地向外。

　　但是,这世界上还有别的东西,别的东西延伸得更快,柏油一里一里铺过来,高压线一千米一千米架过来,公寓楼房一排一排挤过来。所有原来在地面上自然生长的东西都被铲除,被连根拔起。只有那树被一重又一重死鱼般的灰白色包围,连根须都被压路机碾进灰色之下,但树顶仍在雨后滴翠,经过速成的新建筑物衬托,绿得很深沉。公共汽车在树旁插下站牌,让下车的人好在树下从容撑伞。入夜,毛毛细雨比猫步还轻,跌进树叶里汇成敲响路面的点点滴滴,泄漏了秘密,很湿,也很诗。那树被工头和工务局里的科员端详过计算过无数次,任它依然绿着。

　　计程车像饥蝗拥来。"为什么这儿有一棵树呢?"一个司机喃喃。"而且是这么老这么大的树。"乘客也喃喃。在车轮扬起的滚滚黄尘里,在一片焦躁恼怒的喇叭声里,那一片清荫不再有用处。公共汽车站搬了,搬进候车亭。水果摊搬了,搬到行人能悠闲地停住的地方。幼稚园也要搬,看何处能属于孩子。只有那树屹立不动,连一片叶子也不落下。那一蓬蓬叶子照旧绿,绿得很问题。

啊,啊,树是没有脚的。树是世袭的土著,是春泥的效死者。树离根根离土树即毁灭。它们的传统是引颈受戮,即使是神话作家也不曾说森林逃亡。连一片叶也不逃走,无论风力多大。任凭头上已飘过十万朵云,地上叠过二十万个脚印,任凭在那枝桠间跳远的鸟族已换了五十代子孙,任凭鸟的子孙已栖息每一座青山。当幼苗长出来,当上帝伸手施洗,上帝曾说:"你绿在这里,绿着生,绿着死,死复绿。"啊!所以那树,冒死掩覆已失去的土地,作徒劳无用的贡献,在星空下仰望上帝。

这天,一个喝醉了的驾驶者,以100里的速度,对准树干撞去。于是人死。于是交通专家宣判那树要偿命。于是这一天来了,电锯从树的踝骨咬下去,嚼碎,撒了一圈白森森的骨粉。那树仅仅在倒地时呻吟了一声。这次屠杀安排在深夜进行,为了不影响马路上的交通。夜很静,像树的祖先时代,星临万户,天象庄严,可是树没有说什么,上帝也没有。一切预定,一切先有默契,不再多言。与树为邻的一位老太太偏说她听见老树叹气,一声又一声,像严重的气喘病。伐树的工人什么也没听见,树缓缓倾斜时,他们只发现一件事:本来藏在叶底下的那盏路灯格外明亮,马路豁然开旷,像拓宽了几尺。

尸体的肢解和搬运连夜完成。早晨,行人只见地上有碎叶,叶上每一平方厘米仍绿。绿世界的残存者已不复存,它果然绿着生、绿着死。缓缓的,路面染上旭辉,缓缓的,清道妇一路挥帚出现。她们戴着斗笠,包着手臂,是都市的寄生者,是树的亲戚。扫到树根,她们围着年轮站定,看那一圈又一圈的风雨图,估计根有多大,能分裂成多少斤木柴。一个她说:昨天早晨,她扫过这条街,树仍在,住在树干里的蚂蚁大搬家,由树根到马路对面,流成一条细细的黑河。她用作证的语气说,她从没有见过那么多蚂蚁,那一定是一个蚂蚁国。她甚至说,有几个蚂蚁像苍蝇一般大。她一面说,一面用扫帚划出大移民的路线,汽车的轮胎几次将队伍切成数段,但秩序毫不紊乱。对着几个睁大眼睛的同伴,她表现了乡间女子特有的丰富见闻。老树是通灵的,它预知被伐,将自己的灾祸先告诉体内的寄生虫。于是小而坚韧的民族,决定远征,一如当初它们远征而来。每一个黑斗士在离巢后,先在树干上绕行一周,表示了依依不舍。这是那个乡下来的清道妇说的。这就是落幕了,她们来参加了树的葬礼。

两星期后,根被挖走了,为了割下这颗生满虬须的大头颅,刽子手贴近它做成陷阱,切断所有的动脉静脉,时间仍然是在夜间,这一夜无星无月,黑得像一块仙草冰。他们带利斧和美制的十字镐来,带工作灯来,人造的强光把举镐的挥斧的影子投射在路面上,在公寓二楼的窗帘上,跳跃奔腾如巨无霸。汗水超过了预算数,有人怀疑已死未朽之木还能顽抗。在陷阱未填平之前,车辆改道,几个以违规为乐的摩托车骑士跌进去,抬进医院。不过这一切都过去了,现在,日月光华,周道如砥,已无人知道有过这么一棵树,更没有人知道几千条断根压在一层石子一层沥青又一层柏油下闷死。

(原载《情人眼》,台北大林书店 1970 年版)

余光中

听听那冷雨

惊蛰一过,春寒加剧。先是料料峭峭,继而雨季开始,时而淋淋漓漓,时而淅淅沥沥,天潮潮地湿湿,即使在梦里,也似乎把伞撑着。而就凭一把伞,躲过一阵潇潇的冷雨,也躲不过整个雨季。连思想也都是潮润润的。每天回家,曲折穿过金门街到厦门街迷宫式的长巷短巷,雨里风里,走入霏霏令人更想入非非。想这样子的台北凄凄切切完全是黑白片的味道,想整个中国整部中国的历史无非是一张黑白片子,片头到片尾,一直是这样下着雨的。这种感觉,不知道是不是从安东尼奥尼那里来的。不过那一块土地是久违了,二十五年,四分之一的世纪,即使有雨,也隔着千山万山、千伞万伞。二十五年,一切都断了,只有气候,只有气象报告还牵连在一起。大寒流从那块土地上弥天卷来,这种酷冷吾与古大陆分担。不能扑进她怀里,被她的裾边扫一扫吧,也算是安慰孺慕之情。

这样想时,严寒里竟有一点温暖的感觉了。这样想时,他希望这些狭长的巷子永远延伸下去,他的思路也可以延伸下去,不是金门街到厦门街,而是金门到厦门。他是厦门人,至少是广义的厦门人,二十年来,不住在厦门,住在厦门街,算是嘲弄吧,也算是安慰。不过说到广义,他同样也是广义的江南人、常州人、南京人、川娃儿、五陵少年。杏花春雨江南,那是他的少年时代了。再过半个月就是清明。安东尼奥尼的镜头摇过去,摇过去又摇过来。残山剩水犹如是。皇天后土犹如是。纭纭黔首纷纷黎民从北到南犹如是。那里面是中国吗?那里面当然还是中国,永远是中国。只是杏花春雨已不再,牧童遥指已不再,剑门细雨渭城轻尘也都已不再。然则他日思夜梦的那片土地,究竟在哪里呢?

在报纸的头条标题里吗?还是香港的谣言里?还是傅聪的黑键白键马思聪的跳弓拨弦?还是安东尼奥尼的镜底勒马洲的望中?还是呢,故宫博物院的壁头和玻璃橱内,京戏的锣鼓声中太白和东坡的韵里?

杏花。春雨。江南。六个方块字,或许那片土就在那里面。而无论赤县也好神州也好中国也好,变来变去,只要仓颉的灵感不灭美丽的中文不老,那形象,那磁石一般的向心力当必然长在。因为一个方块字是一个天地。太初有字,于是汉族的心灵他祖先的回忆和希望便有了寄托。譬如凭空写一个"雨"字,点点滴滴,滂滂沱沱,淅沥淅沥淅沥,一切云情雨意,就宛然其中了。视觉上的这种美感,岂是什么 rain 也好 pluie 也好所能满足?翻开一部《辞源》或《辞海》,金木水火土,各成世界,而一入"雨"部,古神州的天颜千变万化,便悉在望中,美丽的霜雪云霞,骇人的雷电霹雹,展露的无非是神的好脾气与坏脾气,气象台百读不厌门外汉百思不解的百科全书。

听听,那冷雨。看看,那冷雨。嗅嗅闻闻,那冷雨。舔舔吧那冷雨。雨下在他的伞上这城市百万人的伞上雨衣上屋上天线上。雨下在基隆港在防波堤海峡的船上,清明这季雨。雨是女性,应该最富于感性。雨气空蒙而迷幻,细细嗅嗅,清清爽爽新新,有一点点薄荷的香味。浓的时候,竟发出草和树沐发后特有的淡淡土腥气,也许那竟是蚯蚓和蜗牛的腥气吧,毕竟是惊蛰了啊。也许地上的地下的生命,也许古中国层层叠叠的记忆皆蠢蠢而蠕,也许是植物的潜意识和梦吧,那腥气。

第三次去美国,在高高的丹佛他山居了两年。美国的西部,多山多沙漠,千里干旱,天,蓝似安格罗·萨克逊人的眼睛;地,红如印第安人的肌肤;云,却是罕见的白鸟。落矶山簇簇耀目的雪峰上,很少飘云牵雾。一来高,二来干,三来森林线以上,杉柏也止步,中国诗词里"荡胸生层云",或是"商略黄昏雨"的意趣,是落矶山上难睹的景象。落矶山岭之胜,在石,在雪。那些奇岩怪石,相叠互倚,砌一场惊心动魄的雕塑展览,给太阳和千里的风看。那雪,白得虚虚幻幻,冷得清清醒醒,那股皑皑不绝一仰难尽的气势,压得人呼吸困难,心寒眸酸。不过要领略"白云回望合,青霭入看无"的境界,仍须回中国。台湾湿度很高,最饶云气氤氲雨意迷离的情调。两度夜宿溪头,树香沁鼻,宵寒袭肘,枕着润碧湿翠苍苍交叠的山影和万籁都歇的岑寂,仙人一样睡去。山中一夜饱雨,次晨醒来,在旭日未升的原始幽静中,冲着隔夜的寒气,踏着满地的断柯折枝和仍在流泻的细股雨水,一径探入森林的秘密,曲曲弯弯,步上山去。溪头的山,树密雾浓,蓊郁的水汽从谷底冉冉升起,时稠时稀,蒸腾多姿,幻化无定,只能从雾破云开的空处,窥见乍现即隐的一峰半壑,要纵览全貌,几乎是不可能的。至少入山两次,只能在白茫茫里和溪头诸峰玩捉迷藏的游戏。回到台北,世人问起,除了笑而不答心自闲,故作神秘之外,实际的印象,也无非山在虚无之间罢了。云缭烟绕,山隐水迢的中国风景,由来予人宋画的韵味。那天下也许是赵家的天下,那山水却是米家的山水。而究竟,是米氏父子下笔像中国的山水,还是中国的山水上纸像宋画,恐怕是谁也说不清楚了吧?

雨不但可嗅,可亲,更可以听。听听那冷雨。听雨,只要不是石破天惊的台风暴雨,在听觉上总是一种美感。大陆上的秋天,无论是疏雨滴梧桐或是骤雨打荷叶,听去总有一点凄凉,凄清,凄楚。于今在岛上回味,则在凄楚之外,更笼上一层凄迷了。

雨打在树上和瓦上,韵律都清脆可听。尤其是铿铿敲在屋瓦上,那古老的音乐,属于中国。王禹偁在黄冈,破如椽的大竹为屋瓦。据说住在竹楼上面,急雨声如瀑布,密雪声比碎玉。而无论鼓琴,咏诗,下棋,投壶,共鸣的效果都特别好。这样岂不像住在竹筒里面,任何细脆的声响,怕都会加倍夸大,反而令人耳朵过敏吧。

雨天的屋瓦,浮漾湿湿的流光,灰而温柔,迎光则微明,背光则幽黯,对于视觉,是一种低沉的安慰。至于雨敲在鳞鳞千瓣的瓦上,由远而近,轻轻重重轻轻,夹着一股股的细流沿瓦槽与屋檐潺潺泻下,各种敲击音与滑音密织成网,谁的千指百指在按摩耳轮。"下雨了。"温柔的灰美人来了,她冰冰的纤手在屋顶拂弄着无数的黑键啊灰键,把响午一下子奏成了黄昏。

在古老的大陆上,千屋万户是如此。二十多年前,初来这岛上,日式的瓦屋亦是如此。先是天暗了下来,城市像罩在一块巨幅的毛玻璃里,阴影在户内延长复加深。然后凉凉的水意弥漫在空间,风自每一个角落里旋起,感觉得到,每一个屋顶上呼吸沉重都覆着灰云。雨来了,最轻的敲打乐敲打这城市,苍茫的屋顶,远远近近,一张张敲过去,古老的琴,那细细密密的节奏,单调里自有一种柔婉与亲切,滴滴点点滴滴,似幻似真,若孩时在摇篮里,一曲耳熟的童谣摇摇欲睡,母亲吟哦鼻音与喉音。或是江南的泽国水乡,一大筐绿油油的桑叶被啮于千百头蚕,细细琐琐屑屑,口器与口器咀咀嚼嚼。雨来了,雨来的时候瓦这么说,一片瓦说千亿片瓦说,说轻轻地奏吧沉沉地弹,徐徐地叩吧挞挞地打,间间歇歇敲一个雨季,即兴演奏从惊蛰到清明,在零落的坟上冷冷奏挽歌,一片瓦吟千亿片瓦吟。

在日式的古屋里听雨,听四月霏霏不绝的黄梅雨,朝夕不断,旬月绵延,湿黏黏的苔藓从石阶下一直侵到他舌底,心底。到七月,听台风台雨在古屋顶上一夜盲奏,千寻海底的热浪沸沸被狂风挟来,掀翻整个太平洋只为向他的矮屋檐重重压下,整个海在他的蜗壳上哗哗泻过。不然便是雷雨夜,白烟一般的纱帐里听羯鼓一通又一通,滔天的暴雨滂滂沛沛扑来,强劲的电琵琶忐忐忑忑忐忐忑忑,弹动屋瓦的惊悸腾腾欲掀起。不然便是斜斜的西北雨,斜斜刷在窗玻璃上,鞭在墙上打在阔大的芭蕉叶上,一阵寒濑泻过,秋意便弥漫日式的庭院了。

在日式的古屋里听雨,从春雨绵绵听到秋雨潇潇,从少年听到中年,听听那冷雨。雨是一种单调而耐听的音乐,是室内乐是室外乐,户内听听,户外听听,冷冷,那音乐。雨是一种回忆的音乐,听听那冷雨,回忆江南的雨下得满地,是江湖下在桥上和船上,也下在四川在秧田和蛙塘,下肥了嘉陵江下湿了布谷咕咕的啼声。雨是潮潮润润的音乐下在渴望的唇上,舐舐那冷雨。

因为雨是最最原始的敲打乐从记忆彼端敲起。瓦是最最低沉的乐器灰蒙蒙的温柔覆盖着听雨的人,瓦是音乐的雨伞撑起。但不久公寓的时代来临,台北你怎么一下子长高了。瓦的音乐竟成了绝响。千片万片的瓦翩翩,美丽的灰蝴蝶纷纷飞走,飞入历史的记忆。现在雨下下来下在水泥的屋顶和墙上,没有音韵的雨季。树也砍光了,那月桂,那枫树,柳树和擎天的巨椰,雨来的时候不再有丛叶嘈嘈切切,闪动湿湿的绿光迎接。鸟声减了啾啾,蛙声沉了阁阁,秋天的虫吟也减了唧唧。70年代的台北不需要这些,一个乐队接一个乐队便遣散尽了。要听鸡叫,只有去《诗经》的韵里寻找。现在只剩下一张黑白片,黑白的默片。

正如马车的时代去后,三轮车的时代也去了。曾经在雨夜,三轮车的油布篷挂起,送她回家的途中,篷里的世界小得多可爱,而且躲在警察的辖区以外。雨衣的口袋越大越好,盛得下他的一只手里握一只纤纤的手。台湾的雨季这么长,该有人发明一种宽宽的双人雨衣,一人分穿一只袖子,此外的部分就不必分得太苛。而无论工业如何发达,一时似乎还废不了雨伞。只要雨不倾盆,风不横吹,撑一把伞在雨中仍不失古典的韵味。任雨点敲在黑布伞或是透明的塑胶伞上,将骨柄一旋,雨珠向四方喷溅,伞缘便旋成了一圈飞檐。跟女友共一把雨伞,该是一种美丽的合作吧。最好是初恋,有点兴奋,更有点不好意思,若即若离之间,雨不妨下大一点。真正初恋,恐怕是兴奋得不需要伞的,手牵手在雨中狂奔而去,把年轻的长发和肌肤交给漫天的淋淋漓漓,然后向对方的唇上颊上尝凉凉甜甜的雨水。不过那要非常年轻且激情,同时,也只能发生在法国的新潮片里吧。

大多数的雨伞想来不会为约会张开。上班下班,上学放学,菜市来回的途中,现实的伞,灰色的星期三。握着雨伞,他听那冷雨打在伞上。索性更冷一些就好了,他想。索性把湿湿的灰雨冻成干干爽爽的白雨,六角形的结晶体在无风的空中回回旋旋地降下来,等须眉和肩头白尽时,伸手一拂就落了。二十五年,没有受故乡白雨的祝福,或许发上下一点白霜是一种变相的自我补偿吧。一位英雄,经得起多少次雨季?他的额头是水成岩削成还是火成岩?他的心底究竟有多厚的苔藓?厦门街的雨巷走了二十年,与记忆等长,一座无瓦的公寓在巷底等他,一盏灯在楼上的雨窗子里,等他回去,向晚餐后的沉思冥想去整理青苔深深的记忆。前尘隔海。古屋不再。听听那冷雨。

1974年春分之夜
(原载《余光中选集 5 卷 散文集 第 2 卷》,
安徽教育出版社 1999 年版)

陈从周

说　园

我国造园具有悠久的历史,在世界园林中树立着独特风格,自来学者从各方面进行分析研究,各抒高见,如今就我在接触园林中所见闻掇拾到的,提出来谈谈,姑名"说园"。

园有静观、动观之分,这一点我们在造园之先,首要考虑。何谓静观,就是园中予游者多驻足的观赏点;动观就是要有较长的游览线。二者说来,小园应以静观为主,动观为辅,庭院专主静观。大园则以动观为主,静观为辅。前者如苏州网师园,后者则苏州拙政园差可似之。人们进入网师园宜坐宜留之建筑多,绕池一周,有槛前细数游鱼,有亭中待月迎风,而轩外花影移墙,峰峦当窗,宛然如画,静中生趣。至于拙政园径缘池转,廊引人随,与"日午画船桥下过,衣香人影太匆匆"的瘦西湖相仿佛,妙在移步换景,这是动观。立意在先,文循意出。动静之分,有关园林性质与园林面积大小。像上海正在建造的盆景园,则宜以静观为主,即为一例。

中国园林是由建筑、山水、花木等组合而成的一个综合艺术品,富有诗情画意。叠山理水要造成"虽由人作,宛自天开"的境界。山与水的关系究竟如何呢?简言之,模山范水,用局部之景而非缩小(网师园水池仿虎丘白莲池,极妙),处理原则悉符画本。山贵有脉,水贵有源,脉源贯通,全园生动。我曾经用"水随山转,山因水活"与"溪水因山成曲折,山蹊随地作低平"来说明山水之间的关系,也就是从真山真水中所得到的启示。明末清初叠山家张南垣主张用平冈小陂、陵阜陂阪,也就是要使园林山水接近自然。如果我们能初步理解这个道理,就不至于离自然太远,多少能呈现水石交融的美妙境界。

中国园林的树木栽植,不仅为了绿化,要具有画意。窗外花树一角,即折枝尺幅;山间古树三五,幽篁一丛,乃模拟枯木竹石图。重姿态,不讲品种,和盆栽一样,能"入画"。拙政园的枫杨、网师园的古柏,都是一园之胜,左右大局,如果这些饶有画意的古木丢了,一园景色顿减。树木品种又多有特色,如苏州留园原多白皮松,怡园多松、梅,沧浪亭满种箬竹,各具风貌。可是近年来没有注意这个问题,品种搞乱了,各园个性渐少,似要引以为戒。

宋人郭熙说得好:"山水以山为血脉,以草为毛发,以烟云为神采"。草尚如此,何况树木呢?我总觉得一地方的园林应该有那个地方的植物特色,并且土生土长的树木存活率大,成长得快,几年可茂然成林。它与植物园有别,是以观赏为主,而非以种多斗奇。要能做到"园以景胜,景因园异",那真是不容易。这当然也包括花卉在内。同中求不同,不同中求同,我国园林是各具风格的。古代园林在这方面下过功夫,虽亭台楼阁,山石水池,而能做到风花雪月,光景常新。我们民族在欣赏艺术上存乎一种特性,花木重姿态,音乐重旋律,书画重笔意等,都表现了要用水磨功夫,才能达到耐看耐听,经得起细细的推敲,蕴藉有余味。在民族形式的探讨上,这些似乎对我们有所启发。

园林景物有仰观、俯观之别,在处理上亦应区别对待。楼阁掩映,山石森严,曲水湾环,都存乎此理。"小红桥外小红亭,小红亭畔、高柳万蝉声。""绿杨影里,海棠亭畔,红杏梢头。"这些词句不但写出园景层次,有空间感和声感,同时高柳、杏梢,又都把人们视线引向仰观。文学家最敏感,我们造园者应向他们学习。至于"一丘藏曲折,缓步百跻攀",则又皆留心俯视所致。因此园林建筑物的顶,假山的脚,水口,树梢,都不能草率从事,要着意安排。山际安亭,水边留矶,是能引人仰观、俯观的方法。

我国名胜也好,园林也好,为什么能这样勾引无数中外游人,百看不厌呢?风景淘美,固然是重要原因,但还有个重要因素,即其中有文化、有历史。我曾提过风景区或园林有文物古迹,可丰富其文化内容,使游人产生更多的兴会、联想,不仅仅是到此一游,吃饭喝水而已。文物与风景区园林相结合,文物赖以保存,园林借以丰富多彩,两者相辅相成,不矛盾而统一。这样才能体现出一个有古今文化的社会主义中国园林。

中国园林妙在含蓄,一山一石,耐人寻味。立峰是一种抽象雕刻品,美人峰细看才像。九狮山亦然。鸳鸯厅的前后梁架,形式不同,不说不明白,一说才恍然大悟,竟寓鸳鸯之意。奈何今天有许多好心肠的人,唯恐游者不了解,水池中装了人工大鱼,熊猫馆前站着泥塑熊猫,如做着大广告,与含蓄两字背道而驰,失去了中国园林的精神所在,真太煞风景。鱼要隐现方妙,熊猫馆以竹林引胜,渐入佳境,游者反多增趣味。过去有些园名,如寒碧山庄(留园)、梅园、网师园,都可顾名思义,园内的特色是白皮松、梅、水。尽人皆知的西湖十景,更是佳例。亭榭之额真是赏景的说明书。拙政园的荷风四面亭,人临其境,即无荷风,亦觉风在其中,发人遐思。而对联文字之隽永,书法之美妙,更令人一唱三叹,徘徊不已。镇江焦山顶的别峰庵,为郑板桥读书处,小斋三间,一庭花树,门联写着"室雅无须大,花香不在多"。游者见到,顿觉心怀舒畅,亲切地感到景物宜人,博得人人称好,游罢个个传诵。至于匾额,有砖刻、石刻,联屏有板对、竹对、板屏、大理石屏,外加石刻书条石,皆少用画面,比具体的形象来得曲折耐味。其所以不用装裱的屏联,因园林建筑多敞口,有损纸质,额对露天者用砖石,室内者用竹木,皆因地制宜而安排。住宅之厅堂斋室,悬挂装裱字画,可增加内部光线及音响效果,使居者有明朗清静之感,有与无,情况大不相同。当时宣纸规格、装裱大小皆有一定,乃根据建筑尺度而定。

园林中曲与直是相对的,要曲中寓直,灵活应用,曲直自如。画家讲画树,要无一笔不曲,斯理至当。曲桥、曲径、曲廊,本来在交通意义上,是由一点到另一点而设置的。园林中两侧都有风景,随直曲折一下,使行者左右顾盼有景,信步其间使距程延长,趣味加深。由此可见,曲本直生,重在曲折有度。有些曲桥,定要九曲,既不临水面(园林桥一般要低于两岸,有凌波之意),生硬屈曲,行桥宛若受刑,其因在于不明此理(上海豫园前九曲桥即坏例)。

造园在选地后,就要因地制宜,突出重点,作为此园之特征,表达出预想的境界。北京圆明园,我说它是"因水成景,借景西山",园内景物皆因水而筑,招西山入园,终成"万园之园"。无锡寄畅园为山麓园,景物皆面山而构,纳园外山景于园内。网师园以水为中心,殿春簃一院虽无水,西南角凿冷泉,贯通全园水脉,有此一眼,绝处逢生,终不脱题。新建东部,设计上既背固有设计原则,且复无水,遂成僵局,是事先对全园未作周密的分析,不假思索而造成的。

园之佳者如诗之绝句,词之小令,皆以少胜多,有不尽之意,寥寥几句,弦外之音犹绕梁间(大园总有不周之处,正如长歌慢调,难以一气呵成)。我说园外有园,景外有景,即包括在此意之内。园外有景妙在"借",景外有景在于"时",花影、树影、云影、水影、风声、水声、鸟语、花香,无形之景,有形之景,交响成曲。所谓诗情画意盎然而生,与此有密切关系(参见拙作《建筑中的借景问题》)。

万顷之园难以紧凑,数亩之园难以宽绰。紧凑不觉其大,游无倦意,宽绰不觉局促,览之有物,故以静、动观园,有缩地扩基之妙。而大胆落墨,小心收拾(画家语),更为要谛,使宽处可容走马,密处难以藏针(书家语)。故颐和园有烟波浩渺之昆明湖,复有深居山间的谐趣园,于此可悟消息。造园有法而无式,在于人们的巧妙运用其规律。计成所说的"因借(因地制宜,借景)",就是法。《园冶》一书终未列式。能做到园有大小之分,有静观动观之别,有郊园市园之异等等,各臻其妙,方称"得体"(体宜)。中国画的兰竹看来极简单,画家能各具一格;古典折子戏,亦复喜看,每个演员演来不同,就是各有独到之处。造园之理与此理相通。如果定一式使学者死守之,奉为经典,则如画谱之有"芥子园",文章之有八股一样。苏州网师园是公认为小园极则,所谓"小而精,以少胜多"。其设计原则很简单,运用了假山与建筑相对而互相更换的一个原则(苏州园林基本上用此法)。网师园东部新建反其道,终于未能成功),无旱船、大桥、大山,建筑物尺度略小,数量适可而止,停停当当,像一个小园格局。反之,狮子林增添了大船,与水面不称,不伦不类,就是不"得体"。清代汪春田重葺文园有诗:"换却花篱补石阑,改园更比改诗难;果能字字吟来稳,小有亭台亦耐看。"说得透彻极了,到今天读起此诗,对造园工作者来说,还是十分亲切的。

  园林中的大小是相对的,不是绝对的,无大便无小,无小也无大。园林空间越分隔,感到越大,越有变化,以有限面积,造无限空间,因此大园包小园,即基此理(大湖包小湖,如西湖三潭印月)。是例极多,几成为造园的重要处理方法。佳者如拙政园之枇杷园、海棠坞、颐和园之谐趣园等,都能达到很高的艺术效果。如果入门便觉是个大园,内部空旷平淡,令人望而生畏,即入园亦未能游遍全园,故园林不起游兴是失败的。如果景物有特点,委宛多姿,游之不足,下次再来。风景区也好,园林也好,不要使人一次游尽,留待多次,有何不好呢?我很惋惜很多名胜地点,为了扩大空间,更希望一览无遗,甚至于希望能一日游或半日游,一次观完,下次莫来,将许多古名胜园林的围墙拆去,大是大了,得到的是空,西湖平湖秋月、西泠印社都有这样的后果。西泠饭店造了高层,葛岭矮小了一半。扬州瘦西湖妙在瘦字,今后不准备在其旁建造高层建筑,是有远见的。本来瘦西湖风景区是一个私家园林群(扬州城内的花园巷,同为私家园林群,一用水路交通,一用陆上交通),其妙在各园依水而筑,独立成园,既分又合,隔院楼台,红杏出墙,历历倒影,宛若图画。虽瘦而不觉寒酸,反窈窕多姿。今天感到美中不足的,似觉不够紧凑,主要建筑物少一些,分隔不够。在以后的修建中,这个原来瘦西湖的特征,还应该保留下来。拙政园将东园与之合并,大则大矣,原来部分益现局促,而东园辽阔,游人无兴,几成为过道。分之两利,合之两伤。

  本来中国木构建筑,在体形上有其个性与局限性,殿是殿,厅是厅,亭是亭,各具体例,皆有一定的尺度,不能超越,画虎不成反类犬,放大缩小各有范畴。平面使用不够,可几个建筑相连,如清真寺礼拜殿用勾连搭的方法相连,或几座建筑缀以廊庑,成为一组。拙政园东部将亭子放大了,既非阁,又不像亭,人们看不惯,有很多意见。相反,瘦西湖五亭桥与白塔是模仿北京北海大桥、五龙亭及白塔,因为地位不够大,将桥与亭合为一体,形成五亭桥,白塔体形亦相应缩小,这样与湖面相称了,形成了瘦西湖的特征,不能不称佳构,如果不加分析,难以辨出它是一个北海景物的缩影,做得十分"得体"。

　　远山无脚,远树无根,远舟无身(只见帆),这是画理,亦造园之理。园林的每个观赏点,看来皆一幅幅不同的画,要深远而有层次。"常倚曲阑贪看水,不安四壁怕遮山。"如能懂得这些道理,宜掩者掩之,宜屏者屏之,宜敞者敞之,宜隔者隔之,宜分者分之等等,见其片断,不逞全形,图外有画,咫尺千里,余味无穷。再具体点说:建亭须略低山巅,植树不宜峰尖,山露脚而不露顶,露顶而不露脚,大树见梢不见根,见根不见梢之类。但是运用上却细致而费推敲,小至一树的修剪,片石的移动,都要影响风景的构图。真是一枝之差,全园败景。拙政园玉兰堂后的古树枯死,今虽补植,终失旧貌。留园曲溪楼前有同样的遭遇。至此深深体会到,造园困难,管园亦不易,一个好的园林管理者,他不但要考查园的历史,更应知道园的艺术特征,等于一个优秀的护士对病人作周密细致的了解。尤其重点文物保护单位,更不能鲁莽从事,非经文物主管单位同意,须照原样修复,不得擅自更改,否则不但破坏园林风格,且有损文物,关系到党的文物政策问题。

　　郊园多野趣,宅园贵清新。野趣接近自然,清新不落常套。无锡蠡园为庸俗无野趣之例,网师园属清新典范。前者虽大,好评无多;后者虽小,赞辞不已。至此可证园不在大而在精,方称艺术上品。此点不仅在风格上有轩轾,就是细至装修陈设皆有异同。园林装修同样强调因地制宜,敞口建筑重线条轮廓,玲珑出之,不用精细的挂落装修,因易损伤;家具以石凳、石桌、砖面桌之类,以古朴为主。厅堂轩斋有门窗者,则配精细的装修。其家具亦为红木、紫檀、楠木、花梨所制,配套陈设,夏用藤棚椅面,冬加椅披椅垫,以应不同季节的需要。但亦须根据建筑物的华丽与雅素,分别作不同的处理。华丽者用红木、紫檀,雅素者用楠木、花梨;其雕刻之繁简亦同样对待。家具俗称"屋肚肠",其重要可知,园缺家具,即胸无点墨,水平高下自在其中。过去网师园的家具陈设下过大功夫,确实做到相当高的水平,使游者更全面地领会我国园林艺术。

　　古代园林张灯夜游是一件大事,屡见诗文,但张灯是盛会,许多名贵之灯是临时悬挂的,张后即移藏,非永久固定于一地。灯也是园林一部分,其品类与悬挂亦如屏联一样,皆有定格,大小形式各具特征。现在有些园林为了适应夜游,都装上电灯,往往破坏园林风格,正如宜兴善卷洞一样,五色缤纷,宛或餐厅,几不知其为洞穴,要还我自然。苏州狮子林在亭的戗角头装灯,甚是触目。对古代建筑也好,园林也好,名胜也好,应该审慎一些,不协调的东西少强加于它。我以为照明灯应隐,装饰灯宜显,形式要与建筑协调。至于装挂地位,敞口建筑与封闭建筑有别,有些灯玲珑精巧不适用于空廊者,挂上去随风摇曳,有如塔铃,灯且易损,不可妄挂,而电线电杆更应注意,既有害园景,且阻视线,对拍照人来说,真是有苦说不出。凡兹琐琐,虽多陈音俗套,难免絮聒之讥,似无关大局,然精益求精,繁荣文化,愚者之得,聊资参考!

(原载《陈从周全集》第3卷,江苏凤凰文艺出版社2013年版)

巴　金

怀念萧珊

一

今天是萧珊逝世的六周年纪念日。六年前的光景还非常鲜明地出现在我的眼前。那天我从火葬场回到家中，一切都是乱糟糟的，过了两三天我渐渐地安静下来了，一个人坐在书桌前，想写一篇纪念她的文章。在五十年前我就有了这样一种习惯：有感情无处倾吐时，我经常求助于纸笔。可是一九七二年八月里那几天，我每天坐三四个小时望着面前摊开的稿纸，却写不出一句话。我痛苦地想，难道给关了几年的"牛棚"，真的就变成"牛"了？头上仿佛压了一块大石头，思想好像冻结了一样。我索性放下笔，什么也不写了。

六年过去了，林彪、"四人帮"及其爪牙们的确把我搞得很"狼狈"，但我还是活下来了，而且偏偏活得比较健康，脑子也并不糊涂，有时还可以写一两篇文章。最近我经常去火葬场，参加老朋友们的骨灰安放仪式。在大厅里，我想起许多事情。同样地奏着哀乐，我的思想却从挤满了人的大厅转到只有二三十个人的中厅里去了，我们正在用哭声向萧珊的遗体告别。我记起了《家》里面觉新说过的一句话："好像珏死了，也是一个不祥的鬼。"四十七年前我写这句话的时候，怎么想得到我是在写自己！我没有流眼泪，可是我觉得有无数锋利的指甲在搔我的心。我站在死者遗体旁边，望着那张惨白色的脸，那两片咽下千言万语的嘴唇，我咬紧牙齿，在心里唤着死者的名字。我想，我比她大十三岁，为什么不让我先死？我想，这是多么不公平！她究竟犯了什么罪？她也给关进"牛棚"，挂上"牛鬼蛇神"的小纸牌，还扫过马路。究竟为什么？理由很简单，她是我的妻子。她患了病，得不到治疗，也因为她是我的妻子。想尽办法一直到逝世前三个星期，靠开后门她才住进医院。但是癌细胞已经扩散，肠癌变成了肝癌。

她不想死，她要活，她愿意改造思想，她愿意看到社会主义建成。这个愿望总不能说是痴心妄想吧。她本来可以活下去，倘使她不是"黑老K"的

"臭婆娘"。一句话，是我连累了她，是我害了她。

在我靠边的几年中间，我所受到的精神折磨她也同样受到。但是我并未挨过打，她却挨了"北京来的红卫兵"的铜头皮带，留在她左眼上的黑圈好几天以后才褪尽。她挨打只是为了保护我，她看见那些年轻人深夜闯进来，害怕他们把我揪走，便溜出大门，到对面派出所去，请民警同志出来干预。那里只有一个人值班，不敢管。当着民警的面她被他们用铜头皮带狠狠抽了一下，给押了回来，同我一起关在马桶间里。

她不仅分担了我的痛苦，还给了我不少的安慰和鼓励。在"四害"横行的时候，我在原单位（中国作家协会上海分会）给人当作"罪人"和"贱民"看待，日子十分难过，有时到晚上九十点钟才能回家。我进了门看到她的面容，满脑子的乌云都消散了。我有什么委屈、牢骚，都可以向她尽情倾吐。有一个时期我和她每晚临睡前要服两粒眠尔通才能够闭眼，可是天刚刚发白就都醒了。我唤她，她也唤我，我诉苦般地说："日子难过啊！"她也用同样声音回答："日子难过啊！"但是她马上加一句："要坚持下去。"或者再加一句："坚持就是胜利。"我说"日子难过"，因为在那一段时间里，我每天在"牛棚"里面劳动、学习、写交代、写检查、写思想汇报。任何人都可以责骂我、教训我、指挥我，从外地到"作协分会"来串联的人可以随意点名叫我出去"示众"，还要自报罪行。上下班不限时间，由管理"牛棚"的"监督组"随意决定。任何人都可以闯进我家里来，高兴拿什么就拿走什么。这个时候大规模的群众性批斗和电视批斗大会还没有开始，但已经越来越逼近了。

她说"日子难过"，因为她给两次揪到机关，靠边劳动，后来也常常参加陪斗。在淮海中路"大批判专栏"上张贴着批判我的罪行的大字报，我一家人的名字都给写出来"示众"，不用说"臭婆娘"的大名占着显著的地位。这些文字像虫子一样咬痛她的心。她让上海戏剧学院"狂妄派"学生突然袭击、揪到"作协分会"去的时候，在我家大门上还贴了一张揭露她的所谓罪行的大字报。幸好当天夜里我儿子把它撕毁。否则这一张大字报就会要了她的命！

人们的白眼、人们的冷嘲热骂蚕蚀着她的身心。我看出来她的健康逐渐遭到损害。表面上的平静是虚假的。内心的痛苦像一锅煮沸的水，她怎么能遮盖住！怎么能使它平静！她不断地给我安慰，对我表示信任，替我感到不平。然而她看到我的问题一天天地变得严重，上面对我的压力一天天地增加，她又非常担心。有时同我一起上班或者下班，走近巨鹿路口、快到"作协分会"，或者走到湖南路口、快到我们家，她总是抬不起头。我理解她，同情她，也非常担心她经受不起沉重的打击。我还记得有一天到了平常下班的时间，我们没有受到留难，回到家里她比较高兴，到厨房去烧菜。我翻看当天的报纸,在第三版上看到当时做了"作协分会"的"头头"的两个工人作家写的文章《彻底揭露巴金的反革命真面目》。真是当头一棒!我看了两三行,连忙把报纸藏起来,我害怕让她看见。她端着烧好的菜出来,脸上还带笑容,吃饭时她有说有笑。饭后她要看报,我企图把她的注意力引到别处。但是没有用,她找到了报纸。她的笑容一下子完全消失。这一夜她再没有讲话,早早地进了房间。我后来发现她躺在床上小声哭着。一个安静的夜晚给破坏了。今天回想当时的情景,她那张满是泪痕的脸还在我的眼前。我多么愿意让她的泪痕消失,笑容在她那憔悴的脸上重现,即使减少我几年的生命来换取我们家庭生活中一个宁静的夜晚,我也心甘情愿!

二

我听周信芳同志的媳妇说,周的夫人在逝世前经常被打手们拉出去当作皮球推来推去,打得遍体鳞伤,有人劝她躲开,她说:"我躲开,他们就要这样对付周先生了。"萧珊并未受到这种新式体罚。可是她在精神上给别人当皮球打来打去。她也有这样的想法:她多受一点精神折磨,可以减轻对我的压力。其实这是她的一片痴心,结果只苦了她自己。我看见她一天天地憔悴下去,我看见她的生命之火逐渐熄灭,我多么痛心,我劝她,安慰她,我想拉住她,但一点也没有用。

她常常问我:"你的问题什么时候才解决呢?"我苦笑地说:"总有一天会解决的。"她叹口气说:"我恐怕等不到那个时候了。"后来她病倒了,有人劝她打电话找我回家,她不知从哪里得来的消息,她说:"他在写检查,不要打扰他。他的问题大概可以解决了。"等到我从五·七干校回家休假,她已经不能起床。她还问我检查写得怎样,问题是否可以解决。我当时的确在写检查,而且已经写了好几次了。他们要我写,只是为了消耗我的生命。但她怎么能理解呢?

这时离她逝世不过两个多月,癌细胞已经扩散,可是我们不知道,想找医生给她认真检查一次,也毫无办法。平日去医院挂号看门诊,等了许久才见到医生或者实习医生,随便给开个药方就算解决问题。只有在发烧到摄氏三十九度才有资格挂急诊号,或者还可以在病人拥挤的观察室里待上一天半天。当时去医院看病找交通工具也很困难,常常是我女婿借了自行车来,让她坐在车上,他慢慢地推着走。有一次她雇到小三轮车去看病,看好门诊回家雇不到车了,只好同陪她看病的朋友一起慢慢地走回来,走走停停,走到街口,她快要倒下了,只得请求行人到我们家通知。她一个表侄正好来探病,就由他去把她背了回家。她希望拍一张X光片子查一查肠子有什么病,但是办不到。后来靠了她一位亲戚帮忙开后门两次拍片,才查出她患肠癌。以后又靠朋友设法开后门住进了医院。她自己还很高兴,以为得救了。只有她一个人不知真实的病情,她在医院里只活了三个星期。

我休假回家,假期满了,我又请过两次假,留在家里照料病人,最多也不到一个月。我看见她病情日趋严重,实在不愿意把她丢开不管,我要求延长假期的时候,我们那个单位一个"工宣队"头头逼着我第二天就回干校去。我回到家里,她问起来,我无法隐瞒,她叹了一口气,说:"你放心去吧。"她把脸掉过去,不让我看她。我女儿、女婿看到这种情景,自告奋勇跑到巨鹿路向那位"工宣队"头头解释,希望同意我在市区多留些日子照料病人。可是那个头头"执法如山",还说:"他不是医生,留在家里,有什么用!""留在家里对他改造不利!"他们气愤地回到家中,只说机关不同意,后来才对我传达了这句"名言"。我还能讲什么呢?明天回干校去!

整个晚上她睡不好,我更睡不好。出乎意外,第二天一早我那个插队落户的儿子在我们房间里出现了,他是昨天半夜里到的。他得到了家信,请假回家看母亲,却没有想到母亲病成这样。我见了他一面,把他母亲交给他,就回干校去了。

在车上我的情绪很不好。我实在想不通为什么会有这样的事情。我在干校待了五天,无法同家里通消息。我已经猜到她的病不轻了。可是人们不让我过问她的事情。这五天是多么难熬的日子!到第五天晚上在干校的造反派头头通知我们全体第二天一早回市区开会。这样我才又回到了家,见到了我的爱人。靠了朋友帮忙,她可以住进中山医院肝癌病房,一切都准备好,她第二天就要住院了。她多么希望住院前见我一面,我终于回来了。连我也没有想到她的病情发展得这么快。我们见了面,我一句话也讲不出来,她说了一句:"我到底住院了。"我答说:"你安心治疗吧。"她父亲也来看她,老人家双目失明,去医院探病有困难,可能是来同他的女儿告别了。

我吃过中饭,就去参加给别人戴上反革命帽子的大会,受批判、戴帽子的人不止一个,其中有一个我的熟人王若望同志,他过去也是作家,不过比我年轻。我们一起在"牛棚"里关过一个时期,他的罪名是"摘帽右派"。他不服,不听话,他贴出大字报,声明"自己解放自己",因此罪名越搞越大,给捉去关了一个时期不算,还戴上了反革命的帽子监督劳动。在会场里我一直像在做怪梦。开完会回家,见到萧珊我感到格外亲切,仿佛重回人间。可是她不舒服,不想讲话,偶尔讲一句半句,我还记得她讲了两次:"我看不到了。"我连声问她看不到什么?她后来才说:"看不到你解放了。"我还能再讲什么呢?

我儿子在旁边,垂头丧气,精神不好,晚饭只吃了半碗,像是患感冒。她忽然指着他小声说:"他怎么办呢?"他当时在安徽山区农村已经待了三年半,政治上没有人管,生活上不能养活自己,而且因为是我的儿子,给剥夺了好些公民权利。他先学会沉默,后来又学会抽烟。我怀着内疚的心情看看他,我后悔当初不该写小说,更不该生儿育女。我还记得前两年在痛苦难熬的时候她对我说:"孩子们说爸爸做了坏事,害了我们大家。"这好像用刀子在割我身上的肉,我没有出声,我把泪水全吞在肚里。她睡了一觉醒过来忽然问我:"你明天不去了?"我说:"不去了。"就是那个"工宣队"头头今天通知我不用再去干校就留在市区。他还问我:"你知道萧珊是什么病?"我答说:"知道。"其实家里瞒住我,不给我知道真相,我还是从他这句问话里猜到的。

三

第二天早晨她动身去医院,一个朋友和我女儿、女婿陪她去。她穿好衣服等候车来。她显得急躁,又有些留恋,东张张、西望望,她也许在想是不是能再看到这里的一切。我送走她,心上反而加了一块大石头。

将近二十天里,我每天去医院陪伴她大半天,我照料她,我坐在病床前守着她,同她短短地谈几句话。她的病情变化,一天天衰弱下去,肚子却一天天大起来,行动越来越不方便。当时病房里没有人照料,生活方面除饮食外一切都必须自理。后来听同病房的人称赞她"坚强",说她每天早晚都默默地挣扎着下了床,走到厕所。医生对我们谈起,病人的身体经不住手术,最怕的是她的肠子堵塞,要是不堵塞,还可以拖延一个时期。她住院后的半个月是一九六六年八月以来我既痛苦又感到幸福的一段时间,是我和她在一起度过的最后的平静的时刻,我今天还不能将它忘记。但是半个月以后,她的病情又有了发展。一天吃中饭的时候,医生通知我儿子找我去谈话。他告诉我:病人的肠子给堵住了,必须开刀。开刀不一定有把握,也许中途出毛病。但是不开刀,后果更不堪设想,他要我决定,并且要我劝她同意。我做了决定,就去病房对她解释,我讲完话,她只说了一句:"看来,我们要分别了。"她望着我,眼睛里全是泪水,我说:"不会的……"我的声音哑了。接着护士长来安慰她,对她说:"我陪你,不要紧的。"她回答:"你陪我就好。"时间很紧迫,医生、护士们很快作好了准备,她给送进手术室去了,是她的表侄把她推到手术室门口的。我们就在外面走廊上等了好几个小时,等到她平安地给送出来,由儿子把她推回到病房去。儿子还在她的身边守过一个夜晚。过两天他也病倒了,查出来他患肝炎,是从安徽农村带回来的。本来我们想瞒住他的母亲,可是无意间让他母亲知道了。她不断地问:

"儿子怎么样?"我自己也不知道儿子怎么样,我怎么能使她放心呢？晚上回到家,走进空空的、静静的房间,我几乎要叫出声来:"一切都朝我的头打下来吧,让所有的灾祸都来吧。我受得住!"

我应当感谢那位热心而又善良的护士长,她同情我的处境,要我把儿子的事情完全交给她办。她作好安排,陪他看病、检查,让他很快住进别处的隔离病房,得到及时的治疗和护理。他在隔离病房里苦苦地等候母亲病情的好转。母亲躺在病床上,只能有气无力地说几句短短的话,她经常问:"棠棠怎么样?"从她那双含泪的眼睛里我明白她多么想看见她最爱的儿子。但是她已经没有精力多想了。

她每天给输血、打盐水针。她看见我去就断断续续地问我:"输多少CC的血？该怎么办?"我安慰她:"你只管放心。没有问题,治病要紧。"她不止一次地说:"你辛苦了。"我有什么苦呢？我能够为我最亲爱的人做事情,哪怕做一件小事,我也高兴! 后来她的身体更不行了。医生给她输氧气,鼻子里整天插着管子。她几次要求拿开,这说明她感到难受。但是听了我们的劝告,她终于忍受下去了。开刀以后她只活了五天。谁也想不到她会去得这么快! 五天中间我整天守在病床前,默默地望着她在受苦(我是设身处地感觉到这样的),可是她除了两三次要求搬开床前巨大的氧气筒,三四次表示担心输血较多,付不出医药费之外,并没有抱怨过什么,见到熟人她常有这样一种表情:请原谅我麻烦了你们。她非常安静,但并未昏睡,始终睁大两只眼睛。眼睛很大,很美,很亮,我望着,望着,好像在望快要燃尽的烛火。我多么想让这对眼睛永远亮下去! 我多么害怕她离开我! 我甚至愿意为我那十四卷"邪书"受到千刀万剐,只求她能安静地活下去。

不久前我重读梅林写的《马克思传》,书中引用了马克思给女儿的信里的一段话,讲到马克思夫人的死。信上说:"她很快就咽了气。……这个病具有一种逐渐虚脱的性质,就像由于衰老所致一样。甚至在最后几小时也没有临终的挣扎,而是慢慢地沉入睡乡,她的眼睛比任何时候都更大、更美、更亮!"这段话我记得很清楚,马克思夫人也死于癌症。我默默地望着萧珊那对很大、很美、很亮的眼睛,我想起这段话,稍微得到一点安慰。听说她的确也"没有临终的挣扎",也是"慢慢地沉入睡乡"。我这样说,因为她离开这个世界的时候,我不在她的身边,那天是星期天,卫生防疫站因为我们家发现了肝炎病人,派人上午来做消毒工作。她的表妹有空愿意到医院去照料她,讲好我们吃过中饭就去接替。没有想到我们刚刚端起饭碗,就得到传呼电话,通知我女儿去医院,说是她妈妈"不行"了。真是晴天霹雳! 我和我女儿、女婿赶到医院。她那张病床上连床垫也给拿走了。别人告诉我她在太平间。我们又下了楼赶到那里,在门口遇见表妹。还是她找人帮忙把

"咽了气"的病人抬进来的。死者还不曾给放进铁匣子里送进冷库,她躺在担架上,但已经给白布床单包得紧紧的,看不到面容了。我只看到她的名字。我弯下身子,把地上那个还有点人形的白布包拍了好几下,一面哭着唤她的名字。不过几分钟的时间。这算是什么告别呢?

据表妹说,她逝世的时刻,表妹也不知道。她曾经对表妹说:"找医生来。"医生来过,并没有什么。后来她就渐渐地"沉入睡乡"。表妹还以为她在睡眠。一个护士来打针,才发觉她的心脏已经停止跳动了。我没有能同她诀别,我有许多话没有能向她倾吐,她不能没有留下一句遗言就离开我!我后来常常想,她对表妹说:"找医生来。"很可能不是"找医生",是"找李先生"(她平日这样称呼我)。为什么那天上午偏偏我不在病房呢?家里人都不在她身边,她死得这样凄凉!

我女婿马上打电话给我们仅有的几个亲戚。她的弟媳赶到医院,马上晕了过去。三天以后在龙华火葬场举行告别仪式。她的朋友一个也没有来,因为一则我们没有通知,二则我是一个审查了将近七年的对象。没有悼词,没有吊客,只有一片伤心的哭声。我衷心感谢前来参加仪式的少数亲友和特地来帮忙的我女儿的两三个同学。最后,我跟她的遗体告别,女儿望着遗容哀哭,儿子在隔离病房还不知道把他当作命根子的妈妈已经死亡。值得提说的是她当作自己儿子照顾了好些年的一位亡友的男孩从北京赶来,只为了看见她的最后一面。这个整天同钢铁打交道的技术员,他的心倒不像钢铁那样。他得到电报以后,他爱人对他说:"你去吧,你不去一趟,你的心永远安定不了。"我在变了形的她的遗体旁边站了一会。别人给我和她照了相。我痛苦地想:这是最后一次了,即使给我们留下来很难看的形象,我也要珍视这个镜头。

一切都结束了。过了几天我和女儿、女婿到火葬场,领到了她的骨灰盒。在存放室寄存了三年之后,我按期把骨灰盒接回家里。有人劝我把她的骨灰安葬,我宁愿让骨灰盒放在我的寝室里,我感到她仍然和我在一起。

四

梦魇一般的日子终于过去了。六年仿佛一瞬间似的远远地落在后面了。其实哪里是一瞬间!这段时间里有多少流着血和泪的日子啊。不仅是六年,从我开始写这篇短文到现在又过去了半年,半年中我经常在火葬场的大厅里默哀,行礼,为了纪念给"四人帮"迫害致死的朋友。想到他们不能把个人的智慧和才华献给社会主义祖国,我万分惋惜。每次戴上黑纱、插上纸花的同时,我也想起我自己最亲爱的朋友,一个普通的文艺爱好者,一个成绩不大的翻译工作者,一个心地善良的好人。她是我的生命的一部分,她的骨灰里有我的泪和血。

她是我的一个读者。一九三六年我在上海第一次同她见面,一九三八年和一九四一年我们两次在桂林像朋友似地住在一起。一九四四年我们在贵阳结婚。我认识她的时候,她还不到二十,对她的成长我应当负很大的责任。她读了我的小说,给我写信,后来见到了我,对我发生了感情。她在中学念书。看见我以前,因为参加学生运动被学校开除,回到家乡住了一个短时期,又出来进另一所学校。倘使不是为了我,她三七、三八年一定去了延安。她同我谈了八年的恋爱,后来到贵阳旅行结婚,只印发了一个通知,没有摆过一桌酒席。从贵阳我和她先后到了重庆,住在民国路文化生活出版社门市部楼梯下七八个平方米的小屋里。她托人买了四只玻璃杯开始组织我们的小家庭。她陪着我经历了各种艰苦生活。在抗日战争紧张的时期,我们一起在日军进城以前十多个小时逃离广州,我们从广东到广西,从昆明到桂林,从金华到温州,我们分散了,又重见,相见后又别离。在我那两册《旅途通讯》中就有一部分这种生活的记录。四十年前有一位朋友批评我:"这算什么文章!"我的《文集》出版后,另一位朋友认为我不应当把它们也收进去。他们都有道理,两年来我对朋友、对读者讲过不止一次,我决定不让《文集》重版。但是为我自己,我要经常翻看那两小册《通讯》。在那些年代,每当我落在困苦的境地里、朋友们各奔前程的时候,她总是亲切地在我的耳边说:"不要难过,我不会离开你,我在你的身边。"的确,只有在她最后一次进手术室之前她才说过这样一句:"我们要分别了。"

我同她一起生活了三十多年。但是我并没有好好地帮助过她。她比我有才华,却缺乏刻苦钻研的精神。我很喜欢她翻译的普希金和屠格涅夫的小说。虽然译文并不恰当,也不是普希金和屠格涅夫的风格,它们却是有创造性的文学作品,阅读它们对我是一种享受。她想改变自己的生活,不愿作家庭妇女,却又缺少吃苦耐劳的勇气。她听从一个朋友的劝告,得到后来也是给"四人帮"迫害致死的叶以群同志的同意,到《上海文学》"义务劳动",也做了一点点工作,然而在运动中却受到批判,说她专门向老作家组稿,又说她是我派去的"坐探"。她为了改造思想,想走捷径,要求参加"四清"运动,找人推荐到某铜厂的工作组工作,工作相当忙碌、紧张,她却精神愉快。但是到我快要靠边的时候,她也被叫回"作协分会"参加运动。她第一次参加这种急风暴雨般的斗争,而且是以"反动权威"家属的身份参加,她不知道该怎么办才好。她张皇失措、坐立不安,替我担心,又为儿女的前途忧虑。她盼望什么人向她伸出援助的手,可是朋友们离开了她,"同事们"拿她当作箭靶,还有人想通过整她来整我。她不是作家协会或者刊物的正式工作人员,可是仍然被"勒令"靠边劳动、站队挂牌,放回家以后,又给揪到机关。过一个时期,她写了认罪的检查,第二次给放回家的时候,我们机关的造反派头头却通知里弄委员会罚她扫街。她怕人看见,每天大清早起来,拿着扫帚出门,扫得精疲力尽,才回到家里,关上大门,吐了一口气。但有时她还碰到上学去的小孩,对她叫骂"巴金的臭婆娘"。我偶尔看见她拿着扫帚回来,不敢正眼看她,我感到负罪的心情,这是对她的一个致命的打击。不到两个月,她病倒了,以后就没有再出去扫街(我妹妹继续扫了一个时期),但是也没有完全恢复健康。尽管她还继续拖了四年,但一直到死她并不曾看到我恢复自由。这就是她的最后,然而绝不是她的结局。她的结局将和我的结局连在一起。

我绝不悲观。我要争取多活。我要为我们社会主义祖国工作到生命的最后一息。在我丧失工作能力的时候,我希望病榻上有萧珊翻译的那几本小说,等到我永远闭上眼睛,就让我的骨灰同她的掺和在一起。

1979年1月15日写

(原载《随想录》第1集,香港三联书店1979年版)

"文革"博物馆

前些时候我在《随想录》里记下了同朋友的谈话,我说"最好建立一个'文革'博物馆"。我并没有完备的计划,也不曾经过周密的考虑,但是我有一个坚定的信念:这是应当做的事情,建立"文革"博物馆,每个中国人都有责任。

我只说了一句话,其他的我等着别人来说。我相信那许多在"文革"中受尽血与火磨炼的人是不会沉默的。各人有各人的经验。但是没有人会把"牛棚"描绘成"天堂",把惨无人道的残杀当作"无产阶级的大革命"。大家的想法即使不一定相同,我们却有一个共同的决心:绝不让我们国家再发生一次"文革",因为第二次的灾难,就会使我们民族彻底毁灭。

我绝不是在这里危言耸听,二十年前的往事仍然清清楚楚地出现在我的眼前。那无数难熬难忘的日子,各种各样对同胞的伤天害理的侮辱和折磨,是非颠倒、黑白混淆、忠奸不分、真伪难辨的大混乱,还有那些搞不完的冤案,算不清的恩仇!难道我们应该把它们完全忘记,不让人再提它们,以便二十年后又发动一次"文革"拿它当作新生事物来大闹中华?!有人说:"再发生?不可能吧。"我想问一句:"为什么不可能?"这几年我反复思考的就是这个问题,我希望找到一个明确的回答:可能,还是不可能?这样我晚上才不怕做怪梦。但是谁能向我保证二十年前发生过的事不可能再发生呢?我怎么能相信自己可以睡得安稳不会在梦中挥动双手滚下床来呢?

并不是我不愿意忘记,是血淋淋的魔影牢牢地揪住我不让我忘记。我完全给解除了武装,灾难怎样降临,悲剧怎样发生,我怎样扮演自己憎恨的角色,一步一步走向深渊,这一切就像是昨天的事,我不曾灭亡,却几乎被折磨成一个废物,多少发光的才华在我眼前毁灭,多少亲爱的生命在我身边死亡。"不会再有这样的事了,还是揩干眼泪向前看吧。"朋友们这样地安慰我,鼓励我。我将信将疑,心里想:等着瞧吧。一直到宣传"清除精神污染"的时候。

那一阵子我刚刚住进医院。这是第二次住院,我患的是帕金森氏综合症,是神经科的病人。一年前摔坏的左腿已经长好,只是短了三公分,早已脱离牵引架;我拄着手杖勉强可以走路了。读书看报很吃力,我习惯早晨听电台的新闻广播,晚上到会议室看电视台的新闻联播。从下午三点开始,熟人探病,常常带来古怪的小道消息。我入院不几天,空气就紧张起来,收音机每天报告某省市领导干部对"清污"问题发表意见;在荧光屏上文艺家轮流向观众表示清除污染的决心。我外表相当镇静,每晚回到病房却总要回忆一九六六年"文革"发动时的一些情况,我不能不感觉到大风暴已经逼近,大灾难又要到来。我并无畏惧,对自己几根老骨头也毫无留恋,但是我想不通:难道真的必须再搞一次"文革"把中华民族推向万劫不复的深渊?仍然没有人给我一个明确的回答。小道消息越来越多。我仿佛看见一把大扫帚在面前扫着,扫着。我也一天、两天、三天地数着,等着。多么漫长的日子!多么痛苦的等待!我注意到头上乌云越聚越密,四周鼓声愈来愈紧,只是我脑子清醒,我还能够把当时发生的每一件事同上次"文革"进展的过程相比较。我没有听到一片"万岁"声,人们不表态,也不缴械投降。一切继续在进行,雷声从远方传来,雨点开始落下,然而不到一个月,有人出来讲话,扫帚扫不掉"灰尘",密云也不知给吹散到了何方,吹鼓手们也只好销声匿迹。我们这才免掉了一场灾难。

一九八四年五月在日本东京召开的四十七届国际笔会邀请我出席,我的发言稿就是在病房里写成的。我安静地在医院中住满了第二个半年。探病的客人不断,小道消息未停,真真假假,我只有靠自己的脑子分析。在病房里我没有受到干扰,应当感谢那些牢牢记住"文革"的人,他们不再让别人用他们的血在中国的土地上培养"文革"的花朵。用人血培养的花看起来很鲜艳,却有毒,倘使花再次开放;哪怕只开出一朵,我也会给拖出病房,得不到治疗了。

经过半年的思考和分析,我完全明白:要产生第二次"文革",并不是没有土壤,没有气候,正相反,仿佛一切都已准备妥善,上面讲的"不到一个月"的时间要是拖长一点,譬如说再翻一番,或者再翻两番,那么局面就难收拾了,因为靠"文革"获利的大有人在。……

我用不着讲下去。朋友和读者寄来不少的信,报刊上发表了赞同的文章,他们讲得更深刻,更全面,而且更坚决。他们有更深切的感受,也有更惨痛的遭遇。"千万不能再让这段丑恶的历史重演,哪怕一星半点也不让!"他们出来说话了。

建立"文革"博物馆,这不是某一个人的事情,我们谁都有责任让子子孙孙,世世代代牢记十年惨痛的教训。"不让历史重演",不应当只是一句空话。要使大家看得明明白白,记得清清楚楚,最好是建立一座"文革"博物馆,用具体的、实在的东西,用惊心动魄的真实情景,说明二十年前在中国这块土地上,究竟发生了什么事情?!让大家看看它的全部过程,想想个人在十年间的所作所为,脱下面具,掏出良心,弄清自己的本来面目,偿还过去的大小欠债。没有私心才不怕受骗上当,敢说真话就不会轻信谎言。只有牢牢记住"文革"的人才能制止历史的重演,阻止"文革"的再来。

建立"文革"博物馆是一件非常必要的事,惟有不忘"过去",才能作"未来"的主人。

6 月 15 日

(原载《巴金文集》第 16 卷,人民文学出版社 1991 年版)

赵鑫珊

关于科学、艺术和哲学的若干断想(节选)

1

我觉得数学和音乐是人类精神两种最伟大的产品。它们全然是人造的两个金碧辉煌、自给自足的世界。前者仅用了十个阿拉伯数字和若干符号就造出了一个无限的、真的世界；后者仅用了五条线和一些蝌蚪状的音符就造出了一个无限的、美的世界。

我之所以说是"人造"的，是因为它们原先并不存在于自然界。

所谓圆是什么呢？

在数学家眼里，数学上的圆就是最简单的曲线，该曲线上的无数点与一已知点的距离相等；圆是闭合的曲线，它到处都是凸的。

数学家头脑里的圆就是当函数 $y=\pm\sqrt{1-x^2}$（$|x|=\leqslant 1$）时的几何图形。说实话，这种纯粹数学意义上的几何图形并不存在于自然界。几何上的圆，乃是人类精神最抽象、最理想和最完美的产品。

几何上的圆，是自然界中一切圆中最完美的圆。整个数学是人造的宇宙(The Man-made Universe)。

德国伟大数学家康托尔(G. Cantor, 1845—1918)所建立的无穷集合，便是一个令人赞叹的人造宇宙。古今伟大德国数学家希尔伯特(D. Hilbert, 1862—1943)竟把集合论看成是数学家的天堂。在《论无限》一文中，他赞美康托尔的超限算术是"数学思想最惊人的产品。它是人类活动在纯粹理性领域中最优美的表现之一"。在《几何基础》这部论著中他写道："谁也不能把我们从康托尔为我们建造的乐园中驱赶出来。"

音乐也是人造的宇宙，人造的乐园。

在自然界中，人能听到什么声响呢？

蝉噪、鸟鸣、风萧萧、雨凄凄、小溪潺潺……"听雨寒更尽，开门落叶声。"如此而已。

自然界这些音响并不能满足高度发达的人类精神的需要。于是，人类性灵才造出了《春江花月夜》和肖邦的夜曲这些称之为音乐的东西来满足自己（"何必丝与竹，山中有清音。"——有些中国古人全然漠视人造世界的见解，是我不能苟同的）。

在自然界中，只有两匹马，两头鹿和两片枫树叶，而决没有数学家头脑中的"2"这个人类精神最抽象的产物。同样，《春江花月夜》和肖邦夜曲的旋律也是不存在于自然界中的。在大自然中，你决不会听到类似于人造的、令你着迷的音乐，因为它原是你自己的心声。

2

我总是喜欢从广义的角度去谈论哲学，理解哲学。那末，哲学是什么呢？

在众多个定义（有多少个哲学家恐怕就有多少个有关哲学的定义）中，除马克思外，我比较喜欢两个人下的定义：

"如果把哲学理解为在最普遍和最广泛的形式中对知识的追求，那末，哲学显然就可以被认为是全部科学之母。可是，科学的各个领域对那些研究哲学的学者们也发生了强烈的影响，此外，还强烈地影响着每一代的哲学思想。"[1]——爱因斯坦

我之所以喜欢这个定义，是因为它使哲学同全部科学研究发生了密切的联系；使全部科学研究成果成了哲学推广的必要基础和背景；使全部科学研究得到了哲学智慧的启迪。我想，这也是康德哲学同德国自然科学优秀传统的相互关系；这也是德国何以会成为哲学、科学和音乐创作繁荣国度的原因之一。

另一个绝妙的定义是18世纪德国著名浪漫派诗人、短命天才诺瓦利斯（Novalis，1772—1801）下的：

"哲学原就是怀着一种乡愁的冲动到处去寻找家园。"（Die Philosophie ist eigentliCh Heimweh-Trieb uberall zu Hause zu sein.）[2]

前几年，当我第一次读到这个不同凡响的定义时，它宛如一道劈开茫茫夜空的闪电，骤然照亮了我的内心世界。我想起了苏东坡读到《庄子》一书时所发出的感慨："吾昔有见，口未能言；今见是书，得吾心矣。"

---

[1] 《爱因斯坦文集》，第1卷，第519页。
[2] Novalis, *Auswahl aus den Schrifien*, 1956, 德文版, 第153页。

诺瓦利斯这个定义之所以能扣响我的心弦,是因为它把哲学同全部文学艺术创作紧密地联系起来;把科学语言说不清、道不明的广大朦胧情绪领域统统网罗进了哲学活动的范围。比如,作为一种哲学,宗教的探求就充满了一种朦胧的情绪。音乐、绘画和诗歌之妙也在于表现这种朦胧的情绪。

从哲学角度看,这些情绪皆可归结到绵绵不绝的乡愁和寻找自己的家园的冲动。

这里所说的家园,并不是指某国某地那样具体的家乡,而是指精神的家园,哲学意义上的家园,内心的家园。白居易诗云:"心泰身宁是归处,故乡可独在长安?""我生本无乡,心安是归处。"

现代人整天龟缩在高层钢筋混凝土制成的"火柴盒"里,走在人们比肩接踵的柏油马路上,呼吸着被污染的混浊空气,听各种机器的嘈杂轰鸣……;于是有一天,在你的内心深处会突然泛起一股奇怪的情绪,一缕乡愁猛地袭来,你恨不得马上一口气跑到荒野僻静处,在荷花池塘边坐下;光着脚,躺在绿草地上,闻泥土的气息,听蛙声一片,看第一颗星星闪烁在天边,发誓要去寻找生命的根,渴望着归真反朴……

这种情绪,就是寻找家园的冲动;就是本来意义上的哲学活动。它在全球生态危机的今天,显得尤其迫切,尤其使人心灼。

德国哲学家谢林曾给他自己的精神哲学命名为一篇精神还乡记,一篇《精神漂泊归记》("Odyssee des Ceistes"),我觉得是意味深长的。

哲学活动的本质,原就是精神还乡。

或者换言之,凡是怀着一种乡愁的冲动,到处寻找精神家园的活动,皆可称之为哲学。于是,科学、艺术创造活动都可以看成是一种哲学活动。我以为,这便是诺瓦利斯定义的深刻性和丰富性。

在生活中,往往有一种不安感和无名的烦闷感会忽然弥漫了我们的心头。每当夜幕徐徐降临,这种朦胧的情绪便会吞没一切。这种连自己也说不清楚的一团茫然的情绪,其实也是一种寻找归宿感在心中蠕动。精神的归宿因为是无形的,所以更不易觅得。在寻找归宿和家园的过程中,人们还常常会表现出一种犹豫、恍惚和反复的思绪。唐朝诗人贾岛的《渡桑乾》便绝妙地表达了这种思绪:

"客舍并州已十霜,归心日夜忆咸阳。无端更渡桑干水,却望并州是故乡。"

诗人的情感,可以说具有普遍的人生哲学意义。

爱因斯坦一生(从早年到暮年)中便时时深感人生的孤寂和"无家可归"的苦闷。在《我的世界观》一文中,50岁的爱因斯坦吐露了这种莫可名状的情绪:"我实在是一个'孤独的旅客'(Ichbin ein Einzelgänger),我从来就没有全心全意地属于一块土地或一个国家,属于我的朋友或甚至我的家庭。在所有这些关系面前,我总是感觉到有一种莫可名状的距离并且需要回到自己的内心——这种感受正与年俱增。有时候,这种孤寂感是很痛苦的……"

在这位伟大科学家的内心深处,居然有这么深沉的非理性主义的情绪(这种情绪是黎曼几何和微分方程表达不了的),真是令人不可思议!它说明人们寻找归宿和家园之感是何等地迫切,何等地热烈,何等地苦痛!它也说明通往家园的归路是多么不容易寻找得到!

"何处是归程?长亭更短亭。"

我以为,只有把爱因斯坦和诺瓦利斯有关哲学的定义汇合在一起,才能囊括宇宙人生,囊括人性中的两大冲动:理性的和非理性的,才是全部意义上的哲学。

3

文明的进步,就是日益远离自然状态。文明人的最大特点是自觉自愿地喜欢生活在各种"人造"的世界。

科学家研究科学的内在动机,是力图造出一个世界来。在科学家看来,人造的科学世界比自然界要好些,因为科学家的性灵和精神只有在自己造的学说、理论或体系中才能获得慰藉和安稳感,就像蚕只有在自己作的茧中才有安稳感一样。

科学家提出的学说,对于科学家就是精神家园。

人不能没有精神家园,尽管每个人心目中的家园是不相同的。无家可归,家园残破的人,当然是最不幸的人。

精神家园一旦被摧毁,执着追求真理的科学家往往就会自杀。

理工科学生,恐怕没有一个不知道玻尔兹曼英名的。他是奥地利著名物理学家,生于1844年,在气体运动论和热力学方面都有过重大贡献。他酷爱德奥古典音乐,每个星期在他家里都要举行优美的音乐晚会,玻尔兹曼经常自己弹奏钢琴①(我觉得,理论物理学家同古典音乐必定有一种精神上的深刻联系,不然,为什么有这么多的理论物理学家喜欢这门艺术呢?)。

玻尔兹曼生性幽默,乐观,他不仅倾慕科学美、艺术美和自然美,而且还

---

① E. Broda, *L. Boltzmann, Mensch, Physiker, Philosoph*, 1957,德文版,第16页。

热爱哲学美。他的家庭生活也是幸福的；科学上的成就，使他成为一个显赫的学者，倍受人们的崇敬。但是这一切的一切都无法驱散他在20世纪初心中渐渐生起的忧郁和苦闷。1906年的夏天，他一个人终于悄悄地跑到森林中去自杀了！

他的死，在科学史上是一个谜。但有一点还是比较清楚的：19世纪末和20世纪初，由牛顿、麦克斯韦建立的经典物理学大厦的基础开始动摇了；"牛顿原理"和"拉瓦锡原理"，以及经典物理学其他一些基石都已呈"山雨欲来风满楼"的土崩瓦解之势。一些有过伟大建树的科学家也感到过去赖以生活和工作的信念发生了严重危机。玻尔兹曼产生抑郁感的根源，正是这种信仰危机——即精神家园丧失感。

精神家园丧失感是一种抑郁状态：对自己的事业和前途丧失了信心，变得忧心忡忡，郁郁寡欢，甚至对妻室儿女也失去了往日的眷恋之情。抑郁严重发作之日，就是自杀观念强烈之时。

是的，精神家园一旦被毁，由自己建造的、赖以活下去的世界（科学理论或科学体系）一旦崩溃，执着求真的科学家往往就会自杀。

无独有偶。德国科学家德鲁德（Drude，1863—1906）也是在这种精神家园丧失感——"无家可归"——的悲剧性的背景下自杀身死的。时间也是1906年夏天，当时死者年仅43岁。

说实话，这种"以身殉信念"的行为尽管是由于未能树立起科学的宇宙观和人生观所致，但它依然是悲壮、动人的。这是一些"忧道不忧贫""朝闻道，夕死可矣"和毕生有志于探求科学真理的志士仁人。

当时，荷兰著名物理学家洛伦兹①（H. A. Lorentz，1853—1928）曾以极为忧郁的心情谈到精神家园丧失的莫大痛苦："在今天，许多人提出同昨天他说过的话完全相反的主张；在这样的时期，真理已经没有标准了，也不知道科学是什么了。我很悔恨我没有在这些矛盾出现的前五年就死去。"

这种信仰危机是何等的深沉，何等的严重！这些肺腑之言出自洛伦兹之口，更具有一种悲剧性，因为他的电子论，著名的洛伦兹变换理论及其在运动学上的应用，正好奠定了新力学（相对论力学）的基础，动摇了他昔日维系性命的精神上的"太平盛世"。

要用自己的双手摧毁自己信仰过的精神世界，建立一个陌生的新世界，对许多虔诚的科学家来说，真是谈何容易！

普朗克的经历就是很典型的。多年来，他对自己的革命性发现（基本

---

① 1902年，他因研究磁场对辐射现象的影响所做的贡献，而同塞曼一道荣获诺贝尔奖奖金。

作用量子)一直疑惑不定;对昔日的好时光(经典理论的黄金时代),他总是怀有一种旧梦重温的眷恋之情。在《科学自传》中,年迈的普朗克作了如下一段回顾:

"我曾想设法使这个作用量子纳入经典理论中去,然而终归徒劳。我这些徒劳无益的做法持续了好几年,花费了我许多心血。我的许多同事都认为这是一种悲剧。"

幸好普朗克没有去步玻尔兹曼的后尘。

伦琴也曾为自己所发现的 X 射线而深感苦闷。因为这一发现震撼了他原来的精神家园——经典物理学的基础,打破了他的精神平衡和宁静;一时间,他颇有"无家可归"的茫然感。

荷兰理论物理学家、爱因斯坦的挚友 P. 埃伦菲斯特(1880—1933)的自杀是另一个突出例子。爱因斯坦在《悼念 P. 埃伦菲斯特》一文中分析了死者自杀的原因,说他主要是因为感到内心冲突才了结了自己的自然寿命:"最近几年,这种情况(指埃伦菲斯特的精神冲突)恶化了,那是由于理论物理学新近经历了奇特的暴风骤雨般的发展。一个人要学习并且讲述那些在他心里不能完全接受的东西,总是一件困难的事,对于一个耿直成性的人,一个认为明确性就意味着一切的人,这更是一种双倍的困难。况且,年过半百的人要适应新思想总会碰到愈来愈大的困难。我不知道有多少读者在读了这几行文字之后能否充分体会到那种悲剧。然而主要地正是这一点,使他厌世自杀。"

的确,对于注重精神生活的人来说,精神家园丧失感的严重后果,就是用自己的手结束自己的生命。

许多调查材料和统计数字表明,自杀率同文化程度往往是成正比的。

玻尔兹曼和埃伦菲斯特的悲剧,充分说明了人造世界的重要性、迫切性和严肃性。在文明人类,这种人造的世界业已成了人性的重要组成部分。

谁要谈人,谁就要谈人造的世界。

不同的人,自然采取不同的方式去建造自己的精神家园(我认为那些酷爱打扑克和下象棋的人,本质上也是在建造自己的精神家园)。

关于这一点,爱因斯坦在《论科学》一文中写道:

"至于艺术上和科学上的创造,那末,在这里我完全同意叔本华的意见,认为摆脱日常生活的单调乏味,和在这个充满着由我们创造的形象的世界中去寻找避难所的愿望,才是他们的最强有力的动机。这个世界可以由音乐的音符组成,也可以由数学的公式组成。我们试图创造合理的世界图像,使我们在那里面就像感到在家里一样,并且可以获

得我们在日常生活中不能达到的安定。"①(着重点是我加的)

这段坦率的自白出自爱因斯坦这样一位大科学家兼艺术家和哲学家的肺腑,尤其值得我们细细咀嚼。

他所说的"就像感到在家里一样",正是本节所强调的精神家园感。德国著名数学家明可夫斯基(1864—1909)对相对论(新的精神家园)的眷恋和向往尤其给人以极深刻的印象。1908年年底,他不幸患了重病。在病床上,他以惋惜的心情说:"在相对论蓬勃发展时期我就要死去,这是一件多遗憾的事啊!"明可夫斯基对新物理学的进取态度,同玻尔兹曼和洛伦兹的苦闷心情成了鲜明的对比。

艺术世界则是由文学艺术家一手创造的。艺术家只有在这个充满幻想的世界才能感到安慰、幸福和快乐。

音乐世界对于19世纪德国著名浪漫派作曲家门德尔松(1809—1847)来说就是一个避难所。

1842年,他母亲溘然长逝。在人生悲哀的时刻,唯一安慰他的东西,就是音乐创作。"好几个星期以来,我重新又感到了一种活力;艺术原是天国的一种召唤啊。"②——门德尔松这样写道。

尼采认为,摆脱人生的根本烦恼和痛苦有两条出路:一条是逃往艺术之乡,把这个奇异的世界看成是一种美学现象;另一条便是逃往认识之乡,这样,世界于你就是一间最合适的实验室。

我觉得这种人生观尽管有些消极,但毕竟是古往今来不少大科学家、艺术家和哲学家从事创作活动的强有力的内在动机之一。

有的文学艺术家甚至声称,他一手创造的艺术世界比现实世界要好得多;他愿永远生活在自己造的世界,永远也别走出来。因为人造的世界高于现实世界,更像人们所向往、所追求的那个样子。

当代旅美中国作家於梨华说:"一个作家最大的快乐来自写作本身——当然是指写得顺手的时候,次大的快乐来自读者的反应、共鸣,最后的快乐才来自所谓的名与利。"③

我觉得於梨华这段有关创造心理学的自白,无疑也是一切真正从事科学、艺术和哲学创作人们的心声。因为对于科学家、艺术家和哲学家来说,最高的奖赏和报酬,莫过于建造世界本身所带来的乐趣。

那末,是不是只有文学艺术家才心甘情愿地生活在人造世界中呢?

---

① 《爱因斯坦文集》,第1卷,第285页。
② Ch. Worbs, *F. Mendelssohn Bartholdy*, 1957,德文版,第30页。
③ 於梨华:《又见棕榈,又见棕榈》,福建人民出版社1980年版,第253页。

不。千万读者和观众，明明知道小说和电影是人造的，他们仍甘愿"受骗"，希望永远生活在人造的艺术世界中，永远也别走出来。

那末哲学呢？

我觉得哲学也是一个人造的世界，人造的宇宙。

孔子的体系，王阳明的体系和黑格尔的体系，还有雅斯贝尔斯的体系，都是哲学家造出的宇宙。

古代中国有些哲人建造世界和宇宙的方法极为简便：

"只心便是天，尽之便知性，知性便知天，当处便认取，更不可外求。"①

王艮(1483—1541)声称："万物一体，宇宙在我。"

《坛经·决疑品》："菩提只向心觅，何劳向外求玄。听说依此修行，天堂只在目前。"

但是当代西方实验哲学家（自然哲学家）对"宇宙便是吾心，吾心即宇宙"，"万物一体，宇宙在我"，"心外无物，心外无事，心外无理"这类人造的空洞的哲学世界是颇不以为然的。许多大物理学家都主张道不虚谈，并且确信："纯粹的逻辑思维不能给我们任何有关经验世界的知识；所有实际的知识都起源于经验并以它为终结。"②

辩证唯物主义认为，我们不能随心所欲地去建设人造世界。人造科学世界和哲学世界（在很大程度上还有艺术世界）是否成功，唯一标准是看它们是不是同我们所感知的世界客观本性相符合，亦即人造世界是否符合外部世界的客观实在性。

是的，能正确反映现实世界的人造世界，才是一个好的人造世界。我赞同这个基本规定和制约。

自由是什么？

自由是真正懂得并严格遵守一些基本限制之后的大胆思维和行动。这正如歌德所说："如果一个人有勇气宣布受到制约，那时他就有了自由的感觉。"

4

真正好的人造世界是不说谎的。数学世界从它的公理开始直到演绎的最后一个环节都是不允许撒一句谎，说一句假话的。即便是错一个正负号都不行（这种求真的忠诚和严肃性，堪称为人类追求真理的表率和楷模，是

---

① 《二程全书·遗书》卷二上。
② 萨拉姆(A. Salam)：《基本力的规范统一》，1979年诺贝尔物理学奖金演讲。

感人至深的)。因为数学一说假话,马上就演算不下去,整个建筑就会轰然倒坍。

贝多芬、舒伯特、肖邦和柴可夫斯基的曲子也是从来不说谎的①。所以它们非常动听,超越时空,陶冶人的性情,使人低徊留止而不能自已。否则,谁去演奏、欣赏说假话的音乐?

说假话的、不是由衷之言的音乐是难听的、刺耳的噪音。贝多芬作曲时有句座右铭:出自内心才能进入内心!

唐诗为什么能流传至今?原因之一,也是因为它是真率的性情流露,没有说假话。"床前明月光,疑是地上霜。举头望明月,低头思故乡。"这首五言绝句,明白晓畅,朴素无华,全是人性的自然表白。

数学中的"单调有界数列必有极限"这句断语(极限存在的一个重要判别法)就是一句颠扑不破的真话,大实话。不论是在公元前201年,还是在纪元后1908、1925或1999年,它都是正确的。在古长安正确,在北京、伦敦和墨尔本也同样正确,就是在月球和火星上,单调有界数列也必有极限!——我想,这就是数学的真受到一些爱智慧的人们热烈追求和崇敬的最主要原因。因为这种永恒真理之光,如日月之明,对短暂、变幻和多难的人生,无疑也是一大精神安慰(这正是数学的伦理价值)。

许多学者甚至把数学的智慧,说成是上帝的体现。柏拉图说,上帝是位几何学家。

毕达哥拉斯学派的哲人确信:"Number rules the Universe。"(数统治着宇宙)

现代英国著名物理学家兼天文学家琼斯(J. H. Joans,1877—1946)则宣称:"宇宙最伟大的建筑师原来是位纯粹数学家。"

当代英国理论物理学家狄拉克认为,自然界的一个基本特征就是:"基本物理定律都是用极其优美和具有伟力的数学理论来描述的……"(Fundamental physical laws are described in terms of a mathematical theory of great beauty and power…)

狄拉克甚至说,上帝是一位了不起的数学家,他用极高超的数学建造了宇宙。

当然,人格化的上帝是没有的,但是宇宙的数学精美结构,以及人造的数学宇宙,却能激起我们顶礼膜拜的感情和深深的敬畏。

而对数学肃然起敬,就是对真的崇敬——因为数学是从来不撒谎的,这正是它具有崇高威信的源泉。

---

① 当然,败笔也是有的。所谓败笔,就是不真。

好的哲学也应是不说假话的。

哲学家在哲学史上的地位,以及某个现代哲学家在人们心中的价值,全看他说了多少关于时代的真话。

平心而论,1969年去世的著名德国哲学家雅斯贝尔斯一生是说了不少真话的。

首先,我们对于他的品格中的真诚就应当加以肯定。

1933年希特勒上台。雅斯贝尔斯因为妻子是犹太人而受到牵连。可是他那求真的精神始终没有向强权屈服。他被免去了教授的职位,他的著作也被禁止出版。

他打算流亡国外。1940年,他获准移居瑞士,但条件是他的妻子必须留在德国。雅斯贝尔斯断然拒绝接受这个条件,决定同妻子呆在一起,同生死,共存亡。这对患难夫妻下定了决心,一旦面临逮捕,即双双自杀。

不知为什么,十年内乱时期,我常常记起雅斯贝尔斯这段悲壮的遭遇。我想起我们中国两句古诗:"何以慰吾怀?赖古多此贤。"雅斯贝尔斯是现代人,所以我觉得他同我更加亲切些,尽管他是操德语的日耳曼人,与我远隔千山万水,万水千山。

做人和做学问常常是一回事。哲学家尤其应该如此。

中国古代哲学很讲究做人做学问全在于一个"诚"字。所谓诚,即真。孟子曰:"诚者天之道也;思诚者人之道也。至诚而不动者,未之有也;不诚,未有能动者也。"①

照孟子这个极简洁的伦理判别标准,本文在前面所提到的玻尔兹曼、德鲁德、洛伦兹、明可夫斯基、普朗克、爱因斯坦和雅斯贝尔斯等人都是至诚者了。

1980年春,我因工作关系,曾同联邦德国社会科学家代表团几个成员交谈过。地点在北京饭店的咖啡室,我们围桌而坐,一边品尝青岛啤酒,一边抱膝长谈雅斯贝尔斯。当面听到雅斯贝尔斯的同胞评价雅斯贝尔斯其人及其哲学思想,是我不能忘怀的,因为那是我从书本上怎么也不可能获得的感受。

纳粹德国投降后,年逾花甲的雅斯贝尔斯作为一个哲学家,作为时代精神的声音,他意识到自己有责任帮助陷于绝望、彷徨和苦闷境地的德国同胞重建德意志民族的"精神家园"——伦理学和民主政治。战后二十来年,他的哲学活动主要是集中在这两个相互联系的目标上。

雅斯贝尔斯认为,对于德意志民族政治复兴和拨乱反正来说,承认民族

---

① 《离娄》。

罪责是必要的前提。在《德国的罪责问题》(1947年)这部著名的政治论著中,他说,任何人,只要他主动参与了与人类为敌的战争罪行的策划或实际行动,他就犯有道德罪;可是,那些由于不愿成为纳粹受害者而被迫容忍战争罪行的人们,就只应负政治上的责任——我觉得,雅斯贝尔斯这些见解就是一段真话。

"我个人认为,"一位50岁上下的联邦德国海德堡大学历史学教授呷了一口啤酒,用纯正的德语对我继续说:"战后那些年,雅斯贝尔斯的哲学思想可以说是德国人的精神之父。他帮助德意志民族重建精神世界,没有这种精神家园,作为战后一个经济巨人的联邦德国是不可能崛起的。"

深夜,当我走出北京饭店,我又坠入了沉思。

我想,一个经受过深重苦难、误入歧途、精神家园已一片残破的民族,是多么需要一个具有智慧和勇敢精神的哲人站出来说真话啊!

回到家里,我打开了雅斯贝尔斯的著作:*Einführung in die Philosophie*(《哲学导论》,1971年德文第19版),第13页,我读到如下一段真话:

"……哲学的真谛是寻求真理,而不是占有真理……。哲学就是在路途中。"

是啊,真理并不是一个发光的金刚钻戒指,只消牢牢地戴在你的手指上;真理只存在于你不辞为之赴死的不断追求中。

在第41页,还有一句真话也颇动我心:

"哲学不是给予,它只能唤醒……"

是的,唤醒。唤醒昏昏然的病态精神;唤醒人的使命感,道德责任感;唤醒区别善与恶、真与假和美与丑的意识。

作为一个哲学体系,雅斯贝尔斯的哲学我们未必能全予首肯,但是,经受过十年浩劫的中华民族,也多么需要认真地思索这些生死存亡的严肃问题啊!

我觉得,我们有能力思考这些问题。因为在我们民族的历史上,曾出现过老子、孔子、孟子和庄子……这些伟大的哲人,因为,我们现在有伟大的马克思主义哲学作指导;因为,马克思主义哲学就是讲真话的哲学。

"文化大革命"的后遗症之一,是使为数不少的人们厌恶政治,有人甚至服膺那种笼统地把政治说成是"肮脏的手"的说法。这种观点的最大错误就在于未能分清好的政治和坏的政治。正确的说法应当是:坏的政治是最大的恶,好的政治是最大的善。前者是最不道德的,所以最卑鄙龌龊;后者是最道德的,所以最光明正大。因为坏人只能谋杀一个人,毁灭一个家庭,而坏的政治却会谋杀千百万个人,毁灭千百万个家庭,甚至毁灭掉整个民族。一个好人发善心,只能用几块钱去救济一个灾民,而一种好的政治,却足以使千家万户丰衣足食,喜上眉梢。

5

有不说真话的哲学吗?

啊,不少。西方某些哲学的含糊性、任意性和故弄玄虚的弊病就是不说真话的一种表现。

即便是像黑格尔和谢林这样一些显赫的哲学家也说了些谎言。60年代初我曾读过他们的自然哲学。在黑格尔那部洋洋洒洒几十万字的《自然哲学》中,真话只有不多的几句,其余的,我觉得全是谁也不要听的废话(20世纪的读者更不要听)。

后来,我读到19世纪一大批世界第一流的德国自然科学家对黑格尔、谢林自然哲学进行猛烈抨击的言论,我是深受鼓舞的。我觉得我没有站错队,没有迷信黑格尔和谢林,没有盲从,没有随声附和去赞美"皇帝的新装"。我分享到了同优秀德国自然科学家的真知灼见发生共鸣的喜悦,这喜悦,是一种精神独立的幸福。

听听李比希(Liebig,1803—1873)这位杰出的德国化学家的卓越见解吧:

"如今我们回过头去看德国自然哲学,它就宛如一株凋萎枯朽的树木一般;它有过最美丽的枝叶,也有过夺目的鲜艳花朵,但是它不会结果。人们用无穷无尽的精神和敏慧所创造出来的,不过是一幅幅画面,尽管这些画面具有那么金碧辉煌的色彩,……但毕竟只是一线暗淡之光。我们所愿望、所追求的,则是纯洁之光,这就是真。"[①]

李比希是先得我心了。

在另一处,李比希还作了如下一段生动的回顾:

"因慕当代伟大哲人和形而上学家的大名,我本人也在他们任教的一所大学里求过学。的确,当时又有谁能抵抗得住他们对求知青年的诱惑力呢?青年对他们是为之倾倒、赞叹不已的。我也经历过这样一个着迷的时期:所听到的尽是一大堆词句和观念,真正的知识和切实的研究却是那末贫乏。它大约耗费了我生命之中两年宝贵的时光。当我从酩酊大醉的迷途中醒悟过来的时候,我所感到的愕然和惊异真是

---

① Liebig, *Chemische Briefe*, 1859,德文第4版,第28页。

无法形容的。"

德国卓越的物理学家、数学家兼生理学家亥姆霍尔茨(Helmholtz, 1821—1894)也极度厌恶尽是些大话诳言的德国自然哲学,他对黑格尔自然哲学尤其反感。这位大科学家确信:一切真知都是经验数据的结果。

的确,德国自然科学优秀传统形成之日,正是它同说大话、空话和假话的黑格尔自然哲学彻底决裂之时。只有把黑格尔自然哲学中的空想成分清除掉,德国自然科学才能健康地发展。

从17世纪到19世纪(即明清两代),中国自然哲学中的空想成分始终没有得到清算,一些主张"道不虚谈"的中国学者始终没有形成一支重要的力量,是近代中国没有产生实验科学一个不可忽视的原因。

明清两代中国最优秀的头脑都专心一致地潜心于两件事:一些学者毕生研究经疏、音韵、考据和训诂之学;另一些学者则继续空谈"致虚守寂","心之体甚大,若能尽我之心,便与天同。为学只是理会此"。

还有一些敏锐的学者(如方以智等人),尽管猛烈抨击宋明理学不说真话,专说大话、空话和假话的弊病,主张"寓通几于质测"(通几即哲学,质测即实验科学),但是,这些反对"离器以言道",认为"道寓于器","求道"必须根据对事物的实际考察的学者,由于种种原因,却始终没有形成近代自然科学说真话的优秀传统。

(原载《科学·艺术·哲学断想》,
生活·读书·新知三联书店1985年版)

贾平凹

秦　腔

　　山川不同，便风俗区别；风俗区别，便戏剧存异。普天之下人不同貌，剧不同腔；京、豫、晋、越、黄梅、二簧、四川高腔，几十种品类。或问：历史最悠久者，文武最正经者，是非最汹汹者？曰：秦腔也。正如长处和短处一样突出便见其风格，对待秦腔，爱者便爱得要死，恶者便恶得要命。外地人——尤其是自夸于长江流域的纤秀之士——最害怕秦腔的震撼。评论说得婉转的是：唱得有劲；说得直率的是：大喊大叫。于是，便有柔弱女子，常在戏台下以绒堵耳；又或在平日教训某人：你要不怎么怎么样，今晚让你去看秦腔！秦腔成了惩罚的代名词。所以，别的剧种可以各省走动，惟秦腔则如秦人一样，死不离窝。严重的乡土观念，也使其离不了窝。可能还在西北几个地方变腔走调地有些市场，却绝对冲不出往东南而去的潼关呢。

　　但是，几百年来，秦腔却没有被淘汰、被沉沦，这使多少人有大感而不得其解。其解是有的，就在陕西这块土地上。如果是一个南方人，坐车轰轰隆隆往北走，渡过黄河，进入西岸，八百里秦川大地，原来竟是：一抹黄褐的平原；辽阔的地平线上，一处一处用木椽夹打成一尺多宽墙的土屋，粗笨而庄重；冲天而起的白杨、苦楝、紫槐，枝杆粗壮如桶，叶却小似铜钱，迎风正反翻覆。你立即就会明白了：这里的地理构造竟与秦腔的旋律惟妙惟肖的一统！再去接触一下秦人吧，活脱脱地一群秦始皇兵马俑的复出：高个，浓眉，眼和眼间隔略远，手和脚一样长大，上身又稍稍见长于下身。当他们背着沉重的三角形状的犁铧，赶着山包一样团块组合式的秦川公牛，端着脑袋般大小的耀州瓷碗，蹲在立的卧的石碌子碌碡上吃着牛肉泡馍，你不禁又要改变起世界观了：啊，这是块多么空旷而实在的土地，在这块土地摸爬滚打的人群是多么"二愣"的民众！那晚霞烧起的黄昏里，落日在地平线上欲去不去的痛苦的妊娠，五里一村，十里一镇，高音喇叭里传播的秦腔互相交织，冲撞。这秦腔原来是秦川的天籁、地籁、人籁的共鸣啊！于此，你不渐渐感觉到了南方戏剧的秀而无骨吗？不深深地懂得秦腔为什么形成和存在而占却时间、空间的位置吗？

　　八百里秦川，以西安为界，咸阳、兴平、武功、周至、凤翔、长武、岐山、宝鸡，两个专区几十个县为西府；三原、泾阳、高陵、户县、合阳、大荔、韩城、白水,一个专区十几个县为东府。秦腔,就源于西府。在西府,民性敦厚,说话多用去声,一律咬字沉重,对话如吵架一样,哭丧又一呼三叹,呼喊远人更是特殊:前声拖十二分地长,末了方极快地道出内容。声韵的发展,使会远道喊人的人都从此有了唱秦腔的天才。老一辈的能唱,小一辈的能唱;男的能唱,女的能唱;唱秦腔成了做人最体面的事。任何一个乡下男女,只有唱秦腔,才有出人头地的可能。大凡有出息的,是个人才的,哪一个何曾未登过台,起码不能哼一阵秦腔呢?!

　　农民是世上最劳苦的人,尤其是在这块平原上,生时落草在黄土炕上,死了被埋在黄土堆下;秦腔是他们大苦中的大乐。当老牛木犁疙瘩绳,在田野已经累得筋疲力尽,立在犁沟里大喊大叫来一段秦腔,那心胸肺腑,关关节节的困乏便一尽儿涤荡净了。秦腔与他们,是和"西凤"白酒,长线辣子,大叶卷烟,牛肉泡馍一样成为生命的五大要素。若与那些年长的农民聊起来,他们想象的伟大的共产主义生活,首先便是这五大要素。他们有的是吃不完的粮食,他们缺的是高超的艺术享受。他们教育自己的子女,不会是那些文豪们讲的,幼年不是祖母讲着动人的迷离的童话,而是一字一板传授着秦腔。他们大都不识字,但却出奇地能一本一本整套背诵出剧本,虽然那常常是之乎者也的字眼从那一圈胡子的嘴里吐出来十分别扭。有了秦腔,生活便有了乐趣,高兴了,唱"快板",高兴得是被烈性炸药爆炸了一样,要把整个身心粉碎在天空!痛苦了,唱"慢板",揪心裂肠的唱腔却表现了多么有情有味的美来,美给了别人以享受,美也熨平了自己心中愁苦的皱纹。当他们在收获时节的土场上,在月挂中天的庄院里,大吼大叫唱起来的时候,那种难以想象的狂喜,激动,雄壮,与那些献身于诗歌的文人,与那些有吃有穿却总感空虚的都市人相比,常说的什么伟大而痛苦的爱情,是多么渺小、有限和虚弱啊!

　　我曾经在西府走动了两个秋冬,所到之处,村村都有戏班,人人都会清唱。在黎明或者黄昏的时分,一个人独独地到田野里去,远远看着天幕下一个一个山包一样隆起的十三个朝代帝王的陵墓,细细辨认着田埂上、荒草中那一截一截汉唐时期石碑上的残字,高高的土屋上的窗口里就飘出一阵冗长的二胡声,几声雄壮的秦腔叫板,我就痴呆了,感觉到那村口的土尘里,一头叫驴的打滚是那么有力;猛然发现了自己心胸中一股强硬的气魄随同着胳膊上的肌肉疙瘩一起产生了。

　　每到农闲的夜里,村里就常听到几声锣响:戏班排演开始了。演员们都集合起来,到那古寺庙里去。吹、拉、弹、奏、翻、打、念、唱,提袍甩袖,吹胡瞪眼,古寺庙成了古今真古府,天地大梨园。导演是老一辈演员,享有绝对权威;演员是一家几口,夫妻同台,父子同台,公公儿媳也同台。按秦川的风俗:父和子不能不有其序,爷和孙却可以无道;弟与哥嫂可以嬉闹无常,兄与弟媳则无正事不能多言。但是,一到台上,秦腔面前人人平等,兄可以拜弟媳为帅为将,子可以将老父绳绑索捆。寺庙里有窗无扇,屋梁上蛛丝结网;夏天蚊虫飞来,成团成团在头上旋转,薰蚊草就墙角燃起,一声唱腔一声咳嗽。冬天里四面透风,柳木疙瘩火当中架起,一出场一脸正经,一下场凑近火堆,热了前怀,凉了后背。排演到什么时候,什么时候都有观众,有抱着二尺长的烟袋的老者,有凳子高、桌子高趴满窗台孩子。庙里一个跟头未翻起,窗外就哇地一声叫倒好,演员出来骂一声:谁说不好的滚蛋!他们抓住窗台死不滚去,倒要连声讨好:翻得好!翻得好!更有殷勤的,跑回来偷拿了红薯、土豆,在火堆里煨熟给演员作夜餐,赚得进屋里有一个安全位置。排演到三更鸡叫,月儿偏西,演员们散了,孩子们还围了火堆弯腰踢腿,学那一招一式。

　　一出戏排成了,一人传出,全村振奋,扳着指头盼那上演日期。一年十二个月,正月元宵日,二月龙抬头,三月三,四月四,五月初五过端午,六月六日晒丝绸,七月过半,八月中秋,九月初九,十月一日,再是那腊月五豆,腊八、二十三……月月有节,三月一会,那戏必是上演的。戏台是全村人的共同的事业,宁肯少吃少穿也要筹资积款,买上好的木石,请高强的工匠来修筑。村子富不富,就比这戏台阔不阔。一演出,半下午人就扛凳子去占座位了;未等戏开,台下坐的、站的人头攒拥,台两边阶上立的、卧的是一群顽童。那锣鼓就叮叮咣咣地闹台,似乎整个世界要天翻地覆了。各类小吃趁机摆开,一个食摊上一盏马灯,花生、瓜子、糖果、烟卷、油茶、麻花、烧鸡、煎饼,长一声短一声叫卖不绝。锣鼓还在一声儿敲打,大幕只是不拉,演员偶尔从幕边往下望望,下边就喊:开演呀,场子都满了!幕布放下,只说就要出场了,却又叮叮咣咣不停。台下就乱了,后边的喊前边的坐下,前边的喊后边的为什么不说最前边的立着,场外的大声叫着亲朋子女名字,问有坐处没有,场内的锐声回应快进来;有要吃煎饼的喊熟人去买一个,熟人买了站在场外一扬手,"日"地一声隔人头甩去,不偏不倚目标正好;左边的喊右边的踩了他的脚,右边的叫左边的挤了他的腰,一个说:狗年快完了,你还叫啥哩?一个说:猪年还没到,你便拱开了!言语伤人,动了手脚;外边的趁机而入,一时四边向里挤,里边向外抗,人的旋涡涌起,如四月的麦田起风,根儿不动,头身一会儿倒西,一会儿倒东。喊声、骂声、哭声一片。有拼命挤将出来的,一出来方觉世界偌大,身体胖肿,但差不多却光了脚,乱了头发。大幕又一挑,站出戏班头儿,大声叫喊要维持秩序,立即就跳出一个两个所谓"二杆子"人物来。这类人物多是头脑简单,四肢发达,却十二分忠诚于秦腔,此时便拿了树条儿,哪里人挤,往哪里打去,如凶神恶煞一般。人人恨骂这些人,人人又都盼有这些人,叫他们是秦腔宪兵。宪兵者越发忠于职责,虽然彻夜不得看戏,但大家一夜满足了,他们也就满足了一夜。

终于台上锣鼓停了,大幕拉开,角色出场。但不管男的女的,出来偏不面对观众,一律背身掩面,女的就碎步后移,水上漂一样,台下就叫:瞧那腰身,那肩头,一身的戏哟!是男的就摇那帽翎,一会双摇,一会单摇,一边上下飞闪,一边纹丝不动,台下便叫:绝了,绝了!等到那角色儿猛一转身,头一高扬,一声高叫,声如炸雷豁郎郎直从人们头顶碾过,全场一个冷颤,从头到脚,每一个手指尖儿,每一根头发梢儿都麻酥酥的了。如果是演《救裴生》,那慧娘站在台中往下蹲,慢慢地,慢慢地,慧娘蹲下去了,全场人头也矮下去了半尺;等那慧娘往起站,慢慢地,慢慢地,慧娘站起来了,全场人的脖子也全拉长了起来。他们不喜欢看生戏,最欢迎看熟戏,那一腔一调都晓得,哪个演员唱得好,就摇头晃脑跟着唱,哪个演员走了调,台下就有人要纠正。说穿了,看秦腔的不为求新鲜,他们只图过过瘾。

在这样的地方,这样的环境,这样的气氛,面对着这样的观众,秦腔是最逞能的。它的艺术享受,是和拥挤而存在,是有力气而获得的。如果是冬天,那风在刮着,像刀子一样,如果在夏天,人窝里热得如蒸笼一般,但只要不是大雪、冰雹、暴雨,台下的人是不肯撤场的。最可贵的是那些老一辈的秦腔迷,他们没有力气挤在台下,也没有好眼力看清演员,却一溜一排地蹲在戏台两侧的墙根,吸着草烟,慢慢将唱腔品赏。一声叫板,便可以使他们坠入艺术之宫,"听了秦腔,肉酒不香",他们是体会得最深。那些大一点的,脾性野一点的孩子,却占领了戏场周围所有的高空,杨树上、柳树上、槐树上,一个枝杈一个人。他们常常乐而忘了险境,双手鼓掌时竟从树杈上掉下来;掉下来自不会损伤,因为树下是无数的人头,只是招致一顿臭骂罢了。更有一些爬在了场边的麦秸垛上,夏天四面来风,好不凉快;冬日就趴个草洞,将身子缩进去,露一个脑袋。也正是有闲阶级享受不了秦腔吧,他们常常瞌睡了;一觉醒来,月在西天,戏毕人散,只好苦笑一声,悄然没声儿地溜下来回家敲门去了。

当然,一次秦腔演出,是一次演员亮相,也是一次演员受村人评论的考场。每每角色一出场,台下就一片喊喊喳喳:这是谁的儿子,谁的女子,谁家的媳妇,娘家何处?于是乎,谁有出息,谁没能耐,一下子就有了定论。有好多外村的人来提亲说媒,总是就在这个时候进行。据说有一媒人将一女子引到台下,相亲台上一个男演员,事先夸口这男的如何俊样,如何能干;但戏演了过半,那男的还未出场。后来终于出来,是个国民党的伪兵,持枪还未走到中台,扮游击队长的演员挥枪一指,"叭"地一声,那伪兵就倒地而死,爬着钻进了后幕。那女子当下哼了一声,闭了嘴,一场亲事自然了了。这是喜中之悲一例。据说还有一例,一个老头在脖子上架了孙孙去看戏,孙孙吵着要回家,老头好说好劝只是不忍半场而去,便破费买了半斤花生。他眼相着台上,手在下边剥花生,然后一颗一颗扬手喂到孙孙嘴里,但喂着喂着,竟将一颗塞进孙孙鼻孔,吐不出,咽不下,口鼻出血,连夜送到医院动手术,花去了七十元钱。但是,以秦腔引喜的事却不计其数。每个村里,总会有那么个老汉,夜里看戏,第二天必是头一个起床往戏台下跑。戏台下一片石头、砖头,一堆堆瓜子皮、糖果纸、烟屁股,他掀掀这块石头,踢踢那堆尘土,少不了要拣到一角两角甚至三元四元钱币来,或者一只鞋,或者一条手帕。这是村里钻刁人干的营生。而馋嘴的孩子们有的则夜里趁各家锁门之机,去地里摘那香瓜来吃,去谁家院里将桃杏装在背心兜里回来分红。自然少不了有那些青春妙龄的少男少女,则往往在台下混乱之中眼送秋波,或者就悄悄退出,相依相偎到黑黑的渠畔树林子里去了……

秦腔在这块土地上,有着神圣的不可动摇的基础。凡是到这些村庄去下乡,到这些人家去做客,他们最高级的接待是陪着看一场秦腔;实在不逢年过节,他们就会要合家唱一会乱弹,你只能点头称好,不能耻笑,甚至不能有一点不入神的表示。他们一生最崇敬的只有两种人,一是国家领导人,一是当地秦腔名角。即使在任何地方,这些名角没有在场,只要发现了名角的父母,去商店买油是不必排队的,进饭馆吃饭是会有座位的,就是在半路上挡车,只要喊一声:我是某某的什么,司机也便要嘎地停车。但是,谁要侮辱一下秦腔,他们要争死争活地和你论理,以致大打出手,永远使你记住教训。每每村里过红白丧喜之事,那必是要包一台秦腔的;生儿以秦腔迎接,送葬以秦腔致哀;似乎这个人生的世界,就是秦腔的舞台。人只要在舞台上,生、旦、净、丑,才各显了真性;恶的夸张其丑,善的凸现其美,善使他们获得了美的教育,恶的也在丑里化作了美的艺术。

广漠旷远的八百里秦川,只有这秦腔,也只能有这秦腔。八百里秦川的劳作农民,只有也只能有这秦腔使他们喜怒哀乐。秦人自古是大苦大乐之民众,他们的家乡交响乐除了大喊大叫的秦腔还能有别的吗?

1983年5月2日于五味村

(原载《贾平凹文集》第11卷,陕西人民出版社1998年版)

周　涛

巩乃斯的马

　　没话找话就招人讨厌，话说得没意思就让人觉得无聊，还不如听吵架提神。吵架骂仗是需要激情的。
　　我发现，写文章的时候就像一匹套在轭具和辕木中的马，想到那片水草茂盛的地方去，却不能摆脱道路，更摆脱不了车夫的驾驭，所以走来走去，永远在这条枯燥的路面上。
　　我向往草地，但每次走到的，却总是马厩。

我一直对不爱马的人怀有一点偏见，认为那是由于生气不足和对美的感觉迟钝所造成的，而且这种缺陷很难弥补。有时候读传记，看到有些了不起的人物以牛或骆驼自喻，就有点替他们惋惜，他们一定是没见过真正的马。

在我眼里，牛总是有点落后的象征的意思，一副安贫知命的样子，这大概是由于过分提倡"老黄牛"精神引起的生理反感。骆驼却是沙漠的怪胎，为了适应严酷的环境，把自己改造得那么丑陋畸形。至于毛驴，顶多是个黑色幽默派的小丑，难当大用。它们的特性和模样，都清清楚楚地写着人类对动物的征服，生命对强者的屈服，所以我不喜欢。它们不是作为人类朋友的形象出现的，而是俘虏，是仆役。有时候，看到小孩子鞭打牛，高大的骆驼在妇人面前下跪，发情的毛驴被缚在车套里龇牙大鸣，我心里便产生一种悲哀和怜悯。

那卧在盐车之下哀哀嘶鸣的骏马和诗人臧克家笔下的"老马"，不也是可悲的吗？但是不同。那可悲里含有一种不公，这一层含义在别的畜牲中是没有的。在南方，我也见到过矮小的马，样子有些滑稽，但那不是它的过错。既然橘树有自己的土壤，马当然有它的故乡了。自古好马生塞北。在伊犁，在巩乃斯大草原，马作为茫茫天地之间的一种尤物，便呈现了它的全部魅力。

那是一九七〇年，我在一个农场接受"再教育"，第一次触摸到了冷酷、丑恶、冰凉的生活实体。不正常的政治气候像潮闷险恶的黑云一样压在头顶上,使人压抑到不能忍受的地步。强度的体力劳动并不能打击我对生活的热爱,精神上的压抑却有可能摧毁我的信念。

终于有一天夜晚,我和一个外号叫"蓝毛"的长着古希腊人脸型的上士一起爬起来,偷偷摸进马棚,解下两匹喉咙里滚动着咴咴低鸣的骏马,在冬夜旷野的雪地上奔驰开了。

天低云暗,雪地一片模糊,但是马不会跑进巩乃斯河里去。雪原右侧是巩乃斯河,形成了沿河的一道陡直的不规则的土壁。光背的马儿驮着我们在土壁顶上的雪原轻快地小跑,喷着鼻息,四蹄发出嚓嚓的有节奏的声音,最后大颠着狂奔起来。随着马的奔驰、起伏、跳跃和喘息,我们的心情变得开朗、舒展。压抑消失,豪兴顿起,在空旷的雪野上打着唿哨乱喊,在颠簸的马背上感受自由的亲切和驾驭自己命运的能力,是何等的痛快舒畅啊!我们高兴得大笑,笑得从马背上栽下来,躺在深雪里还是止不住地狂笑,直到笑得眼睛里流出了泪水……

那两匹可爱的光背马,这时已在近处缓缓停住,低垂着脖颈,一副歉疚的想说"对不起"的神态。它们温柔的眼睛里仿佛充满了怜悯和抱怨,还有一点诧异,弄不懂我们这两个人究竟是怎么了。我拍拍马的脖颈,抚摸一会儿它的鼻梁和嘴唇,它会意了,抖抖鬃毛像抖掉疑虑,跟着我们慢慢走回去。一路上,我们谈着马,闻着身后热烘烘的马汗味和四围里新鲜刺鼻的气息,觉得好像不是走在冬夜的雪原上。

马能给人以勇气,给人以幻想,这也不是笨拙的动物所能有的。在巩乃斯后来的那些日子里,观察马渐渐成了我的一种艺术享受。

我喜欢看一群马,那是一个马的家族在夏牧场上游移,散乱而有秩序,首领就是那里面一眼就望得出的种公马。它是马群的灵魂,作为这群马的首领当之无愧,因为它的确是无与伦比的强壮和美丽。匀称高大,毛色闪闪发光,最明显的特征是颈上披散着垂地的长鬃,有的浓黑,流泻着力与威严;有的金红,燃烧着火焰般的光彩。它管理着保护着这群牝马和顽皮的长腿短身子马驹儿,眼光里保持着父爱的尊严。

在马的这种社会结构中,首领的地位是由强者在竞争中确立的。任何一匹马都可以争夺,通过追逐、撕咬、拼斗,使最强的马成为公认的首领。为了保证这群马的品种不至于退化,就不能搞"指定",不能看谁和种公马的关系好,也不能凭血缘关系接班。

生存竞争的规律使一切生物把生存下去作为第一意识,而人却有时候会忘记,造成许多误会。

唉,天似穹庐,笼盖四野。在巩乃斯草原度过的那些日子里,我与世界隔绝,生活单调;人与人互相警惕,唯恐失一言而遭灭顶之祸,心灵寂寞。只有一个乐趣，看马。好在巩乃斯草原马多，不像书可以被焚，画可以被禁，知识可以被践踏，马总不至于被驱逐出境吧？这样，我就从马的世界里找到了奔驰的诗韵。油画般的辽阔草原、夕阳落照中兀立于荒原的群雕、大规模转场时铺散在山坡上的好文章、熊熊篝火边的通宵马经、毡房里悠长喑哑的长歌在烈马苍凉的嘶鸣中展开、醉酒的青年哈萨克在群犬的追逐中纵马狂奔、东倒西歪地俯身鞭打猛犬，这一切，使我蓦然感受到生活不朽的壮美和那时潜藏在我们心里的共同忧郁……

哦，巩乃斯的马，给了我一个多么完整的世界！凡是那时被取消的，你都重新又给予了我！弄得我直到今天听到马蹄踏过大地的有力声响时，还会在屋子里坐卧不宁，总想出去看看，是一匹什么样儿的马走过去了。而且我还听不得马嘶，一听到那铜号般高亢、鹰啼般苍凉的声音，我就热血陡涌、热泪盈眶，大有战士出征走上古战场，"风萧萧兮易水寒"的悲壮之慨。

有一次我碰上巩乃斯草原夏日迅疾猛烈的暴雨，那雨来势之快，可以使悠然在晴空盘旋的孤鹰来不及躲避而被击落，雨脚之猛，竟能把牧草覆盖的原野一瞬间打得烟尘滚滚。就在那场暴雨的豪打下，我见到了最壮阔的马群奔跑的场面。仿佛分散在所有山谷里的马都被赶到这儿来了，好家伙，被暴雨的长鞭抽打着，被低沉的怒雷恐吓着，被刺进大地倏忽消逝的闪电激奋着，马，这不肯安全的牲灵从无数谷口、山坡涌出来，山洪奔泻似地在这原野上汇聚了，小群汇成大群，大群在运动中扩展，成为一片喧叫、纷乱、快速移动的集团冲锋！争先恐后，前呼后应，披头散发，淋漓尽致！有的疯狂地向前奔驰，像一队尖兵，要去踏住那闪电；有的来回奔跑，俨然像临危不惧、收拾残局的大将；小马跟着母马认真而紧张地跑，不再顽皮、撒欢，一下子变得老练了许多；牧人在不可收拾的潮水中被携裹，大喊大叫，却毫无声响，喊声像一块小石片跌进奔腾喧嚣的大河。

雄浑的马蹄声在大地奏出鼓点，悲怆苍劲的嘶鸣、叫喊在拥挤的空间碰撞、飞溅，划出一条条不规则的曲线，扭住、缠住漫天雨网，和雷声雨声交织成惊心动魄的大舞台。而这一切，得在飞速移动中展现，几分钟后，马群消失，暴雨停歇，你再看不见了。

我久久地站在那里，发愣、发痴、发呆。我见到了，见过了，这世间罕见的奇景，这无可替代的伟大的马群，这古战场的再现，这交响乐伴奏下的复活的雕塑群和油画长卷！我把这几分钟间见到的记在脑子里，相信，它所给予我的将使我终身受用不尽……

马就是这样，它奔放有力却不让人畏惧，毫无凶暴之相；它优美柔顺却不任人随意欺凌，并不懦弱，我说它是进取精神的象征，是崇高感情的化身，是力与美的巧妙结合恐怕也并不过分。屠格涅夫有一次在他的庄园里说托尔斯泰"大概您在什么时候当过马",因为托尔斯泰不仅爱马、写马,并且坚信"这匹马能思考并且是有感情的"。它们常和历史上的那些伟大的人物、民族的英雄一起被铸成铜像屹立在最醒目的地方。

过去我认为,只有《静静的顿河》才是马的史诗;离开巩乃斯之后,我不这么看了。巩乃斯的马,这些古人称之为骐骥、称之为汗血马的英气勃勃的后裔们,日出而撒欢,日入而哀鸣,它们好像永远是这样散漫而又有所期待,这样原始而又有感知,这样不假雕饰而又优美,这样我行我素而又不会被世界所淘汰。成吉思汗的铁骑作为一个兵种已经消失,六根棍马车作为一种代步工具已被淘汰,但是马却不会被什么新玩艺儿取代,它有它的价值。

牛从轭车变为食用,仍然是实用物;毛驴和骆驼将会成为动物园里的展览品,因为它们只会越来越稀少;而马,当车辆只是在实用意义上取代了它,解放了它时,它从实用物进化为一种艺术品的时候恰恰开始了。

值得自豪的是我们中国有好马。从秦始皇的兵马俑、铜车马到唐太宗的六骏,从马踏飞燕的奇妙构想到大宛汗血马的美妙传说,从关云长的赤兔马到朱德总司令的长征坐骑……纵览马的历史,还会发现它和我们民族的历史紧密相联着。这也难怪,骏马与武士与英雄本有着难以割舍的亲缘关系呢,彼此作用的相互发挥、彼此气质的相互补益,曾创造出多少叱咤风云的壮美形象?纵使有一天马终于脱离了征战这一辉煌事业,人们也随时会从军人的身上发现马的神韵和遗风。我们有多少关于马的故事呵,我们是十分爱马的民族呢。至今,如同我们的一切美好传统都像黄河之水似地遗传下来那样,我们的历代名马的筋骨、血脉、气韵、精神也都遗传下来了。那种"龙马精神",就在巩乃斯的马身上——

此马非凡马,
房星是本星;
向前敲瘦骨,
犹自带铜声。

我想,即便我一直固执地对不爱马的人怀一点偏见,恐怕也是可以得到谅解的吧。

1984 年 5 月 20 日于乌鲁木齐
(原载《解放军文艺》1984 年第 8 期)

张中行

刘 叔 雅

刘叔雅是民初学术界的知名之士,名文典,字叔雅,因为学术有成就,人都称呼为刘叔雅,表示尊重。

三十年代初,他在清华大学任国文系主任,在北京大学兼课,讲六朝文,我听过一年。他的大名,我早有所知。这少半是来自读他的著作,其中有翻译日本丘浅次郎的《进化与人生》;中文的是他的权威著作《淮南鸿烈集解》。听说他骈体文写得很好,没有见过。大名的多半是来自他的不畏权势。那是1928年,他任安徽大学校长,因为学潮事件触怒了老蒋。蒋召见他,说了既无理又无礼的话,据说他不改旧习,伸出手指指着蒋说:"你就是新军阀!"蒋大怒,要枪毙他。幸而有蔡元培先生等全力为他解释,说他有精神不正常的毛病,才以立即免职了事。不论什么时代,像这样常人会视为疯子的总是稀有的,这使我不禁想到三国的祢衡。这位祢衡就在课堂上,一周见一次,于是我怀着好奇的心理注意他的举止言谈。

他偏于消瘦,面黑,一点没有出头露角的神气。上课坐着,讲书,眼很少睁大,总像是沉思,自言自语。现在还有印象的,一次是讲木玄虚《海赋》,多从声音的性质和作用方面发挥,当时觉得确是看得深,说得透。又一次,是泛论不同的韵的不同情调,说五微韵的情调是惆怅,举例,闭着眼睛吟诵:"风压轻云贴水飞,乍晴池馆燕争泥,沈郎憔悴不胜衣。"念完,停一会,像是仍在心里回味,我当时想,他是不是觉得自己就是"沈郎憔悴不胜衣"呢?对于他的见解,同学是尊重的。只是有一次,他表现为明显的言行不一致。不知从哪里说起,他忽然激昂起来,起立,睁大眼睛,说人间的不平等现象使他气愤,举例中有有人坐车,有人拉车云云。同学听了都惊讶而感动,想到像这样一位神游六朝的人物忽然注意现世问题,真有"烈士暮年,壮心不已"的意味。说完,下课,有些同学由窗口目送他走出校门。一辆旧人力车过来,他坐上去,车夫提起车把向西跑去,原来他正是"有人坐车"的人。

抗战时期,他到云南,一个时期在西南联大任教。我有个表弟倪君在那里上学,回内地之后跟我说,刘叔雅在那里仍然表现为很怪异,许多事在学校传为笑谈。例如有一次跑警报,一位新文学作家,早已很有名,也在联大任教,急着向某个方向走,他看见,正言厉色地说:"你跑做什么!我跑,因为我炸死了,就不再有人讲《庄子》。"那位作家尊重他是前辈,没还言,躲开他,或者说"桃之夭夭"了。再是不只一次,他讲书,吴宓(号雨僧)也去听,坐在教室内最后一排。他仍是闭目讲,讲到自己认为独到的体会的时候,总是抬头张目向后排看,问道:"雨僧兄以为何如?"吴宓照例起立,恭恭敬敬,一面点头一面答:"高见甚是,高见甚是。"惹得全场为之暗笑。

1945年抗战胜利,西南联大散伙,各自回各自的老窝,他因为已经不在联大,就没有跟回来。以后一直留在云南,在云南大学任教。有人说这是因为他舍不得云土(烟土,即鸦片)和云腿(火腿),并由此而获得"二云居士"的雅号,不知确否。这且不管它,我觉得遗憾的是不再听到他的"甚是"的"高见",有时难免类似老成凋谢的怅惘。

十几年之后,他就真正凋谢了。我有时想起北京大学的卯字号人物,这小一辈的,刘半农终于1934年,享寿四十三;胡适之终于1962年,享寿七十一;刘叔雅终于1958年,享寿六十七,单就这一点说是中间人物。学术成就呢?很难说。张文勋为他作的传记说,他还想以余年完成《群书校补》等几种大著作,可惜"出师未捷身先死"。我则以为,他不如降一级,由"子部"转到专搞"集部",比如说,多谈谈选学、唐诗,就会对更多的读者有大帮助。——他作古了;如果健在,听到我这不三不四的意见,恐怕要大喊"小子何知"吧?

(原载《张中行全集》,北方文艺出版社2019年版)

汪曾祺

端午的鸭蛋

家乡的端午,很多风俗和外地一样。系百索子。五色的丝线拧成小绳,系在手腕上。丝线是掉色的,洗脸时沾了水,手腕上就印得红一道绿一道的。做香角子。丝线缠成小粽子,里头装了香面,一个一个串起来,挂在帐钩上。贴五毒。红纸剪成五毒,贴在门坎上。贴符。这符是城隍庙送来的。城隍庙的老道士还是我的寄名干爹,他每年端午节前就派小道士送符来,还有两把小纸扇。符送来了,就贴在堂屋的门楣上。一尺来长的黄色、蓝色的纸条,上面用朱笔画些莫名其妙的道道,这就能辟邪么?喝雄黄酒。用酒和的雄黄在孩子的额头上画一个王字,这是很多地方都有的。有一个风俗不知别处有不:放黄烟子。黄烟子是大小如北方的麻雷子的炮仗,只是里面灌的不是硝药,而是雄黄。点着后不响,只是冒出一股黄烟,能冒好一会。把点着的黄烟子丢在橱柜下面,说是可以熏五毒。小孩子点了黄烟子,常把它的一头抵在板壁上写虎字。写黄烟虎字笔画不能断,所以我们那里的孩子都会写草书的"一笔虎"。还有一个风俗,是端午节的午饭要吃"十二红",就是十二道红颜色的菜,十二红里我只记得有炒红苋菜、油爆虾、咸鸭蛋,其余的都记不清,数不出了。也许十二红只是一个名目,不一定真凑足十二样。不过午饭的菜都是红的,这一点是我没有记错的,而且,苋菜、虾、鸭蛋,一定是有的。这三样,在我的家乡,都不贵,多数人家是吃得起的。

我的家乡是水乡。出鸭。高邮大麻鸭是著名的鸭种。鸭多,鸭蛋也多。高邮人也善于腌鸭蛋。高邮咸鸭蛋于是出了名。我在苏南、浙江,每逢有人问我的籍贯,回答之后,对方就会肃然起敬:"哦!你们那里出咸鸭蛋!"上海的卖腌腊的店铺里也卖咸鸭蛋,必用纸条特别标明:"高邮咸蛋"。高邮还出双黄鸭蛋。别处鸭蛋也偶有双黄的,但不如高邮的多,可以成批输出。双黄鸭蛋味道其实无特别处。还不就是个鸭蛋!只是切开之后,里面圆圆的两个黄,使人惊奇不已。我对异乡人称道高邮鸭蛋,是不大高兴的,好像我们那穷地方就出鸭蛋似的!不过高邮的咸鸭蛋,确实是好,我走的地方不少,所食鸭蛋多矣,但和我家乡的完全不能相比!曾经沧海难为水,他乡咸鸭蛋,我实在瞧不上。袁枚的《随园食单·小菜单》有"腌蛋"一条。袁子才这个人我不喜欢,他的《食单》好些菜的做法是听来的,他自己并不会做菜。但是《腌蛋》这一条我看后却觉得很亲切,而且"与有荣焉"。文不长,录如下:

> 腌蛋以高邮为佳,颜色细而油多,高文端公最喜食之。席间,先夹取以敬客,放盘中。总宜切开带壳,黄白兼用;不可存黄去白,使味不全,油亦走散。

高邮咸鸭蛋的特点是质细而油多。蛋白柔嫩,不似别处的发干、发粉,入口如嚼石灰。油多尤为别处所不及。鸭蛋的吃法,如袁子才所说,带壳切开,是一种,那是席间待客的办法。平常食用,一般都是敲破"空头"用筷子挖着吃。筷子头一扎下去,吱——红油就冒出来了。高邮咸蛋的黄是通红的。苏北有一道名菜,叫做"朱砂豆腐",就是用高邮鸭蛋黄炒的豆腐。我在北京吃的咸鸭蛋,蛋黄是浅黄色的,这叫什么咸鸭蛋呢!

端午节,我们那里的孩子兴挂"鸭蛋络子"。头一天,就由姑姑或姐姐用彩色丝线打好了络子。端午一早,鸭蛋煮熟了,由孩子自己去挑一个,鸭蛋有什么可挑的呢!有!一要挑淡青壳的。鸭蛋壳有白的和淡青的两种。二要挑形状好看的。别说鸭蛋都是一样的,细看却不同。有的样子蠢,有的秀气。挑好了,装在络子里,挂在大襟的纽扣上。这有什么好看呢?然而它是孩子心爱的饰物。鸭蛋络子挂了多半天,什么时候孩子一高兴,就把络子里的鸭蛋掏出来,吃了。端午的鸭蛋,新腌不久,只有一点淡淡的咸味,白嘴吃也可以。

孩子吃鸭蛋是很小心的,除了敲去空头,不把蛋壳碰破。蛋黄蛋白吃光了,用清水把鸭蛋里面洗净,晚上捉了萤火虫来,装在蛋壳里,空头的地方糊一层薄罗。萤火虫在鸭蛋壳里一闪一闪地亮,好看极了!

小时读囊萤映雪故事,觉得东晋的车胤用练囊盛了几十只萤火虫,照了读书,还不如用鸭蛋壳来装萤火虫。不过用萤火虫照亮来读书,而且一夜读到天亮,这能行么?车胤读的是手写的卷子,字大,若是读现在的新五号字,大概是不行的。

(原载《雨花》1986年5月号)

萧 乾

京　白

　　五十年代为了听点儿纯粹的北京话,我常出前门去赶相声大会,还邀过叶圣陶老先生和老友严文井。现在除了说老段子,一般都用普通话了。虽然未免有点儿可惜,可我估摸着他们也是不得已。您想,现今北京城扩大了多少倍!两湖两广陕甘宁,真正的老北京早成"少数民族"啦。要是把话说纯了,多少人能听得懂!印成书还能加个注儿。台上演的,台下要是不懂,没人乐,那不就砸锅啦!

　　所以我这篇小文也不能用纯京白写下去啦。我得花搭着来——"花搭"这个词儿,作兴就会有人不懂。它跟"清一色"正相反:就是京白和普通话掺着来。

　　京白最讲究分寸。前些日子从南方来了位愣小伙子来看我。忽然间他问我:"你几岁了?"我听了好不是滋味儿。瞅见怀里抱着的,手里拉着的娃娃才那么问哪。稍微大点儿,上中学的,就得问:"十几啦?"问成人"多大年纪"。有时中年人也问"贵庚",问老年人"高寿",可那是客套了,我赞成朴素点儿。

　　北京话里,三十"来"岁跟三十"几"岁可不是一码事。三十"来"岁是指二十七八快三十了。三十"几"岁就是三十出头了。就是夸起什么来,也有分寸。起码有三档。"挺"好和"顶"好发音近似,其实还差着一档。"挺"相当于文言的"颇"。褒语最低的一档是"不赖",就是现在常说的"还可以"。代名词"我们"和"咱们"在用法上也有讲究。"咱们"一般包括对方,"我们"有时候不包括。"你们是上海人,我们是北京人,咱们都是中国人"。

　　京白最大的特点是委婉。常听人抱怨如今的售货员说话生硬——可那总比待理不理强哪。从前,你只要往柜台前头一站,柜台里头的就会跑过来问:"您来点儿什么?""哪件可您的心意?"看出你不想买,就打消顾虑说:"您随便儿看,买不买没关系。"

　　委婉还表现在使用导语上。现在讲究直来直去,倒是省力气,有好处。可有时候猛孤丁来一句,会吓人一跳。导语就是在说正话之前,先来上半句话打个招呼。比方说,知道你想见一个人,可他走啦。开头先说:"您猜怎么着——"要是由闲话转入正题,先说声:"喂,说正格的——"就是希望你严肃对待他底下这段话。

委婉还表现在口气和角度上。现在骑车的要行人让路,不是按铃,就是硬闯,最客气的才说声"靠边儿"。我年轻时,最起码也得说声"借光"。会说话的,在"借光"之外,再加上句"溅身泥"。这就替行人着想了,怕脏了您的衣服。这种对行人的体贴往往比光喊一声"借光"来得有效。

京白里有些词儿用得妙。现在夸朋友的女儿貌美,大概都说:"长得多漂亮啊!"京白可比那花哨。先来一声"哟",表示惊叹,然后才说:"瞧您这闺女模样儿出落得多水灵啊!"相形之下,"长得"死板了点儿,"出落"就带有"发展中"的含义,以后还会更美;而且"水灵"这个字除了静的形态(五官端正)之外,还包含着雅、娇、甜、嫩等等素质。

名物词后边加"儿"字是京白最显著的特征,也是说得地道不地道的试金石。已故文学翻译家傅雷是语言大师。五十年代我经手过他的稿子,译文既严谨又流畅,连每个标点符号都经过周详的仔细斟酌,真是无懈可击。然而他有个特点:是上海人可偏偏喜欢用京白译书。有人说他的稿子不许人动一个字。我就在稿中"儿"字的用法上提过些意见,他都十分虚心地照改了。

正像英语里冠词的用法,这"儿"字也有点儿捉摸不定。大体上说,"儿"字有"小"意,因而也往往带有爱昵之意。小孩加"儿"字,大人后头就不能加,除非是挖苦一个佯装成人老气横秋的后生,说:"喝,你成了个小大人儿啦"。反之,一切庞然大物都加不得"儿"字,比如学校,工厂,鼓楼或衙门。马路不加,可"走小道儿""转个弯儿"就加了。当然,小时候也听人管太阳叫过"老爷儿",那是表示亲热,把它人格化了。问老人"您身子骨儿可硬朗啊",就比"身体好啊"亲切委婉多了。

京白并不都娓娓动听。北京人要骂起街来,也真不含糊。我小时,学校每年办冬赈之前,先派学生去左近一带贫民家里调查,然后,按贫穷程度发给不同级别的领物证。有一回我参加了调查工作,刚一进胡同,就看见显然在那巡风的小孩跑回家报告了。我们走进那家一看,哎呀,大冬天的,连床被子也没有,几口人全蜷缩在炕角上。当然该给甲级喽。临出门,我多了个心眼儿,朝院里的茅厕探了探头。喝,两把椅子上是高高一叠新棉被。于是,我们就要女主人交出那甲级证。她先是甜言蜜语地苦苦哀求。后来看出不灵了,系了红兜肚的女人就插腰横堵在门坎上,足足骂了我们一刻钟,而且一个字儿也不重,从三姑六婆一直骂到了动植物。

《日出》写妓院的第三幕里,有个家伙骂了一句"我教你养孩子没屁股眼儿",咒得有多狠!

可北京更讲究损人——就是骂人不带脏字儿。挨声骂,当时不好受。可要挨句损,能叫你恶心半年。

有一年冬天,我雪后骑车走过东交民巷,因为路面滑,车一歪,差点儿把旁边一位骑车的仁兄碰倒。他斜着瞅了我一眼说:"嗨,别在这儿练车呀!"一句话就从根本上把我骑车的资格给否定了。还有一回因为有急事,我在人行道上跑。有人给了我一句:"干吗?奔丧哪?"带出了恶毒的诅咒。买东西嫌价钱高,问少点儿成不成,卖主朝你白白眼说:"你留着花吧。"听了有多窝心!

(原载《负笈剑桥》,生活·读书·新知三联书店1987年版)

孙　犁

残瓷人

　　这是一个小女孩的白瓷造像。小孩梳两条小辫,只穿一条黄色短裤。她一手捧着一只小鸟,一手往小鸟的嘴中送食,这样两手和小鸟,便连成了一体。

　　这是我一九五一年,从国外一个小城市买回的工艺品。那时进城不久,我住在一个大院后面,原来是下人住的小屋里,房间里空空,我把它放在从南市旧货摊上买回的一个樟木盒子里。后来,又放进一些也是从旧货摊上买来的小玩艺,成了我的百宝箱。

　　有一年,原在冀中的一位老战友来看我。我想起在抗日战争时期,我过封锁线,他是军分区的作战科长,常常派一个侦察员护送我,对我有过好处,一时高兴,就把百宝箱打开,请他挑几件玩艺。他选了一对日本烧制的小花瓶,当他拿起这个小瓷人的时候,我说:

　　"这一件不送,我喜欢。"

　　他就又放下了。为了表示歉意,我送了他一张董寿平的杏花立轴,他高兴极了。

　　后来,我的东西多了,买了一个玻璃柜,专放瓷器,小瓷人从破木盒升格,也进入里面。"文化大革命",全被当做四旧抄走了。其实柜子里,既没有中国古董,更没有外国古董。它不过是一件哄小孩的瓷器,底座上标明定价,十六个卢布。

　　落实政策,瓷器又发还了。这真是有组织有计划的抄家,东西保存得很好,一件也没有损失,小瓷人也很好。

　　我已经没有心情再玩弄这些东西,我把它们放在一个稻草编的筐子里。一九七六年大地震,我屋里的瓷器,竟没有受损,几个放在书柜上的瓶子,只是倒在柜顶上,并没有滚落下来。小瓷人在草筐里,更是平安无事。

　　但地震震裂了屋顶。这是旧式房,天花板的装饰很重,一天夜里下雨,屋漏,一大块天花板的边缘部分,坠落下来,砸倒了草筐,小瓷人的两只手都断了。

　　我几经大劫,对任何事物,都没有了惋惜心情。但我不愿有残破的东西,放在眼前身边。于是,我找了些胶水,对着阳光,很仔细地把它的断肢修复,包括几片米粒大小的瓷皮,也粘贴好了。这些年,我修整了很多残书,我发现自己在修修补补方面,很有一些天赋。如果不是现在老眼昏花,我真想到国家的文物部门,去谋个差事。

搬家后,我把小瓷人带入新居,放在书案上。不知为什么,我忽然有些伤感了。我的一生,残破印象太多了,残破意识太浓了。大的如"九·一八"以后的国土山河的残破,战争年代的城市村庄的残破,"文化大革命"的文化残破,道德残破。个人的故园残破,亲情残破,爱情残破……我想忘记一切。我又把小瓷人放回筐里去了。

司马迁引老子之言:美好者不祥之器。我曾以为是哲学之至道,美学的大纲。这种想法,当然是不完整的,很不健康的。

1992年1月30日下午,大风
(原载《曲终集》,百花文艺出版社1995年版)

余秋雨

风雨天一阁

一

不知怎么回事,天一阁对于我,一直有一种奇怪的阻隔。照理,我是读书人,它是藏书楼,我是宁波人,它在宁波城,早该频频往访的了,然而却一直不得其门而入。1976年春到宁波养病,住在我早年的老师盛钟先生家,盛先生一直有心设法把我弄到天一阁里去看一段时间书,但按当时的情景,手续颇烦人,我也没有读书的心绪,只得作罢。后来情况好了,宁波市文化艺术界的朋友们总要定期邀我去讲点课,但我每次都是来去匆匆,始终没有去过天一阁。

是啊,现在大批到宁波作几日游的普通上海市民回来后都在大谈天一阁,而我这个经常钻研天一阁藏本重印书籍、对天一阁的变迁历史相当熟悉的人却从未进过阁,实在说不过去。直到1990年8月我再一次到宁波讲课,终于在讲完的那一天支支吾吾地向主人提出了这个要求。主人是文化局副局长裘明海先生,天一阁正属他管辖,在对我的这个可怕缺漏大吃一惊之余立即决定,明天由他亲自陪同,进天一阁。

但是,就在这天晚上,台风袭来,暴雨如注,整个城市都在柔弱地颤抖。第二天上午如约来到天一阁时,只见大门内的前后天井、整个院子全是一片汪洋。打落的树叶在水面上翻卷,重重砖墙间透出湿冷冷的阴气。

看门的老人没想到文化局长会在这样的天气陪着客人前来,慌忙从清洁工人那里借来半高筒雨鞋要我们穿上,还递来两把雨伞。但是,院子里积水太深,才下脚,鞋筒已经进水,唯一的办法是干脆脱掉鞋子,挽起裤管趟水进去。本来浑身早已被风雨搅得冷飕飕的了,赤脚进水立即通体一阵寒噤。就这样,我和裘明海先生相扶相持,高一脚低一脚地向藏书楼走去。天一阁,我要靠近前去怎么这样难呢?明明已经到了跟前,还把风雨大水作为最后一道屏障来阻拦。我知道,历史上的学者要进天一阁看书是难乎其难的事,或许,我今天进天一阁也要在天帝的主持下举行一个狞厉的仪式?

天一阁之所以叫天一阁,是创办人取《易经》中"天一生水"之义,想借水防火,来免去历来藏书者最大的忧患火灾。今天初次相见,上天分明将"天一生水"的奥义活生生地演绎给了我看,同时又逼迫我以最虔诚的形貌投入这个仪式,剥除斯文,剥除参观式的休闲,甚至不让穿着鞋子踏入圣殿,只能卑躬屈膝、哆哆嗦嗦地来到跟前。今天这里再也没有其他参观者,这一切岂不是一种超乎寻常的安排?

二

不错,它只是一个藏书楼,但它实际上已成为一种极端艰难、又极端悲怆的文化奇迹。

中华民族作为世界上最早进入文明的人种之一,让人惊叹地创造了独特而美丽的象形文字,创造了简帛,然后又顺理成章地创造了纸和印刷术。这一切,本该迅速地催发出一个书籍的海洋,把壮阔的华夏文明播扬翻腾。但是,野蛮的战火几乎不间断地在焚烧着脆薄的纸页,无边的愚昧更是在时时吞食着易碎的智慧。一个为写书、印书创造好了一切条件的民族竟不能堂而皇之地拥有和保存很多书,书籍在这块土地上始终是一种珍罕而又陌生的怪物,于是,这个民族的精神天地长期处于散乱状态和自发状态,它常常不知自己从哪里来,到哪里去,自己究竟是谁,要干什么。

只要是智者,就会为这个民族产生一种对书的企盼。他们懂得,只有书籍,才能让这么悠远的历史连成缆索,才能让这么庞大的人种产生凝聚,才能让这么广阔的土地长存文明的火种。很有一些文人学士终年辛劳地以抄书、藏书为业,但清苦的读书人到底能藏多少书,而这些书又何以保证历几代而不流散呢?"君子之泽,五世而斩",功名资财、良田巍楼尚且如此,更遑论区区几箱书?宫廷当然会有不少书,但在清代之前,大多构不成整体文化意义上的藏书规格,又每每毁于改朝换代之际,是不能够去指望的。鉴于这种种情况,历史只能把藏书的事业托付给一些非常特殊的人物了。这种人必得长期为官,有足够的资财可以搜集书籍;这种人为官又最好各地迁移,使他们有可能搜集到散落四处的版本;这种人必须有极高的文化素养,对各种书籍的价值有迅捷的敏感;这种人必须有清晰的管理头脑,从建藏书楼到设计书橱都有精明的考虑,从借阅规则到防火措施都有周密的安排;这种人还必须有超越时间的深入谋划,对如何使自己的后代把藏书保存下去有预先的构想。当这些苛刻的条件全都集于一身时,他才有可能成为古代中国的一名藏书家。

这样的藏书家委实也是出过一些的,但没过几代,他们的事业都相继萎谢。他们的名字可以写出长长一串,但他们的藏书却早已流散得一本不剩了。那么,这些名字也就组合成了一种没有成果的努力,一种似乎实现过而最终还是未能实现的悲剧性愿望。

能不能再出一个人呢,哪怕仅仅是一个,他可以把上述种种苛刻的条件提升得更加苛刻,他可以把管理、保存、继承诸项关节琢磨到极端,让偌大的中国留下一座藏书楼,一座,只是一座!上天,可怜可怜中国和中国文化吧。

这个人终于有了,他便是天一阁的创建人范钦。

清代乾嘉时期的学者阮元说:"范氏天一阁,自明至今数百年,海内藏书家,唯此岿然独存。"

这就是说,自明至清数百年广阔的中国文化界所留下的一部分书籍文明,终于找到了一所可以稍加归拢的房子。

明以前的漫长历史,不去说它了,明以后没有被归拢的书籍,也不去说它了,我们只向这座房子叩头致谢吧,感谢它为我们民族断残零落的精神史,提供了一个小小的栖脚处。

三

范钦是明代嘉靖年间人,自27岁考中进士后开始在全国各地做官,到的地方很多,北至陕西、河南,南至两广、云南,东至福建、江西,都有他的宦迹。最后做到兵部侍郎,官职不算小了。这就为他的藏书提供了充裕的财力基础和搜罗空间。在文化资料十分散乱、又没有在这方面建立起像样的文化市场的当时,官职本身也是搜集书籍的重要依凭。他每到一地做官,总是非常留意搜集当地的公私刻本,特别是搜集其他藏书家不甚重视、或无力获得的各种地方志、政书、实录以及历科试士录,明代各地仕人刻印的诗文集,本是很容易成为过眼烟云的东西,他也搜得不少。这一切,光有搜集的热心和资财就不够了。乍一看,他是在公务之暇把玩书籍,而事实上他已经把人生的第一要务看成是搜集图书,做官倒成了业余,或者说,成了他搜集图书的必要手段。他内心隐潜着的轻重判断是这样,历史的宏观裁断也是这样。好像历史要当时的中国出一个藏书家,于是把他放在一个颠簸九州的官位上来成全他。

一天公务,也许是审理了一宗大案,也许是弹劾了一名贪官,也许是调停了几处官场恩怨,也许是理顺了几项财政关系,衙堂威仪,朝野声誉,不一而足。然而他知道,这一切的重量加在一起也比不过傍晚时分差役递上的那个薄薄的蓝布包袱,那里边几册按他的意思搜集来的旧书,又要汇入他的行箧。他那小心翼翼翻动书页的声音,比开道的鸣锣和吆喝都要响亮。

范钦的选择，碰撞到了我近年来特别关心的一个命题：基于健全人格的文化良知，或者倒过来说，基于文化良知的健全人格。没有这种东西，他就不可能如此矢志不移，轻常人之所重，重常人之所轻。他曾毫不客气地顶撞过当时在朝廷权势极盛的皇亲郭勋，因而遭到廷杖之罚，并下过监狱。后来在仕途上仍然耿直不阿，公然冒犯权奸严氏家族，严世藩想加害于他，而其父严嵩却说："范钦是连郭勋都敢顶撞的人，你参了他的官，反而会让他更出名。"结果严氏家族竟奈何范钦不得。我们从这些事情可以看到，一个成功的藏书家在人格上至少是一个强健的人。

这一点我们不妨把范钦和他身边的其他藏书家作个比较。与范钦很要好的书法大师丰坊也是一个藏书家，他的字毫无疑问要比范钦写得好，一代书家董其昌曾非常钦佩地把他与文徵明并列，说他们两人是"墨池董狐"，可见在整个中国古代书法史上，他也是一个耀眼的星座。他在其他不少方面的学问也超过范钦，例如他的专著《五经世学》，就未必是范钦写得出来的。但是，作为一个地道的学者艺术家，他太激动，太天真，太脱世，太不考虑前后左右，太随心所欲。起先他也曾狠下一条心变卖掉家里的千亩良田来换取书法名帖和其他书籍，在范钦的天一阁还未建立的时候他已构成了相当的藏书规模，但他实在不懂人情世故，不懂口口声声尊他为师的门生们也可能是巧取豪夺之辈，更不懂得藏书楼防火的技术，结果他的全部藏书到他晚年已有十分之六被人拿走，又有一大部分毁于火灾，最后只得把剩余的书籍转售给范钦。范钦既没有丰坊的艺术才华，也没有丰坊的人格缺陷，因此，他以一种冷峻的理性提炼了丰坊也会有的文化良知，使之变成一种清醒的社会行为。相比之下，他的社会人格比较强健，只有这种人才能把文化事业管理起来。太纯粹的艺术家或学者在社会人格上大多缺少旋转力，是办不好这种事情的。

另一位可以与范钦构成对比的藏书家正是他的侄子范大澈。范大澈从小受叔父影响，不少方面很像范钦，例如他为官很有能力，多次出使国外，而内心又对书籍有一种强烈的癖好；他学问不错，对书籍也有文化价值上的裁断力，因此曾被他搜集到一些重要珍本。他藏书，既有叔父的正面感染，也有叔父的反面刺激。据说有一次他向范钦借书而范钦不甚爽快，便立志自建藏书楼来悄悄与叔父争胜，历数年努力而楼成，他就经常邀请叔父前去做客，还故意把一些珍贵秘本放在案上任叔父随意取阅。遇到这种情况，范钦总是淡淡的一笑而已。在这里，叔侄两位藏书家的差别就看出来了。侄子虽然把事情也搞得很有样子，但背后却隐藏着一个意气性的动力，这未免有点小家子气了。在这种情况下，他的终极性目标是很有限的，只要把楼建成，再搜集到叔父所没有的版本，他就会欣然自慰了。结果，这位作为后辈新建的藏书楼只延续几代就合乎逻辑地流散了,而天一阁却以一种怪异的力度屹立着。

实际上,这也就是范钦身上所支撑着的一种超越意气、超越嗜好、超越才情,因此也超越时间的意志力。这种意志力在很长时间内的表现常常让人感到过于冷漠、严峻,甚至不近人情,但天一阁就是靠着它延续至今的。

四

藏书家遇到的真正麻烦大多是在身后,因此,范钦面临的问题是如何把自己的意志力变成一种不可动摇的家族遗传。不妨说,天一阁真正堪称悲壮的历史,开始于范钦死后。我不知道保住这座楼的使命对范氏家族来说算是一种荣幸,还是一场延绵数百年的苦役。

活到80高龄的范钦终于走到了生命尽头,他把大儿子和二媳妇(二儿子已亡故)叫到跟前,安排遗产继承事项。老人在弥留之际还给后代出了一个难题,他把遗产分成两份,一份是万两白银,一份是一楼藏书,让两房挑选。

这是一种非常奇怪的遗产分割法。万两白银立即可以享用,而一楼藏书则除了沉重的负担没有任何享用的可能,因为范钦本身一辈子的举止早已告示后代,藏书绝对不能有一本变卖,而要保存好这些藏书每年又要支付一大笔费用。为什么他不把保存藏书的责任和万两白银都一分为二让两房一起来领受呢?为什么他把权利和义务分割得如此彻底要后代选择呢?

我坚信这种遗产分割法老人已经反复考虑了几十年。实际上这是他自己给自己出的难题:要么后代中有人义无反顾、别无他求地承担艰苦的藏书事业,要么只能让这一切都随自己的生命烟消云散!他故意让遗嘱变得不近情理,让立志继承藏书的一房完全无利可图。因为他知道这时候只要有一丝掺假,再隔几代,假的成分会成倍地扩大,他也会重蹈其他藏书家的覆辙。他没有丝毫意思想讥刺或鄙薄要继承万两白银的那一房,诚实地承认自己没有承接这项历史性苦役的信心,总比在老人病榻前不太诚实的信誓旦旦好得多。但是,毫无疑问,范钦更希望在告别人世的最后一刻听到自己企盼了几十年的声音。他对死神并不恐惧,此刻却不无恐惧地直视着后辈的眼睛。

大儿子范大冲立即开口,他愿意继承藏书楼,并决定拨出自己的部分良田,以田租充当藏书楼的保养费用。

就这样,一场没完没了的接力赛开始了。多少年后,范大冲也会有遗嘱,范大冲的儿子又会有遗嘱……后一代的遗嘱比前一代还要严格。藏书的原始动机越来越远,而家族的繁衍却越来越大,怎么能使后代众多支脉的范氏世族中每一家每一房都严格地恪守先祖范钦的规范呢?这实在是一个值得我们一再品味的艰难课题。在当时,一切有历史跨度的文化事业只能交付给家族传代系列,但家族传代本身却是一种不断分裂、异化、自立的生命过程。让后代的后代接受一个需要终身投入的强硬指令,是十分违背生命的自在状态的;让几百年之后的后裔不经自身体验就来沿袭几百年前某位祖先的生命冲动,也难免有许多憋气的地方。不难想象,天一阁藏书楼对于许多范氏后代来说几乎成了一个宗教式的朝拜对象,只知要诚惶诚恐地维护和保存,却不知是为什么。按照今天的思维习惯,人们会在高度评价范氏家族的丰功伟绩之余随之揣想他们代代相传的文化自觉,其实我可肯定此间埋藏着许多难以言状的心理悲剧和家族纷争,这个在藏书楼下生活了几百年的家族非常值得同情。

后代子孙免不了会产生一种好奇,楼上究竟是什么样的呢?到底有哪些书,能不能借来看看?亲戚朋友更会频频相问,作为你们家族世代供奉的这个秘府,能不能让我们看上一眼呢?

范钦和他的继承者们早就预料到这种可能,而且预料藏书楼就会因这种点滴可能而崩坍,因而已经预防在先。他们给家族制定了一个严格的处罚规则,处罚内容是当时视为最大屈辱的不予参加祭祖大典,因为这种处罚意味着在家族血统关系上亮出了"黄牌",比杖责鞭笞之类还要严重。处罚规则标明:子孙无故开门入阁者,罚不与祭 3 次;私领亲友入阁及擅开书橱者,罚不与祭 1 年;擅将藏书借出外房及他姓者,罚不与祭 3 年;因而典押事故者,除追惩外,永行摈逐,不得与祭。

在此,必须讲到那个我每次想起都很难过的事件了。嘉庆年间,宁波知府丘铁卿的内侄女钱绣芸是一个酷爱诗书的姑娘,一心想要登天一阁读点书,竟要知府作媒嫁给了范家。现代社会学家也许会责问钱姑娘你究竟是嫁给书还是嫁给人,但在我看来,她在婚姻很不自由的时代既不看重钱也不看重势,只想借着婚配来多看一点书,总还是非常令人感动的。但她万万没有想到,当自己成了范家媳妇之后还是不能登楼,一种说法是族规禁止妇女登楼,另一种说法是她所嫁的那一房范家后裔在当时已属于旁支。反正钱绣芸没有看到天一阁的任何一本书,郁郁而终。

今天,当我抬起头来仰望天一阁这栋楼的时候,首先想到的是钱绣芸那忧郁的目光。我几乎觉得这里可出一个文学作品了,不是写一般的婚姻悲剧,而是写在那很少有人文主义气息的中国封建社会里,一个姑娘的生命如何强韧而又脆弱地与自己的文化渴求周旋。

从范氏家族的立场来看,不准登楼,不准看书,委实也出于无奈。只要开放一条小缝,终会裂成大隙。但是,永远地不准登楼,不准看书,这座藏书楼存在于世的意义又何在呢?这个问题,每每使范氏家族陷入困惑。

范氏家族规定,不管家族繁衍到何等程度,开阁门必得各房一致同意。阁门的钥匙和书橱的钥匙由各房分别掌管,组成一环也不可缺少的连环,如果有一房不到是无法接触到任何藏书的。既然每房都能有效地行使否决权,久而久之,每房也都产生了终极性的思考:被我们层层叠叠堵住了门的天一阁究竟是干什么用的?

就在这时,传来消息,大学者黄宗羲先生想要登楼看书!这对范家各房无疑是一个巨大的震撼。黄宗羲是"吾乡"余姚人,与范氏家族没有任何血缘关系,照理是严禁登楼的,但无论如何他是靠自己的人品、气节、学问而受到全国思想学术界深深钦佩的巨人,范氏各房也早有所闻。尽管当时的信息传播手段非常落后,但由于黄宗羲的行为举止实在是奇崛响亮,一次次在朝野之间造成非凡的轰动效应。他的父亲本是明末东林党重要人物,被魏忠贤宦官集团所杀,后来宦官集团受审,19 岁的黄宗羲在廷质时竟义愤填膺地锥刺和痛殴漏网余党,后又追杀凶手,警告阮大铖,一时大快人心。清兵南下时他与两个弟弟在家乡组织数百人的子弟兵"世忠营"英勇抗清,抗清失败后便潜心学术,边著述边讲学,把民族道义、人格道德融化在学问中启迪世人,成为中国古代学术领域中第一流的思想家和历史学家。他在治学过程中已经到绍兴钮氏"世学楼"和祁氏"淡生堂"去读过书,现在终于想来叩天一阁之门了。他深知范氏家族的森严规矩,但他还是来了,时间是康熙十二年,即 1673 年。

出乎意外,范氏家族的各房竟一致同意黄宗羲先生登楼,而且允许他细细地阅读楼上的全部藏书。这件事,我一直看成是范氏家族文化品格的一个验证。他们是藏书家,本身在思想学术界和社会政治领域都没有太高的地位,但他们毕竟为一个人而不是为其他人,交出了他们珍藏严守着的全部钥匙。这里有选择,有裁断,有一个庞大的藏书世家的人格闪耀。黄宗羲先生长衣布鞋,悄然登楼了。铜锁在一具具打开,1673 年成为天一阁历史上特别有光彩的一年。

黄宗羲在天一阁翻阅了全部藏书,把其中流通未广者编为书目,并另撰《天一阁藏书记》留世。由此,这座藏书楼便与一位大学者的人格连接起来了。

从此以后,天一阁有了一条可以向真正的大学者开放的新规矩,但这条规矩的执行还是十分苛严,在此后近 200 年的时间内,获准登楼的大学者也仅有十余名,他们的名字,都是上得了中国文化史的。

这样一来,天一阁终于显现了本身的存在意义,尽管显现的机会是那样小。封建家族的血缘继承关系和社会学术界的整体需求产生了尖锐的矛盾,藏书世家面临着无可调和的两难境地:要么深藏密裹使之留存,要么发挥社会价值而任之耗散。看来像天一阁那样经过最严格的选择作极有限的开放是一个没有办法中的办法。但是,如此严格地在全国学术界进行选择,已远远超出了一个家族的见识和职能范畴了。

直到乾隆决定编纂《四库全书》,这个矛盾的解决才出现了一些新的走向。乾隆谕旨各省采访遗书,要各藏书家,特别是江南的藏书家积极献书。天一阁进呈珍贵古籍600余种,其中有96种被收录在《四库全书》中,有370余种列入存目。乾隆非常感谢天一阁的贡献,多次褒扬奖赐,并授意新建的南北主要藏书楼都仿照天一阁格局营建。

天一阁因此而大出其名,尽管上献的书籍大多数没有发还,但在国家级的"百科全书"中,在钦定的藏书楼中,都有了它的生命。我曾看到好些著作文章中称乾隆下令天一阁为《四库全书》献书是天一阁的一大浩劫,深觉言之有过。藏书的意义最终还是要让它广泛流播,"藏"本身不应成为终极目的。连堂堂皇家编书都不得不大幅度地动用天一阁的珍藏,家族性的收藏变成了一种行政性的播扬,这证明天一阁获得了大成功,范钦获得了大成功。

五

天一阁终于走到了中国近代。什么事情一到中国近代总会变得怪异起来,这座古老的藏书楼开始了自己新的历险。

先是太平军进攻宁波时当地小偷趁乱拆墙偷书,然后当废纸论斤卖给造纸作坊。曾有一人出高价从作坊买去一批,却又遭大火焚毁。

这就成了天一阁此后命运的先兆,它现在遇到的问题已不是让不让某位学者上楼的问题了,竟然是窃贼和偷儿成了它最大的对手。

1914年,一个叫薛继渭的偷儿奇迹般地潜入书楼,白天无声无息,晚上动手偷书,每日只以所带枣子充饥,东墙外的河上,有小船接运所偷书籍。这一次几乎把天一阁的一半珍贵书籍给偷走了,它们渐渐出现在上海的书铺里。

薛继渭的这次偷窃与太平天国时的那些小偷不同,不仅数量巨大,操作系统,而且最终与上海的书铺挂上了钩,显然是受到书商的指使。近代都市的书商用这种办法来侵吞一座古老的藏书楼,我总觉得其中蕴含着某种象征意义。把保护藏书楼的种种措施都想到了家的范钦确实没在防盗的问题上多动脑筋,因为在当时这对这样一个家族的院落来说构不成一种重大威胁。但是,这正像范钦想象不到会有一个近代降临,想象不到近代市场上那些商人在资本的原始积累时期会采取什么手段。一架架的书橱空了,钱绣芸小姐哀怨地仰望终身而未能上的楼板,黄宗羲先生小心翼翼地踩踏过的楼板,现在只留下偷儿吐出的一大堆枣核在上面。

当时主持商务印书馆的张元济先生听说天一阁遭此浩劫,并得知有些书商正准备把天一阁藏本卖给外国人,便立即拨巨资抢救,保存于东方图书馆的"涵芬楼"里。涵芬楼因有天一阁藏书的润泽而享誉文化界,当代不少文化大家都在那里汲取过营养。但是,如所周知,它最终竟又全部焚毁于日本侵略军的炸弹之下。

这当然更不是数百年前的范钦先生所能预料的了。他"天一生水"的防火秘咒也终于失效。

##

然而毫无疑问,范钦和他后人的文化良知在现代并没有完全失去光亮。除了张元济先生外,还有大量的热心人想努力保护好天一阁这座"危楼",使它不要全然成为废墟。这在现代无疑已成为一个社会性的工程,靠着一家一族的力量已无济于事。幸好,本世纪30年代、50年代、60年代直至80年代,天一阁一次次被大规模地修缮和充实着,现在已成为重点文物保护单位,也是人们游览宁波时大多要去访谒的一个处所。天一阁的藏书还有待于整理,但在文化信息密集、文化沟通便捷的现代,它的主要意义已不是以书籍的实际内容给社会以知识,而是作为一种古典文化事业的象征存在着,让人联想到中国文化保存和流传的艰辛历程,联想到一个古老民族对于文化的渴求是何等悲怆和神圣。

我们这些人,在生命本质上无疑属于现代文化的创造者,但从遗传因子上考察又无可逃遁地是民族传统文化的孑遗,因此或多或少也是天一阁传代系统的繁衍者,尽管在范氏家族看来只属于"他姓"。登天一阁楼梯时我的脚步非常缓慢,我不断地问自己:你来了吗?你是哪一代的中国书生?

很少有其他参观处所能使我像在这里一样心情既沉重又宁静。阁中一位年老的版本学家颤巍巍地捧出两个书函,让我翻阅明刻本,我翻了一部登科录,一部上海志,深深感到,如果没有这样的孤本,中国历史的许多重要侧面将杳无可寻。由此想到,保存这些历史的天一阁本身的历史,是否也有待于进一步发掘呢?裴明海先生递给我一本徐季子、郑学溥、袁元龙先生写的《宁波史话》的小册子,内中有一篇介绍了天一阁的变迁,写得扎实而清晰,使我知道了不少我原先不知道的史实。但在我看来,天一阁的历史是足以写一部宏伟的长篇史诗的。我们的文学艺术家什么时候能把他们的目光投向这种苍老的屋宇和庭园呢？什么时候能把范氏家族和其他许多家族数百年来的灵魂史祖示给现代世界呢？什么时候能让读者惊喜地发现,在我们这样一个古老的国度,许多事物的真实历史过程本身就具有巨大的艺术魅力呢？

(原载《文化苦旅》,知识出版社1992年版)

史铁生

我与地坛

一

　　我在好几篇小说中都提到过一座废弃的古园,实际就是地坛。许多年前旅游业还没有开展,园子荒芜冷落得如同一片野地,很少被人记起。

　　地坛离我家很近。或者说我家离地坛很近。总之,只好认为这是缘分。地坛在我出生前四百多年就坐落在那儿了,而自从我的祖母年轻时带着我父亲来到北京,就一直住在离它不远的地方——五十多年间搬过几次家,可搬来搬去总是在它周围,而且是越搬离它越近了。我常觉得这中间有着宿命的味道:仿佛这古园就是为了等我,而历尽沧桑在那儿等待了四百多年。

　　它等待我出生,然后又等待我活到最狂妄的年龄上忽地残废了双腿。四百多年里,它一面剥蚀了古殿檐头浮夸的琉璃,淡褪了门壁上炫耀的朱红,坍圮了一段段高墙又散落了玉砌雕栏,祭坛四周的老柏树愈见苍幽,到处的野草荒藤也都茂盛得自在坦荡。这时候想必我是该来了。十五年前的一个下午,我摇着轮椅进入园中,它为一个失魂落魄的人把一切都准备好了。那时,太阳循着亘古不变的路途正越来越大,也越红。在满园弥漫的沉静光芒中,一个人更容易看到时间,并看见自己的身影。

　　自从那个下午我无意中进了这园子,就再没长久地离开过它。我一下子就理解了它的意图。正如我在一篇小说中所说的:"在人口密聚的城市里,有这样一个宁静的去处,像是上帝的苦心安排。"

　　两条腿残废后的最初几年,我找不到工作,找不到去路,忽然间几乎什么都找不到了,我就摇了轮椅总是到它那儿去,仅为着那儿是可以逃避一个世界的另一个世界。我在那篇小说中写道:"没处可去我便一天到晚耗在这园子里。跟上班下班一样,别人去上班我就摇了轮椅到这儿来。""园子无人看管,上下班时间有些抄近路的人们从园中穿过,园子里活跃一阵,过后便沉寂下来。""园墙在金晃晃的空气中斜切下一溜荫凉,我把轮椅开进去,把椅背放倒,坐着或是躺着,看书或者想事,撅一杈树枝左右拍打,驱赶那些和我一样不明白为什么要来这世上的小昆虫。""蜂儿如一朵小雾稳稳地停在半空；蚂蚁摇头晃脑捋着触须，猛然间想透了什么，转身疾行而去；瓢虫爬得不耐烦了，累了祈祷一回便支开翅膀，忽悠一下升空了；树干上留着一只蝉蜕，寂寞如一间空屋；露水在草叶上滚动，聚集，压弯了草叶轰然坠地摔开万道金光。""满园子都是草木竞相生长弄出的响动，窸窸窣窣窸窸窣窣片刻不息。"这都是真实的记录，园子荒芜但并不衰败。

除去几座殿堂我无法进去，除去那座祭坛我不能上去而只能从各个角度张望它，地坛的每一棵树下我都去过，差不多它的每一米草地上都有过我的车轮印。无论是什么季节，什么天气，什么时间，我都在这园子里呆过。有时候呆一会儿就回家，有时候就呆到满地上都亮起月光。记不清都是在它的哪些角落里了，我一连几小时专心致志地想关于死的事，也以同样的耐心和方式想过我为什么要出生。这样想了好几年，最后事情终于弄明白了：一个人，出生了，这就不再是一个可以辩论的问题，而只是上帝交给他的一个事实；上帝在交给我们这件事实的时候，已经顺便保证了它的结果，所以死是一件不必急于求成的事，死是一个必然会降临的节日。这样想过之后我安心多了，眼前的一切不再那么可怕。比如你起早熬夜准备考试的时候，忽然想起有一个长长的假期在前面等待你，你会不会觉得轻松一点？并且庆幸并且感激这样的安排？

剩下的就是怎样活的问题了。这却不是在某一个瞬间就能完全想透的，不是能够一次性解决的事，怕是活多久就要想它多久了，就像是伴你终生的魔鬼或恋人。所以，十五年了，我还是总得到那古园里去，去它的老树下或荒草边或颓墙旁，去默坐，去呆想，去推开耳边的嘈杂理一理纷乱的思绪，去窥看自己的心魂。十五年中，这古园的形体被不能理解它的人肆意雕琢，幸好有些东西是任谁也不能改变它的。譬如祭坛石门中的落日，寂静的光辉平铺的一刻，地上的每一个坎坷都被映照得灿烂；譬如在园中最为落寞的时间，一群雨燕便出来高歌，把天地都叫喊得苍凉；譬如冬天雪地上孩子的脚印，总让人猜想他们是谁，曾在哪儿做过些什么，然后又都到哪儿去了；譬如那些苍黑的古柏，你忧郁的时候它们镇静地站在那儿，你欣喜的时候它们依然镇静地站在那儿，它们没日没夜地站在那儿从你没有出生一直站到这个世界上又没了你的时候；譬如暴雨骤临园中，激起一阵阵灼烈而清纯的草木和泥土的气味，让人想起无数个夏天的事件；譬如秋风忽至，再有一场早霜，落叶或飘摇歌舞或坦然安卧，满园中播散着熨帖而微苦的味道。味道是最说不清楚的，味道不能写只能闻，要你身临其境去闻才能明了。味道甚至是难于记忆的，只有你又闻到它你才能记起它的全部情感和意蕴。所以我常常要到那园子里去。

现在我才想到,当年我总是独自跑到地坛去,曾经给母亲出了一个怎样的难题。

她不是那种光会疼爱儿子而不懂得理解儿子的母亲。她知道我心里的苦闷,知道不该阻止我出去走走,知道我要是老呆在家里结果会更糟,但她又担心我一个人在那荒僻的园子里整天都想些什么。我那时脾气坏到极点,经常是发了疯一样地离开家,从那园子里回来又中了魔似的什么话都不说。母亲知道有些事不宜问,便犹犹豫豫地想问而终于不敢问,因为她自己心里也没有答案。她料想我不会愿意她跟我一同去,所以她从未这样要求过,她知道得给我一点独处的时间,得有这样一段过程。她只是不知道这过程得要多久,和这过程的尽头究竟是什么。每次我要动身时,她便无言地帮我准备,帮助我上了轮椅车,看着我摇车拐出小院;这以后她会怎样,当年我不曾想过。

有一回我摇车出了小院,想起一件什么事又返身回来,看见母亲仍站在原地,还是送我走时的姿势,望着我拐出小院去的那处墙角,对我的回来竟一时没有反应。待她再次送我出门的时候,她说:"出去活动活动,去地坛看看书,我说这挺好。"许多年以后我才渐渐听出,母亲这话实际上是自我安慰,是暗自的祷告,是给我的提示,是恳求与嘱咐。只是在她猝然去世之后,我才有余暇设想,当我不在家里的那些漫长的时间,她是怎样心神不定坐卧难宁,兼着痛苦与惊恐与一个母亲最低限度的祈求。现在我可以断定,以她的聪慧和坚忍,在那些空落的白天后的黑夜,在那不眠的黑夜后的白天,她思来想去最后准是对自己说:"反正我不能不让他出去,未来的日子是他自己的,如果他真的要在那园子里出了什么事,这苦难也只好我来承担。"在那段日子里——那是好几年长的一段日子,我想我一定使母亲作过了最坏的准备了,但她从来没有对我说过:"你为我想想。"事实上我也真的没为她想过。那时她的儿子,还太年轻,还来不及为母亲想,他被命运击昏了头,一心以为自己是世上最不幸的一个,不知道儿子的不幸在母亲那儿总是要加倍的。她有一个长到二十岁上忽然截瘫了的儿子,这是她惟一的儿子;她情愿截瘫的是自己而不是儿子,可这事无法代替;她想,只要儿子能活下去哪怕自己去死呢也行,可她又确信一个人不能仅仅是活着,儿子得有一条路走向自己的幸福;而这条路呢,没有谁能保证她的儿子终于能找到。——这样一个母亲,注定是活得最苦的母亲。

有一次与一个作家朋友聊天,我问他学写作的最初动机是什么?他想了一会说:"为我母亲。为了让她骄傲。"我心里一惊,良久无言。回想自己最初写小说的动机,虽不似这位朋友的那般单纯,但如他一样的愿望我也有,且一经细想,发现这愿望也在全部动机中占了很大比重。这位朋友说:

"我的动机太低俗了吧?"我光是摇头,心想低俗并不见得低俗,只怕是这愿望过于天真了。他又说:"我那时真就是想出名,出了名让别人羡慕我母亲。"我想,他比我坦率。我想,他又比我幸福,因为他的母亲还活着。而且我想,他的母亲也比我的母亲运气好,他的母亲没有一个双腿残废的儿子,否则事情就不这么简单。

在我的头一篇小说发表的时候,在我的小说第一次获奖的那些日子里,我真是多么希望我的母亲还活着。我便又不能在家里呆了,又整天整天独自跑到地坛去,心里是没头没尾的沉郁和哀怨,走遍整个园子却怎么也想不通:母亲为什么就不能再多活两年?为什么在她儿子就快要碰撞开一条路的时候,她却忽然熬不住了?莫非她来此世上只是为了替儿子担忧,却不该分享我的一点点快乐?她匆匆离我去时才只有四十九呀!有那么一会,我甚至对世界对上帝充满了仇恨和厌恶。后来我在一篇题为"合欢树"的文章中写道:"我坐在小公园安静的树林里,闭上眼睛,想,上帝为什么早早地召母亲回去呢?很久很久,迷迷糊糊的我听见了回答:'她心里太苦了,上帝看她受不住了,就召她回去。'我似乎得了一点安慰,睁开眼睛,看见风正从树林里穿过。"小公园,指的也是地坛。

只是到了这时候,纷纭的往事才在我眼前幻现得清晰,母亲的苦难与伟大才在我心中渗透得深彻。上帝的考虑,也许是对的。

摇着轮椅在园中慢慢走,又是雾罩的清晨,又是骄阳高悬的白昼,我只想着一件事:母亲已经不在了。在老柏树旁停下,在草地上在颓墙边停下,又是处处虫鸣的午后,又是鸟儿归巢的傍晚,我心里只默念着一句话:可是母亲已经不在了。把椅背放倒,躺下,似睡非睡挨到日没,坐起来,心神恍惚,呆呆地直坐到古祭坛上落满黑暗然后再渐渐浮起月光,心里才有点明白,母亲不能再来这园中找我了。

曾有过好多回,我在这园子里呆得太久了,母亲就来找我。她来找我又不想让我发觉,只要见我还好好地在这园子里,她就悄悄转身回去,我看见过几次她的背影。我也看见过几回她四处张望的情景,她视力不好,端着眼镜像在寻找海上的一条船,她没看见我时我已经看见她了,待我看见她也看见我了我就不去看她,过一会我再抬头看她就又看见她缓缓离去的背影。我单是无法知道有多少回她没有找到我。有一回我坐在矮树丛中,树丛很密,我看见她没有找到我;她一个人在园子里走,走过我的身旁,走过我经常呆的一些地方,步履茫然又急迫。我不知道她已经找了多久还要找多久,我不知道为什么我决意不喊她——但这绝不是小时候的捉迷藏,这也许是出于长大了的男孩子的倔强或羞涩?但这倔强只留给我痛悔,丝毫也没有骄傲,我真想告诫所有长大了的男孩子,千万不要跟母亲来这套倔强,羞涩就更不必,我已经懂了可我已经来不及了。

儿子想使母亲骄傲,这心情毕竟是太真实了,以致使"想出名"这一声名狼藉的念头也多少改变了一点形象。这是个复杂的问题,且不去管它了罢。随着小说获奖的激动逐日暗淡,我开始相信,至少有一点我是想错了:我用纸笔在报刊上碰撞开的一条路,并不就是母亲盼望我找到的那条路。年年月月我都到这园子里来,年年月月我都要想,母亲盼望我找到的那条路到底是什么。母亲生前没给我留下过什么隽永的哲言,或要我恪守的教诲,只是在她去世之后,她艰难的命运,坚忍的意志和毫不张扬的爱,随光阴流转,在我的印象中愈加鲜明深刻。

有一年,十月的风又翻动起安详的落叶,我在园中读书,听见两个散步的老人说:"没想到这园子有这么大。"我放下书,想,这么大一座园子,要在其中找到她的儿子,母亲走过了多少焦灼的路。多年来我头一次意识到,这园中不单是处处都有过我的车辙,有过我的车辙的地方也都有过母亲的脚印。

二

如果以一天中的时间来对应四季,当然春天是早晨,夏天是中午,秋天是黄昏,冬天是夜晚。如果以乐器来对应四季,我想春天应该是小号,夏天是定音鼓,秋天是大提琴,冬天是圆号和长笛。要是以这园子里的声响来对应四季呢?那么,春天是祭坛上空漂浮着的鸽子的哨音,夏天是冗长的蝉歌和杨树叶子哗啦啦地对蝉歌的取笑,秋天是古殿檐头的风铃响,冬天是啄木鸟随意而空旷的啄木声。以园中的景物对应四季,春天是一径时而苍白时而黑润的小路,时而明朗时而阴晦的天上摇荡着串串杨花;夏天是一条条耀眼而灼人的石凳,或阴凉而爬满了青苔的石阶,阶下有果皮,阶上有半张被坐皱的报纸;秋天是一座青铜的大钟,在园子的西北角上曾丢弃着一座很大的铜钟,铜钟与这园子一般年纪,浑身挂满绿锈,文字已不清晰;冬天,是林中空地上几只羽毛蓬松的老麻雀。以心绪对应四季呢?春天是卧病的季节,否则人们不易发觉春天的残忍与渴望;夏天,情人们应该在这个季节里失恋,不然就似乎对不起爱情;秋天是从外面买一棵盆花回家的时候,把花搁在阔别了的家中,并且打开窗户把阳光也放进屋里,慢慢回忆慢慢整理一些发过霉的东西;冬天伴着火炉和书,一遍遍坚定不死的决心,写一些并不发出的信。还可以用艺术形式对应四季,这样春天就是一幅画,夏天是一部长篇小说,秋天是一首短歌或诗,冬天是一群雕塑。以梦呢?以梦对应四季呢?春天是树尖上的呼喊,夏天是呼喊中的细雨,秋天是细雨中的土地,冬天是干净的土地上的一只孤零的烟斗。

因为这园子,我常感恩于自己的命运。

我甚至现在就能清楚地看见,一旦有一天我不得不长久地离开它,我会怎样想念它,我会怎样想念它并且梦见它,我会怎样因为不敢想念它而梦也梦不到它。

三

现在让我想想,十五年中坚持到这园子来的人都是谁呢?好像只剩了我和一对老人。

十五年前,这对老人还只能算是中年夫妇,我则货真价实还是个青年。他们总是在薄暮时分来园中散步,我不大弄得清他们是从哪边的园门进来,一般来说他们是逆时针绕这园子走。男人个子很高,肩宽腿长,走起路来目不斜视,胯以上直至脖颈挺直不动;他的妻子攀了他一条胳膊走,也不能使他的上身稍有松懈。女人个子却矮,也不算漂亮,我无端地相信她必出身于家道中衰的名门富族;她攀在丈夫胳膊上像个娇弱的孩子,她向四周观望似总含着恐惧,她轻声与丈夫谈话,见有人走近就立刻怯怯地收住话头。我有时因为他们而想起冉阿让与柯赛特,但这想法并不巩固,他们一望即知是老夫老妻。两个人的穿着都算得上考究,但由于时代的演进,他们的服饰又可以称为古朴了。他们和我一样,到这园子里来几乎是风雨无阻,不过他们比我守时。我什么时间都可能来,他们则一定是在暮色初临的时候。刮风时他们穿了米色风衣,下雨时他们打了黑色的雨伞,夏天他们的衬衫是白色的,裤子是黑色的或米色的,冬天他们的呢子大衣又都是黑色的,想必他们只喜欢这三种颜色。他们逆时针绕这园子一周,然后离去。他们走过我身旁时只有男人的脚步响,女人像是贴在高大的丈夫身上跟着漂移。我相信他们一定对我有印象,但是我们没有说过话,我们互相都没有想要接近的表示。十五年中,他们或许注意到一个小伙子进入了中年,我则看着一对令人羡慕的中年情侣不觉中成了两个老人。

曾有过一个热爱唱歌的小伙子,他也是每天都到这园中来,来唱歌,唱了好多年,后来不见了。他的年纪与我相仿,他多半是早晨来,唱半小时或整整唱一个上午,估计在另外的时间里他还得上班。我们经常在祭坛东侧的小路上相遇,我知道他是到东南角的高墙下去唱歌,他一定猜想我去东北角的树林里做什么。我找到我的地方,抽几口烟,便听见他谨慎地整理歌喉了。他反反复复唱那么几首歌。文化革命没过去的时候,他唱"蓝蓝的天上白云飘,白云下面马儿跑……"我老也记不住这歌的名字。"文革"后,他唱《货郎与小姐》中那首最为流传的咏叹调。"卖布——卖布嘞,卖布——

卖布嘞!"我记得这开头的一句他唱得很有声势,在早晨清澈的空气中,货郎跑遍园中的每一个角落去恭维小姐。"我交了好运气,我交了好运气,我为幸福唱歌曲……"然后他就一遍一遍地唱,不让货郎的激情稍减。依我听来,他的技术不算精到,在关键的地方常出差错,但他的嗓子是相当不坏的,而且唱一个上午也听不出一点疲惫。太阳也不疲惫,把大树的影子缩小成一团,把疏忽大意的蚯蚓晒干在小路上,将近中午,我们又在祭坛东侧相遇,他看一看我,我看一看他,他往北去,我往南去。日子久了,我感到我们都有结识的愿望,但似乎都不知如何开口,于是互相注视一下终又都移开目光擦身而过;这样的次数一多,便更不知如何开口了。终于有一天——一个丝毫没有特点的日子,我们互相点了一下头。他说:"你好。"我说:"你好。"他说:"回去啦?"我说:"是,你呢?"他说:"我也该回去了。"我们都放慢脚步(其实我是放慢车速),想再多说几句,但仍然是不知从何说起,这样我们就都走过了对方,又都扭转身子面向对方。他说:"那就再见吧。"我说:"好,再见。"便互相笑笑各走各的路了。但是我们没有再见,那以后,园中再没了他的歌声,我才想到,那天他或许是有意与我道别的,也许他考上了哪家专业的文工团或歌舞团了吧?真希望他如他歌里所唱的那样,交了好运气。

  还有一些人,我还能想起一些常到这园子里来的人。有一个老头,算得一个真正的饮者;他在腰间挂一个扁瓷瓶,瓶里当然装满了酒,常来这园中消磨午后的时光。他在园中四处游逛,如果你不注意你会以为园中有好几个这样的老头,等你看过了他卓尔不群的饮酒情状,你就会相信这是个独一无二的老头。他的衣着过分随便,走路的姿态也不慎重,走上五六十米路便选定一处地方,一只脚踏在石凳上或土埂上或树墩上,解下腰间的酒瓶,解酒瓶的当儿眯起眼睛把一百八十度视角内的景物细细看一遭,然后以迅雷不及掩耳之势倒一大口酒入肚,把酒瓶摇一摇再挂向腰间,平心静气地想一会什么,便走下一个五六十米去。还有一个捕鸟的汉子,那岁月园中人少,鸟却多,他在西北角的树丛中拉一张网,鸟撞在上面,羽毛饯在网眼里便不能自拔。他单等一种过去很多而现在非常罕见的鸟,其他的鸟撞在网上他就把它们摘下来放掉,他说已经有好多年没等到那种罕见的鸟,他说他再等一年看看到底还有没有那种鸟,结果他又等了好多年。早晨和傍晚,在这园子里可以看见一个中年女工程师,早晨她从北向南穿过这园子去上班,傍晚她从南向北穿过这园子回家。事实上我并不了解她的职业或者学历,但我以为她必是学理工的知识分子,别样的人很难有她那般的素朴并优雅。当她在园子穿行的时刻,四周的树林也仿佛更加幽静,清淡的日光中竟似有悠远的琴声,比如说是那曲《献给艾丽丝》才好。我没有见过她的丈夫,没有见过那个幸运的男人是什么样子,我想像过却想像不出,后来忽然懂了想像不出才好,那个男人最好不要出现。她走出北门回家去,我竟有点担心,担心她会落入厨房,不过,也许她在厨房里劳作的情景更有另外的美吧,当然不能再是《献给艾丽丝》,是个什么曲子呢?还有一个人,是我的朋友,他是个最有天赋的长跑家,但他被埋没了。他因为在"文革"中出言不慎而坐了几年牢,出来后好不容易找了个拉板车的工作,样样待遇都不能与别人平等,苦闷极了便练习长跑。那时他总来这园子里跑,我用手表为他计时,他每跑一圈向我招一下手,我就记下一个时间。每次他要环绕这园子跑二十圈,大约两万米。他盼望以他的长跑成绩来获得政治上真正的解放,他以为记者的镜头和文字可以帮他做到这一点。第一年他在春节环城赛上跑了第十五名,他看见前十名的照片都挂在了长安街的新闻橱窗里,于是有了信心。第二年他跑了第四名,可是新闻橱窗里只挂了前三名的照片,他没灰心。第三年他跑了第七名,橱窗里挂前六名的照片,他有点怨自己。第四年他跑了第三名,橱窗里却只挂了第一名的照片。第五年他跑了第一名——他几乎绝望了,橱窗里只有一幅环城赛群众场面的照片。那些年我们俩常一起在这园子里呆到天黑,开怀痛骂,骂完沉默着回家,分手时再互相叮嘱:先别去死,再试着活一活看。现在他已经不跑了,年岁太大了,跑不了那么快了。最后一次参加环城赛,他以三十八岁之龄又得了第一名并破了纪录,有一位专业队的教练对他说:"我要是十年前发现你就好了。"他苦笑一下什么也没说,只在傍晚又来这园中找到我,把这事平静地向我叙说一遍。不见他已有好几年了,现在他和妻子和儿子住在很远的地方。

  这些人现在都不到园子里来了,园子里差不多完全换了一批新人。十五年前的旧人,现在就剩我和那对老夫老妻了。有那么一段时间,这老夫老妻中的一个也忽然不来,薄暮时分惟男人独自来散步,步态也明显迟缓了许多,我悬心了很久,怕是那女人出了什么事。幸好过了一个冬天那女人又来了,两个人仍是逆时针绕着园子走,一长一短两个身影恰似钟表的两支指针;女人的头发白了许多,但依旧攀着丈夫的胳膊走得像个孩子。"攀"这个字用得不恰当了,或许可以用"搀"吧,不知有没有兼具这两个意思的字。

四

  我也没有忘记一个孩子——一个漂亮而不幸的小姑娘。十五年前的那个下午,我第一次到这园子里来就看见了她,那时她大约三岁,蹲在斋宫西边的小路上捡树上掉落的"小灯笼"。那儿有几棵大栾树,春天开一簇簇细小而稠密的黄花,花落了便结出无数如同三片叶子合抱的小灯笼,小灯笼先是绿色,继而转白,再变黄,成熟了掉落得满地都是。小灯笼精巧得令人爱惜,成年人也不免捡了一个还要捡一个。小姑娘咿咿呀呀地跟自己说着话,一边捡小灯笼;她的嗓音很好,不是她那个年龄所常有的那般尖细,而是很圆润甚或是厚重,也许是因为那个下午园子里太安静了。我奇怪这么小的孩子怎么一个人跑来这园子里?我问她住在哪儿?她随便指一下,就喊她的哥哥,沿墙根一带的茂草之中便站起一个七八岁的男孩,朝我望望,看我不像坏人便对他的妹妹说:"我在这儿呢",又伏下身去,他在捉什么虫子。他捉到螳螂,蚂蚱,知了和蜻蜓,来取悦他的妹妹。有那么两三年,我经常在那几棵大栾树下见到他们,兄妹俩总是在一起玩,玩得和睦融洽,都渐渐长大了些。之后有很多年没见到他们。我想他们都在学校里吧,小姑娘也到了上学的年龄,必是告别了孩提时光,没有很多机会来这儿玩了。这事很正常,没理由太搁在心上,若不是有一年我又在园中见到他们,肯定就会慢慢把他们忘记。

  那是个礼拜日的上午。那是个晴朗而令人心碎的上午,时隔多年,我竟发现那个漂亮的小姑娘原来是个弱智的孩子。我摇着车到那几棵大栾树下去,恰又是遍地落满了小灯笼的季节;当时我正为一篇小说的结尾所苦,既不知为什么要给它那样一个结尾,又不知何以忽然不想让它有那样一个结尾,于是从家里跑出来,想依靠着园中的镇静,看看是否应该把那篇小说放弃。我刚刚把车停下,就见前面不远处有几个人在戏耍一个少女,作出怪样子来吓她,又喊又笑地追逐她拦截她,少女在几棵大树间惊惶地东跑西躲,却不松手揪卷在怀里的裙裾,两条腿袒露着也似毫无察觉。我看出少女的智力是有些缺陷,却还没看出她是谁。我正要驱车上前为少女解围,就见远处飞快地骑车来了个小伙子,于是那几个戏耍少女的家伙望风而逃。小伙子把自行车支在少女近旁,怒目望着那几个四散逃窜的家伙,一声不吭喘着粗气,脸色如暴雨前的天空一样一会比一会苍白。这时我认出了他们,小伙子和少女就是当年那对小兄妹。我几乎是在心里惊叫了一声,或者是哀号。世上的事常常使上帝的居心变得可疑。小伙子向他的妹妹走去。少女松开了手,裙裾随之垂落了下来,很多很多她捡的小灯笼便洒落了一地,铺散在她脚下。她仍然算得漂亮,但双眸迟滞没有光彩。她呆呆地望那群跑散的家伙,望着极目之处的空寂,凭她的智力绝不可能把这个世界想明白吧?大树下,破碎的阳光星星点点,风把遍地的小灯笼吹得滚动,仿佛喑哑地响着无数小铃铛。哥哥把妹妹扶上自行车后座,带着她无言地回家去了。

  无言是对的。要是上帝把漂亮和弱智这两样东西都给了这个小姑娘,就只有无言和回家去是对的。

  谁又能把这世界想个明白呢?世上的很多事是不堪说的。你可以抱怨上帝何以要降诸多苦难给这人间,你也可以为消灭种种苦难而奋斗,并为此享有崇高与骄傲,但只要你再多想一步你就会坠入深深的迷茫了:假如世界上没有了苦难,世界还能够存在么?要是没有愚钝,机智还有什么光荣呢?要是没了丑陋,漂亮又怎么维系自己的幸运?要是没有了恶劣和卑下,善良与高尚又将如何界定自己又如何成为美德呢?要是没有了残疾,健全会否因其司空见惯而变得腻烦和乏味呢?我常梦想着在人间彻底消灭残疾,但可以相信,那时将由患病者代替残疾人去承担同样的苦难。如果能够把疾病也全数消灭,那么这份苦难又将由(比如说)相貌丑陋的人去承担了。就算我们连丑陋、连愚昧和卑鄙和一切我们所不喜欢的事物和行为,也都可以统统消灭掉,所有的人都一样健康、漂亮、聪慧、高尚,结果会怎样呢?怕是人间的剧目就全要收场了,一个失去差别的世界将是一条死水,是一块没有感觉没有肥力的沙漠。

看来差别永远是要有的。看来就只好接受苦难——人类的全部剧目需要它,存在的本身需要它。看来上帝又一次对了。

于是就有一个最令人绝望的结论等在这里:由谁去充任那些苦难的角色?又由谁去体现这世间的幸福,骄傲和快乐?只好听凭偶然,是没有道理好讲的。

就命运而言,休论公道。

那么,一切不幸命运的救赎之路在哪里呢?

设若智慧的悟性可以引领我们去找到救赎之路,难道所有的人都能够获得这样的智慧和悟性吗?

我常以为是丑女造就了美人。我常以为是愚氓举出了智者。我常以为是懦夫衬照了英雄。我常以为是众生度化了佛祖。

五

设若有一位园神,他一定早已注意到了,这么多年我在这园里坐着,有时候是轻松快乐的,有时候是沉郁苦闷的,有时候优哉游哉,有时候恓惶落寞,有时候平静而且自信,有时候又软弱,又迷茫。其实总共只有三个问题交替着来骚扰我,来陪伴我。第一个是要不要去死?第二个是为什么活?第三个,我干嘛要写作?

现在让我看看,它们迄今都是怎样编织在一起的吧。

你说,你看穿了死是一件无需乎着急去做的事,是一件无论怎样耽搁也不会错过的事,便决定活下去试试?是的,至少这是很关键的因素。为什么要活下去试试呢?好像仅仅是因为不甘心,机会难得,不试白不试,腿反正是完了,一切仿佛都要完了,但死神很守信用,试一试不会额外再有什么损失。说不定倒有额外的好处呢是不是?我说过,这一来我轻松多了,自由多了。为什么要写作呢？作家是两个被人看重的字,这谁都知道。为了让那个躲在园子深处坐轮椅的人,有朝一日在别人眼里也稍微有点光彩,在众人眼里也能有个位置,哪怕那时再去死呢也就多少说得过去了,开始的时候就是这样想,这不用保密,这些现在不用保密了。

我带着本子和笔,到园中找一个最不为人打扰的角落,偷偷地写。那个爱唱歌的小伙子在不远的地方一直唱。要是有人走过来,我就把本子合上把笔叼在嘴里。我怕写不成反落得尴尬。我很要面子。可是你写成了,而且发表了。人家说我写的还不坏,他们甚至说:真没想到你写得这么好。我心说你们没想到的事还多着呢。我确实有整整一宿高兴得没合眼。我很想让那个唱歌的小伙子知道,因为他的歌也毕竟是唱得不错。我告诉我的长跑家朋友的时候,那个中年女工程师正优雅地在园中穿行;长跑家很激动,他说好吧,我玩命跑,你玩命写。这一来你中了魔了,整天都在想哪一件事可以写,哪一个人可以让你写成小说。是中了魔了,我走到哪儿想到哪儿,在人山人海里只寻找小说,要是有一种小说试剂就好了,见人就滴两滴看他是不是一篇小说,要是有一种小说显影液就好了,把它泼满全世界看看都是哪儿有小说,中了魔了,那时我完全是为了写作活着。结果你又发表了几篇,并且出了一点小名,可这时你越来越感到恐慌。我忽然觉得自己活得像个人质,刚刚有点像个人了却又过了头,像个人质,被一个什么阴谋抓了来当人质,不定哪天被处决,不定哪天就完蛋。你担心要不了多久你就会文思枯竭,那样你就又完了。凭什么我总能写出小说来呢？凭什么那些适合作小说的生活素材能送到一个截瘫者跟前来呢？人家满世界跑都有枯竭的危险,而我坐在这园子里凭什么可以一篇接一篇地写呢？你又想到死了。我想见好就收吧。当一名人质实在是太累了太紧张了,太朝不保夕了。我为写作而活下来,要是写作到底不是我应该干的事,我想我再活下去是不是太冒傻气了？你这么想着你却还在绞尽脑汁地想写。我好歹又拧出点水来,从一条快要晒干的毛巾上。恐慌日甚一日,随时可能完蛋的感觉比完蛋本身可怕多了,所谓不怕贼偷就怕贼惦记,我想人不如死了好,不如不出生的好,不如压根儿没有这个世界的好。可你并没有去死。我又想到那是一件不必着急的事。可是不必着急的事并不证明是一件必要拖延的事呀？你总是决定活下来,这说明什么？是的,我还是想活。人为什么活着？因为人想活着,说到底是这么回事,人真正的名字叫作:欲望。可我不怕死,有时候我真的不怕死。有时候,——说对了。不怕死和想去死是两回事,有时候不怕死的人是有的,一生下来就不怕死的人是没有的。我有时候倒是怕活。可是怕活不等于不想活呀？可我为什么还想活呢？因为你还想得到点什么,你觉得你还是可以得到点什么的,比如说爱情,比如说,价值感之类,人真正的名字叫欲望,这不对吗?我不该得到点什么吗?没说不该。可我为什么活得恐慌,就像个人质?后来你明白了,你明白你错了,活着不是为了写作,而写作是为了活着。你明白了这一点是在一个挺滑稽的时刻。那天你又说你不如死了好,你的一个朋友劝你:你不能死,你还得写呢,还有好多好作品等着你去写呢。这时候你忽然明白了,你说:只是因为我活着,我才不得不写作。或者说只是因为你还想活下去,你才不得不写作。是的,这样说过之后我竟然不那么恐慌了。就像你看穿了死之后所得的那份轻松?一个人质报复一场阴谋的最有效的办法是把自己杀死。我看出我得先把我杀死在市场上,那样我就不用参加抢购题材的风潮了。你还写吗?还写。你真的不得不写吗?人都忍不住要为生存找一些牢靠的理由。你不担心你会枯竭了?我不知道,不过我想,活着的问题在死前是完不了的。

这下好了,您不再恐慌了不再是个人质了,您自由了。算了吧你,我怎么可能自由呢?别忘了人真正的名字是:欲望。所以您得知道,消灭恐慌的最有效的办法就是消灭欲望。可是我还知道,消灭人性的最有效的办法也是消灭欲望。那么,是消灭欲望同时也消灭恐慌呢?还是保留欲望同时也保留人生?

我在这园子里坐着,我听见园神告诉我:每一个有激情的演员都难免是一个人质。每一个懂得欣赏的观众都巧妙地粉碎了一场阴谋。每一个乏味的演员都是因为他老以为这戏剧与自己无关。每一个倒霉的观众都是因为他总是坐得离舞台太近了。

我在这园子里坐着,园神成年累月地对我说:孩子,这不是别的,这是你的罪孽和福祉。

六

要是有些事我没说,地坛,你别以为是我忘了,我什么也没忘,但是有些事只适合收藏。不能说,也不能想,却又不能忘。它们不能变成语言,它们无法变成语言,一旦变成语言就不再是它们了。它们是一片朦胧的温馨与寂寥,是一片成熟的希望与绝望,它们的领地只有两处:心与坟墓。比如说邮票,有些是用于寄信的,有些仅仅是为了收藏。

如今我摇着车在这园子里慢慢走,常常有一种感觉,觉得我一个人跑出来已经玩得太久了。有一天我整理我的旧相册,看见一张十几年前我在这园子里照的照片——那个年轻人坐在轮椅上,背后是一棵老柏树,再远处就是那座古祭坛。我便到园子里去找那棵树。我按着照片上的背景找很快就找到了它,按着照片上它枝干的形状找,肯定那就是它。但是它已经死了,而且在它身上缠绕着一条碗口粗的藤萝。有一天我在这园子里碰见一个老太太,她说:"哟,你还在这儿哪?"她问我:"你母亲还好吗?""您是谁?""你不记得我,我可记得你。有一回你母亲来这儿找你,她问我您看没看见一个摇轮椅的孩子?……"我忽然觉得,我一个人跑到这世界上来玩真是玩得太久了。有一天夜晚,我独自坐在祭坛边的路灯下看书,忽然从那漆黑的祭坛里传出一阵阵唢呐声;四周都是参天古树,方形祭坛占地几百平米空旷坦荡独对苍天,我看不见那个吹唢呐的人,惟唢呐声在星光寥寥的夜空里低吟高唱,时而悲怆时而欢快,时而缠绵时而苍凉,或许这几个词都不足以形容它,我清清醒醒地听出它响在过去,响在现在,响在未来,回旋飘转亘古不散。

必有一天,我会听见喊我回去。

那时您可以想像一个孩子,他玩累了可他还没玩够呢,心里好些新奇的念头甚至等不及到明天。也可以想像是一个老人,无可置疑地走向他的安息地,走得任劳任怨。还可以想像一对热恋中的情人,互相一次次说"我一刻也不想离开你",又互相一次次说"时间已经不早了",时间不早了可我一刻也不想离开你,一刻也不想离开你可时间毕竟是不早了。

我说不好我想不想回去。我说不好是想还是不想,还是无所谓。我说不好我是像那个孩子,还是像那个老人,还是像一个热恋中的情人。很可能是这样:我同时是他们三个。我来的时候是个孩子,他有那么多孩子气的念头所以才哭着喊着闹着要来,他一来一见到这个世界便立刻成了不要命的情人,而对一个情人来说,不管多么漫长的时光也是稍纵即逝,那时他便明白,每一步每一步,其实一步步都是走在回去的路上。当牵牛花初开的时节,葬礼的号角就已吹响。

但是太阳,他每时每刻都是夕阳也都是旭日。当他熄灭着走下山去收尽苍凉残照之际,正是他在另一面燃烧着爬上山巅布散烈烈朝辉之时。那一天,我也将沉静着走下山去,扶着我的拐杖。有一天,在某一处山洼里,势必会跑上来一个欢蹦的孩子,抱着他的玩具。

当然,那不是我。

但是,那不是我吗?

宇宙以其不息的欲望将一个歌舞炼为永恒。这欲望有怎样一个人间的姓名,大可忽略不计。

1989 年 5 月 11 日
1990 年 1 月 7 日改
(原载《上海文学》1991 年第 1 期)

梁　衡

壶口瀑布记

　　凡世间能容、能藏、能变之物惟有水，其亦硬亦软，或傲或嗔，载舟覆舟，润物毁物，全在一瞬之间。时桃花流水而阴柔，时又裂岸拍天而狂放。凡河川能伸能屈，能收能藏，惟我黄河。其高峡为镜，平原飘带，奔川浸谷，挟雷裹电，即因时势而变。时滔天接地而狂呼，时又拥地抱天而低言。

　　我曾徘徊于黄河上游的刘家峡水库，惊异于她如泊如镜的沉静；曾生活于河套平原，陶醉于她如虹如带的飘逸；也曾上溯龙门，感奋于她如狮如虎的豪壮。但当我沿河上下求索而见壶口时，便如痴如狂。壶口在山西吉县境内，是黄河上惟一的瀑布。因状如壶口而得名。水流至此急冲沟下，人观瀑布由上俯下，只见烟水迷漫，船行至此得拖出河岸，绕过壶口。即古书上所载"河里冒烟，旱地行船"。原来黄河在这里，先因山逼而势急，后依滩泻而狂放，排山倒海，万马奔腾，喧声蔽天。却正当她得意扬眉之时，突以数里之阔跌入百尺之峡，如水入壶，腾荡急旋。于是飞沫起虹，溅珠落盘，成瀑成湫，如挂如帘。裂坚石而炸雷，飞轻雾而吐烟，虎吼震川，隆隆千里，龙腾搅谷，巍巍地颤。波起涛落，切层岩如豆腐，照徐霞客所记，三百年来竟刻石开沟上刹三百余米。激流飞湍，锉顽石如木铁。据民间所言，有黑猪落水，眨眼之间，退毫拔毛，竟成雪白之豚。黄河于斯于此，聚九天雷霆，凝江海之威，水借裂石之力，轰然辟开大道坦途；沙借波旋之势，细细磨出深沟浅穴。放眼两岸，鬼斧神工，脚下这里面数里之阔的磐石，经黄河涛头这么轻轻一钻一旋，就路从地下出，水从天上来。她顺势一跃，排山推岳，挟一川豪情，裹两岸清风，潇洒而去，再现她的沉静，她的温柔，她的悲壮，她的大度。去路千里缓缓入海。

　　呜呼，蕴伟力而静持，遇强阻而必摧，绕山岳而顺柔，坦荡荡而存天地。美哉，壮哉，我的黄河。

1993 年 8 月

（原载《名山大川》，东方出版社 1996 年版）

刘　郎

蕉窗听雨
——《苏园六纪》之四

（一）

在中国的传统文化中，向有"花木移情"之说。

梅、兰、竹、菊，被称为"四君子"，松、竹、梅，被称为"岁寒三友"，这些植物，以其幽雅、挺拔和傲寒的特点，成为文人雅士们自况的品格。作为风雅之园的苏州园林，对园中植物的选择，便体现了园林主人的意趣与追求。

但是，苏州园林又是自然环境与人工环境艺术的统一。作为理想的人居环境，苏州园林追求的是"天人合一"的境界，诸多的花木都是最能体现大自然生态环境的主体，因此，它在花木营造上就绝不会简单从事，花木品种更没有仅限于梅兰竹菊。事实上，古代造园家已将叠山、理水、园林建筑与栽花植木视为园林的四大要素，并以花木营造的独到创作，体现了人对自然的亲和。

自然界的诸般品类在这里巧妙融合，置身园林，你自会找到王籍的感受："蝉噪林逾静，鸟鸣山更幽。"自然界的多样景色在这里浑为一体，陶醉其中，你自会产生晏殊的空灵："梨花院落溶溶月，柳絮池塘淡淡风。"

正因为视觉上有花遮柳护，听觉上有雨落残荷，嗅觉上有暗香浮动，感觉上才有心旷神怡。

可以说，若没有花木精神，便无所谓园林意境。

（二）

苏州园林中的栽花植树，是自有章法的。像苍松、银杏等高大的树木，一棵有一棵的匠心；而如翠竹幽篁之类，则一丛有一丛的用意。

上百年珍贵的古树，是古老生态的象征，是历史园林的标志，也是审美鉴赏的对象。在造园之初，若是已有古树在先，那么，造园家总是给它腾出相应的空间,使其成为园林一景。历史上的造园家,不但为后人留下了一棵棵古树,也留下了"雕梁易构,古树难成"的训条。

在苏州园林里,生机蓬勃的植物对于没有生命的建筑环境至关重要。正因为厅、廊、堂、榭的内外空间,是依靠了植物的衬托才显示了它与自然的呼应,所以,园林中的许多景点,便以植物的品种和寓意来命名,如拙政园的"枇杷园",留园的"花步小筑",网师园的"竹外一枝轩"……

江南水量丰沛,温度湿度都高,可以入园的植物也就品种繁多。据记载,在苏州园林中,树木、花卉和藤萝就有 100 余科,计 250 余种。品种虽多,但造园家于园林植物的具体配置,却是十分考究。他们注意植物的造型、色彩,尤其是人赋品格的特点,用以营造环境的情趣与景观的构图。这些植物,或富贵,或简淡,都渲染了深院幽庭的高雅气氛,或瓜棚豆架的田园情调。就连水面栽种的荷花,栽多栽少,栽与不栽,都是有意经营。拙政园占地 70 亩,三分之一的面积都是水,造园者便养植了大片荷花,而占地只有 9 亩的网师园,为了保持碧水荡漾的开阔感,就没有栽种那些香远益清的"红粉佳人"。

(三)

荷,一种多年生水生花卉,既可生于旷野湖沼,又可植根芳园宅地,并以悠久的历史,形成了中国的荷文化,包容了丰富的精神内容。

文人说,荷,"出污泥而不染"。

佛陀说:"人与莲没有两样,每人都有自己个别的先天条件。"

因为丰富的寓意,人们栽种了荷花,同时也栽种了自己。

因为当年的园林主人崇尚荷花的品质,荷花便成了一些园林的传统花卉。不过,主人们也爱别的花,像沧浪亭的兰花,留园的牡丹与芍药,早就远近有了名。只因拙政园是著名的山水之园,水生的荷花便成了吴下名园花卉话题的首选。拙政园的荷花向来是一大景观,而与荷花有关连的建筑,竟早就造了许多处,芙蓉榭、远香堂、香洲、荷风四面亭、留听阁、藕香榭等等,串在一起,就像是一根节节相连,段段同体的藕。

采访钱怡(园林工作者):

> 荷花和我们苏州的缘分已经很长,在 2500 多年之前,我们的灵岩山上,苏州郊外的灵岩山,吴王夫差建造了一个馆娃宫,让越国的美女西施在那里住。娃,在我们苏州话里就是美女的代称。在馆娃宫里面有一个玩花池,这个遗迹现在还在,从这个池塘的取名可以看出,它种的荷花是用于观赏。然后到东晋的时候,就出现了缸荷,到明代的时候

就出现了碗莲,这个碗莲首先出现也是在我们苏州的庭院里面,流传了好几百年。到"文革"以前,我们苏州种碗莲的有一个有名的老先生叫卢彬士,他种的碗莲非常出色。当时我们苏州一个盆景专家周瘦鹃老先生,他家里的一个厅堂叫爱莲堂,这个堂上每年放的碗莲就是卢彬士老先生送去的,但是"文革"开始,卢彬士老先生就下放到苏北去了,苏州呢就没有人种碗莲了,一直就失踪了二三十年。我们拙政园呢,现在已经有碗莲的品种100多个,缸荷的品种100多个,塘荷还有8个品种,一共有300多个品种。它已经成了我们苏州古典园林里最大的一个荷花基地。

苏州的卢彬士老先生所莳弄的碗莲,以前叫钵莲。卢老先生特别重视养莲的器物,讲究要用精细的古碗来养植这种案头清供,碗莲从此得名。由于它是人见人爱的家庭花卉,多年流传吴地,影响遍及江浙。

其实,这种别致的莲花栽培古代就有,清代嘉庆时期,苏州的文人沈三白——即写了《浮生六记》的那位沈复,就曾经做过成功的实验。他是将莲籽磨薄了两头,然后装入蛋壳里,使抱窝的母鸡孵于翼下,待鸡雏们出壳的时候取出来,再埋入钵中之泥。这泥土也特别,它须是燕巢之泥,并加少许天门冬——即一种草药,捣烂,拌匀,再将莲籽置其中,然后灌以河水,晒以朝阳。莲株长成之际,花若酒杯,亭亭可爱。

这似乎是一段闲笔。但是,我们却从中看到了苏州人细腻精巧的性格,与浓郁高雅的生活情趣。其实,碗莲的栽培与园林的建造有着异曲同工之妙,苏州古典园林,不也正是以"小中见大""缩龙成寸"的手法,将自己融于天地之间的么?

(四)

植物是融合园林建筑与自然空间的重要因素,室内陈花、案上插瓶固然是一种手段,但还不如使各种花木探窗、翠色倚门更有生趣。

为了达到这种效果,苏州园林的一些厅堂与轩廊之间,在建造的时候,便安排了若干天井并配置花石,让人感到花石在建筑里,建筑在花石中,几无室内室外之分。

说到欣赏园林植物与景色,一定要说到窗户。园林里的窗户,有空窗、漏窗、花窗之别,尤以漏窗为园林创作的点睛之笔。它们构思独到,图案纷呈,绝少同样,具有极强的实用性与装饰性,本身就是一件艺术品。

而可以让人在室内也能够直接观赏园林景色的,便是一方方精美的花窗了。在中国古典诗文中,"绿上窗纱""窗间竹影""窗前月下"这些词汇,是出现频率极高的字眼。宋代,甚至还有一些将"窗"字直接作为自己字号的词人,如吴文英(梦窗)、周密(草窗),就被人以"二窗"并称。本来是一种出于实用的窗户,因为在视觉上使人产生一种绘画感,所以,它往往成为一方赏心悦目的独特天地。而苏州园林的窗户,更是把这种审美的功能做了艺术的提升。

以园林的窗户为画框,你看不尽桃红柳绿的妩媚,看不尽烟锁重楼的迷蒙,看不尽竹影梅风的爽朗,看不尽冰清玉洁的玲珑。

(五)

透过漏窗,可以欣赏苏州园林在天时变化中的景色,但毕竟还要多少受到造园家当初的规范。苏州园林在艺术欣赏上最大的特点,是移步换景。可以说,以不同的欣赏角度,在不同的欣赏时间所获取的感受,是有千差万别的。因此也可以这样认为,要深入发掘园林之美,就需要有一种独到的眼光。这独到的眼光,便是每个人自己心中的漏窗。

是不是你也留意了这样的光影?

是不是你也留意了这样的构图?

是不是你也留意了这样的视角?

是不是你也留意了这样的景深?

园林,原本是一种精细的艺术。欣赏园林,也原本就是去发现精微。

采访陈健行(摄影家):

苏州园林要拍好,要注意观察它一年四季春夏秋冬的季节变化。除了季节的变化之外,还有一天当中光线的变化。我举个例子,苏州杨树吐芽最好的时间,一般的大都在3月8日左右,2月底杨柳刚刚开始吐芽,但芽长得最好的时候,在3月8日到3月12日之间。像苏州园林里的荷叶,荷叶点点在水面上,效果最好的时候是在5月4日到5月10日这一星期当中,那个初夏的味道就非常好。我拍怡园那个漏窗,投影投在复廊上面,每年要等到11月20日到11月26日,最好是11月25日上午9点40分,拍到9点45分,只有5分钟的时间可以拍。

当然,苏州园林中那些美妙的光影,并不是人人都能遇到的。即使遇到它的人,若要品味出其中的冲和恬淡,也还需要特定的心情。没有心情,便无所谓欣赏,而这种心情,恰与浮躁相对立。

苏州园林的建造,最初只是为了少数人的实用与观赏,今日却成了供人观瞻的古董,游人一多,便显嘈杂,园林也就不幽静。毋庸讳言,生活节奏日益加快的今天,苏州园林之美,失去了很多的知音。世界上的事物往往是这样,相识固然不难,理解未必容易。

(六)

　　苏州园林,在古代是宅第园林,即文人雅士们的住宅花园。除了历史价值和艺术价值之外,它的"宅"与"园"的有机结合,巧妙地创造了优美的人居环境。

　　人居环境的理想境界,是人与自然的和谐。使人愉悦的艺术美感与自然情趣,恰就是这种和谐在生活当中的体现。

　　园林里,几株高树体现它,它便在林梢;围墙内,数张莲叶体现它,它便在荷塘。但是,只要有林梢,便能够看到"明月别枝";只要有荷塘,便可以引来"蛙声一片"。

　　园林的和谐,曾包容野趣,呼应周边,本就是一种美妙的氛围……

采访陆文夫(著名作家):

　　我小时候一到苏州,(那时)是十五六岁,我们家有亲眷在苏州,这以后就跟苏州园林搭上关系了。那时候,因为亲戚认识耦园的主人,因为这样的亲戚关系呢,我就住在耦园。我住在那里,那一年是来养病的,后来就整天看书。那个园子当年给我的印象简直好极了,好像一个幻想的世界。特别是到晚上,晚上园子里没有人,园子白天也没有人。园子里有个池塘,耦园的荷花池是很有名的,池塘里边都是青蛙,池塘里还有大鲤鱼,鲤鱼很大。耦园隔一道墙,过去就是护城河,那个时候城墙还在。外面也有青蛙,这个青蛙叫起来很来劲儿,这里青蛙一叫,外面青蛙也吼上来了,就像打雷一样,你什么东西都听不见。但是有时候突然青蛙就停下来了,真奇怪,青蛙一停,所有青蛙全部停掉。这个时候听见鲤鱼在河里边喀喋地吸空气,在荷叶下面听见这种声音。一会儿蛙鼓又起来了,什么声音都听不见。从那个时候开始,苏州园林的艺术就暗暗地影响了自己。网师园我也住过。网师园晚上很漂亮,有好多人不知道,晚上的苏州园林有时候比白天还漂亮,那时候我家里住宿条件很不好,写东西家里很热又吵。那时候我跟园林管理处的人熟悉,他说算了,你住到网师园去吧。网师园有个小姐楼,空在那儿,有桌子有什么的。那个时候游人也很少,我就住上去了,就整天在那儿写东西,晚上网师园里只有我一个,大概住了一个多月,快两个月。我坐在池塘边的石头上,把小姐楼的灯开着,灯开了,小姐楼上的灯光都反映到池塘里面了,房子的倒影就倒在池塘里了。苏州这个城市很奇怪的,它是关起门的一个城市,在外面看破破烂烂,这个门一推开就漂亮极了,里面是一个大花园。

(七)

作为文人山水之园的苏州园林,其创作者最终的用心,是强调一种诗意。这一点,与中国传统的文人画如出一辙。文人画讲究画意,也看重题款,那些画面上的诗句,或是富有诗意的品题,使作品的内涵丰富了许多。

在苏州园林中,也有大量的文人品题。

这些品题,或是匾额,或是楹联,悬挂于厅堂,书刻于亭台,富有浓郁的书卷气。它不仅提高了园林的格调,而且还在意境中具有点题的导向作用。不管是即景自撰而来,还是移花接木之作,它们大都出自名家之手,写景抒情都能寓于哲理,紧扣主题却又意象纵横。实际上,它们既是园林艺术的一种构成,又是景观立意的再度升华。

这些品题有一个共同的特点,即传导了园林主人心目中的花木精神。耦园的一副典型的园林楹联,把这种花木精神与文人品格的融合,几乎推到了极致——

卧石听涛,满衫松色;
开门看雨,一片蕉声。

(八)

芭蕉,一种生长极快的草本植物,有阔长的叶子,高大的身躯,常给人以稳重与沉穆的感觉。假山旁,幽窗下,只栽数本芭蕉,这园林里便添加了许多幽幽的绿。

夏天,暑日炎炎,溽热难当,芭蕉可以给人一片阴凉;冬日,江南是一阵潮湿湿的冷,而这芭蕉的身姿,便又悄悄地包裹着春天的希望。芭蕉,没有红红紫紫的花,只是绿得单纯。单纯之美,原是一种很高的格调,无怪乎许多的艺术作品,都将芭蕉当做了吟唱的主题。

雨打芭蕉,当是最有意味的情境了。造园者充分考虑到了雨中的园林所产生的观赏效果,早就筑就了"留听阁"或"听雨轩"之类。这一派潇潇烟雨,也的确使这一幅写意的画卷,充满了淋漓的气韵。

细雨霏霏,蕉叶上的雨声是轻轻地响,就像人在回忆绵绵往事——那样朦胧,那样淡远;雨下得大了,珠珠点点,又唱出了明明白白的天籁之歌。对于十分专注的蕉窗听雨的人,那蕉叶上滑动的雨水,顺势而滴,就像是一颗颗滚落的心事。

也许，就是在这样的环境中，当年的那些园林主人，在将手中的一方官印换做了几枚闲章之后，也将心中的仕途风雨换成了眼前的蕉窗之雨。

芭蕉，或可就是童年时代嬉戏玩耍的见证，或可就是少年时代寒窗苦读的伴侣，或可就是淹留他乡时回忆故土的念物，或可就是归隐江南后十分亲密的知音……

（九）

人们常常说到园林的意境。园林的意境到底是什么？本片认为，所谓园林的意境，就是在具体的、有限的园林景象之中，融入对古代风雅的体味，融入与自然交流的体验，融入对人生哲理的体察，并取得净化心灵的美感享受，产生多种多样的联翩浮想。

园林意境，依赖景象而存在，这景象，背景是吴门烟水，得来靠分水裁山，形态是深院幽庭。

而要真正品赏园林，又当是蕉窗听雨般的情致。

深化园林的意境，自然就包括超尘涤虑之后的"蕉窗听雨"。

（原载电视文化片《苏园六纪》解说词，
中国广播电视出版社 2000 年版）

莫 言

讲故事的人
——诺贝尔文学奖获奖演讲

尊敬的瑞典学院各位院士,女士们、先生们:

通过电视或网络,我想在座的各位对遥远的高密东北乡,已经有了或多或少的了解。你们也许看到了我的九十岁的老父亲,看到了我的哥哥姐姐、我的妻子女儿,和我的一岁零四个月的外孙子。但是有一个此刻我最想念的人,我的母亲,你们永远无法看到了。我获奖后,很多人分享了我的光荣,但我的母亲却无法分享了。

我母亲生于 1922 年,卒于 1994 年。她的骨灰,埋葬在村庄东边的桃园里。去年,一条铁路要从那儿穿过,我们不得不将她的坟墓迁移到距离村子更远的地方。掘开坟墓后,我们看到,棺木已经腐朽,母亲的骨殖,已经与泥土混为一体。我们只好象征性地挖起一些泥土,移到新的墓穴里。也就是从那一时刻起,我感到,我的母亲是大地的一部分,我站在大地上的诉说,就是对母亲的诉说。

我是我母亲最小的孩子。

我记忆中最早的一件事,是提着家里唯一的一把热水壶去公共食堂打开水。因为饥饿无力,失手将热水瓶打碎,我吓得要命,钻进草垛,一天没敢出来。傍晚的时候我听到母亲呼唤我的乳名,我从草垛里钻出来,以为会受到打骂,但母亲没有打我也没有骂我,只是抚摸着我的头,口中发出长长的叹息。

我记忆中最痛苦的一件事,就是跟着母亲去集体的地里捡麦穗,看守麦田的人来了,捡麦穗的人纷纷逃跑,我母亲是小脚,跑不快,被捉住,那个身材高大的看守人扇了她一个耳光,她摇晃着身体跌倒在地,看守人没收了我们捡到的麦穗,吹着口哨扬长而去。我母亲嘴角流血,坐在地上,脸上那种绝望的神情我终生难忘。多年之后,当那个看守麦田的人成为一个白发苍苍的老人,在集市上与我相逢,我冲上去想找他报仇,母亲拉住了我,平静地对我说:"儿子,那个打我的人,与这个老人,并不是一个人。"

我记得最深刻的一件事是一个中秋节的中午,我们家难得地包了一顿饺子，每人只有一碗。正当我们吃饺子时，一个乞讨的老人来到了我们家门口，我端起半碗红薯干打发他，他却愤愤不平地说："我是一个老人，你们吃饺子，却让我吃红薯干。你们的心是怎么长的？"我气急败坏地说："我们一年也吃不了几次饺子，一人一小碗，连半饱都吃不了！给你红薯干就不错了，你要就要，不要就滚！"母亲训斥了我，然后端起她那半碗饺子，倒进了老人碗里。

我最后悔的一件事，就是跟着母亲去卖白菜，有意无意地多算了一位买白菜的老人一毛钱。算完钱我就去了学校。当我放学回家时，看到很少流泪的母亲泪流满面。母亲并没有骂我，只是轻轻地说："儿子，你让娘丢了脸。"

我十几岁时，母亲患了严重的肺病。饥饿、病痛、劳累，使我们这个家庭陷入了困境，看不到光明和希望。我产生了一种强烈的不祥之兆，以为母亲随时都会寻短见。每当我劳动归来，一进大门就高喊母亲，听到她的回应，心中才感到一块石头落了地。如果一时听不到她的回应，我就心惊胆战，跑到厨房和磨坊里寻找。有一次找遍了所有的房间也没有见到母亲的身影，我便坐在了院子里大哭。这时母亲背着一捆柴草从外面走进来。她对我的哭很不满，但我又不能对她说出我的担忧。母亲看到我的心思，她说："孩子你放心，尽管我活着没有一点乐趣，但只要阎王爷不叫我，我是不会去的。"

我生来相貌丑陋，村子里很多人当面嘲笑我，学校里有几个性格霸蛮的同学甚至为此打我。我回家痛哭，母亲对我说："儿子，你不丑，你不缺鼻子不缺眼，四肢健全，丑在哪里？而且只要你心存善良，多做好事，即便是丑也能变美。"后来我进入城市，有一些很有文化的人依然在背后甚至当面嘲弄我的相貌，我想起了母亲的话，便心平气和地向他们道歉。

我母亲不识字，但对识字的人十分敬重。我们家生活困难，经常吃了上顿没下顿。但只要我对她提出买书买文具的要求，她总是会满足我。她是个勤劳的人，讨厌懒惰的孩子，但只要是我因为看书耽误了干活，她从来没批评过我。

有一段时间，集市上来了一个说书人。我偷偷地跑去听书，忘记了她分配给我的活儿。为此，母亲批评了我，晚上当她就着一盏小油灯为家人赶制棉衣时，我忍不住把白天从说书人听来的故事复述给她听。起初她有些不耐烦，因为在她心目中说书人都是油嘴滑舌、不务正业的人，从他们嘴里冒不出好话来。但我复述的故事渐渐地吸引了她，以后每逢集日她便不再给我排活，默许我去集上听书。为了报答母亲的恩情，也为了向她炫耀我的记忆力，我会把白天听到的故事，绘声绘色地讲给她听。

很快地,我就不满足于复述说书人讲的故事了,我在复述的过程中不断地添油加醋,我会投我母亲所好,编造一些情节,有时候甚至改变故事的结局。我的听众也不仅仅是我的母亲,连我的姐姐,我的婶婶、我的奶奶,都成为我的听众。我母亲在听完我的故事后,有时会忧心忡忡地,像是对我说,又像是自言自语:"儿啊,你长大后会成为一个什么人呢?难道要靠耍贫嘴吃饭吗?"

我理解母亲的担忧,因为在村子里,一个贫嘴的孩子,是招人厌烦的,有时候还会给自己和家庭带来麻烦。我在小说《牛》里所写的那个因为话多被村子里厌恶的孩子,就有我童年时的影子。我母亲经常提醒我少说话,她希望我能做一个沉默寡言、安稳大方的孩子。但在我身上,却显露出极强的说话能力和极大的说话欲望,这无疑是极大的危险,但我说故事的能力,又带给了她愉悦,这使她陷入深深的矛盾之中。

俗话说"江山易改,本性难移",尽管我有父母亲的谆谆教导,但我并没有改掉我喜欢说话的天性,这使得我的名字"莫言"很像对自己的讽刺。

我小学未毕业即辍学,因为年幼体弱,干不了重活,只好到荒草滩上去放牧牛羊。当我牵着牛羊从学校门前路过,看到昔日的同学在校园里打打闹闹,我心中充满悲凉,深深地体会到一个人,哪怕是一个孩子,离开群体后的痛苦。到了荒滩上,我把牛羊放开,让它们自己吃草。蓝天如海,草地一望无际,周围看不到一个人影。没有人的声音,只有鸟儿在天上鸣叫。我感到很孤独,很寂寞,心里空空荡荡。有时候,我躺在草地上,望着天上懒洋洋地飘动着的白云,脑海里便浮现出许多莫名其妙的幻象。我们那地方流传着许多狐狸变成美女的故事,我幻想着能有一个狐狸变成美女与我来做伴放牛,但她始终没有出现。但有一次,一只火红色的狐狸从我面前的草丛中跳出来时,我被吓得一屁股蹲在地上。狐狸跑了踪影,我还在那里颤抖。有时候我会蹲在牛的身旁,看着湛蓝的牛眼和牛眼中的我的倒影。有时候我会模仿着鸟儿的叫声试图与天上的鸟儿对话,有时候我会对一棵树诉说心声。但鸟儿不理我,树也不理我。许多年后,当我成为一个小说家,当年的许多幻想,都被我写进了小说。很多人夸我想象力丰富,有一些文学爱好者,希望我能告诉他们培养想象力的秘诀,对此,我只能报以苦笑。就像中国的先贤——老子所说的那样,"福兮祸之所伏,祸兮福之所倚",我童年辍学,饱受饥饿、孤独、无书可读之苦,但我因此也像我们的前辈作家沈从文那样,极早地开始阅读社会人生这本大书。前面所提到的到集市上去听说书人说书,仅仅是这本大书中的一页。

辍学之后,我混迹于成人之中,开始了"用耳朵阅读"的漫长生涯。二百多年前,我的故乡曾出了一个讲故事的伟大天才——蒲松龄,我们村里的许多人，包括我，都是他的传人。我在集体劳动的田间地头，在生产队的牛棚马厩，在我爷爷奶奶的热炕头上，甚至在摇摇晃晃地行进着的牛车上，聆听了许许多多神鬼故事、历史传奇、逸闻趣事，这些故事都与当地的自然环境、家庭历史紧密联系在一起，使我产生了强烈的现实感。我做梦也想不到有朝一日这些东西会成为我的写作素材，我当时只是一个迷恋故事的孩子，醉心地聆听着人们的讲述。那时我是一个绝对的有神论者，我相信万物都有灵性。我见到一棵大树会肃然起敬，我看到一只鸟会感到它随时会变化成人，我遇到一个陌生人，也会怀疑他是一个动物变化而成。每当夜晚我从生产队的记工房回家时，无边的恐惧便包围了我，为了壮胆，我一边奔跑一边大声歌唱。那时我正处在变声期，嗓音嘶哑，声调难听，我的歌唱，是对我的乡亲们的一种折磨。

我在故乡生活了二十一年，期间离家最远的是乘火车去了一次青岛，还差点迷失在木材厂的巨大木材之间，以至于我母亲问我去青岛看到了什么风景时，我沮丧地告诉她：什么都没看到，只看到了一堆堆的木头。但也就是这次青岛之行，使我产生了想离开故乡到外边去看世界的强烈愿望。

1976年2月，我应征入伍，背着我母亲卖掉结婚时的首饰，购买了四本《中国通史简编》，走出了高密东北乡这个既让我爱又让我恨的地方，开始了我人生的重要时期。我必须承认，如果没有三十多年来中国社会的巨大发展与进步，如果没有改革开放，也不会有我这样一个作家。

在军营的枯燥生活中，我迎来了二十世纪八十年代的思想解放和文学热潮。我从一个用耳朵聆听故事、用嘴巴讲述故事的孩子，开始尝试用笔来讲述故事。起初的道路并不平坦，我那时并没有意识到我二十多年的农村生活经验是文学的富矿。那时我以为文学就是写好人好事，就是写英雄模范，所以，尽管也发表了几篇作品，但文学价值很低。

1984年秋，我考入解放军艺术学院文学系。在我的恩师、著名作家徐怀中的启发指导下，我写出了《秋水》《枯河》《透明的红萝卜》《红高粱》等一批中短篇小说。在《秋水》这篇小说里，第一次出现了"高密东北乡"这个字眼。从此，就如同一个四处游荡的农民有了一片土地，我这样一个文学的流浪汉，终于有了一个可以安身立命的场所。我必须承认，在创建我的文学领地"高密东北乡"的过程中，美国的威廉·福克纳和哥伦比亚的加西亚·马尔克斯给了我重要启发。我对他们的阅读并不认真，但他们开天辟地的豪迈精神激励了我，使我明白了一个作家必须要有一块属于自己的地方。一个人在日常生活中应该谦卑退让，但在文学创作中必须颐指气使，独断专行。我追随在这两位大师身后两年，即意识到，必须尽快地逃离他们。我在一篇文章中写道：他们是两座灼热的火炉，而我是冰块，如果离他们太近，会被他们蒸发掉。根据我的体会，一个作家之所以会受到某一位作家的影响，其根本是因为影响者和被影响者灵魂深处的相似之处。正所谓"心有灵犀一点通"。所以，尽管我没有很好地去读他们的书，但只读过几页，我就明白了他们干了什么，也明白了他们是怎样干的，随即我也就明白了我该干什么和我该怎样干。

我该干的事情其实很简单，那就是用自己的方式，讲讲自己的故事。我的方式，就是我所熟知的集市说书人的方式，就是我的爷爷奶奶、村里的老人们讲故事的方式。坦率地说，讲述的时候，我没有想到谁会是我的听众，也许我的听众就是那些如我母亲一样的人，也许我的听众就是我自己。我自己的故事，起初就是我的亲身经历，譬如《枯河》中那个遭受痛打的孩子，譬如《透明的红萝卜》中那个自始至终一言不发的孩子。我的确曾因为干过一件错事而受到父亲的痛打，我也的确曾在桥梁工地上为铁匠师傅拉过风箱。当然，个人的经历无论多么奇特也不可能原封不动地写进小说，小说必须虚构，必须想象。很多朋友说《透明的红萝卜》是我最好的小说，对此我不反驳，也不认同，但我认为《透明的红萝卜》是我的作品中最有象征性、最意味深长的一部。那个浑身漆黑、具有超人的忍受痛苦的能力和超人的感受能力的孩子，是我全部小说的灵魂，尽管在后来的小说里，我写了很多的人物，但没有一个人物，比他更贴近我的灵魂。或者可以说，一个作家所塑造的若干人物中，总有一个领头的；这个沉默的孩子就是一个领头的，他一言不发，但却有力地领导着形形色色的人物，在高密东北乡这个舞台上，尽情地表演。

自己的故事总是有限的，讲完了自己的故事，就必须讲他人的故事。于是，我的亲人们的故事，我的村人们的故事，以及我从老人们口中听到过的祖先们的故事，就像听到集合令的士兵一样，从我的记忆深处涌出来。他们用期盼的目光看着我，等待着我去写他们。我的爷爷、奶奶、父亲、母亲、哥哥、姐姐、姑姑、叔叔、妻子、女儿，都在我的作品里出现过，还有很多的我们高密东北乡的乡亲，也都在我的小说里露过面。当然，我对他们，都进行了文学化的处理，使他们超越了他们自身，成为文学中的人物。

我最新的小说《蛙》中，就出现了我姑姑的形象。因为我获得诺贝尔奖，许多记者到她家采访，起初她还很耐心地回答提问，但很快便不胜其烦，跑到县城里她儿子家躲起来了。姑姑确实是我写《蛙》时的模特，但小说中的姑姑，与现实生活中的姑姑有着天壤之别。小说中的姑姑专横跋扈，有时简直像个女匪；现实中的姑姑和善开朗，是一个标准的贤妻良母。现实中的姑姑晚年生活幸福美满；小说中的姑姑到了晚年却因为心灵的巨大痛苦患上了失眠症，身披黑袍，像个幽灵一样在暗夜中游荡。我感谢姑姑的宽容，她没有因为我在小说中把她写成那样而生气;我也十分敬佩我姑姑的明智,她正确地理解了小说中人物与现实中人物的复杂关系。

母亲去世后,我悲痛万分,决定写一部书献给她。这就是那本《丰乳肥臀》。因为胸有成竹,因为情感充盈,仅用了八十三天,我便写出了这部长达50万字的小说的初稿。在《丰乳肥臀》这本书里,我肆无忌惮地使用了与我母亲的亲身经历有关的素材,但书中的母亲情感方面的经历,则是虚构或取材于高密东北乡诸多母亲的经历。在这本书的卷前语上,我写下了"献给母亲在天之灵"的话。但这本书,实际上是献给天下母亲的,这是我狂妄的野心,就像我希望把小小的"高密东北乡"写成中国乃至世界的缩影一样。

作家的创作过程各有特色,我每本书的构思与灵感触发也都不尽相同。有的小说起源于梦境,譬如《透明的红萝卜》;有的小说则发端于现实生活中发生的事件,譬如《天堂蒜薹之歌》。但无论是起源于梦境还是发端于现实,最后都必须和个人的经验相结合,才有可能变成一部具有鲜明个性的、用无数生动细节塑造出了典型人物的,语言丰富多彩,结构匠心独运的文学作品。有必要特别提及的是,在《天堂蒜薹之歌》中,我让一个真正的说书人登场,并在书中扮演了十分重要的角色。我十分抱歉地使用了这个说书人的真实姓名,当然,他在书中的所有行为都是虚构。在我的写作中,出现过多次这样的现象,写作之初,我使用他们的真实姓名,希望能借此获得一种亲近感,但作品完成之后,我想为他们改换姓名时却感到已经不可能了,因此也发生过与我小说中人物同名者找到我父亲发泄不满的事情。我父亲替我向他们道歉,但同时又开导他们不要当真。我父亲说:"他在《红高粱》中,第一句就说'我父亲这个土匪种',我都不在意你们还在意什么?"

我在写作《天堂蒜薹之歌》这类逼近社会现实的小说时,面对着的最大问题,其实不是我敢不敢对社会上的黑暗现象进行批评,而是这燃烧的激情和愤怒会让政治压倒文学,使这部小说变成一个社会事件的纪实报告。小说家是社会中人,他自然有自己的立场和观点,但小说家在写作时,必须站在人的立场上,把所有的人都当作人来写。只有这样,文学才能发端事件但超越事件,关心政治但大于政治。

可能是因为我经历过长期的艰难生活,使我对人性有较为深刻的了解。我知道真正的勇敢是什么,也明白真正的悲悯是什么。我知道,每个人心中都有一片难用是非善恶准确定性的朦胧地带,而这片地带,正是文学家施展才华的广阔天地。只要是准确地、生动地描写了这个充满矛盾的朦胧地带的作品,也就必然地超越了政治并具备了优秀文学的品质。

喋喋不休地讲述自己的作品是令人厌烦的,但我的人生是与我的作品紧密相连的,不讲作品,我感到无从下嘴,所以还得请各位原谅。

在我的早期作品中,我作为一个现代的说书人,是隐藏在文本背后的,但从《檀香刑》这部小说开始,我终于从后台跳到了前台。如果说我早期的作品是自言自语,目无读者,从这本书开始,我感觉到自己是站在一个广场上,面对着许多听众,绘声绘色地讲述。这是世界小说的传统,更是中国小说的传统。我也曾积极地向西方的现代派小说学习,也曾经玩弄过形形色色的叙事花样,但我最终回归了传统。当然,这种回归,不是一成不变的回归,《檀香刑》和之后的小说,是继承了中国古典小说传统又借鉴了西方小说技术的混合文本。小说领域的所谓创新,基本上都是这种混合的产物。不仅仅是本国文学传统与外国小说技巧的混合,也是小说与其他的艺术门类的混合,就像《檀香刑》是与民间戏曲的混合,就像我早期的一些小说从美术、音乐、甚至杂技中汲取了营养一样。

最后,请允许我再讲一下我的《生死疲劳》。这个书名来自佛教经典,据我所知,为翻译这个书名,各国的翻译家都很头痛。我对佛教经典并没有深入研究,对佛教的理解自然十分肤浅,之所以以此为题,是因为我觉得佛教的许多基本思想是真正的宇宙意识,人世中许多纷争,在佛家的眼里,是毫无意义的。这样一种至高眼界下的人世,显得十分可悲。当然,我没有把这本书写成布道词,我写的还是人的命运与人的情感,人的局限与人的宽容,以及人为追求幸福、坚持自己的信念所做出的努力与牺牲。小说中那位以一己之身与时代潮流对抗的蓝脸,在我心目中是一位真正的英雄。这个人物的原型,是我们邻村的一位农民,我童年时,经常看到他推着一辆吱吱作响的木轮车,从我家门前的道路上通过。给他拉车的,是一头瘸腿的毛驴,为他牵驴的,是他小脚的妻子。这个奇怪的劳动组合,在当时的集体化社会里,显得那么古怪和不合时宜,在我们这些孩子的眼里,也把他们看成是逆历史潮流而动的小丑,以至于当他们从街上经过时,我们会充满义愤地朝他们投掷石块。事过多年,当我拿起笔来写作时,这个人物,这个画面,便浮现在我的脑海中。我知道,我总有一天会为他写一本书,我迟早要把他的故事讲给天下人听,但一直到了 2005 年,当我在一座庙宇里看到"六道轮回"的壁画时,才明白了讲述这个故事的正确方法。

我获得诺贝尔文学奖后,引发了一些争议。起初,我还以为大家争议的对象是我,渐渐地,我感到这个被争议的对象,是一个与我毫不相关的人。我如同一个看戏人,看着众人的表演。我看到那个得奖人身上落满了花朵,也被掷上了石块、泼上了污水。我生怕他被打垮,但他微笑着从花朵和石块中钻出来,擦干净身上的脏水,坦然地站在一边,对着众人说:对一个作家来说,最好的说话方式是写作。我该说的话都写进了我的作品里。用嘴说出的话随风而散，用笔写出的话永不磨灭。我希望你们能耐心地读一下我的书，当然，我没有资格强迫你们读我的书。即便你们读了我的书，我也不期望你们能改变对我的看法，世界上还没有一个作家，能让所有的读者都喜欢他。在当今这样的时代里，更是如此。

尽管我什么都不想说，但在今天这样的场合我必须说话，那我就简单地再说几句。

我是一个讲故事的人，我还是要给你们讲故事。

上世纪60年代，我上小学三年级的时候，学校里组织我们去参观一个苦难展览，我们在老师的引领下放声大哭。为了能让老师看到我的表现，我舍不得擦去脸上的泪水。我看到有几位同学悄悄地将唾沫抹到脸上冒充泪水。我还看到在一片真哭假哭的同学之间，有一位同学，脸上没有一滴泪，嘴巴里没有一点声音，也没有用手掩面。他睁着大眼看着我们，眼睛里流露出惊讶或者是困惑的神情。事后，我向老师报告了这位同学的行为。为此，学校给了这位同学一个警告处分。

多年之后，当我因自己的告密向老师忏悔时，老师说，那天来找他说这件事的，有十几个同学。这位同学十几年前就已去世，每当想起他，我就深感歉疚。这件事让我悟到一个道理，那就是：当众人都哭时，应该允许有的人不哭。当哭成为一种表演时，更应该允许有的人不哭。

我再讲一个故事：30多年前，我还在部队工作。有一天晚上，我在办公室看书，有一位老长官推门进来，看了一眼我对面的位置，自言自语道："噢，没有人？"我随即站起来，高声说："难道我不是人吗？"那位老长官被我顶得面红耳赤，尴尬而退。为此事，我洋洋得意了许久，以为自己是个英勇的斗士，但事过多年后，我却为此深感内疚。

请允许我讲最后一个故事，这是许多年前我爷爷讲给我听过的：有八个外出打工的泥瓦匠，为避一场暴风雨，躲进了一座破庙。外边的雷声一阵紧似一阵，一个个的火球，在庙门外滚来滚去，空中似乎还有吱吱的龙叫声。众人都胆战心惊，面如土色。有一个人说："我们八个人中，必定有一个人干过伤天害理的坏事，谁干过坏事，就自己走出庙接受惩罚吧，免得让好人受到牵连。"自然没有人愿意出去。又有人提议道："既然大家都不想出去，那我们就将自己的草帽往外抛吧，谁的草帽被刮出庙门，就说明谁干了坏事，那就请他出去接受惩罚。"于是大家就将自己的草帽往庙门外抛，七个人的草帽被刮回了庙内，只有一个人的草帽被卷了出去。大家就催这个人出去受罚。他自然不愿出去，众人便将他抬起来扔出了庙门。故事的结局我估计大家都猜到了——那个人刚被扔出庙门，那座破庙轰然坍塌。

我是一个讲故事的人。

因为讲故事我获得了诺贝尔文学奖。

我获奖后发生了很多精彩的故事,这些故事,让我坚信真理和正义是存在的。

今后的岁月里,我将继续讲我的故事。

谢谢大家!

(原载《讲故事的人》,浙江文艺出版社2020年版)

梁实秋

台北家居

"长安米贵,居大不易",原是调侃白居易名字的戏语。台北米不贵,可是居也不易。四九年左右来台北定居的人,大概都有一个共同的感觉,觉得一生奔走四方,以在台北居住的这一段时间为最长久,而且也最安定。不过台北家居生活,三十多年中,也有不少变化。

我幸运,来到台北三天就借得一栋日式房屋。约有三十多坪,前后都有小小的院子,前院有两棵香蕉,隔着窗子可以窥视累累的香蕉长大,有时还可以静听雨打蕉叶的声音。没有围墙,只有矮矮的栅门,一推就开。室内铺的是榻榻米,其中吸收了水汽不少,微有霉味,寄居的蚂蚁当然密度很高。没有纱窗,蚊蚋出入自由,到了晚间没有客人敢赖在我家久留不去。"衡门之下,可以栖迟。"不久,大家的生活逐渐改良了,铁丝纱、尼龙纱铺上了窗栏,很多人都混上了床,藤椅、藤沙发也广泛的出现,榻榻米店铺被淘汰了。

在未装纱窗之前,大白昼我曾眼看着一个穿长衫的人推我栅门而入,他不敲房门,迳自走到窗前伸手拿起窗台上放着的一只闹钟,扬长而去。我追出去的时候,他已经一溜烟地跑了。这不算偷,也不算抢,只是不告而取,而且取后未还。好在这种事起初不常有。窃贼不多的原因之一是一般人家里没有多少值得一偷的东西,我有一位朋友一连遭窃数次,都是把他床上铺盖席卷而去,对于一个身无长物的人来说,这也不能不说是损失惨重了。我家后来也蒙梁上君子惠顾过一回,他闯入厨房搬走一只破旧的电锅。我马上买了一只新的,因为要吃饭不可一日无此君。不是我没料到拿去的破锅不足以厌其望,并且会受到师父的辱骂,说不定会再来找补一点甚么;而是我大意了,没有把新锅藏起来,果然,第二天夜里,新锅不翼而飞。此后我就坚壁清野,把不愿被人携去的东西妥为收藏。

中等人家不能不雇佣人,至少要有人负责炊事。此间乡间少女到城市帮佣,原来很大部分是想借此摄取经验,以为异日主持中馈的准备,所以主客相待以礼,各如其分。这和雇用三河县老妈子就迥异其趣了。可是这种情况急遽变化,工厂多起来了,商店多起来了,到处都需要女工,人孰无自尊,谁也不甘长久的为人"断苏切脯,筑肉臛芋"。于是供求失调,工资暴涨,而且服务的情形也不易得到雇主的满意。好多人家都抱怨,佣人出去看电影要为她等门;她要交男友,不胜其扰;她要看电视,非看完一切节目不休;她要休假、返乡、借支;她打破碗盏不作声;她敞开水管洗衣服。在另一方面,她也有她的抱怨:主妇碎嘴唠叨,而且服务项目之多恨不得要向王褒的"僮约"看齐,"不得辰出夜入,交关伴偶"。总之,不久缘尽,不欢而散的居多。如今局面不同了。多数人家不用女工,最多只用半工,或以钟点计工。不少妇女回到厨房自主中馈。懒的时候打开冰箱取出陈年剩菜或是罐头冷冻的东西,不必翻食谱,不必起油锅,拼拼凑凑,即可度命。馋的时候,阖家外出,台北餐馆大大小小一千四百余家,平津、宁浙、淮扬、川、粤,任凭选择,牛肉面、自助餐,也行。妙在所费不太多,孩子们皆大欢喜,主妇怡然自得,主男也无须拉长驴脸站在厨房水槽前面洗盘碗。

　　台北的日式房屋现已难得一见,能拆的几乎早已拆光。一般的人家居住在四楼的公寓或七楼以上的大厦。这种房子实际上就像是鸽窝蜂房。通常前面有个几尺宽的小洋台,上面摆列几盆尘灰渍染的花草,恹恹无生气;楼上浇花,楼下落雨,行人淋头。后面也有个更小的洋台,悬有衣裤招展的万国旗。客人来访,一进门也许抬头看见一个倒挂着的"福"字,低头看到一大堆半新不旧的拖鞋——也许要换鞋,也许不要换,也许主人希望你换而口里说不用换,也许你不想换而问主人要不要换,也许你硬是不换而使主人瞪你一眼。客来献茶?没有那么方便的开水,都是利用热水瓶。盖碗好像早已失传,大部分是使用玻璃杯。其实正常的人家,客已渐渐稀少,谁也没有太多的闲暇串门子闲磕牙,有事需要先期电话要约。杜甫诗:"但使残年饱吃饭,只愿无事长相见",现在不行,无事为甚么还要长相见?

　　"千金买房,万金买邻",话是不错,但是谈何容易?谁也料不到,楼上一家偶尔要午夜跳舞,篷拆之声盈耳;隔壁一家常打麻将,连战通宵;对门一家养哈巴狗,不分晨夕的吠影吠声,一位新来的住户提出抗议,那狗主人忿然作色说:"你搬来多久?我的狗在此已经吠了两年多。"街坊四邻不断的有人装修房屋,而且要装修得像是电视综艺节目的背景,敲敲打打历时经旬不止。最可怕的是楼下开了一家汽车修理厂,日夜服务,不但叮叮当当响起敲打乐,而且漆鬃焊接一概俱全,马达声、喇叭声不绝于耳。还有葬车出殡,一路上有音乐伴奏,不时的燃放爆竹,更不幸的是邻近有人办白事,连夜的唪经放焰口,那就更不得安生了。"大隐隐朝市",我有一位朋友想"小隐隐陵薮",搬到乡野,一走了之,但是立刻就有好心的人劝阻他说:"万万不可,乡下无医院,万一心脏病发,来不及送院急救,怕就要中道崩殂!"我的朋友吓得只好客居在红尘万丈的闹市之中。

　　家居不可无娱乐。卫生麻将大概是一些太太的天下。说它卫生也不无道理,至少上肢运动频数,近似蛙式游泳。只要时间不太长、输赢不大,十圈八圈的通力合作,总比在外面为非作歹、伤风败俗要好得多。公务人员与知识分子也有乐此不疲者。梁任公先生说过:"只有打麻将能令我忘却读书,只有读书能令我忘却打麻将。"我们觉得饱学如梁先生者,不妨打打麻将。也许电视是如今最受欢迎的家庭娱乐了,只要具有初高中程度,或略识之无,甚至文盲,都可以欣赏。当然,胃口需要相当强健,否则看了一些狞眉皱眼怪模怪样而自以为有趣的面孔,或是奇装异服不男不女蹦蹦跳跳的人妖,岂不要作呕?年轻的一代,自有他们的天地,郊游、露营、电影院、舞厅、咖啡馆,都是赏心悦目的胜地,家庭有娱乐,对他们而言,恐怕是渐渐的认为不大可能了。

五十多年前,丁西林先生对我说,他理想中的家庭具备五个条件:一是胡涂的老爷,二是能干的太太,三是干净的孩子,四是和气的佣人,五是二十四小时的热水供应。这是他个人的理想,但也并非是笑话。他所谓胡涂,当然是"小事胡涂,大事不胡涂";所谓能干是指里里外外上上下下一喝足之后所自然流露出来的一股温暖。至于热水供应,则是属于现代设备的问题。如果丁先生现住台北,他会修正他的理想。旧时北平中上之家讲究"天棚、鱼缸、石榴树、先生、肥狗、胖丫头",那理想更简单了。台北家居,无所谓天棚,中上人家都有冷气,热带鱼和金鱼缸各有情趣,石榴树不见得不如兰花,家里请先生则近似恶补,养猫养狗更是稀松平常,病了还有猫狗专科医院可以就诊(在外国见到的猫狗美容院此地尚付阙如),胖丫头则丫头制度已不存在,遑论胖与不胖?说不定胖了还要设法减肥。

台北家居是相当安全的。舞动长刀扁钻杀人越货的事常有所闻,不过独行盗登门抢劫的事是少有的。像某些国家之动辄抢银行、劫火车,则此地之安谧甚为显然。夜不闭户是办不到的,好多人家窗上装了栅栏甘愿尝受铁窗风味,也无非是戒慎预防之意。至于流氓滋事,无地无之,是非之地少去便是。台北究竟是一个住家的好地方。

(原载《雅舍小品三集》,台北正中书局1982年版)

张晓风

一个女人的爱情观

忽然发现自己的爱情观很土气,忍不住自笑了起来。

对我而言,爱一个人就是满心满意要跟他一起"过日子",天地鸿蒙荒凉,我们不能妄想把自己扩充为六合八方的空间,只希望以彼此的火烬把属于两人的一世时间填满。

客居岁月,暮色里归来,看见有人当街亲热,竟也视若无睹,但每看到一对人手牵手提着一把青菜一条鱼从菜场走出来,一颗心就忍不住恻恻地痛了起来,一蔬一饭里的天长地久原是如此味永难言啊!相拥的那一对也许今晚就分手,但一鼎一镬里却有其朝朝暮暮的恩情啊!

爱一个人原来就只是在冰箱里为他留一只苹果,并且等他归来。

爱一个人就是在寒冷的夜里不断在他的杯子里斟上刚沸的热水。

爱一个人就是喜欢两人一起收尽桌上的残肴,并且听他在水槽里刷碗的音乐——事后再偷偷把他不曾洗干净的地方重洗一遍。

爱一个人就有权利霸道地说:

"不要穿那件衣服,难看死了,穿这件,这是我新给你买的。"

爱一个人就是一本正经地催他去工作,却又忍不住躲在他身后想捣几次小小的蛋。

爱一个人就是在拨通电话时忽然不知道要说什么,才知道原来只是想听听那熟悉的声音,原来真正想拨通的,只是自己心底的一根弦。

爱一个人就是把他的信藏在皮包里,一日拿出来看几回、哭几回、痴想几回。

爱一个人就是在他迟归时想上一千种坏可能,在想象中经历万般劫难,发誓等他回来要好好罚他,一旦见面却又什么都忘了。

爱一个人就是在众人暗骂:"讨厌!谁在咳嗽!"你却急道:"唉,唉,他这人就是记性坏啊,我该买一瓶川贝枇杷膏放在他的背包里的!"

爱一个人就是上一刻钟想把美丽的恋情像冬季的松鼠秘藏坚果一般,将之一一放在最隐秘最安妥的树洞里,下一刻钟却又想告诉全世界这骄傲自豪的消息。

爱一个人就是在他的头衔、地位、学历、经历、善行、劣迹之外,看出真正的他不过是个孩子——好孩子或坏孩子——所以疼了他。

也因此,爱一个人就喜欢听他儿时的故事,喜欢听他有几次大难不死,听他如何淘气惹厌,怎样善于玩弹珠或打"水漂漂",爱一个人就是忍不住替他记住了许多往事。

爱一个人就不免希望自己更美丽,希望自己被记得,希望自己的容颜体貌在极盛时于对方如霞光过目,永不相忘,即使在繁花谢树的残冬,也有一个人沉如历史典册的瞳仁可以见证你的华采。

爱一个人总会不厌其烦地问些或回答些傻问题,例如:"如果我老了,你还爱我吗?""爱!""我的牙都掉光了呢?""我吻你的牙床!"

爱一个人便忍不住迷上那首白发吟:

　　亲爱的,我年已渐老
　　白发如霜银光耀
　　唯你永是我爱人
　　永远美丽又温柔……

爱一个人常是一串奇怪的矛盾,你会依他如父,却又怜他如子,尊他如兄,又复宠他如弟,想师事他,跟他学,却又想教导他把他俘虏成自己的徒弟,亲他如友,又复气他如仇,希望成为他的女皇,他唯一的女主人,却又甘心做他的小丫鬟小女奴。

爱一个人会使人变得俗气,你不断地想:晚餐该吃牛舌好呢?还是猪舌?蔬菜该买大白菜?还是小白菜?房子该买在三张犁呢?还是六张犁?而终于在这份世俗里,你了解了众生,你参与了自古以来匹夫匹妇的微不足道的喜悦与悲辛,然后你发觉这世上有超乎雅俗之上的情境,正如日光超越调色盘上的色样。

爱一个人就是喜欢和他拥有现在,却又追记着和他在一起的过去。喜欢听他说,那一年他怎样偷偷喜欢你,远远地凝望着你。爱一个人又总期望着未来,想到地老天荒的他年。

爱一个人便是小别时带走他的吻痕,如同一幅画,带着鉴赏者的朱印。

爱一个人就是横下心来,把自己小小的赌本跟他合起来,向生命的大轮盘去下一番赌注。

爱一个人就是让那人的名字在临终之际成为你双唇间最后的音乐。

爱一个人,就不免生出共同的、霸占的欲望。想认识他的朋友,想了解他的事业,想知道他的梦。希望共有一张餐桌,愿意同用一双筷子,喜欢轮饮一杯茶,合穿一件衣,并且同衾共枕,奔赴一个命运,共寝一个墓穴。

前两天，整收房间，理出一只提袋，上面赫然写着"××孕妇服装中心"，我愕然许久，既然这房子只我一人住，这只手提袋当然是我的了，可是，我何曾跑到孕妇店去买衣服？于是不甘心地坐下来想，想了许久，终于想出来了。我那天曾去买一件斗篷式的土褐色短褛，便是用这只绿色袋子提回来的，我是的确闯到孕妇店去买衣服了。细想起来那家店的模特儿似乎都穿着孕妇装，我好像正是被那种美丽沉甸的繁殖喜悦所吸引而走进去的。这样说来，原来我买的那件宽松适意的斗篷式短褛竟真是给孕妇设计的。

这里面有什么心理分析吗？是不是我一直追忆着怀孕时强烈的酸苦和欣喜而情不自禁地又去买了一件那样的衣服呢？想多年前冬夜独起，灯下乳儿的寒冷和温暖便一下子涌回心头，小儿吮乳的时候，你多么希望自己的生命就此为他竭泽啊！

对我而言，爱一个人，就不免想跟他生一窝孩子。

当然，这世上也有人无法生育，那么，就让共同作育的学生，共同经营的事业，共同爱过的子侄晚辈，共同谱成的生活之歌，共同写完的生命之书来作他们的孩子。

也许还有更多更多可以说的，正如此刻，爱情对我的意义是终夜守在一盏灯旁，听车声退潮再复涨潮，看淡紫的天光愈来愈明亮，凝视两人共同凝视过的长窗外的水波，在矛盾的凄凉和欢喜里，在知足感恩和渴切不足里细细体会一条河的韵律，并且写一篇叫《爱情观》的文章。

(原载《晓风吹起》，作家出版社1992年版)

简 媜

四月裂帛

三月的天书都印错,竟无人知晓。

近郊山头染了雪迹,山腰的杜鹃与瘦樱仍然一派天真地等春。三月本来毋庸置疑,只有我关心瑞雪与花季的争辩,就像关心生活的水潦能否允许生命的焚烧。但,人活得疲了,转烛于锱铢,或酒色,或一条百年老河养不养得起一只螃蟹?于是,我也放胆地让自己疲着,圆滑地在言语厮杀的会议之后,用寒鸦的音色赞美:"这世界多么有希望啊!"然后,走。

直到一本陌生的诗集飘至眼前,印了一年仍然初版的冷诗,(我们是诗的后裔!)诗的序写于两年以前,若洄溯行文走句,该有四年,若还原诗意至初孕的人生,或则六年、八年。于是,我做了生平第一件快事,将三家书店摆饰的集子买尽——原谅我鲁莽啊!陌生的诗人,所有不被珍爱的人生都应该高傲地绝版!

然而,当我把所有的集子同时翻到最后一页题曰最后一首情诗时,午后的雨丝正巧从帘缝蹑足而来。三月的团云倾倒的是二月的水谷,正如薄薄的诗舟盛载着积年的乱麻。于是,我轻轻地笑起来,文学,真是永不疲倦的流刑地啊!那些黥面的人,不必起解便自行前来招供、画押,因为,唯有此地允许罪愆者徐徐地申诉而后自行判刑,唯有此地,宁愿放纵不愿错杀。

原谅我把冷寂的清官朝服剪成合身的寻日布衣,把你的一品丝绣裁成放心事的暗袋,你娴熟的三行连韵与商籁体,到我手上变为缝缝补补的百衲图。安静些,三月的鬼雨,我要翻箱倒箧,再裂一条无汗则拭泪的巾帕。

> 我不断漂泊,
> 因为我害怕一颗被囚禁的心
> 终于,我来到这一带长年积雨的森林

你把七年来我写给你的信还我,再也没有比这更轻易的事了。

约在医院门口见面,并且好好地晚餐。你的衣角仍飘荡着辛涩的药味,这应是最无菌的一次约会。可惜的,惨淡夜色让你看起来苍白,仿佛生与死的演绎仍鞭答着你瘦而长的身躯。最高的纪录是,一个星期见十三名儿童死去,你常说你已学会在面对病人死亡之时,让脑子一片空白,继续做一个饱餐、更浴、睡眠的无所谓的人。在早期,你所写的那首《白鹭鸶》诗里,曾雄壮地要求天地给你这一袭白衣;白衣红里,你在数年之后《关渡手稿》这样写:

> 恐怕
> 我是你的尸体衣裳
> 非婚礼华服

并且悄悄地后记着:"每次当病人危急时,我们明知无用,仍勉强做些急救的工作。其目的并非要救病人,而是来安慰家属。"

你早已不写诗了,断腕只是为了编织更多美丽的谎言喂哺垂死病人绝望的眼神。也好让自己无时无刻沉浸于谎言的绚丽之中,悄然忘记四面楚歌的现实。你更瘦些,更高些,给我的信愈来愈短,我何尝看不出在急诊室、癌症病房的行程背后,你颤抖而不肯落墨讨论的,关于生命这一条理则。

终于,我们也来到了这一刻,相见不是为了圆谎为了还清面目,七年了,我们各自以不同的手法编织自己的谎,的确也毫发未损地避过现实的险滩。唯独此刻,你愿意在我面前诚实,正如我唯一不愿对你假面。那么,我们何其不幸,不能被无所谓的美梦收留,又何等幸运,历劫之后,单刀赴会。

穿过新公园,魅魅魍魉都在黑森林里游荡,一定有人殷勤寻找"仲夏夜之梦",有人临池摹仿无弦钓。我们安静地各走各的,好像相约要去探两个挚友的病,一个是七年前的你,一个是七年前的我,好像他们正在加护病房苟延残喘,死而不肯瞑目,等亲人去认尸。

"为什么走那么快?"你喊着。

"冷啊!而且快下雨了。"

灯光飘浮着,钢琴曲听来像粗心的人踢倒一桶玻璃珠。餐前酒被洁净的白手侍者端来,耶稣的最后晚餐是从哪儿开始吃的?

"拿来吧,你要送我的东西。"

你腼腆着,以迟疑的手势将一包厚重的东西交给我。

"可以现在拆吗?"我狡诈地问。

"不行,你回去再看,现在不行。"

"是什么?书吗?是圣经?……还是……真重哩!"我掂了又掂,七年的重量。

"你……回去看,唯一、唯一的要求。"

于是,我装作什么都不知道,继续与你晚餐,我痛恨自己的灵敏,正如厌烦自己总能在针毡之上微笑应对。而我又不忍心拂袖,多么珍贵这一席晚宴。再给你留最后一次余地,你放心,凄风苦雨让我挡着,你慢慢说。

"后来,我遇到第二个女孩子,她懂得我写的、想的,从来没有人像她那样……"你说。

"我察觉在不知道的地方,有一种东西,好像遥远不可及,又像近在身边;似在身外,又似在身内,一直在吸引我。我无法形容那是什么——或许是使得风景美丽的不可知之力量;或许是从小至今,推动我不断向前追求的不能拒绝之力量;或许是每时刻我心中最深处的一种呼唤、一种喜悦、一种梦;或许是考娄芮基(Coleridge)在他的《文学传记》所述的'自然之本质',这本质,事先便肯定了较高意义的自然与人的灵魂之间,存在着一种'关联'……想着,想着,《关渡手稿》就在这种心境写下来。……"年轻的习医者在信上写着。

"她懂你像你懂自己一样深刻吗?"我问。

"我试着让她知道,我为什么而活。"你说。

"来此两个多星期,天天看病人,跟在医院无两样。空间多,看海与观星成了忘我的消遣。我很高兴能走入'时间'里面去体会时间的分秒之悸动,《圣经》说,人生若经过炼金之人的火及漂布之人的碱,必能尝到丰溢的酒杯,于是我更能体会濒死病人的呻吟,可以真实地走过病眼深水的波浪洪涛。在'你的瀑布发声,深渊就与深渊响应'之际,虽然长夜仍然漫漫,我仍旧守候在病人的身旁,守候着风雨之中的花蕾,守候着天发亮的晨星……这是我衷心想告诉你的……"在东引海边的军营里,有一封信这么写。

"为了她我拒绝所有的交往,我告诉另一个女孩子,我在等人;她哭了,她嫁人了。"你颓唐起来。

"啊!"我说:"这个女孩子真是铜墙铁壁啊!是你不能接受她是个非基督徒,还是她不能接受你的主?"

"我曾由只要去爱不是去同情的初学者,变成现在差不多以 make money 为主的医匠。我甚至陷在希望借研究与学术发表演讲来满足内心好大喜功之欲望里而不可自拔,我甚至怕自己突因某种原因而死亡(很多医师因工作太累,开车打瞌睡而撞死)。目前,我正在钻研一种'内生性类似毛地黄之因子',我渴求能在两年内把它分析出来公之于世,以满足一己暂时的快感……我不知道我是谁?

"我渴望婚姻,但也害怕婚姻带来的角色改变,我是痛苦的空城。直到,我碰到了一位'女作家',我非常喜欢和她做朋友,但我的直觉和教会及所有的人认为我不能和一个非基督徒结婚。我相信我有能力做她的好朋友,但我不知道能否做她的好丈夫?我不能接受夫妻因信仰所发生的任何冲突,我又很希望这位女作家过着幸福快乐的日子,我当然希望结婚的对象也是基督徒……我可能选择独身,我是矛盾的人。"第四十二封信写着。

"的确,"我啜饮着烫舌的咖啡:"天上的父必然要选择他地上的媳,如同平凡的妇人也想选择她天上的父。"

"我不懂她心中真正的想法,她真是铜墙铁壁!"你说。

"她或许了解你的坚持,你却不一定进得去她固执的内野。你们都航行于真理的海,沿着不同的鲸路。你只希望她到你的船上,你知道她的舟是怎么空手造成的?她爱她的扁舟甚于爱你,犹如你爱你的船甚于爱她。如果你为她而舍船,在她的眼中你不再尊贵,如果她为你而弃舟,她将以一生的悔恨磨折自己。的确,隐隐有一种存在远远超过爱情所能掩盖的现实,如果不是基于对永恒生命衷心寻觅而结缡的爱,它不比一介微尘骄傲。你们曾经欢心惊叹,发现彼此航行于同一座海洋;现在却相互争辩,只为了不在同一条船上。假设,她愿意将你的缆绳结在她的舟身,不要求你弃船,那么你能否接受她的绳,不要求她覆舟?如果比身并航也不为你的宗教所允许,你只有失去她,永远地失去她。"

"我是一个失败的证道者!"你喟然着。

"不!"我说:"如果你不曾成功地摊开你的内心,她早就成为你痛苦的妻。当你朗诵诗篇二十三给她:'耶和华是我的牧者,我必不致缺乏。他使我躺卧在青草地上,领我在可安歇的水边。他使我的灵魂苏醒,为自己的名引导我走义路。'你要相信,她才答应自己去寻找另一处无人到过的迦南美地。如果她在你心中仍然美丽,就是因为这一身永不妥协的探索与敢于迎战的清白足以美丽。她一生不曾侍奉任何的主,而她赞美你,等同赞美了上帝。你信仰了主,你当终生仰望,你既然住着耶和华的殿,享有他赐予的粮,你何苦再寻一座婚姻的空壳?我只听说有人千方百计地将他的茅屋改成宫殿,未曾闻过在宫殿里另筑茅屋。你成全了她走自己的义路,这是你赐她最大的福音。她住在她那寒伧的磨坊,无一日不在负轭、磨粮,你要体会,不是为了她自己,为了不可指认、不能执著的万有——让虚空遍满琉璃珍珠,让十五之后日日是好日,让一介生命甘心以粉身碎骨的万有;如同你活着为了光耀上帝。你要眼睁睁看她怎么粉碎,正如她眼睁睁看你七年。"

最后一封信这样落笔:"在我心目中,你一直是个尊贵的灵魂,为我所景仰。认识你愈久,愈觉得你是我人生行路中一处清喜的水泽。

"为了你,我吃过不少苦,这些都不提。我太清楚存在于我们之间的困难,遂不敢有所等待,几次想忘于世,总在山穷水尽处又悄然相见,算来即是一种不舍。

"我知道,我是无法成为你的伴侣,与你同行。在我们眼所能见耳所能听的这个世界,上帝不会将我的手置于你的手中。这些,我都已经答应过了。

"这么多年,我很幸运成为你最大的分享者,每一次见面,你从不吝惜把你内心丰溢的生息倾注于我的杯。像约书亚等人从以实各谷砍了葡萄树的一枝,上头有一挂葡萄,又带了些石榴和无花果来……你让我不致变成一个盲从的所知障者,你激励我追求无上自由的意志,如果有一天我终能找到我的迦南之野,我得感谢你给我翅膀。

"请相信,我尊敬你的选择,你也要心领神会,我的固执不是因为对你任何一桩现实的责难,而是对自己个我生命忠贞不贰的守信。你甚美丽,你一向甚我美丽。

"你也写过诗的,你一定了解创作的磨坊一路孤绝与贫瘠,没有一日,我卑微的灵不在这里工作、学习。若我有任何贪恋安逸,则将被遗弃。走惯贫沙,啃过粗粮,吞咽之时意也有蜜汁之感,或许,这是我的迦南地。

"不幻想未来了。你若遇着可喜的姊妹,我当祈福祝祷。你真是一个令人欢喜的人,你的杯不应该为我而空。

"就这样告别好了,信与不信不能共负一轭。"

　　且让我们以一夜的苦茗
　　诉说半生的沧桑
　　我们都是执著而无悔的一群
　　以飘零作归宿

在你年轻而微弱的生命时辰里,我记载这一卷佶屈聱牙的经文,希望有朝一日,你为我讲解。

如果笔端的回忆能够一丝丝一缕缕再绕个手,我都已经计算好了,当我们学着年轻的比丘尼入舍卫大城乞食,于其城中次第乞已,还至本处时,我要把钵中最大最美的食物供养你,再不准你像以前软硬兼施乘人不备地把一片冰心掷入我的壶。

我们真的因为寻常饮水而认识。

那应该是个薄夏的午后,我仍记得短短的袖口沾了些风的纤维。在课与课交接的空口,去文学院天井边的茶水房倒杯麦茶,倚在砖砌的拱门觑风景。一行樱瘦,绿扑扑的,倒使我怀念冬樱冻唇的美,虽然那美带着凄清,而我宁愿选择绝世的凄艳,更甚于平铺直叙的雍容。门墙边,老树浓荫,曳着天风;草色釉青,三三两两的粉蝶梭游。我轻轻叹了气,感觉有一个不知名的世界在我眼前幻生幻化,时而是一段佚诗,时而变成幽幽的浮烟,时而是一声惋惜——来自于一个人一生中最精致的神思……这些交错纷叠的灵羽最后被凌空而来的一声鸟啼啄破,然后,另一个声音这么问:

"你，就是简媜吗？"

我紧张起来，你知道的，我常忘记自己的名字，并且抗拒在众人面前承认自己，那一天我一定很无措吧！迟疑了很久才说："是。"又以极笨拙的对话问："那，你是什么人？"

知道你也学中文的，又写诗，好像在遍野的三瓣酢浆中找四瓣的幸运草："唷，还有一棵躲在这！"我愉快起来就会吃人："原来是学弟，快叫学姊！"你面有难色，才吐露从理学院辗转到文学殿堂的行程，倒长我二岁有余。我看你温文又亲和，分明是邻家兄弟，存心欺负你到底："我是论辈不论岁的！"你露齿而笑，大大地包容了我这目中无人的草莽性情。那一午后我归来，莫名地，有一种被生命紧紧拥住的半疼半喜，我想，那道拱门一定藏有一座世界的回忆。

毕竟，我只善于口头称霸，在往后与你书信嬗递，才发觉你瘦弱的身躯底下，凝炼了多少雄奇悲壮的天质，而你深深懂得韬光养晦，只肯凿一小小的孔，让琢磨过的生命以童子的姿势嬉嬉然到我眼前来。我们不谈身世只论性命，更多时候在校园道上相遇，也只是一语一笑作别，但我坚信："这人是个大寂寞过的人！"

那时候，你的面目早已因潜伏的病灶难靖，稍稍地倾斜着，反正已经割过了而且是个慢性子的瘤，就不必管吧，只在你心力交瘁的时候，才憔悴起来，我叫你当心，你复来的信不痛不痒地说："今早文心课见你挽抱书本飘然而去，霎时间萌生一种远飚的感觉，没来得及跟你说。有回上声韵，下了课，正见你倦极而伏案，其时感觉也是一惊。记得有次夜深，与你不期然遇，你说从总图出来，回宿舍去。夜色下的你步履决定，却透着层弱倦后的苍白。一直没能多问候你，反而是你看出我的憔悴。"你始终不愿意称我"简媜"，说这二字太坚奇铿锵，带了点刀兵，你宁愿正正经经地写下"敏媜"，说有了这"敏"字，行云流水起来，不遭忌的。我深深动容，你一片片莲灿，都为我惜生，而我能为你做什么？性格里横槊赋诗的草莽气质，总让我对最亲近的人杀伐征讨。难得有一回清清淡淡的小聚，临别时，我不经心窜出那头兽、那忘情负义恩将仇报的猛禽："保重哟，下一次见面或许九天，或九年。"你清和的面容浮掠一丝秋瑟，宽怀地笑纳这些语锋契机，你报平安的信通常这么作结："写信、说话，欢喜日复一日。看你什么时候有空，小谈。我担心一语成谶。"

尔后，我离了学院，日复日载饥载渴，过的是牛饮而后快的星夜。偶有不死的诗心，才写些哀哀怨怨的信给亲近的人，你总是快快地回："外出三天，深夜踏雨归来，檐前出现一小叠信。中有你亲切的字迹，你的信柬自然令我喜欢……我的病情，好好坏坏，终须挨上一刀才见分晓。近两个月来的抱病自守，旦夕之间，情知对于生命的千般流转，尽须付与无尽的忍爱。我想，他朝小痊，如你之奔驰，亦须这样。一步一履，无非修行。至此，我依然深心乐观，来日或聚，愿其时你的事业大势底定，我亦澡雪精神。"

我们深心乐观着未来，几次击掌切磋，暗暗以创格自许，不屑袭调。负气使才如我，滔滔洒墨，似欲与千夫万夫一拼。你见我清瘦异常，只吩咐我不可太夜太累，我委屈了，说："就活这么一次，我要飞扬跋扈！"你语重心长地说："早慧，难享天年的，古来如此。"

你珍贵我这顽桀的生命，大大地甚于你自己的。那一回生日，你特地去寻玉送我，一龙一凤绕着净瓶（啊！会是观音的净瓶吗？），你说鬻玉的老者称这块玉的肌理具荷质，返家的途中经过南海路，你去植物园的荷花池，轻轻地轻轻地将这玉沁了又沁……你说："生命恒有繁华落尽的感觉，只不过，不染淤泥！"

病魔却与你弄斧耍戗，你的眼开始不自觉地泪，夜半常因拭泪而难以入眠，你谦称这是宿业使然。在你卜居的深山穷野，你宛若处子与生灭大化促膝而谈，抱病独居的信，不改涓涓细流的字迹："有天半夜不能安睡，出至阳台。山间天象澄明，月光大片大片洒落一地。忽然间，我看见自己月下的影子，细细瘦瘦，怯怯地，触目竟十分眼熟，但那分明不是日光中的'我'。我呆呆地忖忖想想，啊，是了——是童话时候的'我'！我好感动地望着那片身影，然后牵他入梦。偶得一悟，心情愿如庄周，处于病与不病之间。"

你第二度开刀，除去右颜面突变的肉瘤，我将一串琥珀念珠赠你，那是寺里一名师父突然脱下赠我的，我欢喜生命中"突然"的意象。你认真地戴在手腕，虚弱地在病榻上闭目。我又天真起来了，仿佛一名间谍，在你短兵相接的战场之前，先给你解药，你此后可以大胆地无惧地去迎喂毒的流箭。病后，你说："我渐渐愿意把所有的悲沉、蒙昧、大痛、无明都化约到一种素朴的乐观上，我认为它是生命某种终极的境界。你知我知。"

最珍贵而美丽的，应该是你赴港念比较文学之前的半年。你诗写得少了，专志狼吞文学批评的典籍，你戏谑这是一桩"反美"的工程，但要我千万注意，你并非不爱美。我说："管你家的什么美不美，天天念原文书，把一个人念得豆芽菜似的，这种美简直王八蛋！"你每星期总要回长庚医院追踪病情，我们相约在中午，趁我歇班的时刻，你教我念书。常常在市嚣流矢的小咖啡店里，你取出一叠白纸、一支钢笔，在喝了一口微冷的红茶之后，开始以沙哑沉浊的声音，为我唤来"福寇"（Michel Foucault），我静静地抱膝听着，进入神思所能触摸的最壮阔与最阴柔的空间，你的话幽浮起来："……如今，书写已和献祭发生关联，甚至和生命的献祭发生关联……"我幡然有悟："等等，我下一本书的架构出来了，你要不要听！"知识的考掘通常转化为创作的考掘，我是锈刀，拿你当磨刀石。你不也说了吗，我的生命太千军万马，终究不会听你这座"紫微"。实而言之，你是一则遥远的和平，为了你，我必须不断地战争。

有一回，茶冷言尽，你取出一张泛黄的黑白照片让我瞧：一名十岁男童倚在漫画书店的租台边，白白净净的怯生生的，眼睛里有一股神秘的招引与微燃的悲喜，静静地与世界相看。我惊叹起来："多美啊！是你吗？"你欢喜地说："是！"

那一回，你送我回报社上班，沿着木棉击掌、槭实落墨的砖道，你微微地喟叹："天！给我时间！"

香港一年，你终因病发大量出血而辍学，从中正机场直奔林口长庚，医师已开了病危通知书。你却幽幽转醒，看着病床边来来往往的友好、同窗，或者，你还在等，当养育的父母双亡，亲生的父母待寻。你那时已不能进食，肉瘤塞住口舌，话也不能说了。你见我来，兀自挣身下床，从杂乱的行李中掏出一块精致的香皂，多少年前，我说过一日三浴更甚于心头欢喜，你在纸上写着："多洗澡！"那一刹——那百千万亿年只可能有一回的一刹，我想狠狠地置你于死。

半年来，我抗拒着再去看你，想给你七七四十九遍的经诵终于不能尽读，我压抑每一丝丝一缕缕一角角关于你的挂念。只有两回梦见，一次你以赤子的形象从半空掠过，我仰首不复寻踪；一次你款款而来，白白净净的面目，我大喜，问："你好了？"你笑而不答，许久许久才说："还没开始生病哪！"梦醒后，深深地痛恨自己，现世里的大欢大美被解构得还不够吗？连在可以作主的梦土，也要懦怯地缴械。我终究是个懦夫，不配英雄谈吐。

那么，敬爱的兄弟，我们一起来回忆那一日午后，所有已死的神鬼都应该安静敷座，听我娓娓诉说。

那一日，我借了轮椅，推你到医院大楼外的湖边，秋阳绵绵密密地散装，轮转空空，偶尔绞尽砖岸的莽草。我感觉到你的瘦骨宛若长河落日，我的浮思如大漠孤烟。当我们面湖静坐，即将忘却此生安在，突然，遥远的湖岸跃出一行白鹭，扶摇直上掠湖而去，不复可寻。湖水仍在，如沉船后，静静的海面，没有什么风，天边有云朵堆聚着。

你在纸上问我："几只？"

我答："十二只。"你平安地颔首。

也许，不再有什么佶屈聱牙的经卷难得了你我。当你恒常以诗的悲哀征服生命的悲哀，我试图以小说的悬崖瓦解宿命的悬崖；当我无法安慰你，或你不再关怀我，请千万记住，在我们菲薄的流年，曾有十二只白鹭鸶飞过秋天的湖泊。

犹似存在主义，
或是老庄，
或是一杯下午茶，
或两本借来的书。

百般凌虐你，你都不生气，或，只生一小会儿气。好似在你那里存了一笔巨款，我尽情挥霍，总也不光。有时失了分寸，你肃起一张沧桑后的脸，像一个塞途者思索不可测的驿站，我就知道该道歉了，摸摸你深锁的额头说："什法子，谁叫你欠我。不生气，生气还得付我利息。"

常常在早餐约会，或入了夜的市集。热咖啡、双面煎荷包蛋、烘酥了的土司，及三分早报。你总替我放糖、一圈白奶，还打了个不切实际的哈欠。我喜欢晨光、翻报、热咖啡的烟更甚于盘中物，你半哄半骗，说瘦了就丑，我说："喂，就吃！"你果真叉起蛋片进贡而来，我从不吝惜给予最直接的礼赞："今天表现不错，记小功一支。"

早晨恒常令我欢心，仿佛摄取日出的力量，从睡眼沉静射入惊蛰的流动，有了奔驰的野性及征服的欲望。早晨对你却是苛责的，你雾着一张脸，听我意兴风发地擘画每一桩工作，帮你整理当日的行程及争辩的重点，战役的成果未必留给我们，但我们联手打过漂亮的仗。

入夜的城市更显得蠢蠢欲动，入夜的我通常是一只安静的软体动物，容易认错、善于仆役、不扎别人的自尊。你活跃于墨色的时空，以锐利的精神带着我游走于市集。一碗卤肉饭、石斑鱼汤、水煮虾也是令人难忘的饮食起居。我擅于剥虾、剔无刺的鱼肉，伺候你。你尽管放心地细数我的不对，定谳白日的蛮悍，我一向从善如流，乖乖地向你忏悔。

当市集悄悄撤退，夜也怅了，我打起一枚长长的呵欠，你说："走吧！回家。"你走你的路，我走我的归途。这城市无疑是我们巨构的室家，要各自走过冗长的通道，你回你的卧室，我有我的睡榻。

那么，的确必须用更宽容的律法才能丈量你我的轨道。你不曾因为我而放弃熟悉的生命潮汐——不管是过往的情涛、现实的波澜，或即将逼近的浪潮；我也不必为你而修改既定的秩序——我有我不能割舍的人际、工作的程序，及关于未来的编排。当我们相约，其实是趁机将自己从曲曲折折的轨道释放出来，以大而无当的姿势携手、寻路。你四十过二的音色里仍留有不肯成熟的童话；（要不，你怎么老是叉橡皮筋偷袭我！）我二十又七的华容仍忘怀不去初为儿女的恣意；（挺喜欢捧你的大手，一支一支地啃你的指头！）你时而化童时而老迈，我时而为人时而原兽，我们生动地演出内心被禁锢的角色，以城市为舞台，行人当盲目的观众。那些令人疲惫的典章制度不容推翻总可以暂忘，你虽然抱怨半生颠踬无以转圜，我却不曾怂恿你——那些包袱早已变成心头肉,在我们分手后仍然继续由你背负的。如是,我期望每一次相聚,透过理智的剖析与情感之疏浚,更助益你昂然驼行。我深知,情会淡爱会薄,但作为一个坦荡的人,通过情枷爱锁的鞭笞之后,所成全的道义,将是生命里最昂贵的碧血。因而,你可以原始地袒露,常常促膝一夜,谈你孑然成长的大江南北,谈梦幻与现实互灭、谈你云烟过眼的诸多女人,谈你远去的妻与儿女……常常,我看到那一颗三十多年未落的噙泪。

同等地,我得以在你身上复习久违的伦常,属于父执与兄长的渴望。过于阴柔的家境,促使我必须不断训练自己雄壮、摹仿男系社会的权威;而我生命的基调,却是要命的抒情传统,三秋桂子十里芰荷的那种,遂拿你砌湖,我得以歌尽舞影,临水照镜(啊!我终究必须恋父情结)。实则如此,每一桩生命的垦拓,须要吮取各式情爱的果实,凡是亏空的滋味,人恒以内在的潜力去做异次元的再造。你在不知不觉中已被我修改,按着我心中的形象发音;正如我愿意为你而俯身,将自己捏成宽口的罍,以盛住你酒后崩塌的块垒——任何一桩情缘,如果不能激励出另一种角色与规则,以弥补梦土与现实之间的断崖,终究不易被我珍爱。

于是,我们很理智地辩论着婚姻。

你说,不曾歇息的情涛,总难免落得一身萧索,过往的女人不是不爱,却发现愈爱得深愈陷泥淖;我说,这是剥夺,爱情之中藏有看不见的手。你说,如果我们结婚如何?我问,你视我为何?难道纷落的情锁不曾令你却步?你说,我在你心中不等同于女人,属于一种透明的中性——像白昼与黑夜,时而如男人清楚,时而如女性张皇,你能充分享受诉说,从最崔嵬的男峰吐露至最婉柔的女泽(你有时细心得像一名婢女),我欢愉你所陈述的,那表示,一个人对他(她)内在生命做多元创造的无限可能。而我开始叙述,关于多年来我们另辟蹊径,如今俨然一条轨道的情爱(请注意,放弃世俗轨道的通常要花更多心血为自己领航,且不再有回头的可能)。我们成就一种无名的名分,住在无法建筑的居室,我不要求你成为我的眷属如同我厌烦成为任何人的局部,你不必放弃什么即能获得我的灌注,我亦有难言的顽固却能被你呵护,我们积极相聚也品尝不得不的舍离,遂把所能拥有的辰光化成分分秒秒的惊叹。如果爱情是最美的学习,我愿意作证,那是因为我们学到了布施胜于索取,自由胜于收藏,超越胜于厮守,生命道义胜于世俗的华居。想必你了解,婚姻只是情爱之海的一叶方舟,如果我们愿意乘桴浮于海,何必贪恋短暂的晴朗——要纵浪就纵浪到底吧!我已拍案下注,你敢不敢作庄?

我们还要一座壳吗?让壳内众所皆知的游戏规则逐渐吞噬我们的章法。以我不靖的个性,难以避免对你层层剥夺;以你根深蒂固的男系角色,终究会逐步对我干涉。原有我深沉的悲观，婚姻也有雄壮的大义，但不适合于我——我喜于实验，易于推翻，遂有不断地、不断地裂帛。

我情愿把这城市当成无人的旷野，那一夜，我爬上大厦广场的花台，你一把攫住，将我驮在肩上，哼着歌儿，凛凛然走过两条街；被击溃之后如果有内伤，那内伤也带着目中无人的酣畅。有一日，深夜作别，我内心击打着滔滔逝水的悲切，不忍责你什么，只想一个人把漫漫长夜走完，你说起风了，脱下外衣披我，押我上车，在站牌旁频频向我挥手，然后孤独地走向你候车的街口。那一霎，我又剑拔弩张，想狠狠刺大化的心脏，遂在下一站下车，拼命地跑，越过城市将灭的灯色，汗水淋漓地回到你的背后，你多么单薄，掏烟、点火，长长地向夜空喷雾，像一名手无寸铁的人！我倏地蒙住你的眼睛，重重地咬你的耳朵："不许动！"你回头，看我，错愕的神情转化成放纵的狂笑，我胜利了我说。

在借来的时空，我们散坐于城市中最凌乱的蓬壁，抽莫名其妙的烟，喝冷言热语的酒，我将烟灰弹入你的鞋里，问：

"欸，你也不说清楚，嫁给你有什么好处？"

你脱鞋，将灰烬敲出，说："一日三顿饭吃，两件花衣裳嘛，一把零用钱让你使。"

我又把烟灰弹进去："那我吃饱了做什么？"

你捏着我的颈子："这样么，你写书我读——再弹一次看看！"

我又把烟灰弹进去。

> 我随手抽了把单刀
> 走了趟雪花掩月
> 无声的月夜
> 只有鸽子簌簌地飞起

你怎么来了？

明明将你锁在梦土上，经书日月、粉黛春秋，还允许你闲来写诗，你却飞越关岭，趁着行岁未晚，到我面前说："半生漂泊，每一次都雨打归舟。"

我只能说："也好，坐坐！"

关于你生命中的山盟与水逝，我都听说。在茶余饭后，你的身世竟令我思谋，什么样的人，才能与秋水换色，什么样的情，才能百炼钢化成绕指柔。我似乎看到年幼时的你，已然为自己想象海市蜃楼，你愿意成为执戟侍卫，为亘古仅存的一枚日，奉献你绚霞一般的初心。

那么，请不要再怪罪生命之中总有不断的流星，就算大化借你朱砂御笔，你终究不会辜负悲沉的宿命，击倒的人宁愿刎颈，不屑偷生。这次见你，虽然你的眉目仍未能廓然朗清,倒也在一苇渡航之后,款款立命。你要日复日吐铺,不吐铺焉能归心。

把我当成你回不去的原乡,把我的挂念悬成九月九的茱萸,还有今年春末大风大雨,这些都是你的。总有一日,我会打理包袱前去寻你。但你要答应,先将梦泽填为壑,再伐桂为柱,滚石奠基,并且不许回头望我,这样,我才能听到来世的第一声鸡啼。

你走的时候,留下一把锁匙,说万一你月迷津渡,我可以去开你书中的小屋。我把指环赠你,尽管流离散落,恒有一轮守护你的红日,等候于深夜的山头。

你说:"还要去庙里烧香,像凡夫凡妇。"

那日,我独自去碧山岩,为你拈香,却什么话都没说。

这就是了,所有季节的流转永不能终止。三世一心的兴观群怨正在排练,我却有点冷,也许应该去寻松针,有朝一日,或许要为自己修改征服。

四月的天空如果不肯裂帛,五月的夹衣如何起头?

(原载《简媜散文》,浙江文艺出版社1999年版)

董 桥

藏书家的心事

爱书越痴,孽缘越重;注定的,避都避不掉。瑟帛(James Thurber)有一幅漫画画书房,四壁是书,妻子气冲冲指着丈夫说:"这屋子里有老娘就不能有文学,有文学就没老娘!"可怕之极。西摩·德·利奇(Seymour de Ricci)家里珍藏三万多本书籍拍卖行编印的书目,堆得满满的;有客人来,妻子忍不住抓着客人说:"全是书!你想看看我在哪儿挂我的衣服吗?"客人跟她进卧房,她打开大衣橱给客人看,里头堆满一幢幢的书目,连挂一件衣服的空档都没有。"到处是书!"妻子说完掉头走开。爱丁堡的沙洛利亚(Charles Sarolea)藏书之富出了名,不能不想办法应付"内忧",老劝太太出门旅行;太太不在家的那几天里,他不断打电话请各书商把他订下来的那一大堆书都运回来。太太回来心里总觉得家里的书多了好多,只是本来就有十几万册,现在多了多少她实在不敢说。沙洛利亚有钱,还不至于自己买书弄得家里没米。钱不多,又爱书,更烦了。多年前,英国有个穷藏书家,每买一本书,总是先照定价付钱给书商,再请书商帮帮忙,在那本书的扉页上写个很便宜的假价钱,最好不超过3英镑6便士。这种安排妥当得很,他过世之后,太太变卖那批藏书过日子,发现所得甚丰,不禁伤心起来,怪自己过去整天埋怨丈夫买书浪费金钱。这段故事格外伤感:那位藏书家活得太痛苦,也活得太有味道了。布鲁克(G. L. Brook)那本 *Books and Book Collecting* 里录了不少这些藏书家轶事,实在不忍读下去。

去年,跟伦敦一位老书商谈起贝森(Fred Bason)的事,或可一录。贝森爱书,但家里穷,一辈子到处搜购旧书,装满一大布袋分批卖给旧书铺,解决吃饭问题,再回去编书著书,编过一册《好书待售一览表》,还编过毛姆的书目;著作则有四册《日志》。早年,他母亲硬是要他去当理发师,他偏去买卖旧书。母亲说:"只要你每星期给我赚30先令回来,我准你去买卖旧书。赚不到30先令给我,你休想去做旧书生意,快给我滚到理发店去。"贝森从此为了那30先令什么卑微的生意都做过。幸好他还会弹钢琴,一度每个星期六下午到一家卖旧家具旧钢琴的铺子里去弹钢琴,用琴声引诱顾客来买旧钢琴,卖出一架琴他可以分到两三先令,弹一个下午琴则赚10先令。贝森跟毛姆既是老朋友,当年不少美国人愿意高价购买毛姆亲笔题款签名的初版书,贝森接到"订单"后就带着那些初版书去找毛姆,毛姆一一照写照签,而且规定所得"润笔"一律分为两份,一份给贝森,一份捐给他当年学医的圣汤玛斯医院。都说毛姆生性凉薄,贝森竟得其独厚,也算缘分。贝森晚年爱说自己一生跟书有缘,到老不悔。痴情到这个地步,难怪女人受不了爱书藏书的男人。但是,《藏书家季刊》(The Book Collector)1976 年有一期登了这样一封读者来信:"内人酷爱收藏图书。她有好多书翻都没翻过。我再三劝她申请公立图书馆的借书证,希望从此治好她的藏书病,她硬是不肯。"爱藏书而称之为"病",甚妙!"爱"字害苦了太多人;买书无罪,爱书其罪,还有什么好说?

把书当工具的人,家里虽然有几架子书,都不算"藏书家"。1973 年 5 月 11 日的《泰晤士报文学增刊》刊登曼比(A. N. L. Munby)的"*Book Collecting in the 1930's*",家里明明剪存了这篇好文章,后来在书店里看到加州书商印刷的单行小册,限印 675 本,每本编号,纸质印工都算一流,虽贵,还是忍不住买了下来,这样的人藏书未必很多,却是真正的"藏书家"。自己明明不懂园艺学,对种花种菜兴趣也不大,看到 Sara Midda 的精装本 *In and Out of the Garden*,全书百多页文字和插图都是七彩手写手绘,装帧考究,想都不想就买下来,这个人必是"书痴"!

"痴"跟"情"是分不开的,有情才会痴。中国人还有"书淫"之说,指嗜书成癖、整天耽玩典籍的人。此处的"淫"字也会惹起很多联想。"耽玩"迹近"纵欲"。人对书真的会有感情,跟男人和女人的关系有点像。字典之类的参考书是妻子,常在身边为宜,但是翻了一辈子未必可以烂熟。诗词小说只当是可以迷死人的艳遇,事后追忆起来总是甜的。又长又深的学术著作是半老的女人,非打点十二分精神不足以深解;有的当然还有点风韵,最要命是后头还有一大串注文,不肯罢休!至于政治评论、时事杂文等集子,都是现买现卖,不外是青楼上的姑娘,亲热一下也就完了,明天再看就不是那么回事了。倒过来说,女人看书也会有这些感情上的区分:字典、参考书是丈夫,应该可以陪一辈子;诗词小说不是婚外关系就是初恋心情,又紧张又迷惘;学术著作是中年男人,婆婆妈妈,过分周到,临走还要殷勤半天怕你说他不够体贴;政治评论、时事杂文正是外国酒店房间里的一场春梦,旅行完了也就完了。

最糟糕的是"藏书家"(book collector)给人的印象是个阳性词,古今中外都一样。事实上,藏书家里头的确是男人多女人少——少之又少。藏书家对书既有深情,访书也掺了几分追求女性的"欲望",弄得爱书和爱女人都混起来了,结果,西方藏书家所用的藏书票,不少竟以仕女图作主题、作装饰。这里面必有原因。藏书家的妻子十之八九不藏书,又反对丈夫买书藏书爱书;藏书家的母亲大概多少都有贝森母亲的想法,宁可儿子当理发师也不要他跟那些破书缠绵;藏书家没有母亲没有妻子而有女朋友的话,想来女朋友也不太会理解他的爱书心理。曼比妙想无穷,说是藏书家应该趁早教育妻子,蜜月期间以每日逛一家书店为上策。此议恐怕也不甚实际。书和红袖太不容易衬在一起;"添香"云云,才子佳人的故事而已。藏书家不能自释,只好寄情藏书票上的仕女;有些更激进,竟把春宫镌入藏书票里;年前美国还有好事者编出一部《春宫藏书票》。

西方仕女图藏书票上画的女人,漂亮不必说,大半还带几分媚荡或者幽怨的神情,仕女身边偶有几本书,流露出藏书家心里要的是什么。这当然又是后花园幽会的心态在作祟!伦敦旧书商威尔的藏书票藏品又多又精,自己还印制好几款仕女图藏书票,有一次问他为什么一款又一款净是仕女图?他低声反问:"你不觉得她们迷人吗?"

爱书藏书已经是"痴"、是"病"、是"淫"、是"罪",藏书家还要在藏书票上寄托心事,罪孽更重,殊为多事!

1986年1月

(原载《董桥散文精选集》,广西师范大学出版社2003年版)

林清玄

光之四书

光之色

当塞尚把苹果画成蓝色以后,大家对颜色突然开始有了奇异的视野,更不要说马蒂斯蓝色的向日葵,毕加索鲜红色的人体,夏卡尔绿色的脸了。

艺术家们都在追求绝对的真实,其实这种绝对往往不是一种常态。

我是真正见过蓝色苹果的人。有一次去参加朋友的舞会,舞会不免有些水果点心,我发现就在我坐的位子旁边一个摆设得精美的果盘,中间有几只梨山的青苹果,苹果之上一个色纸包扎的蓝灯,一束光正好打在苹果上,那苹果的蓝色正是塞尚画布上的色泽。那种感动竟使我微微地颤抖起来,想到诗人里尔克称赞塞尚的画:"是法国式的雅致与德国式的热情之平衡。"

设若有一个人,他从来没见过苹果,那一刻,我指着那苹果说:苹果是蓝色的。他必然要相信不疑。

然后,灯光变了,是一支快速度的舞,七彩的光在屋内旋转,打在果盘上,所有的水果顿时成为七彩的斑点流动。我抬头看到舞会男女,每个人脸上的肤色隐去,都是霓虹灯一样,只是一些活动的碎点,像极了秀拉用细点的描绘。当刻,我不仅理解了马蒂斯、毕加索、夏卡尔种种,甚至看见了除去阳光以外的真实。

在阳光下,所有的事物自有它的颜色,当阳光隐去,在黑暗里,事物全失去了颜色。设若我们换了灯,同样是灯,灯泡与日光灯会使色泽不同,即使同是灯泡,百烛与十烛间相去甚巨,不要说是一支蜡烛了。我们时常说在黑夜的月光与烛光下就有了气氛,那是我们多出一种想像的空间,少去了逼人的现实,即使在阳光艳照的天气,我们突然走进树林,枝叶掩映,点点丝丝,气氛仿佛滤过,就围绕了周边。什么才是气氛呢?因为不真实,才有气有氛,令人迷惑。或者说除去直接无情的真实,留下迂回间接的真实,那就是一般人口里的气氛了。

有一回在乡下,听到一位农夫说到现今社会风气的败坏,他说:"都是电灯害的,电灯使人有了夜里的活动,而所有的坏事全是在黑暗里进行的。"想想,人在阳光的照耀下,到底还是保持着本色,黑暗里本色失去,一只苹果可以蓝,可以七彩,人还有什么不可为呢?

这样一想,阳光确实是无情,它让我们无所隐藏,它的无情在于它的无色,也在于它的永恒,又在于它的自然。不管人世有多少沧桑,阳光总不改变它的颜色,所以仿佛也不值得歌颂了。熟知中国文学的人应该发现,中国诗人词家少有写阳光下的心情,他们写到的阳光尽是日暮(天寒翠袖薄,日暮倚修竹)、尽是黄昏(月上柳梢头,人约黄昏后)、尽是落日(大漠孤烟直,长河落日圆)、尽是夕阳(去年天气旧亭台,夕阳西下几时回)、尽是斜阳(斜阳外,寒鸦数点,流水绕孤村)、尽是落照(家住苍烟落照间,丝毫尘事不相关)……阳光无所不在,无地不照,反而只有离去时最后的照影,才能勾起艺术家诗人的灵感,想起来真是奇怪的事。

一朝唐诗、一代宋词,大部分是在月下、灯烛下进行,你说奇怪不奇怪?说起来就是气氛作怪,如果是日正当午,仿佛都与情思、离愁、国仇、家恨无缘,思念故人自然是在月夜空山才有气氛,怀忧边地也只有在清风明月里才能服人,即使饮酒作乐,不在有月的晚上,难道是在白天吗?其实天底下最大的痛苦不是在夜里,而是在大太阳下也令人战栗,只是没有气氛,无法描摹罢了。

有阳光的天色,是给人工作的,不是给人艺术的,不是给人联想和忧思的。有阳光的艺术不是诗人词家的,是画家的专利,中国一部艺术史大部分写着阳光,西方的艺术史也是亮灿照耀,到印象派的时候更是光影辉煌,只是现代艺术家似乎不满意这样,他们有意无意地改变光的颜色。抽象自不必说了,写实,也不要俗人都看得见的颜色,而要透过画家的眼睛,他们说这是"超脱",这是"真实",这是"爱怎么画就怎么画才是创作"。

我常说艺术家是上帝的错误设计,因为他们要在阳光的永恒下,另外做自己的永恒,以为这样就成为永恒的主宰,艺术背叛了阳光的原色,生活也是如此。我们的黑夜愈来愈长,我们的屋子越来越密,谁还在乎有没有阳光呢?现在我如果批评塞尚的蓝苹果,一定引来一阵乱棒,就像齐白石若画了蓝色的柿子也会挨骂一样;其实前后还不过是百年的时间,一百年,就让现代人相信没有阳光,日子一样自在;让现代人相信艺术家的真实胜过阳光的真实。

阳光本色的失落是现代人最可悲的一种,许多人不知道在阳光下,稻子可以绿成如何,天可以蓝到什么程度,玫瑰花可以红到透明,那是因为过去在阳光下工作的占人类的大部分,现在变成小部分了;即使是在有光的日子,推窗究竟看的是什么颜色呢?

我常在都市热闹的街路上散步,有时走过长长的一条路,找不到一根小草,有时一年看不到一只蝴蝶,这时我终于知道:我们心里的小草有时候是黑的,而在繁屋的每一面窗中,埋藏了无数苍白没有血色的蝴蝶。

光之香

我遇见一位年轻的农夫,在南方一个充满阳光的小镇。

那时是春末了,一期稻作刚刚收成,春日阳光的金线如雨倾盆地泼在温暖的土地上,牵牛花在篱笆上缠绵盛开,苦苓树上鸟雀追逐,竹林里的笋子正纷纷胀破土地。细心地想着植物突破土地,在阳光下成长的声音,真是人间里非常幸福的感觉。

农夫和我坐在稻埕旁边,稻子已经铺平张开在场上。由于阳光的照射,稻埕闪耀着金色的光泽,农夫的皮肤染了一种强悍的铜色。我在农夫家做客,刚刚是我们一起把谷包的稻子倒出来,用犁耙推平的,也不是推平,是推成小小山脉一般,一条棱线接着一条棱线,这样可以让山脉两边的稻谷同时接受阳光的照射,似乎几千年来就是这样晒谷子,因为等到阳光晒过,八爪耙把棱线推进原来的谷底,则稻谷翻身,原来埋在里面的谷子全翻到向阳的一面来——这样晒谷比平面有效而均衡,简直是一种阴阳的哲学了。

农夫用斗笠扇着脸上的汗珠,转过脸来对我说:"你深呼吸看看。"

我深深地吸了一口气,缓缓吐出。

他说:"你吸到什么没有?"

"我吸到的是稻子的气味,有一点香。"我说。

他开颜地笑了,说:"这不是稻子的气味,是阳光的香味。"

阳光的香味?我不解地望着他。

那年轻的农夫领着我走到稻埕中间,伸手抓起一把向阳一面的谷子,叫我用力地嗅,那时稻子成熟的香气整个扑进我的胸腔,然后,他抓起一把向阴的埋在内部的谷子让我嗅,却是没有香味了。这个实验让我深深地吃惊,感觉到阳光的神奇,究竟为什么只有晒到阳光的谷子才有香味呢?年轻的农夫说他也不知道,是偶然在翻稻谷晒太阳时发现的。那时他还是大学学生,暑假偶尔帮忙农作,想象着都市里多彩多姿的生活,自从晒谷时发现了阳光的香味,竟使他下决心要留在家乡。我们坐在稻埕边,漫无边际地谈起阳光的香味来,然后我几乎闻到了幼时刚晒干的衣服上的味道,新晒的棉被、新晒的书画,光的香气就那样淡淡地从童年中流泻出来。自从有了烘干机,那种衣香就消失在记忆里,从未想过竟是阳光的关系。

农夫自有他的哲学,他说:"你们都市人可不要小看阳光,有阳光的时候,空气的味道都是不同的。就说花香好了,你有没有分辨过阳光下的花与屋里的花,香气不同呢?"

我说:"那夜来香、昙花香又作何解呢?"

他笑得更得意了:"那是一种阴香,没有壮怀的。"

我便那样坐在稻埕边,一再地深呼吸,希望能细细品味阳光的香气,看我那样正经庄重,农夫说:"其实不必深呼吸也可以闻到,只是你的嗅觉在都市退化了。"

光之味

在澎湖访问的时候,我常在路边看渔民晒鱿鱼,发现晒鱿鱼有两种方式:一种是把鱿鱼放在水泥地上,隔一段时间就翻过身来。在没有水泥地的土地,为了怕蒸起的水汽,渔民把鱿鱼像旗子一样,一面面挂在架起的竹竿上——这种景观是在澎湖、兰屿随处可见的,有的台湾沿海也看得见。

有一次一位渔民请我吃饭,桌子上就有两盘鱿鱼,一盘是新鲜的刚从海里捕到的鱿鱼,一盘是阳光晒干以后,用水泡发,再拿来煮的。渔民告诉我,鱿鱼不同于其他的鱼,其他的鱼当然是新鲜最好,鱿鱼则非经过阳光烤炙,不会显出它的味道来。我仔细地吃起鱿鱼,发现新鲜虽脆,却不像晒干的那样有味、有劲,为什么这样,真是没什么道理。难道阳光真有那样大的力量吗?

渔民见我不信,捞起一碗鱼翅汤给我,说:"你看这鱼翅好了,新鲜的鱼翅,卖不到什么价钱的,因为一点也不好吃,只有晒干的鱼翅才珍贵,因为香味百倍。"

为什么鱿鱼、鱼翅经过阳光曝晒以后会特别好吃呢?确是不可思议,其实不必说那么远,就是一只乌鱼子,干的乌鱼子价钱何止是新鲜乌鱼卵的十倍?

后来我在各地旅行的时候,特别留意这个问题,有一次在南投竹山吃东坡肉油焖笋尖,差一点没有吞下盘子。主人说那是今年的阳光特别好,晒出了最好吃的笋干,阳光差的时候,笋干也显不出它的美味,嫩笋虽自有它的鲜美,经过阳光,却完全不同了。

对鱿鱼、鱼翅、乌鱼子、笋干等等,阳光的功能不仅让它干燥、耐于久藏,也仿若穿透它,把气味凝聚起来,使它发散不同的味道。我们走入南货行里所闻到的干货聚集的味道,我们走进中药铺子扑鼻而来的草香药香,在从前,无一不是经由阳光的凝结。现在毋需阳光的干燥方法,据说味道也不如从前了。一位老中医师向我描述从前当归的味道,说如今怎样熬炼也不如昔日,我没有吃过旧日当归,不知其味,但这样说,让我感觉现今的阳光也不像古时有味了。

不久前,我到一个产制茶叶的地方,茶农对我说,好天气采摘的茶叶与阴天采摘的,烘焙出来的茶就是不同,同是一株茶,春茶与冬茶也全然两样,则似乎一天与一天的阳光味觉不同,一季与一季的阳光更天差地别了,而它的先决条件,就是要具备一只敏感的舌头。不管在什么时代,总有一些人具备好的舌头能辨别阳光的壮烈与阴柔——阳光那时刻像是一碟精心调制的小菜,差一些些,在食宾口中已自有高下了。

这样想,使我悲哀,因为盘中的阳光之味在时代的进程中似乎日渐清淡起来。

光之触

八月的时候,我在埃及,沿着尼罗河自北向南,从开罗逆流而溯,一直往路克索、帝王谷、亚斯文诸地经过。那是埃及最热的天气,晒两天,就能让人换过一层皮肤。

由于埃及阳光可怕的热度,我特别留心到当地人的穿着。北非各地,夏天的衣着也是一袭长袍长袖的服装,甚至头脸全包扎起来。我问一位埃及人:"为什么太阳这么大,你们不穿短袖的衣服,反而把全身包扎起来呢?"他的回答很妙:"因为太阳实在太大,短袖长袖同样热,长袖反而可以保护皮肤。"

在埃及八天的旅行,我在亚斯文旅店洗浴时,发现皮肤一层一层地凋落,如同干去的黄叶。埃及经验使我真实感受到阳光的威力,它不只是烧炙着人,甚至是刺痛、鞭打、揉搓着人的肌肤,阳光热烘烘地把我推进一个不可回避的地方,每一秒的照射都能真实地感应。

后来到了希腊,在爱琴海滨,阳光也从埃及那种磅礴波澜里进入一个细致的形式,虽然同样强烈地包围着我们。海风一吹,阳光在四周汹涌,有浪大与浪小的时候,我感觉希腊的阳光像水一样推涌着,好像手指的按摩。

再来是意大利,阳光像极文艺复兴时代米开朗基罗的雕像,开朗、强壮,但给人一种美学的感应,那时阳光是轻拍着人的一双手,让我们面对艺术时真切的清醒着。

到了中欧诸国,阳光简直成为慈和温柔的怀抱,拥抱着我们。我感到相当的惊异,因为同是八月盛暑,阳光竟有着种种变化的触觉:或狂野、或壮朗、或温和、或柔腻,变化万千,加以欧洲空气的干燥,更触觉到阳光直接的照射。

那种触觉简直不只是肌肤的,也是心灵的,我想起中国的一个寓言:

有一个瞎子,从来没有见过太阳,有一天他问一个好眼睛的人:"太阳是什么样子呢?"

那人告诉他:"太阳的样子像个铜盘。"

瞎子敲了敲铜盘,记住了铜盘的声音,过了几天,他听见敲钟的声音,以为那就是太阳了。

后来又有一个好眼睛的人告诉他:"太阳是会发光的,就像蜡烛一样。"

瞎子摸摸蜡烛,认出了蜡烛的形式,又过了几天,他摸到一支箫,以为这就是太阳了。

他一直无法搞清太阳是什么样子。

瞎子永远不能看见太阳的样子,自然是可悲的,但幸而瞎子同样能有阳光的触觉。寓言里只有手的触觉,而没有心灵的触觉,失去这种触觉,就是好眼睛的人,也不能真正知道太阳的。

冬天的时候,我坐在阳台上晒太阳,同一个下午的太阳,我们能感觉到每一刻的触觉都不一样,有时温暖得让人想脱去棉衫,有时一片云飘过,又冷得令人战栗。晒太阳的时候,我觉得阳光虽大,它却是活的,是宇宙大心灵的证明,我想只要真正地面对过阳光,人就不会觉得自己是神,是万物之主宰。

只要晒过太阳,也会知道,冬天里的阳光是向着我们,但走远了,夏天则又逼近,不管什么时刻,我们都触及了它的存在。

记得梭罗在华尔腾湖畔,清晨吸到新鲜空气,希望将那空气用瓶子装起,卖给那些迟起的人。我在晒太阳时则想,是不是有一种瓶子可以装满阳光,卖给那些没有晒过太阳的人呢?

每一天出门的时候,我们对阳光有没有触觉呢?如果没有,我们的感官能力正在消失,因为当一个人对阳光竟能无感,如果说他能对花鸟虫鱼、草木山河有观,都是自欺欺人的了。

(原载《林清玄散文》,浙江文艺出版社1997年版)

钟怡雯

垂钓睡眠

　　一定是谁下的咒语，拐跑了我从未出走的睡眠。闹钟的声音被静夜显微数十倍，清清脆脆的鞭挞着我的听觉。凌晨三点十分了，六点半得起床，我开始着急，精神反而更亢奋，五彩缤纷的意念不停地在脑海走马灯。我不耐烦的把枕头又掐又捏。陪伴我快五年的枕头，以往都很尽责的把我送抵梦乡，今晚它似乎不太对劲，柔软度不够？凹陷的弧度异常？它把那个叫睡眠的家伙藏起来还是赶走了？

　　我耍起性子狠狠的挤压它。枕头依旧柔软而丰满，任搓任槌，雍容大度地容忍我的鲁莽和欺凌。此时无数野游的睡眠都该已带着疲惫的身子各就其位，独有我的不知落脚何处。它大概迷路了，或者误入别人的梦土，在那里生根发芽而不知归途。静夜的狗噪在巷子里远远近近的此起彼落，那声音隐藏着焦躁不安，夹杂几许兴奋。像遇见猫儿蓬毛挑衅，我突发奇想，它们遇见我那跷家的坏小孩了吧！

　　我便这样迷迷糊糊的半睡半醒，间中偶尔闪现浅薄的梦境，像一湖涟漪被一阵轻风吹开，慢慢的扩散开来。然而风过水无痕，睡意只让我浅尝即止，就像舐了一下糖果，还没有尝出滋味就无端消失。然后，天亮了。闹钟催命似地鬼嚎。

　　我从此开始与失眠打起交道，一如以往与睡眠为伍。莫名所以的就突然失去了它，好像突然丢掉了重要零件的机器。事先没有任何预兆，它又不是病，不痛不痒，严重了可以吃药打针；既不是伤口，抹点软膏耐心等一等，总有新皮长出完好如初的时候。它不知为何而来，从何处降。压力、病变、环境太亮太吵、杂念太多，在医学资料上，这些列举为失眠的诸多可能性都被我否定了。然而不知缘起，就不知如何灭缘。可惜不清楚睡眠爱吃什么，否则就像钓鱼那样用饵诱它上钩，再把它哄回意识的牢笼关起来。失眠让我错觉身体的重心改变，头部加重，而脚下踩的却是海绵。感觉也变得迟钝，常常以血肉之躯去顶撞家具玻璃，以及一切有形之物。不过两三天的时间，我的身体变成了小麦町——小小的瘀伤深情而脆弱，一碰就呼痛，一如我极度敏感的神经。那些伤痛是出走的睡眠留给我的纪念，同时提醒我它的重要性。它用这种磨人脾性损人体肤的方式给我"颜色"好看,多像情人乐此不疲的伤害。然而情人分手有因,而我则莫名的被遗弃了。

每当夜色翻转进入最黑最浓的核心,灯光逐窗灭去,声音也愈来愈单纯,只剩婴啼和狗吠的时候,我总能感受到萎缩的精神在夜色中发酵,情绪也逐渐高昂,于是感官便更敏锐起来。远处细微的猫叫,在听觉里放大成高分贝的厮杀;机车的引擎特别容易发动不安的情绪;甚至迁怒风动的窗帘,它惊吓了刚要莅临的胆小睡意。一只该死的蚊子,发出丝毫没有美感和品味的鼓翅声,引爆我积累的敌意,于是干脆起床追杀它。蚊子被我的掌心夹成了肉饼,榨出无辜的鲜血。我对着那美丽的血色发呆,习惯性的又去瞄一瞄闹钟。失眠的人对时间总是特别在意,哎!三点半了!时间行走的声音让我反应过度,对分分秒秒无情的流失尤其小心眼。我想阅读,然而书本也充满睡意,每一粒文字都是蠕动的睡虫,开启我哈欠和泪腺的闸门。难怪我掀开被子,脚跟着地的刹那,恍惚听见一个似曾相识的声音在冷笑:"认输了吧!"原来失眠并不意味着拥有多余的时间,它要人安静而专心的陪伴它,一如陪伴专横的情人。

我趿上拖鞋,故意拖出叭哒叭哒的响声,不是打地板的耳光,而是拍打暗夜的心脏。心有不甘的旋亮桌灯,温暖的灯光下两只猫儿在桌底下的篮子里相拥酣眠。多幸福啊!能够这样拥抱对方也拥抱睡眠。我不由十分羡慕此刻正安眠的众生、脚下的猫儿,以及那个一碰枕头就能接通梦境的"以前的我"。眼皮挂了十斤五花肉般快提不起来了,四天以来它们阖眼的时间不超过十二个小时,工作量确实太重了。黄色的桌灯令春夜分外安静而温暖。这样的夜晚适宜窝在床上,和众生同在睡海里载浮载沉。

或许粗心的我弄丢了开启睡门的钥匙吧!又或者我突然失去了泅泳于深邃睡海的能力;还是我的梦呓干犯众怒,被逐出梦乡。总而言之,睡眠成了生活的主题,无时无刻都纠缠着我,因为失去它,日子像塌陷的蛋糕疲弱无力。此刻我是猎犬,而睡眠是兔子,它不知去向,我则四处搜寻它的气味和踪迹,于是不免草木皆兵,声色俱疑。众人皆睡我独醒本就是痛苦,更何况睡意都已悉数凝聚在前额,它沉重得让我的脖子无法负荷,当然那睡意极可能是假象,尽管如此,我仍乖乖地躺回床上。模糊中感到钝重的意识不断压在身上,甜美的春夜吻遍我每一寸肌肤,然而我不肯定那是不是"睡觉",因为心里明白身心处在昏迷状态,但同时又听到隐隐的穿巷风声游走,不知是心动还是风动,或是二者皆非,只是被睡眠制造的假象蒙骗了。那浓稠的睡意蒸发成丝丝缕缕从身上的孔窍游离,融入众多沉睡者煮成的无边浓汤里。

就这样意志模糊的过了六天,每天像拖个重壳的蜗牛在爬行。那天对镜梳头时,赫然发现一具近似吸血僵尸的惨白面容,立时恍然大悟,原来别人说我是熊猫只是善意的谎言。此时刚洗过的头发纠结成条,额上垂下的刘海悬一排晶亮的水珠,面目只有"狰狞"二字可形容。头发嫌长了,短些是否较易入眠?太长太密或许睡意不易渗透,也不易把过多的睡意排放出去,所以这才失眠的吧!

到第七天,我暗忖这命定的数字或会赐我好眠,连上帝都只工作六天,第七天可怜的脑袋也该休息了。我听到每一个细胞都在喊困,便决定用诱饵把兔子引回来。那是四颗粉红色、每颗直径不超过零点五公分的梦幻之丸,散发着甜美的睡香,只要吃下一粒,即能享有美妙的好梦。

然而我有些犹豫,原是自然本能的睡眠竟然可以廉价购得。小小的一颗化学药物变成高明的锁匠,既然睡眠之钥可以打造,以后是否连梦境也能够一并复制,譬如想要回味初恋酸酸甜甜的滋味,就可以买一瓶青苹果口味的梦幻之水;那瓶红艳如火的液体可以让梦飞到非洲大草原看日落;淡黄色的是月光下的约会;蓝色的呢,是重回少年那段岁月,尝尝早已遗忘的忧郁少年那种浪漫情怀吧!

我对那几颗小小的东西注视良久。连自己的睡眠都要仰仗外力,那我还残存多少自主,这样活着凭的是什么?然而我极想念那只柔顺可爱的兔子,多想再度感受梦的花朵开放在黑夜的沃土。睡眠是个舒服的网,躲进去可以暂时离开黏身的现实,在梦工场修复被现实利刃划开的伤口。我疲弱的神经再也无法承受时间行走在暗夜的声音。醒在暗夜如死刑犯坐困牢房,尤其月光令人发狂地恐慌。阳光升起时除了一丝凉淡淡的希望,伴随而来是身心俱累的悲观,仿佛刑期更近了,而我要努力撑起钝重的脑袋,去和永无止尽的日子打仗。

我掀开窗帘,从没看过那么刺眼的阳光,狠狠刺痛我充血的眼睛,便刷的一声又把帘子拉上。习惯了苍白的月光和温润微凉的夜露,阳光显得太直接明亮。黑夜来临,我站在阳台眺望灯火灭尽的巷子,仿佛一粒泄气的气球,精神却不正常的亢奋起来,如服食过兴奋剂,甚至可以感觉到充血的眼球发光,像嗜血的兽。

我想起大二时那位仙风道骨的书法老师。上课第一节照例是讲理论,第二节习作。正当同学把浓黑的注意力化作墨汁流淌到纸上,笔尖和宣纸作无声的讨论时,突然听到老师低沉的声音说:"唉!我足足失眠两个星期了。"我讶然抬头,还撇坏了一笔。老师厚重镜片后的眼神闪现异光,那是一头极度渴睡的兽。我正好和他四目相接,立刻深深为那燃烧着强烈睡欲的眼神所慑,那是被睡意腌渍浸透、形神都沦陷的空洞,或许是吸收了太多太多的夜气,以致充满阴冷的寒意。然而他上起课来仍是有条有理,风格流变讲得井然有序,而我现在终于明白他不时用力敲打自己的脑部、揉太阳穴,一副巴不得戳出个洞来的狠劲,其实是一种极度无奈的沮丧。他是在叩一扇生理本能的门,那道门的钥匙因为芸芸众生各持一把,丢掉了借来别人的也无济于事,便那么自责的又敲又戳起来。

然则如今我终于能体会他的无奈了。可怕的是我从自己日趋空洞的眼神,看到当年那瞬间的一瞥复又出现。昼伏夜出的朋友对夜色这妖魅迷恋不已,而愿此生永为夜的奴仆。他们该试一试永续不眠的夜色,一如被绑在高加索山上,日日夜夜被鹫鹰啄食内脏的普罗米修斯,承受不断被撕裂且永无结局的痛苦。然而那是偷火种的代价和惩罚,若是为不知名的命运所诅咒,这永无止境的折难就成了不甘的怨怼而非救赎,如此,普罗米修斯的怨魂将会永生永世盘桓。

失眠就是不知缘由的惩罚。那四颗梦幻之丸足以终止它吗?我听上瘾的人说它是吗啡,让人既爱又恨,明知伤身,却又拒绝不了,因为无它不成眠。这样听来委实令人心寒,就像自家的钥匙落入贼子手里,每晚还要他来给自己开门。于是我便一直犹豫,害怕自己软弱的意志一旦首肯,便坠入深渊永劫不复了。

睡眠的欲望化成气味充斥整个房间,和经过一冬未晒的床垫、棉被浓稠地混合,在久闭的室内滞留不去,形成房间特有的气息。我以为是自己因失眠而嗅觉失灵的缘故。一日朋友来访,我关上房门后问:"你有没有闻到睡眠的味道?"他露出不可思议、似被惊吓的眼神,我才意识到自己言重了。

就像我没有想到会失眠一样,睡眠突然倦鸟知返。事先也没有任何预示,我回避镜子许久了,一如忘了究竟有多少日子是与夜为伴,以免吓着自己,也害怕一直叨念这一点也不稀罕的文明病,终将为人所唾弃。何况失眠不能称为"病"吧!如此身旁的人会厌恶我一如睡眠突然离去。而朋友一旦离开就像逝去的时间永不回头,他们不是身体的一部分,亦非血浓于水的亲密关系,更不会像丢失的狗儿会认路回家。

那天清晨,自深沉香醇的梦海泅回现实,急忙把那四颗粉红色的梦幻之丸埋入昙花的泥土里。也许,它们会变成香喷喷的钓饵,有朝一日再度诱回迷路的睡眠;也可能长出嫩芽,抽叶绽放黑色的夜之花,像昙花一样,以它短暂的美丽温暖晴夜的心脏。

(原载台北《"中国时报"》1997年10月7日、8日)

傅　菲

谁知松的苦

过冬，有两样东西是极其珍贵的——柴火和粮食。在大雪封山之前，各户都会储藏干柴。最好的干柴，便是松片和松枝。当柴火的松树是病树。松树很容易被松毛虫侵害，松针不再发绿，慢慢枯下去，直至完全焦黄，树干脱皮。很多昆虫都喜爱以松树的木质或松果或松针为食，如松茸针毒蛾、松针小卷蛾、大袋蛾、新松叶蜂、微红梢斑螟、球果螟、松十二齿小蠹、落叶松八齿小蠹、云杉八齿小蠹、松干蚧、松材线虫、松褐天牛。松毛虫全身斑毛，深黑色或黑黄色，看一眼，让人毛骨悚然。松毛虫也叫毛虫、火毛虫，古称松蚕，有剧毒，在人皮肤上爬过，瞬间起斑疹，火辣辣地痛，不及时医治，皮肤溃烂化脓。初秋，季风来临，松毛虫随风而飘。在浦城工作的时候，有一天，同事对我说："这几天，有几十个孩子，手上、脖子上长红斑，不知是什么原因引起的。每年的初秋，孩子都会得这样的病，孩子有些恐慌。"我说是季风吹来了松毛虫，落在孩子身上，涂抹一下皮炎平，两次就好了。同事说，之前还特意请县医院和疾控中心的医务人员来检查过，也查不出原因。我说，后山全是松树，松毛虫不会比蚂蚁少，把教室和宿舍门窗关上，即可预防了。

从打松苗开始，松树便饱受虫食。难熬的是夏秋季，虫日日饱食松质，很多松树在秋季结束之前便枯萎而死。砍柴人用大柴刀伐下死松，在院子里晒几天，锯断、劈裂、码在屋檐下，成了过冬的柴火。枯死的松树无湿气，干裂、烧火旺。烧炭的人，不用松木杉木，炭的取材，要硬木，如紫荆、杜鹃、乌桕、山毛榉、青冈栎、冬青。

南方多松树。红土易沙化，水土易流失，便大面积种植湿地松。山区多油毛松和青松。松有蓬松的树冠，斜顶而上，呈"人"字形。松长寿，可活上千年。美国加州狐尾松，有活了六千多年的，且继续活着，比我们有记载的文明史还长。乡村人有自己的取材之法，每砍一棵松树，便在原地植一棵苗，叫砍树不失数。青松一般长在深山，且岩石嶙峋之地，迎风傲雪，百年长青。在乡间老式的大堂屋的门窗和悬梁上，会有很多木雕，"松鹤图"必不可少，寓意屋主人长寿安康。油松一般生长在矮山冈上。油松也叫油毛松，松针发黄,像营养不良的孩子,木质松脆,长得快,适合做木材。

　　昆虫多,引来很多鸟。大山雀、灰鹊、低地苇莺、画眉,一整天在松树林,吵闹不停。松林是鸟的天堂。我家的后山,有一大片的松树林,天麻麻亮,鸟叽叽呱呱地叫,叫得清脆欢快,好像每一天都过着好生活。鸟多,蛇也多。乌梢蛇和花蛇,悄悄地溜上树偷鸟蛋。春天雨季,松林里,有蘑菇,褐黄色的蘑菇伞,一朵朵撑在树底下,或斜插在树腰上。我们提一个竹篮,手上拿一条长竹梢上山采蘑菇。松蘑菇鲜美,做汤或炒肉丝,让人吃得不想下桌。竹梢是用来赶蛇的。蛇缠在树上,一竹梢打下去,蛇便烂绳一样掉下来。竹梢枝丫多,分叉,再灵活的蛇也逃不了竹梢的"魔爪"。

　　我家里种了一棵石榴树,十几年了,每年石榴都压弯了树。我家老二说:"石榴熟了,刁米老鼠天天来吃。"我看看他,问:"刁米老鼠是什么动物?"老二说,刁米老鼠你不知道啊,就是松鼠。我哦了一声。松鼠爱吃松果,在松林里,太多了。松鼠机灵,又会大幅度跳来跳去,打猎的人可以猎杀野猪、山鸡、黄鼠狼,但猎杀不了松鼠。打猎的人便说,松鼠是山里最小的神,神得敬着,松树长了松果,是一种供奉。

　　松树下,一般长蕨萁或刺藤,不长灌木和芭茅。松针是松树的叶子,也叫松毛,扎人,有痛感。秋尽,老松针慢慢脱落,落在蕨萁上。冬雨倾泻,松针一层层地积在地上。干枯的松针毛是黄色的。放了学,我们挑一担竹箕,笆松毛。用笆子耙。笆是用竹子燸出来的,像一只手。松毛好烧,每次用它发灶膛。松毛不笆,松林很容易发生火灾。松毛烧起来,火苗要不了几分钟便蹿上了树。

　　前年春,在驮里岩,我看见了整个山冈的松林被烧毁后的惨然景象,如同大地的废墟。我走在山冈上,斜坡发辫一样垂下来。大片的油毛松在早年被野火烧死,它们死亡的姿势仍然是活着的那副样子,遒劲,听命于自然造化,枝杈在树身上留存着阳光的形状。蕨萁微黄地卷曲在低坡——更平坦的坡地上,翻挖出来的条垄覆盖了一层枯死的针耳草。我抬头望一眼天,什么也没有,天是空的,空得容不下一朵云。天也不蓝,银灰色,圆弧形,空空茫茫地罩下来。天那么空,空得像一双容不下泪水的眼睛。翻过山岭,油毛松继续死。它们是同一天被野火烧死的,但死得有点前仆后继,死得有点视死如归,死得似乎生命没有意义,死得活着和死没有差别,于是选择了相同的告别形式,和相同的仪式。岭下,有简陋的寺庙,庙前是一个山谷。山谷多毛竹,也有三棵伞盖一样的冬青树。我见过很多冬青,挤压在灌木或乔木林里,树皮灰色或淡灰色,有纵沟,小枝淡绿色。水桶粗的冬青,确是第一次见。立春之后,太阳一日黄过一日,小枝发蕊,米白粟黄,小撮小撮地积,积到发胀,淡的花点缀在绿叶间,细细一瞧,蕊里还有几只细腰蚂蚁。小径上,是砍下来的发白的竹枝,和凌乱的杂草,以及细碎的树叶。水井被水泥石块盖着,石板上是青黄的苔藓,老年斑一样,衰老而颓败。而有几棵烧成了黑色的松树,又发出了新枝,细小的一枝枝,油青色,夹在枯死的枝丫间。每一枝新枝,显得那么倔强。

松树会分泌树脂,叫松脂,是植物糖,是一种淡黄色或深褐色液体,有松根油的特殊气味,可作溶剂,也可作矿物浮选剂、酒精变性剂、防沫剂和润湿剂。人是贪婪的。"物尽其用",换一个说法,是榨取物的所有价值,一滴不剩。松脂让松树"在劫难逃"。我看过人割开松树皮,在树肉里开槽,取松脂。在安徽工作时,有一天中午,单位后面的矮山冈,来了一个五十来岁的人,提篮里放着几把刀,刀型是我不曾见过的。他戴头巾,路过门前池塘,我散了一支烟给他,问:"师傅,这刀是干什么的?"他脸上有一块斜疤,手指很粗。他解放鞋上有厚厚的泥垢。他说,割脂的。他翘起嘴角抽烟。我把玩割脂刀,短把刀柄,有定向片和沟槽刀片,凸弧状刀口向前倾斜。我随他到了矮山冈。山冈夹杂生长着苦竹、野蔷薇、芭茅、山毛榉、野柿子树,落叶枯败。几座颓墓,荒草零落,松毛积了厚厚的一层。旧墓有的被掏空,但石碑还在。一些新坟残留着花圈的竹条,锡箔压着泥尘。脖子粗的松树,在距地面一米以上的树干上,有下三角形的槽,槽嘴里套了一个白色的塑料袋,松脂液从槽嘴滑进塑料袋里。树脂从树干流出时,无色透明,与空气接触后,呈结晶状态析出,松脂逐渐变成蜂蜜状的半流体。

他在松树上割皮,把刀摁在疤节较少的树干上,刮去粗皮,刮到无裂纹,凿开制中沟和侧沟,形成沟槽,沟槽外宽内窄,笔直而光滑。师傅每次用力,牙齿都狠狠地咬住嘴唇,眉头紧锁,肩胛骨抵住树身。我问:"你割它,它知道痛吗?"师傅龇牙笑,嘿嘿嘿地笑。我说,钱是害万物的东西。他又嘿嘿嘿地笑。他说他每年都要来割脂,在旧三角形上,往上割,割更大的面积,四至十月,提着桶来采集树脂。每割一刀,树身会颤抖一下。这是松树在痛,只是它的痛喊声,我们听不到。它把痛塌在肌肉里,渗透在血液里,假如它有血肉的话。它把痛通过根系,传到大地深处,埋在我们发现不了的土层最深处。它痛,却喊不出来。刀扎进去,它若无其事地抖一抖身子,落几片针叶。刀一层一层往上割,一年一年往上割,直到树脂流尽,树一天比一天枯萎,被风吹倒,朽烂在山冈。矮山冈上,横七竖八地倒着被割死的松树,没死的都割了皮,裸露出来的刮面像一张张狰狞的脸,满是疤,斜斜的刀痕,被雨水洇黑。松树看起来木讷,无动于衷,生不荣死不哀。

人,从没想过给一棵树以尊严。松的痛苦是人的罪。

松不但给人生活的尊严,还给人精神的尊严。松木板,一块块钉成一个敞开的"回"字形,是我们的打谷桶;松木板,依墙体钉成一个盖井,开一个窗,是我们的谷仓;松木板,平铺在横梁上,钉实榨紧,是我们的楼板……我们在松下结庐,烹泉煮茗,舞风弄月。我们听松涛,看大雪压松枝,提着松灯访友……黄山松迎天下客。岁寒三友:松、竹、梅。明月夜,短松冈。

松,等同命运。

(原载《草木:古老的民谣》,广西师范大学出版社2018年版)

祝 勇

故宫六百年

——天地之心

一

六百年前(永乐十九年,公元 1421 年)正月初一,明成祖朱棣的身影出现在奉天殿(后改名皇极殿、太和殿)上。那应当是紫禁城落成后的第一次朝会。我没有查到之前的文献,对此我不敢确认,但可以肯定的是,他的眼前,文武群臣已按照木牌(清代改为铜铸品级山)标定的位置,按文东武西的顺序排成十八班,又匍匐成黑压压的一片向他朝贺。那一年,他已六十二岁。

写到这里,我突然关心起明朝皇帝的寿命问题。我们不妨列举一下明朝皇帝去世时的年龄(按中国古代年龄算法,皆以虚岁计)——朱元璋(太祖)六十七岁,朱允炆(建文帝)二十五岁(假如他真的死于朱棣的军队攻入南京的战火中),朱棣(成祖)六十五岁,朱高炽(洪熙)四十八岁,朱瞻基(宣德)三十八岁,朱祁镇(正统、天顺)三十八岁,朱祁钰(景泰)三十岁,朱见深(成化)四十一岁,朱祐樘(弘治)三十六岁,朱厚照(正德)三十一岁,朱厚熜(嘉靖)六十岁,朱载垕(隆庆)三十六岁,朱翊钧(万历)五十八岁,朱常洛(泰昌)三十九岁,朱由校(天启)二十三岁,朱由检(崇祯)三十六岁。

明朝十六帝,平均年龄不到四十二岁。其中,二十多岁和三十多岁去世的,多达十人;四十岁至五十岁之间去世的有两人;活过五十岁的,竟只有朱元璋、朱棣、朱厚熜、朱翊钧四人。这让我想起清代康熙大帝五十七岁那年,突然生出几茎白发,有人进乌须药,康熙笑曰:"古来白须皇帝有几?朕若须鬓浩然,岂不为万世之美谈乎?"

六十二岁,对于明朝皇帝而言已经算得上高寿了。那时的朱棣有些老了,目光有些浑浊,双鬓也已染上微霜,不再像发起"靖难之役"、决策迁都时那样雄姿英发、决胜千里。纵然,他身体里的雄性荷尔蒙尚在,但体力与心力都已成强弩之末。所幸,他的诸项大业,此时已基本完成。

我不知那一天朱棣是否曾抬头看天,不知他眼里的天空是否像我看到的天空一样深邃和幽蓝。天是一个巨大、无边的屋顶,罩在紫禁城之上,是建筑之上的建筑——其实整个宇宙,都是一座设计精美、结构严密的建筑,大地上的山川也是建筑,疏密有致,大气磅礴。或许,只有深邃无穷的天空,会给他带来无尽的底气,就像他当年跨上战马,冲向南方的江河与平原时,他心中升起的战栗与激动一样。在他看来,他今天能够站立在奉天殿的中央,体验到一种至高无上的王者荣耀,并不是因为他的强悍(所谓的"霸道"),而是因为他顺应了天意。他用"奉天"来命名紫禁城前朝正殿,就是为了彰显他的王朝"奉天承运""天命所归"的性质。

二

在中国人的心里,天的重要性不言而喻,以至于我们度过的每一个日子,都要用"天"来命名。中国人对于世界的认识,是从天开始的。那时他们没有听到过爱因斯坦的理论,但他们与爱因斯坦的宇宙论不谋而合,即:宇宙中千千万万个规律都是自洽的,能够互相包容,仿佛有人给出了一个"宇宙终极法则",一切都被"设计"得那样完美。他们不相信宇宙是杂乱无章的,他们坚信它有一个秩序。他们要找到那个秩序,因为那个秩序里,藏着世界的真理。

在殷商之际,中国人就发现天空中的星群在有规律地转动,但在所有转动的星群中,有一颗星是永恒不动的,那颗永恒之星就是北极星,"三垣"中的紫微垣,居于北天的中央,由十五颗星组成,而居于紫微垣十五星中央的,就是北极星。因此北极星被看作整个宇宙的主宰者,传说中的天帝,就居住在那颗星上。

秦始皇曾经认为,他营造的信宫(后改为阿房宫)就像北极星一样是世界的元点。后来北魏洛阳、隋唐长安、北宋汴梁的皇宫又先后被确定为人间世界的中心。到南宋时代,朱熹终于无情地抛弃了长安和汴梁,把冀都(北京地区)认定为天下的中心,是理想都城的所在地,这一想法在当时足够大胆,因为冀都当时还在金朝的统治之下。但这并不能妨碍朱熹用"大中国"视角考虑问题,在他眼里,冀州曾是尧都所在的位置,那是这类儒家知识分子梦牵魂绕之地,而冀都的东南西北四方,有泰山、嵩山、华山、燕山拱卫,构成青龙、朱雀、白虎、玄武四象,这简直就是无可争议的大地之心。于是朱熹画了一条线,穿过冀都,向南直达五岭,那么任性地,重构了大地的轴心。

朱熹一定不会想到,那个灭亡了南宋的元朝,最终被他们老朱家给灭了;而他定都于冀都的梦想,也被他们朱家的后人朱棣实现。北京紫禁城,是依托上天的意志建立起来的,在朱棣眼里,它是人世间的紫微星垣,是整个天下的中心。在朱棣的北京城,从钟鼓楼到永定门,一根长达八公里的中轴线穿城而过,成为城市和宫殿的轴心,更是全天下的中心。

这条中轴线,不仅穿过北京城,而且可以无限延长,在人们的想象中,穿过万里江山——它的正北方,是天寿山,来自昆仑的气脉,经过秦岭、太行山、燕山等几大山脉,一路贯注到天寿山,使它成为王朝基业的靠山,而在中轴线的正南方,泰山、淮南诸山和江南诸山依次排列,黄河、长江、淮河及江南山水在皇帝视野的远方横向展开,皇帝坐在奉天殿上,"背负青天朝下看",看到了江山如画,看到了云乱山青,而群臣们趴在地上,抬头看见的,是坐在世界中央的皇帝,以及皇帝背后的浩瀚天空。

英国建筑学家萨迪奇说:"每一种政治文化对建筑的利用都有其理性和现实的目的。"对紫禁城而言,现实的目的,就是为皇帝提供一个办公和日常生活的场所,因此这里成为平民的禁区,这一点,通过"禁"字得到了表达。同时,它也有着理性的目的,那就是为帝王的权力寻找合法性的来源,那来源,通过"紫"字得到了表达。紫,就是紫微星垣,是世界的中央,是天的意志。除了宫殿建筑中那些与天有关的装饰与摆设(比如石雕和彩绘中的飞龙、太和殿前两只展翅欲飞的仙鹤、太和殿台基周围那上千只螭首)之外,宫殿的轮廓与颜色,都突出了天的存在。

站在紫禁城巨大的庭院里,除了为眼前的建筑感到震撼,头顶上的苍穹也让人动容。它是那么浩大、沉静、一尘不染,在天的深处,必定有神灵住在那里。我想起李白的诗:"危楼高百尺,手可摘星辰。不敢高声语,恐惊天上人。"天上人,就是神,是住在我们旁边却能主宰我们命运的邻居。

天空原本无垠,紫禁城的建筑为它勾勒出一个边际,耐人寻味的是,紫禁城内有限的天空,不是缩小了天空的面积,相反凸显了它的广阔无边。这是存在于建筑中的相对论。紫禁城的色彩同样让天空有了存在感,因为紫禁城的主色是红,紫禁城说:"我的名字叫红。"在色彩学中,红色与青色是补色(Complementary Colors)。正是紫禁城的红,突出了天空的青蓝。

尼采说:"建筑是一种权力的雄辩术。"在我看来,建筑是权力最有力的雄辩术,它不可怀疑,不可动摇,不可改变。每一个走进宫殿的人,面对那浩大的建筑群,以及宫殿顶上的蓝天,心中的敬意都会油然而生。

从某种意义上说,皇帝是"靠天吃饭"的,皇帝自己也从不掩饰这一点,所以圣旨的开头总是说:"奉天承运,皇帝诏曰",意思是皇帝是秉承上天的意志来运作、统治人间,皇帝说的话,也都是执行着上天的安排。"天命"不是天上掉馅饼,它需要由德堪配天者担当。而担纲天命的天子,必依正统。虽然,"历史的深处不都是煌煌天命的顺畅流转,不都是垂拱而治的不怒自威,血光与权谋是历史抹不去的底色。但即便是暴虐之辈、权谋之徒,忝登大位之际也必须要行受禅之礼。他们似乎在用自己的凶狠与无耻嘲笑天命的暗弱,戏弄正统的威严;但受禅之礼的不可或缺,则在隐隐中表达了天命与正统的不可违逆,倘不行此礼,登大位者无法宣称承受天命,势必'名不正,言不顺,事不成'。正是在一次次看似暗弱的无奈当中,天命与正统反将自己一步步深植于民族的灵魂当中。"

凭借武力夺权的朱棣,更要看上天的脸色,所以紫禁城的朝会之后不久,他就下令钦天监漏刻博士胡奫(yūn)占卜三大殿吉凶,没想到胡奫的回答竟然是,三大殿不久要被烧掉,还准确预报了三大殿毁灭的时间——四月初八午时。这个小小的胡奫,连拍马屁都不会,怎么在紫禁城混?朱棣一生气,把他下了大狱。照朱棣的习性,胡奫早就死了一百回了。之所以还让他活着,是朱棣要等到四月初八日,看他谎言破产时的尴尬。

四月初八,永乐帝惴惴不安地等待着午时的到来,终于,报时官员奏报:现在是午正时刻!三大殿一片静寂,什么事情都没有发生,朱棣心头一阵窃喜,心想这漏刻博士果然不靠谱。胡奫在监狱里也知道了这一消息,想到自己的名声毁于一旦,心头一阵绞痛,不等皇帝处死他,自己就服毒身亡了。

但胡奫尸骨未寒,正午刚过三刻,一阵滚雷突然从晴空里劈过,接下来,有一股股的青烟蹿出了奉天殿,变成红色的火苗,开始很柔弱,后来不断发展壮大,很快,奉天、华盖、谨身三大殿变成一片火海。

这是紫禁城历史上的第一场火灾,距离紫禁城建成,仅仅过去了九十七天。

火灭时,壮丽的三大殿已荡然无存,变成一片焦黑的废墟。有风吹起,残渣就如黑色的蝴蝶,在空中乱舞。从废墟上走过,不知朱棣是否会想起自己率师冲进南京时,南京宫殿里燃起的那场大火,想起活不见人死不见尸的建文帝朱允炆。为了这座金銮宝殿,自永乐三年至永乐十八年,他付出了十五年的努力,他自己也从壮年步入了老年,但等待他的,却是眼前的一片虚无。

三

三大殿被焚毁给朱棣的打击不言而喻。这位建长陵、修长城、建北京城、建报恩寺、建武当山金顶、亲征鞑靼、亲征瓦剌、收服安南、修《永乐大典》、铸永乐大钟、派郑和远赴西洋、无所不能的强悍皇帝,第一次产生一种无力感。

"靖难之役",他杀人太多了吗?据不完全统计,那场战争,导致数十万人战死沙场。攻入南京后,建文帝宫中的宫人、女官、太监被杀戮几尽。他曾一次枉杀1.4万多人。他还将忠于建文帝的旧臣如方孝孺等人全部杀死。仅对方孝孺一人，朱棣就采取了"诛十族"的惩罚，以至于所有与方孝孺沾亲带故的人全都被杀掉，到了杀无可杀的地步。

据明代符验《革除遗事》考证，方孝孺一案，朱棣共杀八百四十七人，此书后来编入了《四库全书总目提要》。明代李贽《续藏书》记录的死亡人数则是八百七十三人，此外还有大量无辜者因受方孝孺案牵连而被充军发配。御史大夫景清，不仅本人被剥皮实草，系于长安门示众，又将铁刷子一点点刷尽他的肉，连他的村邻都遭到血洗，成为"无人村"，《明史》上的记载是"村里为墟"，一个活生生的村庄，成为无人的废墟。

整个永乐元年，都在朱棣毫无节制的屠戮中度过，以至于几年之后，在金陵城都闻得到那股浓重的血腥味。明史研究者李洁非先生说："方孝孺案仅为大屠杀的开端，被灭族灭门的，还有太常寺少卿黄子澄、兵部尚书齐泰、大理寺卿胡闰、御史大夫景清、太常寺少卿卢原质、礼部右侍中黄观、监察御史高翔等多人。每案均杀数百人。如黄子澄案，据在《明史》中主撰"成祖本纪"的朱彝尊说，'坐累死者，族子六十五人，外戚三百八十人。'胡闰案，据《鄱阳郡志》所载，'其族弃市者二百十七人'，而累计连坐而死的人数，惊人地达到'数千人'。《明史》亦说：'胡闰之狱，所籍者数百家，号冤声彻天。'遭灭门之祸的总数，已难确知，但仅永乐初年著名大酷吏陈瑛，经其一人之手，就'灭建文朝忠臣数十族'。"

对于建文朝臣的妻女，朱棣展现出变本加厉的疯狂——下令把她们全部送进浣衣院（官营妓院），供他的朝廷大臣将士"享用"，一个女子一日一夜要受二十余名男子的凌辱。一旦有人被摧残致死，朱棣就下圣谕将她们的尸体喂狗。

2002年，我把这一段历史，写进了我的跨文体作品《旧宫殿》。

在三大殿遭雷劈的第二天，朱棣就下了一道罪己诏，称："朕心惶惧，莫知所措"，还说："朕所行果有不当，宜条陈无隐，庶图悛改，以回天意。"

天意，好像真是存在，但它又是那么抽象，他抓不住，摸不着，却又总是在某个至关重要的时刻里不期而至。天意不可违，但天意又那么不可控。他像每一个皇帝一样，都试图增加天意的可控性，这让他陷入极度的焦虑中。

四

《史记》中说："天地之道，日月之运，阴阳吉凶之本。"天地间万事万物的变化，归根结底，都是由两个因素决定的，一个是阳，一个是阴。老子说：

"道生一,一生二,二生三,三生万物",这个"一",就是"太一",是宇宙的起始,是北极星,"二"是天地,是日月,是阴阳,是一切对立统一的事物。所谓天意,并非一根筋的任性,它是互补,是对称,是均衡。

我们来看看紫禁城的建筑吧,这座城,就是对中国古人哲学观的视觉体现。人们似乎把太多的注意力聚焦在紫禁城中轴线上,因为中轴线上,矗立着紫禁城最重要的建筑,体现着北极星一般独一无二的权力意志,因此,在皇权时代,只有皇帝能够出现在中轴线上,因为这条线,确立了他的天子地位,使他有权行使来自上天的权力。

但人们很少在意中轴线两边的建筑,它们却如天地、日月,代表着事物的对立与统一,紫禁城的建筑中,体现着古老的辩证法思想。这些建筑包括:奉天门(太和门)广场两侧:左顺门(协和门)和右顺门(熙和门)、内阁公署和侍卫值宿处等;奉天殿(太和殿)广场两侧:文楼(后称体仁阁)和武楼(后称弘义阁)、左翼门和右翼门等;犹如一架天平,由两臂分担着重量,不偏不倚,不差分毫。

我们平时忽略了这些建筑的美,我们总是关注那些宏大的事物,而忘记了许多宏大的事物都是由看上去寻常的事物衬托的。假如说紫禁城的宫殿就像大地上排布的起起伏伏的山峰,太和殿就是海拔最高的一座,是中国建筑中的珠穆朗玛峰,在天穹下,稳稳地屹立在那里,反射着金质的光芒。不论是谁,走到太和殿前,心底都会升起一种敬畏感,其实太和殿的绝对高度并不高,只有三十五米,大致相当于十二层楼的高度。在今天的北京城,四五百米高的建筑也不会让人惊讶(中央商务区的"中国尊"的高度达到528米),这些垂直竖起的建筑,似乎正以它们的高度挑战上帝的权威,但它们并不能使人产生敬畏感,唯有太和殿能做到这一点。尽管中国传统建筑以木为材料,树木的高度,决定了建筑高度的极限,但紫禁城的天际线,以及整座建筑营造出的氛围,却让太和殿有了无可置疑的权威感。这与它大台基的设计有关,更离不开周围建筑的烘托。

文楼(后称体仁阁)和武楼(后称弘义阁),这两座九楹的重楼,在太和殿的两庑铺展着,看上去那么端庄秀美,尤其文楼,在明代贮存过《永乐大典》,清康熙年间进行过博学鸿词科考试,更让它显出几分隽秀。文楼、武楼,以及中轴线两翼的其他建筑,除了分担各自的实用功能之外,它们美学上的功能,就是展现起伏错落的节奏之美。它们分别以两层楼阁的形式,与单层的奉天殿形成对比,丰富了大广场的建筑语汇;它们左右相对,沉沉地压在奉天殿广场的两侧,对巨大空间起到平衡作用,更使宏大的中央大殿不显孤独和突兀;在高度上,又比奉天殿低 11.25 米,只相当于奉天殿高度的68%(接近黄金分割的数值),从而恰到好处地突出了奉天殿的高大。总之,以自身的收敛与含蓄,突出奉天门(太和门)、奉天殿(太和殿)这些中轴线建筑无法企及的壮美气势,犹如儒雅的文臣与俊美的武将,共同拱卫着当朝的天子。

然而,这些建筑更深的含意在于,由它组成的紫禁城东西半区,代表着阴与阳的互生互补(东为阳,西为阴;左为阳,右为阴;天为阳,地为阴;文为阳,武为阴)。东汉班固在《两都赋》里说:"其宫室也,体象乎天地,经纬乎阴阳。"中轴线上的建筑无论多么壮丽,只凭这些建筑建不成紫禁城,浩大的紫禁城,依托于中轴线,而完成于它的两翼,就像一只大鸟,有了两只翅膀,才能飞入云端。

五

朱棣在罪己诏中说要"庶图悛改,以回天意",这战无不胜的皇帝,还要改什么呢? 我的理解,就是收敛起他的阳刚与暴戾,多几分阴柔与悲悯。

朱棣是一个强悍的皇帝,凡是他想做的事,没有做不成的,对于反对者,他从来不留情面,甚至不惜大开杀戒,滥杀无辜,但坐天下,只靠简单粗暴是远远不够的,还需要精心、细致、耐心。正如老子所说:"治大国,若烹小鲜",要轻拿轻放,不能总是在折腾,老百姓折腾不起。

至少从表面上看,像朱元璋、朱棣这样强悍嗜杀的帝王,心底还有着"柔软的一面",那就是悲悯之心。悲者,悲天;悯者,悯人,尤其是那些对他们的权力没有丝毫威胁的底层民众。朱元璋本人就出身于一个贫苦的农民家庭,几乎房无一间,地无一垄。他不仅在诏书里多次提到这一点,而且还引以为荣:"朕本农夫,深知民间疾苦";"朕本农夫,深知稼穑艰难",正因这份"深知",即使贵为帝王,也保持着艰苦朴素的作风。他每日早餐,只吃蔬菜,外加一道豆腐。清汤寡水,他甘之如饴。他睡觉的床,如果没有那条金龙,看上去"与中人之家卧榻无异"。他的车轿,该用金子的地方,他也下令一律使用黄铜代替。

这一切,无疑都是出自对百姓的怜惜。他曾对子孙说过这样的话:

> 汝知农家之劳乎?夫农勤四体,务五谷,身不离畎亩,手不释耒耜,终岁勤动,不得休息,其所居不过茅茨草榻,所服不过练裳布衣,所饮食不过菜羹粝食,而国家经费,皆其所出,故令汝知之。凡一居处服用之间,必念农之劳,取之有制,用之有节,使之不至于饥寒,方尽为上之道。若复加之横敛,则民不胜其苦矣。故为民上者,不可不体下情。

朱棣也留下过类似的语录:

> 民者,国之根本也。根本欲其安固,不可使其凋敝。是故圣王之于百姓也,恒保之如赤子,未食则先思其饥也,未衣则先思其寒也。民心欲其生也,我则有以遂之;民情恶劳也,我则有以逸之。

也就是说,无论上天的意志多么强大、多么不可置疑,权力还是要接地气的,否则一切权力,都成了架空的权力,成为天上的浮云。所谓的"天道",归根结底还是"人道",而对于"人道",孔子只用了一个字解释,那就是"仁";对皇帝来说,就是"仁政"。

有意思的是,汉字的"仁",刚好包含了天、地、人的关系——两横代表了天与地,而那个单人旁,则象征着人。许倬云先生说:"中国文化中'人'的地位是与天地同等,是三合一的部分。"所以紫禁城用三大殿,分别代表了天、地、人,加起来就是一个字:仁。

假如说奉天殿代表着上天的意志,是"阳中之阳",那么中轴线两边的对称建筑就代表着天与地、阴与阳的调和与互补。在奉天门的东庑和西庑各有一座门,左边是左顺门,嘉靖时改会极门,清代改为协和门,一直叫到今天;右边是右顺门,嘉靖时改为归极门,清代改为熙和门。中国古代城市和建筑中的左右,一律面南而论,其实左就是东,右就是西,比如紫禁城外的左祖(太庙)右社(社稷坛),北京城外城的左安门和右安门,都是如此。左顺门和右顺门均为五间,黄琉璃瓦单檐歇山顶。出左顺门往东,是文华殿宫区和内阁办公地,穿过右顺门向西,可达武英殿。每当早朝之后,皇帝经常会到左顺门或者右顺门,与一二重臣继续商讨政事。或许,在那里,讨论可以更加平和、"平等"地展开。

明朝的某一天,朱棣在右顺门办公,龙袍的袖口已破,他一边写字,一边把袖口向里掖。大臣们看在眼里,不失时机地称赞皇帝圣德。朱棣说:"朕就是每天换十件龙袍,也没有新衣穿。但朕自念应该惜福,因此每每洗了再穿。从前皇妣亲自缝补旧衣,皇考看见高兴地说:'皇后虽然身份高贵,却仍如此勤俭,正可以为子孙们立个法则。'所以朕常遵守这一训戒,不能忘怀。"这份艰苦朴素的心,与其父如出一辙。

这让我想起一件事,就是永乐五年(公元1407年)五月,朱棣在南京灵谷寺进香,从一株槐树下面走过,一只小虫刚好落在他的袖子上。朱棣轻轻抖落小虫,随从们上来,要把这只骚扰了皇帝的小虫踩死,这是他们的习惯,所以他们的口头语是"踩死你就像踩死一只虫子"。朱棣见状,大惊,说:"此虽微物,皆有生理,勿轻伤之!"随从们只好小心翼翼地捧着它,像捧着一件国宝,把它轻轻放回到树上。和尚们大为感动,口念阿弥陀佛,连连称赞皇帝一定是哪一位菩萨转世。

尼克松曾说:"政治就是演戏。"马基雅维利说得文雅一些:"要在人们目睹其面,耳闻其言的时候,表现得那么仁慈、那么诚挚、那么正直、那么人道、那么虔诚。"

《易经》说:"亢龙有悔。"意思是龙飞得过高,自我膨胀超过了极限,陷入没有回旋余地的困境,就会感到后悔。

随着年龄的增长,政治经验的累积,他一定会有所调整、反思。

反思,就是悔。

孔子说:"贵而无位,高而无民,贤人在下位而无辅,是以动而有悔也。"

不知朱棣是在演戏,还是真的有了自悔,洗心革面,重新做人了。若朱棣有悔,则百姓有福了。

若他是演戏,我就为他掖袖口的戏份送上一个现成的名字:皇帝的新衣。

六

朱棣的儿子朱高炽(洪熙)登基后,"政策由永乐时代的好大求全一转而入温和简易",他不再大兴土木,紫禁城这个巨大的建筑工地,也终于沉寂下来,"扭转和改变了永乐一朝'国力的超负荷状态和不正常的政治风气'"。

就在奉天门西侧的西角门(后称宣治门),朱高炽曾对大学士们谆谆教诲:"前世人主,或自尊大,恶闻直言,臣下相与阿附,以至于败。朕与卿等当用为戒。"对于建文帝,朱高炽也流露出同情的心态。与父亲革除建文年号的做法不同,他将建文帝朱允炆称为"建文君",将他的辞世称为"崩",甚至将他创立的政权称为"朝廷"。建文帝旧臣的后裔也逐渐得到赦免,发还田产。朱高炽甚至明确地说:"方孝孺辈皆忠臣。""令每家存一丁于戍所,余放归为民。"

可惜朱高炽继位后八个月就猝死于钦安殿。关于他的死,历史中留下了许多说法,至今莫衷一是。有人说是有宦官给他提供"仙丹",其实就是春药,让他铅中毒而死。也有人说他死的那天晚上和贵妃一起喝了酒,然后他就死了,那妃子也在当晚自缢而死。还有人说,他死的那天晚上打雷了,他是遭雷劈而死。但有一件事记录在史料中,就是他临死前夜曾观看天象,发现自己将不久于人世,对杨士奇说:"天命之矣!"

临死前,朱高炽留下一份遗诏,说:"朕既临御日浅,恩泽未浃于民,不忍重劳。山陵制度务从俭约。"意思是自己当皇帝的日子太少,没来得及为百姓做什么好事,死后一定要丧事从俭。

明十三陵中,埋藏朱高炽的献陵,最为俭朴。

他的长子朱瞻基继位,是为宣宗,年号宣德。

今天的人们想到宣德，首先想到的是宣德炉。史料的记载是，宣德三年（公元 1428 年），朱瞻基下旨，用暹罗国进献的风磨铜，按照古代青铜器、宋徽宗时期《宣和博古图录》《考古图》等典籍，以及内府密藏的宋元名窑为造型的蓝本，铸造了三千多件铜器，这也是中国历史上第一次运用黄铜铸成的铜器，这些铜器大多造型简约，古拙典雅，王世襄先生形容它"以着纤尘，润泽如处女肌肤，精光内含，静而不嚣"，所以它一经问世就成为昂贵的奢侈品，风靡数百年。宣德以后，直到清代，宫廷一直仿制，而宣德三年出产的宣德炉，反而至今未现人间，以至于有人（以法国汉学家伯希和为代表）怀疑，宣德三年生产的"正版宣德炉"根本就不存在，我们今天所说的宣德炉，指的是宣德炉的形态，未必是生产于宣德三年的"原装正版"（包括有"大明宣德年制"铭款的宣德炉也未必产于宣德时期），正如景泰蓝也是对一种器物的泛称，而并非局限于景泰年间生产的古物。

宣德的历史知名度，还来自蒲松龄小说《聊斋志异》里的那个喜欢玩蟋蟀的皇帝。他的个人爱好，纵容了朝廷的宦官以搜寻促织（蟋蟀）的名义到民间大肆搜刮，致使民不聊生。宣宗死后，他的母亲下令砸碎了他的蟋蟀罐儿，使得现存的宣德瓷超过千件，却没有一件蟋蟀罐儿。

但明宣宗朱瞻基还是在历史上留下了仁德之君的名声，如他在诗里所写："坐皇宫九重，思田里三农。"宣德五年（公元 1430 年）三月，宣宗出行，路过农田，见田里农夫耕作，于是走进田中，扶起犁耙，亲自犁地。没犁几下就撑不住了，气喘吁吁地说，我只推了三下，就感到不胜辛劳，农夫终年劳作之苦，比想象的还苦。说罢下令，把带的钱分给农夫。

宣德皇帝的宽仁政策，或许得之于朱氏家族忆苦思甜教育的常抓不懈。当年，朱元璋曾经在南京的紫禁城里开垦了一片田，让内侍在这块田上种蔬种果，不是为了发展农业生产，而是为了教育后代拒腐防变。他曾指着这块田地对皇子们说："此非不可起亭馆台榭为游观之所，今但令内使种蔬，诚不忍伤民之财，劳民之力耳。"

宣德五年，紫禁城建成十年之后，朱瞻基仍对他的皇祖念念不忘。他说："朕侍皇祖，往来两京，每令朕过农家，问其疾苦，盖欲知稼穑之艰难。自嗣位以来，凡昔皇祖数诏之言，未尝敢忘。"

七

实际上，朝廷就是皇帝的田，华丽的宫殿，就是一个巨大的田字格。田字格就是一个中轴对称结构，中间那一条竖线是一条纵轴，把紫禁城分成东、西两部分，那一条横线是一条横轴，把紫禁城分成南、北两部分，南是外朝(outer court),北是内廷(inner court)。外朝的建筑一律称"殿",内廷的建筑一律称"宫"。外朝与内廷的分界线,是乾清门广场——保和殿与乾清门之间一条窄长的横街,它同样以"天"命名,叫"天街"。

中轴对称的礼制格局,阴阳互补的神秘力量,还有五行思想的加持(紫禁城分西、东、北、南、中"五方",内金水桥象征仁、义、礼、智、信"五德",皆与金、木、水、火、土"五行"相对应),让一座紫禁城,不仅涵盖了天地之间的秩序与信仰,而且代表着一种既稳定又鲜活的力量。紫禁城,从一开始就被设计成一座顺天应人之城。

方正笔直的紫禁城里,却生长着一群极为神奇的物种,那就是皇帝。尤其明朝皇帝,历史上很少有那么一群人像他们那样,把天使与魔鬼的身份集于一身。"一阴一阳谓之道",从他们的身上,的确看得见"道"的影子——他们标榜的是"替天行道",实际行动是"道貌岸然",最终结果却常常是"大逆不道"。

作家阿城这样解释"大逆不道":"'逆'就是逆秩序而行,当然也就'不道'。"

其实我们不妨把皇帝看作一座紫禁城,他的身体里就有一根中轴线,并被这根中轴线划分成阴阳两半。皇帝的人格,原本就是一个阴阳同体的复式结构,有时是乾,有时是坤;有时是雄,有时是雌;有时是东,有时是西;有时是左,有时是右;有时是白,有时是黑;有时是云,有时是雨;有时是人,有时是鬼。因此,皇帝的心理,常人是捉摸不透的。我们看到的是他的两极,其实在这两极之间,有着无限宽广的中间地带,供他自由发挥,让他游刃有余,正如这座城里,在东西对称、阴阳相合的结构之上,还暗藏着各种复杂而幽秘的角落。

唯有如此,在中轴线上出现的皇帝,才与紫禁城完美合一,宛若一根木榫,严丝合缝地,揳在木建筑里。

(原载《当代》2019 年第 6 期)

刘大先

故乡即异邦

大雾迷蒙的早晨,我和父亲一前一后走在荒野小径上,说着闲话。难得的亲密时刻。我从小出门读书,很少回家,假期回来彼此交流并不多,父子间轻松漫散地一起去赶集的场合很少,更别说聊聊家常了,所以此刻我的心情很愉悦。湿气弥漫,四周苍茫一片,影影绰绰地什么也看不清,上坡转弯的时候,迎面遇到了表姑妈,父亲的表姐。见到她,我和父亲都很高兴,父亲迎上去招呼她。表姑愣怔了一下,惊讶地望着我,又回身看我父亲,慢慢流下了眼泪。我很奇怪,表姑妈转过来对我说,你爸爸还不知道,他已经死了啊。

这个时候,我的心里晴明起来,在怅惘中慢慢醒过来,想起来父亲已经去世快六年了,而我在他去世后就再也没有走过家乡那条去集镇的道路。外面天色浓黑,可能是凌晨的某个时分,我在黑暗中坐起来,下床,走到外间的阳台,点了支烟。从十五楼的窗户看出去,青黑色的苍穹笼罩在灯火明灭的北京,城市如同坚硬的礁石,纹丝不动地伫立在幽蓝广袤的大海之上,只有远处高楼顶端的红色航标灯闪烁不定。

一

人们同自己家乡的关系,往往混杂着普遍的矛盾:甜蜜温馨的记忆似乎并不能阻止冷酷无情的离别。只有眼界狭隘、抱残守缺的人才会觉得家乡完美无疵,而那些出走他乡之人的赞美与缅怀尽管可能是真诚的,也难免打上了时间与空间的滤镜。坚强的人四海为家,而最高级的灵魂则认识到个体情感与认知的局限,从而太上忘情。圣维克多的雨果会保有此种清晰的观念,一般人顶多做到随遇机变、惟适之安,而将家乡作为安放怀旧情绪的处所。在这么做的时候,他们或多或少带有逃离者的歉疚和窃喜。当家乡成为故乡,意味着家已经同他隔离开来,曾经的联系变得愈加稀薄,它慢慢隐退为一个审美的对象。

背井离乡、触景怀乡的故事并不新鲜,桑梓之地或者成为一世的守望,或者成为衣锦荣归的故里，但前现代时期因为羁旅、游宦、战争、行商的漂泊，并没有形成家乡与故乡的割裂。故乡大规模地被抛掷在身后，成为一个只供怀想而不再期盼回归的地方，无疑是现代以来的景观。村社地理、熟人社会、血缘与宗族所形成的诸种共同体，在工商业与城市化进程中纷纷土崩瓦解，人们为了谋求想象中更美好的生活不惜远走他乡。

我想我属于那种将家携带在身上的人。从识字之始，家乡的长川丘陵就开始渐行渐远，新鲜的外部世界洞然敞开，无数新的经验纷至沓来，让人根本无暇回顾那并不愉快的乡村生活，更遑论有闲情逸致去沉思过往。这倒不是一种个人主义的逃离，而是生活的巨大压力。这样的乡村青年一定不是少数，牵连着我们和故乡的可能只有亲情那唯一的线索，但我并不想从社会结构和流动的层面进行浅薄的分析，毕竟个人经验参差不齐，有的人对任何地方都无意流连，他们不一定是有世界的胸怀，纯粹就是情感迟钝而已。

2013年正月初六，我在北京短暂处理一些事情之后，又回到六安，回到我曾经以为很熟悉实际上已然陌生的故乡。不是欢度春节，而是陪伴父亲度过他一生最后的时间——事实上，我也知道，这也将是自己在故乡度过的最后光阴。

节后春运刚刚开始，但是从大城市到小地方的车票还算容易买。我先到合肥，然后搭乘上海至武汉的动车，准备半路在六安下车。合肥离六安很近，高铁只要半个小时，人情风物已是家乡的氛围和感觉。火车站的人并不很多，很多农民工要过完十五才出门。我背着包在候车厅里找落脚的地方。旅客虽然谈不上拥挤，但有人把包搁在身体两边的椅子上作为垫靠，斜倚着，所以竟然没有空闲的位置。踱到大厅一侧时，我看到一个双眉紧蹙的中年人在阅读一本商务印书馆版的那种世界名著翻译本，仔细一看是亚里士多德的《巴门尼德篇》。那个人看上去有些落拓，像个平庸而不得志的大学老师，眉宇之间有种让人讨厌的瞧不上任何人的神情，在这种吵闹的环境中读这样一本书，未免有些牵强，就像他的眉头。我想我在此间别人眼中也就是这种角色吧。

从六安南站出来直接坐公交车去西站，打算搭乘下午三点钟往郭店方向经过火星和黄台的私人巴士——这种私家公交车是县乡一带的地方特色，并不由市里的公交公司统一管理，而是私人拥有的中巴运输车加盟到公交公司中去的，缴纳一定的管理费，但自主性比较强，所走的路线不固定，是根据乘坐人员的多寡决定走哪条乡间小路——那些路是在"村村通公路"工程中修建的，就是在原有自然形成的泥巴路的基础上铺上沙石修筑的非常狭窄的双车道水泥路。

六安的公交车我几乎没有坐过，上车才知道是自动投币一元。我翻了翻钱包找不到一元钱。找个身边的人询问想换一下，也没有。我就先到后面坐下，打算定定神再找人兑换。这时候坐在我前排的瘦瘦的青年给了我一块钱，并且不要我给他的十元钱。他晃了晃手中的一瓶凉茶说："我也没有零钱，这是刚才在底下买了瓶水换开的。"他随身带了只青黑色的大旅行箱，可能是大学生，更像在外面打工回乡过节的青年，还没有在都市竞争的生涯中变得油滑和冷漠。

西站的车是对霍邱、叶集、固镇方向的，非常混乱，往我家的方向最合适坐的是到小镇郭店的一路车。往这个方向在这个季节有三班车，只有下午三点的一班经过我家所在的黄台村，否则就会从广庙村那里岔路开往另外一个顺河镇。我清晨五点起床，从北京赶到此时，水米未进，已经疲惫得很，懒得张口问人，就背着包在乱七八糟、破烂肮脏的中巴车中间寻觅。正巧听到司机拉客，有乘客问路线，就坐了上去。陆续有人上来，我看到一张认识的脸，是一个远房堂哥。两家离得并不远，但是我们这一辈来往不多，我们至少有十几年没有见过了。他长了乡村中年人的乱蓬蓬的头发，面上已经带有农民常见的沧桑表情，不过我很快就认出了他。他显然没有认出我，咕哝着向司机老婆——也就是售票员——确认这个车子的确切路线。这辆车原先是走丁集那条线的，如果走那条线，我回家就麻烦了，需要再步行十里地。幸运的是，那条线的乘客被上一辆车抢走了，这辆车为了揽客只好临时改走火星镇这条路。这个对我的幸运，对于司机夫妇无疑是不幸，他们等候了半天的乘客一下子被卷走了，所以泼辣的售票员一路骂骂咧咧，跟乘客数落前一辆车车主的不地道。司机偶然故作宽容地让她别计较了，但是可以看出他自己心中也大为不满，只不过一个男人的面子阻止了他的破口大骂。

乡土的伦理礼仪也就是在他这样年近五十岁的中年男人身上还残存着，二十年来的外出务工潮流和近十年内的城镇化进程，已经极大地改变了地方的道德生态。这个季节，年轻人大部分已经奔往江苏上海一带，他们在冬季时回来，带回的不仅是金钱，更多的是新学会的半生不熟的普通话和城市生活方式与观念。我在父母那里听闻这个远房堂哥也曾经在外面打工多年，这几年不知道因为什么原因待在家里。他的父亲和母亲都在苏州做清洁工扫大街，每个月收入约三千，那样的收入比在农村种田强。下车的岔口路西引水支渠上搭建的是一家杂货铺店，兼卖自产的豆腐，我打了十五斤豆腐提着，想着家里可能需要。店主认识我，就问我是不是从北京回来，我说是的。他叹道，那路费要不少钱啊！父亲已经是癌症晚期，医院放弃了治疗，现在家里等死，这里面的无望和恐惧，让家里笼罩着挥之不去的抑郁情绪。我怕父亲的心智已经糊涂，就坐到床头问他还记不记得自己当年当兵时的部队番号,他说是南京军区直属独立炮九师十四团二营六连,番号6413师6457团56分队六连。这让我又莫名其妙地宽慰了一下,同时陷入一种难以说清楚的惆怅中:那是父亲一生最风华正茂的年代,他当然记得清楚。2009年夏天,我路过江阴出差的时候专门找到了父亲年轻时代生活过的那块驻地,部队已经撤走,番号早就不存在了,但是留下了几门对着长江的大炮,藏在杂花生树中间,成为偶然到来的游客们的猎奇之物。我在一个防空洞的坑壁上用石块刻下了父亲的名字。

夜里忽然天阴下雨,然后就变成大雪。我乡的农谚说:"正月雷打雪,二月雨不歇。三月抄干田,四月秧上节。"此时下雪意味着三月会干晴,对春耕不好。第二天雪还在下,雪里听到门前河汊中发动机的声音,那个用电动船在河中打鱼的人想趁着雪捞一笔。父亲被疼痛折腾了一夜,白天开始睡觉,我松了口气,骑着摩托到乡医院去拿些药,回来的路上踏着荒村中平滑的雪地到河边去看那人打鱼。白雪无声落在水中,倏忽地消失不见,仿佛河流是个无穷无尽的黑洞。那个电动船则是游弋在太空中的飞艇,给寂静空旷的天地带来一丝活气。

师弟刘汀写过一本书叫《老家》,他说:"当我谈论故乡的时候,我说的只是老家。"然而,我并没有老家的观念,和那些拥有可以在故乡静谧生活的人们相比,我们这样的乡土少年注定要在这个迅速变革的社会中离家出走。很多时候,故乡在心中只是幻化成某个具体的意象:童年的明媚夏天,村庄东面的断河,青翠而酸涩的杏子,老屋后的竹林和大橡树……故乡是属于童年无风的岁月的。它和热情的七月有关,和七月傍晚烟霞中的蜻蜓有关。那时的天空无比晴朗,空气清新透亮,万物充满生机,大地一片绿意。我踩着翠绿柔嫩的鸭舌兰,拨开蒲草,脚下的沼泽噗噗作响,一个个欢快的气泡喷涌而出。天地间充满氤氲的气息,一如太古的初蘖。那时候我的眼睛明亮,血气充盈于胸间,现在却身心俱疲。我的脸庞因为长期的失眠而枯黄,我的胡茬如同茅草般涌起,我的面孔变得越来越模糊,失去光泽,没有力度。我想象在一根铁轨上描刻下七月蜻蜓的形象:灵动、鲜红的、充满生机。那段铁轨因为年久失修,锈迹斑斑。我的手指在上面滑动,咯咯作响,铁屑散坠于草丛中。雾霭渐起,我的双眼蒙眬。许久以后当我跌跌撞撞地走回到那段童年的铁轨时,发现那段铁轨已被洪水冲走。一点痕迹也没有留下。那一年的洪水特别多,空中老是飞舞着淡紫色的尘。我不知那是什么,大概是蝴蝶大批迁移时遗落的花粉。那些鲜明而生动的意象是无可捕捉的精灵。我一直想把它们固定在文字中,但是每当面对电脑键盘的瞬间,心灵干枯得挤不出一丝水分。那时候,只听到思绪的碎片纷纷剥落,摔在地上泠泠作响。是什么使我汗流浃背、疲惫不堪,文思阻隔、不着一字,让我陷入长久的失语和无端的惘然？

我想，之所以无法在文字中铭写下那些意象，那是因为它们本来就是一厢情愿的悬想，被净化了的幻象。如同决绝而去不再回头的少年，故乡也同时拒绝了我们的回返。浪漫主义之后，知识分子的"返乡"几乎形成了一种原型母题，自我反思型的现代个体再重回故土的时候往往会经历桃源不在的感伤式怀旧。记忆中渚净沙明、清新修洁的地方已经被现实涂抹得脏乱不堪，外在的风景如同破旧的衣服一样凋敝，人情风俗也变得面目全非。他亟待救赎的情感找不到落脚之处，只能仓皇逃离。但这个故乡其实是心造的故乡，正表明了这个人与他的乡土的割裂，他从中生长出来，并且日益壮大，最终离去，故乡成了一个忆念中的存在，它与现实不再发生联系。所有的故乡在这个时候都成了异邦。

二

"人死了就跟这些烂芋头一样。"

堂哥说这个话的时候，踢了踢脚下那堆被寒冷天气冻糠心了的红薯。我们俩站在松树下，讨论即将到来的葬礼该如何处理。父亲已经到了最后的时刻，他自己应该也明白，只是人总归有着求生的欲望，所以我们也竭力避免谈论生死的话题。但我却不能不考虑即将到来的葬礼问题。

按照大多数亲戚的意见，土葬是最佳选择，但是火葬的政策在那里，偷着埋了也不是事情，如果有人告发，挖出来遗体再倒上煤油烧——此前有过类似的例子，那就麻烦了。堂哥是一个受过现代医学教育的理性主义者，他的意思就是烧了算了。

过了两天，在上海的二弟也请假回来，但是劳累奔波中发了烧。我坐着看护了父亲一夜，六点多钟二弟起床下楼来替换我。我睡了两个小时起床，吃了碗面收拾一下往丁集走，准备去那里乘车到四十公里外的市里采办一些物品，以招待家中来访的客人，当然更主要的是需要计划办理丧事时的用度。丧事与婚礼是乡民生活中的两件大事，前者尤为重要，必须早作打算。我希望运气好能够遇到镇上来接送四散于乡村的学生的私人面包车。如果没有车子，只能步行这十里地，然后在丁集镇找车去市里。

马店小学门口停了辆双排座小车，但是门口的小商店大门紧锁，车中也没有人。我只能继续往前走，心中有些发毛，真要这么走下去，到丁集也该快十二点了。好在刚过马店不多久，背后听到车响，一辆紫色小车子跟过来了，我招手上车，果然是到镇上接学生放学的山寨校车。我和司机聊起来，他很热情地把我从丁集新区送到大路。丁集新区其实就是平行着老街修建的一片规划很齐整的住宅区,清一色的四层板楼。这些新修建的房屋的目标客户是附近乡村的农民。大部分农民都出门打工了,留下的多是老幼病残,农忙时才有少数打工者回乡劳作。我乡农民多去往江苏苏州、昆山以及上海一带,这几年产业转移,苏州的一些服装厂与婚纱厂搬迁到了丁集,季风式的民工也随之迁回,成为私营企业中的工人,无论如何,他们与土地的亲缘关系已经终结。这无疑是城镇化进程中的新现象:农民的土地和他们的居室分离,他们的劳动与栖息之地也发生了分离。

地理空间与身体行为之间的分离隐含着心理的分离,生活在家乡的农民在价值观上已经悄然被外部社会和新兴媒介所改变,表征了中国偏僻角落最基层的共同体单元出现了离心。在市场经济大规模到来之前,至少20世纪80年代前期,农民被城乡二元户籍制度束缚,很少有离乡离土的经验。父亲因为入伍当兵,属于为数不多有过外地别样生活的经历,但他那点微不足道的过往很快就在90年代以来大规模的外出潮流中贬值了。这是截然不同的两种流动。新生代的农民主动或者被动地被新的离心力甩出了原先的凝聚性结构,如同宇宙原点发生的大爆炸,还在膨胀过程之中,星云与星体尚未冷却形成。身体从其生成空间中剥离出来,却又无法摆脱周期性的复归——毕竟能够扎根于都市的是极少数,所以总是像候鸟一样在春节时候返回到乡里。他们的精神处于摇摆型的动态割裂中:每当割裂的伤口即将痊愈或者遗忘时,对于故乡的回归再次将其撕裂,因而这种伤口成为一种周期性发作的病痛。伴随着乡村土地的资本化,归园田居也失去返回的道路,故乡日益形象模糊,与之并行的是传统、习俗、心灵和精神的重新结构。

在丁集街头的风中这么胡思乱想的时候,下起了小雨。我跑到一家店铺里躲雨,条凳上已经坐了两个老几(我们方言中叫中年人为"大老几")。一个头发梳得油光锃亮的中年人,穿着笔挺的西服套装,皮鞋都一尘不染,完全不像是刚从乡下来的。另一位则是典型的农村老头,和这个小集镇的气氛和谐一体。老头穿了件宽松的黄军装外套,劳保棉鞋。我们交谈了几句,立刻打消了可能产生的对于乡土社会逝去的多愁善感的念头。事实上,新一代的农民(工人)只是如同任何历史上的潮流一样,内在包含着相当复杂的成分,利益诉求和生活追求也参差百态。与土地的分离自然而然地发生,并没有带来剧痛——哀悼沦陷的村庄更多是有闲者的怀旧与忧虑。也许是因为农民的短见和缺乏全局和统筹式的眼光,之前局限于一亩三分地,如今满足于工商业溢出红利,他们对现状并没有表现出杞人忧天的不满。这里面的复杂性不是任何个体浮光掠影的观察所能涵括,而遍布在中国大地上的多元性也使得任何个案都不能提供整体性的结论。这涉及一个经久不衰的知识分子难题:需不需要代言,究竟由谁代言,社会不同群落的共同福祉究竟如何确定。

从马店到丁集,司机收了我十块钱,钱集过来的公交车从丁集到六安也是十块钱,后者的路程大约是前者的三到四倍远,这就是地方上根据朴素的经济学本能依照供求关系发明的定价机制,大家都没有异议。从公交西站出来看了一圈,没有找到要去的市场的公交车,就招手喊了个的士,又帮司机招揽了三个人坐后排,我一个人付十块钱,后面三个一起付十块钱——这也是心照不宣的惯例。在市场购买葬礼接待吊客需要用的鸡鸭鱼肉以及纸竹鞭炮的时候,我的心里充满了荒诞感——我东奔西走操持这一切都并不是为父亲在做什么,而是为了活着的人,当他还躺在病床上的时候,我们已经在操办他的丧事。

我和母亲、二弟日夜换班轮流看护父亲,身体和精神在压力下都濒临崩溃。垂死之时,人总是会感到恐惧,父亲一定要两个人守在自己身边,仿佛要抓住人间最后的依恋,这时候他显示出孩童一样的执拗。癌细胞扩散带来的剧痛让他无法以一个姿势躺太久,一会儿就要我们抱着他翻个身,一边哎呦皇天地呻吟。我和二弟整夜坐在床边束手无策,常常是在凌晨三四点最困的时候,他叫我们打电话给堂伯来打杜冷丁镇痛。堂伯以前是乡村医生,如今我的堂哥子承父业,但是因为堂哥自己胆子小,夜里不敢出门——我想这也是一个托词,可能他也被父亲弄得疲沓了。他很冷静:"你们也不必过于难过,我们每个人都要经历这一遭。"

我对父亲一生并不熟悉,只是感到他很聪明,多才多艺,身上有一种我和弟弟都匮乏的理想主义和行动的激情。在亲友们罗生门式的片断叙述中,我只得到一些零碎的信息,了解的事情并不多。我知道他做过侦察兵、司机、榨油作坊的主人、农技站的会计,没有一项是长久的。在最后一个职业上干了几年,没有顶职就回乡自己养鱼——20世纪80年代还有"接班"这种做法,即符合条件的职工子女顶替父母的职位参加工作。父亲雄心勃勃,不想在爷爷的单位中做个处处掣肘的小职员,回到黄台村雇用全村人拦着河汊打坝围成一个池塘。"专业户"的短暂生涯是他一生中最顶峰的时光。有了点钱,还主持修订家谱,这是他做过的最为得意的事情,鄂豫皖苏四省方圆几百里的人都来寻根问祖,记得那时候家中老是宾客盈门,门槛都快被人踩坏了,那是80年代后期。那时候,他还有闲情在无聊的时候画一笔在我看来几乎可以乱真的齐白石式的虾,拉几下胡琴唱《红灯记》,或者跟我们谈一谈《红楼梦》。

1991年的洪水是个分水岭,从此以后他的命运就急转而下。在那之前,父亲养鱼已经有几年的时间,几年都是积淀,1991年这年的鱼长得最好,膘肥体大,数量也壮观。偏偏是涨了洪水,将一塘的鱼都漂走了。我当时在外面住读,两个弟弟亲历了整个过程,我后来在二弟的一篇文章中看到他的回忆:"洪水漫过堤坝,妈妈用铁锹扶泥,做成小堤坝,我跟在后面看,后来水涨高过堤坝足有一米,无可挽回。那时太小,不知道心疼,直至后来每每说起也没有太多的感觉。可是近来随着年龄的增长,回忆起这些,就隐约能体会到爸当时是有多心痛,1991年之后,再也没有养过那么好的鱼了。提起安徽经历的洪水,人们往往记起的是1998年的那场洪灾,但真正对我们家造成重创、对爸和妈造成沉重打击的是人们及媒体上没怎么提过的1991年的那场洪水。"大水先是淹没了池塘,直到次年家中还没有缓过劲来,第三年的大水又一次冲到了家门口。那一年的夏天我上初一,放暑假回到家,大雨滂沱中,父亲躺在床上背对着我,没有回身。我站在门槛里,用脸盆舀门外的水洗手。本来信心十足的父亲,经过如此三年,此后陷入了颓废之中。

一般人都会觉得家是个温暖的地方,在我和我弟弟的经历中却是截然不同的体会,至少我从来没有觉得家是港湾。也许是酒精的影响,颓废了的父亲常常会有无名的暴力,那些遭受暴力的戏剧化场景,亲历者后来回想都有种似真似幻的感觉。我曾经在"豆瓣"看到有个"父母皆祸害"的小组,心中虽不以为然,但也承认确实存在这样令人费解的亲情关系。现在我和弟弟在父亲榻前照料,随叫随到,已经毫无怨恨,这全然在个人的情性,也许民间流传多年的"棍棒底下出孝子"还是有一定道理的。两个弟弟都是学理工科的,与我性格爱好差异很大,但是我们都喜欢《燃情岁月》(*Legends of the Fall*)和谭家明的一部电影《父子》,这都是关于父子的故事,内在里应该隐含了潜意识中的缺憾与想象。我们是在乡土伦理中长大的人,在后来的教育中也接受了个体道德的现代观念,但无法完全分开个体与家庭之间清晰的界限,那种更久远的关于情感与孝道的认知并不与理性相连,而是根植于血肉心灵深处。

坐在垂死的父亲的身边回想起少年事,我和弟弟都平静得很。那些曾经让我们在无数无法入眠的深夜中翻肠搅肚的痛苦,如今都好像已经是别人的事情了。我无法理解身边这个垂危之人幽暗的心灵,就像我无法参透人性数不清的秘密。我们是截然不同的两代人,他经历过最为激进与疯狂的乌托邦岁月,而我和弟弟则成长在改革开放与个体化时代。五六十年代与八九十年代之间的代际差别超过了以往任何时代,但并没有完全断裂,那种藕断丝连才真正让人痛楚。我们似乎"脱嵌"了,但并没有真正的"拔根",有一种更为恒久的情感沉淀在心灵的深处。

父亲已经十几天没有吃东西,只是喝水,不知道为什么还会有粪便排出来。但是他的肛门括约肌已经失控了,必须用手把粪便抠出来。父亲一生强悍坚硬,此时却已经没有了尊严。他自己用手抠出来两团硬邦邦的屎给我们看,还说肛门烂了,然后毫无羞愧地让我们摸他的尾骨,说那里发热。这在外人看来肮脏可笑,在亲人那里则是深沉的悲哀。那些时不时会过来看望一下的亲戚与邻居们都已经不耐烦了,他们像是等待着父亲的死亡,以便尽到情义。父亲已经脱形了,腮帮完全瘪进去,使得嘴巴前凸出来,像个骷髅,眼睛深陷在眼窝里直瞪瞪地看人,模模糊糊地没有光彩。这是一副将死之人的面孔,让人难以直视。每次打完杜冷丁他略微安生的时候,我观察这样的一张脸,心中都升起浓郁的悲怆。他已经不像他自己了。但是他自始至终没有改变的强硬性格,完全没有任何影视剧中那样的感伤情境中的温情,带给我的只有卑琐、愁闷和焦躁。

不好过呐!父亲带着哭腔说。每隔十几分钟就让我们给他翻个身,为膝盖怎么摆放,会折腾几分钟。我和弟弟都不胜其烦,但是也无能为力。这是一个濒死之手,徒劳无功地试图紧抓着人间的一点点东西,浑然不顾其他。死亡的阴影很早就开始笼罩在他的头上,当还能自己上下走动时还可以玩笑说置之度外,真的事到临头,人类的恐惧本能就轻而易举地俘获了原本就虚张声势的坦然。这种看透了的感觉,让我产生出一种浓郁的悲凉。

灯光照在院中的葡萄架上,旁边橘树的叶子显出一种跃跃欲试的青葱。空气中是油菜花的清新香气,与田野中的蛙鸣形成了完满的初春之夜。星空黝蓝,松树的浓黑阴影投在地上,我站在阴影里撒了泡尿,河道吹来的南风已经褪去了冬日的寒气,让人精神一耸。时间在悄然流逝,它催逼着衰亡,也孕育着生机。

有一天父亲对着窗户外面说,楸树发芽了!我今天感觉不错,也许这个病到春天会好呢!我才注意到不知道什么时候外面枯黄落叶的树木居然都泛青了,我们不知不觉已经在屋里待了三个多月。他说这个话的时候的神情带着渴盼,希望我给他一个肯定。那是一种悲怆的留恋,带着侥幸心理,其实是根底里的绝望。我不敢回应他充满期待的眼神,无法欺骗他。我选择了沉默。这种无情无义的举动深深地伤害了内在的情感,让我在许久之后依然会梦见这个场景,看到他期盼的眼神,然后在内疚中醒来。

三

对于逝者,除碎片拼接,没有其他记忆方式。故乡的远去与亲人的死让我们的生活无法再完整,从此只能碎片地体验生活,像蜻蜓点水,当蜻蜓不再能飞了,腐烂化身为浮游生物,生活在水面底下,而事实上每部分水面也都只不过是片段。

2013年4月1日是平常的一天,我原以为父亲还会撑几天,因为他的神智依然非常清楚。他执意要求医生加大杜冷丁的剂量,但是医生怕过量会导致他长眠不醒,不敢承担这个责任。我也拒绝了他,同时我也担心这些本来就不是正规渠道来的杜冷丁一旦用完,新的接续不上,无法阻止他下一次的疼痛。但是,我没有想到那次就是他最后一次打杜冷丁。日后在一些偶然的瞬间,我会忽然想起他临终时候的面孔,并且为自己没有能够满足他最后的愿望而懊悔不已。

他半张着嘴,眼睛看着斜前方的某个地方。我摸了摸他的头,还是温的,但是呼吸不知道什么时候停止了。他平静地离开了人世。在家乡的风俗中,死者的妻子是不能在他断气的时候在身边的,我不明白其中的道理,不过还是遵从了习俗。我让母亲上楼去喊熬了一夜正在睡觉的二弟,然后,掀开被子把他抱了起来。虽然很瘦,但是他的身体还是出乎我的意料有一定的分量。床的另一边地上早已铺好了稻草。我把他抱起来,轻轻放到草上。这次他是真正在民俗意义上去世了。这个过程叫作"落草"。

这个时候二弟已经下来,喊了附近的亲戚过来。我们一起帮父亲脱去衣服,用清水擦拭他的身体,换上寿衣。这个过程他的身体一直没有冰凉,以至于有个瞬间我觉得他没有死。我试着喊了他两声,爸,爸!但是他没有应,一点反应都没有。三姑父说,你把你爸的眼睛合上吧。我用手掌拂拭他的眼皮,把他的下巴也托着,抿起了嘴唇。

葬礼在乡土中国应该是最重要的事情,比婚礼还要隆重。我不懂这些习俗,完全听命于亲戚的指示行动,在做这些事情的时候,既没有伤恸欲绝,也没有如释重负,非常平静,就像面对不得不面对的命运本身一样。接下来的各种琐碎的事情让人根本没有心思去悲伤,当你无法改变的时候,你只能去承受,这个时候的号啕与泣泪反倒有些不合时宜。它们是旁观者的抒情和表演,于死者和死者的至亲并没有太大的关系。

这是下午四点多,仲春时节的暮色很快就要降临。我和二弟分头打电话通知嫡系亲戚,一边放鞭炮告知乡亲,点上供香,在瓦盆中点着路头纸,一边叩头迎接前来吊唁的亲友。乡里管民政的部门可以租到冰棺停放遗体,此际的天气并不炎热,但按照亲戚的指示还是打电话租了,这些事情是做给外人看的,必须让死者有尊严,生者才有面子。大姑先从市里赶回来,晚上七点多三弟从合肥赶回来,这时候院子里已经在亲友的帮忙下搭起了临时的孝棚,拉上电线电灯,摆上桌子板凳茶水香烟。姑父和二舅分头开车去集市采购明日接待宾朋的果蔬鱼肉,妯娌婶娘们则开始清洗碗筷、杀鸡切菜。凌晨时分,小姑一家从上海开车才到,我和弟弟、表弟四个人围着遗体铺上草守在棺材旁边"焐材"。

按照姑妈的意思，不想过于草率，所以第二天要停在家中一天。这一天我找风水先生勘察了地，据说太岁西南，所以选了东北方高岗上黎家的一块老房基地做坟。黎家两兄弟是外来户，老二家全家已经打工进城买了房，原来的老房子推倒，只剩下一片废墟和房前屋后的稀疏竹林。地点就在竹林前方的地里，现在这块地是黎家老大所有。"秀才学阴阳，不要一晚上"，风水我也略懂一点。这块地是好地，用阴阳先生的话来说是"前有来龙，后有靠山"，就是面前对着大河，后面则是高坡。他其实还没有看到地的两侧是两道"冲"，也就是一级一级的梯田递嬗着延伸下降到河流的洄湾处——这种地形唤作"白鹤亮翅，步步高升"。不过，风水也总不过是自我安慰的意思，整个世界都已经祛魅，怎么还会留下一块怪力乱神统治的土地呢。

　　一位叔伯让我带上一条烟两瓶酒和他一道去黎家老大那里去求这块地。我乡的风俗，如果丧家看上了那块地，主人一般都会直接奉送，不去计较，但是出于礼仪，主家还是要上门磕头求地。我从高岗上下来，沿着用耕田机翻过的玉米地往下走，这块地已经被承包，都种上了油桃树苗。旱地坡下的水田也干涸皲裂，布满收割后经冬变成惨白色的稻茬。爬上另一面的高坡就是黎家老大的家，我有孝在身，不能进别人家门，就在外面等候，叔伯去洽谈。事情很顺利。三弟也打来电话，说八名"举重"找好了——"举重"就是抬棺人，是葬礼中非常重要的角色，因为他们负责打井（挖坟坑）、抬棺、烘井（就是用茅草和草纸在坟井中焚烧，烘干土里深层的水汽）、落棺、包坟。这些召之即来的人们是皇天下后土上的人间厚道。

　　回到家里，竹马纸轿之类也都送来了。这些东西本来应该"五七"过后上坟时候烧。但是，过两天就是清明，我们这些从外地赶回来的孩子也无法一定能在一个多月后再聚齐。所以决定先烧了。这些纸做的物件包括高头大马、楼台亭阁、丫鬟小厮之类，寓意着逝者在另外一个世界的生活。现在与时俱进了，除了原先那些东西，还有纸电话、纸电冰箱、纸电视之类。这在风俗中叫"烧灵"，同时还要用逝者的裤子装满草纸扎起来一起烧掉，其他的衣物则丢弃在旁边。烧完"灵"，几个儿子要飞快地跑回家用孝巾擦拭棺材上的灰，这被称作"拭材（财）"，谁先跑到棺材那里谁先发财，谁擦的地方大，谁发的财就越多。这些不知道是什么时候形成的传统，不过我和弟弟还是遵循了，也许我们的子女一代就不会有这些繁复而又充满讲究的风俗了。我们会直接从医院进火葬场，然后被装入一个小盒子，送进公墓，再后来可能会在晚辈的遗忘中被弃置到垃圾处理中心。

　　第三天凌晨四点，我们起来洗脸准备早饭招待一起去火葬场送葬的客人，大约有几十辆车，父亲一生孤傲，不怎么与邻居亲友来往，这个季节村中人大多出门打工了，不知道怎么还来了这么些人。有的不熟悉的亲友是闻讯从外地赶回来的,生死事大,他们要送一送也许同样并不算熟悉的故人,然后离开。这是礼俗社会根深蒂固的传承,即便在更年轻一代那里有所淡化,也并未全然消逝,所变的只是形式。敬天法祖,慎终追远是上古以降的传统,但民众的祭祀从来也不过五服三代——活着的人有自己的生活,他们回眸过往,却不会长久停留,而是收拾行囊,再次踏步向前。

　　送葬风俗是先有一辆车开道,运送冰棺的车其次,其他车跟在后面浩浩荡荡。这是为一个人一生中最后一次送行,所以无论认识不认识,平素有无交情往来,车队经过时,邻路开门的人家都有义务放一挂鞭炮,这是风烛残年的古老乡土依稀尚存的深情厚谊。因为原先计算过路上经过时候的人家,我们准备了一辆车大约七十挂鞭炮和几条烟——人家放炮送的时候,亲属这方要放一挂鞭炮还礼。放鞭炮有堂哥和三叔专门负责。我作为长子,则要下车磕头拜谢,并送一包烟。车子开过傅家、横大路杨家、上庄子我已经不知道姓氏的人家、白土岗辛家,最后上了大道才少一点。十里外的火星镇是我祖母的老家,父亲有几个表兄弟早在街头迎着,又六十里,过了窑岗嘴大桥,市里的表叔的车也停在路边候着了。沿路的鞭炮声让人间恍若节庆。

　　一路到火葬场,已经七点多,办理手续,骨灰火化出来的时候,我和三姑父、二弟进去把骨灰收拢起来,分头、身、腿三部分用红布包好,装入预先准备的纸箱子中。二弟撑着伞遮住我抱着的纸箱子,走出来上车回家。即便是火化了之后,骨灰依然要装入棺材埋入土中,这是转型中国最诡异的政策应对方式,也是中国民众最深沉的乡土眷恋之情。八位"举重"在我们去火葬场返回的过程中已经按照方位挖好了长方形的坟井。入棺也有仪式,骨灰放入后,要再放一些剪去扣子的死者衣服。我和二、三弟是儿子,每个人要脱下左脚的袜子放进去,还要脱下一件贴身的衣服放入。封好棺,先要斩一只活公鸡,然后八人齐声吆喝上肩。我扛着连夜托人赶制出来的招魂幡在前面引路,弟弟扶棺,堂兄在一路放鞭炮,绕道从大路往坟地走。一路上逢到拐弯上坎后的平坦地方,领头的"举重"就带头"显叫",类似于劳动号子,"嘿呦嚯",其他人和"嚯——",连喊三声,继续前进,有一种荡气回肠的气氛。我也不明白其中的道理,也许是为死者壮行的意思。

　　整个葬礼的过程,妇女都无法参与,她们只能戴着孝布帮着打杂,临到最后坟包好后,才大家一起来放鞭炮、烧纸、磕头。入土为安,最后连众人送的花圈都一起放入火中焚烧,仿佛一个终结的仪式,一切都归于尘土。但是,当我试图像一个民俗学者或者人类学家一样详细记录葬礼的程序与环节时,我发现这是一个不可能完成的任务,永远无法描绘,所有的只是阐释。那些仪式是过去的惯性,延伸到当下,已经出于各种便利的考虑而简化,它们既是旧俗,也是新变,或许传统就是在这个意义上生生不已的。我只是受到了一次前所未有的教育,它让我知道那依然活在大地上的传统具体而微的所在。

这是我生平第一次亲身参与的葬礼,故乡的风俗我和弟弟都不甚了了,只是按照长辈的吩咐照猫画虎,从中也可以感受到那种在都市里暌违已久的乡里的古道热肠。那些自发来帮助打杂的邻居,在自家门前放炮送行的陌生人,他们知道逝者的儿子终生也不会认识他们,他们只是尽自己的心,所有的举动都成为他们自己的凭吊。我和他们原先就不甚熟悉,以后也终究还是陌生人。故乡的土地埋下了我的父亲,后来又埋下了我的祖母,我的祖父,但是不会埋下我,不会埋下我的弟弟。和故乡的联系终究将一点一点地切断,最终丧失殆尽,它会退化成内心中看似鲜明无比其实不过似有若无的一个意象。那个时候,只能以回忆风景的眼光去忆念它了,它会完全变成一个异国他乡。

又或许故乡和父亲都早就死了,但是我们都还不知道。就像我在北京深夜梦见走在乡间小道上的父亲,热情洋溢地给他的表姐打招呼,还不知道自己已经去世很久。我从来没有理解过故乡,就像我从来也没有理解过父亲。只是他的幽灵会不时造访,提醒我一次一次回返那已经远离的故乡,让我明白夏多布里昂所说的箴言:"每一个人身上都拖着一个世界,由他所见过、爱过的一切所组成的世界,即使他看起来是在另外一个不同的世界里旅行、生活,他仍然不停地回到他身上所拖带着的那个世界去。"

多年后春日的一个上午,偶尔读到远藤周作的《深河》,小说的开篇是一个医院的场景,癌症晚期的妻子将脸转向病房窗户,望着远处枝繁叶茂,宛如怀抱着某种东西的巨大银杏。她告诉丈夫:"那棵树说,生命绝不会消失。"我想起父亲临终前看到楸树发芽时所说的话,泪如雨下。

是的,父亲以另外的方式存在,故乡以异邦的形象出现,而生命绝不会消失,它们都背负在前行之人的身上。

(原载《十月》2020年第4期)